他恢复了平时冷静的模样
只略微喘气，脱下手套
骨节分明的手指解开纽扣
扯下湿透的衬衫。

小圆镜 著

上 册

青岛出版集团 | 青岛出版社

图书在版编目（CIP）数据

星随余愿 / 小圆镜著. -- 青岛：青岛出版社,
2025. -- ISBN 978-7-5736-2775-9

Ⅰ．I247.5

中国国家版本馆CIP数据核字第20243Y0Y66号

XING SUI YU YUAN

书　　名	星随余愿
作　　者	小圆镜
出版发行	青岛出版社（青岛市崂山区海尔路182号）
本社网址	http://www.qdpub.com
邮购电话	18613853563
责任编辑	郭红霞
特约编辑	宋晓霞
校　　对	郭金乔
装帧设计	王晶璎
照　　排	梁　霞
印　　刷	三河市良远印务有限公司
出版日期	2025年3月第1版　2025年3月第1次印刷
开　　本	16开（640mm×920mm）
印　　张	35.5
字　　数	600千
书　　号	ISBN 978-7-5736-2775-9
定　　价	69.80元（全2册）

编校印装质量、盗版监督服务电话 4006532017　0532-68068050

目录

上册

第一章　三年后的重逢 ······ 1

第二章　菜鸟实习生 ······ 30

第三章　叉烧与慕斯 ······ 58

第四章　春夜里的吻 ······ 89

第五章　旧年伤疤 ······ 122

第六章　彩虹下的告白 ······ 153

第七章　邮件风波 ······ 185

第八章　老师见家长 ······ 210

第九章　暗流汹涌 ······ 237

第十章　揭破大秘密 ······ 264

目录

下册

第十一章　尘封的日记 ———————— 293

第十二章　年会小公主 ———————— 323

第十三章　阿根廷度假 ———————— 349

第十四章　狂飙惊魂 ————————— 383

第十五章　海边的别墅 ———————— 411

第十六章　塞翁失马 ————————— 436

第十七章　大厦将倾 ————————— 462

第十八章　尘埃落定 ————————— 489

第十九章　水星与长明灯 ——————— 511

番 外 一　小鱼子 —————————— 535

番 外 二　水豚的春与秋 ——————— 541

后　　记 —————————————— 557

第一章
三年后的重逢

水星逆行的第一天,余小鱼在地铁口买了一袋山竹,扫码付款的时候,手机屏幕黑了。

卖山竹的女人不让她走:"下面的便利店里可以借充电宝。"

余小鱼瞅了一眼手表:"我不买了。"

女人叫起来:"你吃了一瓣,怎么能不买?"

"那是你掰了硬塞给我的。"

女人一天没做成几单生意,就指望着趁晚高峰挣钱,不肯放过这个学生模样的白领,嚷嚷起来,引得一批路人往这里瞧。

余小鱼还就是不想充电了,挎着包要走。女人拉住她,眼里有恳求和恼怒之意:"你不是下班了嘛,现在没事干了,花几分钟充个电不行吗?"

余小鱼被她的话刺得一皱眉,甩开她的手向台阶走去。地铁站外的夏季风吹乱了余小鱼的及肩发,白裙子猝不及防来了个玛丽莲·梦露式飞扬。

她急忙捂住裙子,"吧嗒"一下,手机砸在了地上,只得蹲下身去捡。

她猛一回头,一个男人正冲她笑着从身后经过。

余小鱼一脚踢过去,细高跟鞋还没落地,左鞋底就一滑,往下跌了两阶。手机跟着朝下"咯噔咯噔"掉落,被一双黑皮鞋给踏住了。

清脆的"咔嚓"一声。

她的心都揪起来了。她伸手去拿手机,自己却被人像拎兔子似的从地上薅起来。

余小鱼回过头时,卖山竹的女人正嚼着口香糖,看好戏似的抱臂睨着她,而手机正压在"五行山"下。

余小鱼要炸了。

她的胳膊肘被人善意地托了一下。对方是位年轻的女士,看穿着打扮,此人根本就不适合出现在地铁站里。这名年轻的女士问:"你没事吧?"

而同行的另一个人道:"余小鱼,15分钟后有会议。"

大脑空白了几秒钟,余小鱼迟疑地把视线从黑皮鞋下的手机上移开,对上一张很久不见的脸,立刻出了一头冷汗。

她假笑:"好的。江总,您踩到我的手机了。"

男人松开脚,俯身捡起手机,发现屏碎了。

他把她的手机扔进自己的口袋里,从公文包里掏出一个旧手机,上面还有个粉色小狐狸毛绒挂件。他用食指蹭了蹭挂件的软毛,递给她:"抱歉。密码没变,时间紧,你用它。"

那位年轻的女士闻言神色大变。

身子一僵,余小鱼被他的千钧气势压得成了哑巴,手机在掌心里发烫。

男人转头对女士说:"这是我原来带过的实习生,现在就职于盛海国际债券资本市场部。稍后你先用餐,我和资方有个会,盛海国际是会议主办方。晚高峰路上堵车,地铁有些挤,辛苦你了。"

女士轻轻地"哦"了一声,摇摇头,望着余小鱼笑道:"祝你们这次发行顺利。"

余小鱼想走,于是点头:"谢谢,有江总在,我们很有信心。"

他们岂止是有信心?恒中集团将于下个月在境外发行5个亿的三年期美元债,盛海国际能参团组织这次发行,领导都笑开花了。恒中集团拥有金融全牌照,信誉好,预期回报率5%,投资人能踊跃认购,更是看在从南美洲刚回国的恒中集团新任总经理江潜的面子上。

余小鱼听说过,江潜比他的董事长爸爸还有面子,别看他平时不苟言笑,拉投资的时候却放得下身段,冷着脸也有办法叫资方心满意足,总有一群小演员抢着飞去阿根廷见他。

他们这行干到顶都是高级销售,玩不开、不领情的人,大概率混得不好,而江潜混得很好。

这年头儿竟还有不花心的金融才俊吗?

没有。

不花心的金融才俊早就结婚了。

她揪着小狐狸毛绒挂件的尾巴给自己洗脑。

"应该很花心"的江潜带着女伴迈开长腿头也不回地走了，经过面带嘲笑的山竹贩子时，脚步停了一下，支付宝到账100元的声音格外清晰。

"按量给她。"

等手里被塞了一大袋山竹时，余小鱼才反应过来——她的手机没了，取而代之的是这"烫手"的山竹。

江潜不知道她住得是远是近，所以把备用机给她应急，她的手机被他拿去修了。

余小鱼这样想着，无情地劈开四个山竹，掰出一瓣瓣果肉放到小碗里，端到书桌上，打开电脑文档，解锁手机，手指忍不住多滑了几下。

这款手机是她实习时用的，她的手机在电话会议时无法录音，江潜就把自己的备用机给她办公。

备用机的两页屏幕上都是办公软件、订票软件，这些年没删没添，备忘录里还有她已注销的工号和密码，以及一行字："要加油！！！"

她点开相册，只有一张照片，摄于她上班的第一天。

大概是早上8点，前辈们都还没来上班，6月的阳光透过玻璃窗照进大楼里，一切都是那么敞亮、明快。她站在恒中集团投行部的牌子下面，穿着新买的小黑裙，挂着员工牌，冲镜头咧嘴笑，脸颊红扑扑的，几绺发丝因为紧张出汗粘在额头上。

那天的她好开心，又好傻。

余小鱼叹了口气。

公司里的糟心事一堆。今晚领导要带她去见客户，她怕喝酒，找了个借口下班就溜了，连会也不敢在公司里开。

这个决定是明智的，她没想到领导请客的对象，竟然是江潜。

盛海国际没有大摩、瑞银这样的公司实力强，在这次发债中的角色只是众多簿记管理人之一，负责绞尽脑汁地把恒中集团的债券卖出去，大单子是吃不到的，只能喝点儿肉汤。在这种情况下，恒中集团派个主管来开会就行，少董兼总经理莅临，太纡尊降贵了。

会议7点钟准时开始，由恒中集团的代表江潜介绍近年集团的财务状况、融资用途，回答几家银行的问题。

这是恒中集团年内增发的一笔债券，此前他们拿到了相关部门审批的10个亿额度，在纽约证券交易所上市，半年前发行了5个亿，认购订单增加了9倍，集团的新地产项目进行得如火如荼，这次发行的是剩下的5个亿，利润可观。

余小鱼一边吃水果，一边写会议记录，听到几个似曾相识的客气的声音，都是以前见过的人。

江潜那时候和这些银行的工作人员经常往来，是合作关系，四年过后，和他们变成了甲乙方关系。他曾经在恒中集团投行部"体验生活"，现在自己做项目，请人帮他找买家。托他的福，余小鱼毕业之后，因为有这段实习经历，找工作比较容易。

她听着男人年轻而沉稳的声音，肠胃一阵收缩。她觉得自己太没出息了，心理的疼痛竟转移到生理上了，所幸半分钟后她就认清了现实——肠胃不适只是因为她吃了太多山竹。

余小鱼直奔洗手间，还记着抓起手机听会议内容。

她坐在马桶上，什么也没听进去，就听见他在说什么利率啊，认购啊，净利润啊，一串数字从发黑的眼前飘了过去。最后她腿软地站起来，好像听到耳机里传来一个熟悉的声音："盛海国际的代表有什么问题吗？"

余小鱼看到微信界面弹出领导的信息："赶紧随便问一个，不能冷场。"

余小鱼感觉拉肚子把脑子也拉出去了，提上裤子关闭静音，刚要开口，"哗啦啦"的马桶冲水声回荡在每个参会人的耳朵里。

她短促地"啊"了一下。

会议上的其他人没关闭静音，谅他们也不知道是谁冲的马桶，她正准备不说话躲过去，一个声音紧接着传来："余小姐，你有什么问题吗？"

余小鱼的右眼皮跳了一下。

但她是个传统的人，坚持认为左眼皮跳财是真吉兆，右眼皮跳灾就必须是迷信。

于是她临危不惧，脱口编了个问题："江总，我们这边听说恒中集团要投资博雅传媒，确有其事吗？博雅传媒上半年经营不善，亏损很多，还存在操纵市场的行为，被罚款了。"

全场都静了一瞬。

虽然这件事传得很广，资方也好奇，但微博热搜还挂着呢，博雅传媒力捧的女艺人从江潜的私人别墅里出来——凌晨、黑丝、低领、素颜，还被狗仔队拍到脖子上暧昧的红印。

余小鱼的右眼皮又跳了一下。

江潜说："董事会还在商讨过程中，决议出来会第一时间通知大家，我个人认为可能性不大。网上的那些消息，不实的多，我相信各位的判断能力。"

江潜这些话一说完，判断能力缺失的余小鱼立刻被领导发微信骂了。

领导骂完，会也就开完了。众人散去，领导陪江潜吃山珍海味，晚上还有二场，去七森俱乐部。

也是托江潜的福，余小鱼见识过二场、三场。

她慢腾腾地离开洗手间，盘算着怎么把手机给要回来。

江潜坐在七森俱乐部的沙发上，打开丝绒盒，里面是一条项链，珍珠镶得漂亮，银光柔润。

送礼的是盛海国际债券资本市场部主管的朋友，临时被拉来玩，想借机跟江潜攀关系。主管的朋友向俱乐部的女孩儿使了个眼色，她趴过来，笑道："江总，不瞒您说，我是颜悦的粉丝，她在新剧里的古装扮相超级好看。她是巨蟹座，珍珠是幸运石，送她最适合了。"

江潜拈起那条项链。闪动的幽蓝冷光灯下，一时令人分不清是他的手白，还是珍珠更白。他握着香槟酒杯，左手虎口挑着项链举高。女孩儿的视线停在上面，艳羡地抬起头，天鹅颈弧度诱人，黑色小吊带下双峰挺拔，慢慢向他衣扣紧系的胸膛靠。

珍珠忽然砸在她的锁骨上。

江潜把手机放进项链盒里，拿纸袋装好，拍了拍她的包："劳驾，帮我下楼去寄个快递。"

女孩儿接住袋子，双眼迷茫。

江潜抿了口香槟酒，眯着眼："既然送演员合适，你就直接给她，不想送的话，你就自己留着。请和快递员说，东西要早上9点到11点送上门，不要弄错时间。"

送礼人的脸顿时拉得比驴脸还长。

女孩儿陪酒两个小时，净赚数万元，欣喜地下楼去了。

江潜转了一下手表。这个细微的动作入眼，盛海国际债券资本市场部主管立即道："今天挺晚了，咱们也喝两轮了，要不就散了吧，明天周六，大家好好休息。"

江潜意有所指："周末也要辛苦贵部门了。"

主管摆手："哪里哪里，应该的，我们一定全力以赴，希望能与恒中集团长期合作。"

坐进车内，江潜才觉得今天喝得有些多。他酒量好，轻易不醉，酒品也不差，就算喝上头了，顶多是多说几个字，多在心里想几句话。

　　他刚开口，唇间模糊的音就被车窗外的夜风吹散了。

　　司机没听清："先生，您说去哪儿？"

　　江潜捏了捏眉心："回家吧。"

　　家里一片寂静，江潜从冰箱里拿出一瓶苦艾酒，喝了半瓶。

　　烧灼感从舌尖引燃，四下蔓延，心头一点儿一点儿地浮现出一双眼睛，而后是一张脸，再是整副身躯，火星似的在黑暗里招摇。

　　他冲过澡，还是出了层薄汗，扯开浴巾向卧室走去。恍惚间，他仿佛看见大床上睡着一个女孩儿，发丝散落在枕间，纤秀的肩膀露在被子外，呼吸安恬。

　　身子越俯越低，江潜吻了吻她的额头，掀开被子。

　　女孩儿那两颗剔透的眼珠盛着水光，半是惊惧半是慌张。

　　夜色浓稠，身影交错。

　　不知过了多久，江潜突然睁开眼，醒了。

　　屋里空荡荡的，楼下传来吸尘器的噪声，墙上的挂钟指向11点。

　　他裸着上身去浴室，换了床单，对着镜子端详了许久。

　　手机显示有几个未接来电，他给快递员和粤菜馆分别回了电话，又把面试时间改到下午，最后按下铃："请替我把衣服拿上来。"

　　不一会儿，管家推着小车上楼，车里分门别类地装着他前几天才买的皮鞋、领带、衬衫、西装，还有男士香水。

　　20分钟后，江潜从卧室里出来下楼，不紧不慢地吃完早午餐，然后去公司开会了。

　　周六早晨，余小鱼出门吃早茶，暂时把手机的事情抛到了脑后。

　　昨晚散了会，她正在网上狂搜转运的方法，突然收到一封邮件。她看完后精神一振，心想：真是否极泰来！

　　一家粤菜馆说她这个点评软件会员的手机号中了奖，10天内可以免费享用一顿早茶自助，明天店庆，更有限量款礼品赠送，有意可回复邮件预订座位。

　　倒了一整天霉的余小鱼二话不说，立刻订了明早的自助，还特意询问不带手机怎么验证号码，对方说因为软件已经实名认证过，不用担心。

余小鱼习惯赶早，不到9点就抵达餐厅。她最爱吃肠粉、叉烧、虾饺皇了，笑眯眯地摸着获赠的盲盒大快朵颐之时，平板电脑上忽然收到邻居的微信："你有同城快递，快递员联系不上你，问你一般什么时候回来，我说大概晚上。因为是重要的私人物品，所以快递员没把快递放在我这儿，就留了号码。"

手上的筷子一停，余小鱼立刻反应过来了，这是寄手机嘛！

江潜知道她的地址不奇怪，他昨天和她的领导一起吃饭了。手机是被他不小心踩坏的，以她对他的了解，屏幕肯定修过了。他已经给她买了水果赔礼，说起来还是她占了便宜。

江潜这番操作很正常，分寸感也拿捏得极好。

微信又弹出一条来自领导的消息："江总要求周末把恒中集团的路演材料做好，我正在和他敲定细节，咱们随时保持联系。"

她叹了口气，只觉得一桌子早茶瞬间滋味全无。

她借餐厅的电话拨通快递员的手机，说自己急着要东西。餐厅离家很远，她报了自己的位置，又问了快递员的位置。

"这样吧，您半个小时后去寄件人那里拿，快递单上填的地址是公司，恒中大楼，离您就餐的餐厅挺近的，我放在前台。"

余小鱼一时没说出话来，等对面的人挂了电话，才低低地"哦"了一声，然后发了好一会儿呆。

中午阳光强烈，她在餐厅里从11点磨蹭到1点，从1点磨蹭到3点，终于出发了。

地铁口旁边就是恒中大楼。这条路她走过很多次，工作之后就再也没来过。大楼还是四年前的模样，反射着金灿灿的阳光，是银城的地标之一，从大门走进去，人会有一种自己很牛气的错觉。

新换的前台工作人员不认识她。余小鱼舒了口气，摘下墨镜，问："中午是不是有快递员把东西放在这儿了呀？"

"是余小姐吧。您稍等。"

前台工作人员翻了一阵儿，意外没找到，恍然想起什么，挂起职业化的笑容："不好意思，我帮您确认一下。"

她拨通内线，转了一次，余小鱼清晰地听到她的语气变得更礼貌、更温柔了。

前台工作人员放下电话，对她客气地笑笑："一刻钟前夏秘书下来拿快递，不小心把您的盒子一起拿上去了。她现在走不开，让您直接上33层去取。您这边请。"

余小鱼见她要领自己去，婉拒："我自己可以，谢谢。"

前台工作人员刚要起身，只见余小鱼绕过木雕屏风，用手机碰了一下刷卡器，便畅通无阻地进了电梯里。前台工作人员不由得一愣。

电梯直上青云。

恒中大楼建得很气派，颇有年头儿，里面有集团总部和各个子公司的重要部门，整幢楼没有对外出租。她原来的办公室在15层，属于恒中证券管辖，再往上是保险、基金的核心部门，33层则是董事会和总经办的地盘，她只去过一次。

她知道自己要找谁，把墨镜又戴上了，那种久违的、如芒在背的感觉让她每走一步都忍不住回头看看，是不是有人盯着她窃窃私语。

"叮"的一声，走廊尽头的电梯门开了。一个秘书模样的年轻女人走出来，身着白裙，形象干练，身材傲人，抱着一摞文件，见到她笑着打招呼："余小姐，我是潜总的秘书，姓夏，这边跟我来。"

男人是不是都喜欢招魔鬼身材的女秘书？

她默默地跟着秘书走到透明的小会议室前，秘书"哎呀"了一声："潜总还没面试完，我以为他五分钟前就好了。"

会议桌一端坐着三个面试官，另一端是五个学生模样的候选人，看样子是无领导小组讨论的尾声，学生正依次回答面试官的问题。

余小鱼努力把自己的视线控制在水平线高度。桌上放着几个刚拆完的快递盒，装着文具之类的东西，她一眼就认出了混入其中的一个盒子——里面躺着的正是她多灾多难的手机，换了个新屏。

一只手把盒子朝桌子边缘推了推，中指上的戒指银光一闪。

睫毛一动，余小鱼仍然没有向上看，只听秘书笑道："没问题了，潜总叫我进去拿，你在这里等一下。"

秘书推开门，江潜目不斜视，抬手把盒子递给她，温和的声音也从屋里飘了出来："谢同学，现在我提最后一个问题。你能不能用30秒时间，让我们三个面试官记住你？"

那一刹那，记忆深处的画面在余小鱼的脑海中浮现。

钢笔被夹在指间转了半圈，江潜略偏头。他的目光如箭般射过来，余小鱼终于看见了那张与记忆中的他重合的脸。

江潜脸上那副平静的、微笑的、甚至是大局在握的神态，没有一丝一毫的改变。

✦

余小鱼时常觉得，自己这辈子所有的运气都用在了21岁的那个夏天。

4月底，大三结束了一批课程，牙齿还未磨尖的小狼们为一个能留用的实习岗位拼得头破血流。

银城是块风水宝地，从全国各地遴选出的精英学子犹如过江之鲫，余小鱼每晚睡前都能从两个室友的口中感到无比严重的内卷。

上铺传来楚晏的抱怨。

"又是拒信！恒中集团的笔试是哪个变态出的，两个小时60道题，我天天练套题，也没见过这么难的啊？！"

余小鱼知道这家公司，没说话。

楚晏继续说："我现在一个面试都没有，怎么办啊？我找不到实习了，我要失业了，我要死了。"

旁边床上传来冷笑："你专业第二的绩点保不了研？班主任喊你去办公室，不就是为这个？你找不到工作还有学上，至于这么矫情吗？"

楚晏蹬了两脚被子，余小鱼的枕头震了一下。

余小鱼开口："程尧金，楚晏就是说说，你不要老发火。"

程尧金又轻嗤一声，梅开二度："你进了恒中集团的初试，就是淡定。"

余小鱼心里一"咯噔"。

程尧金轻飘飘地说道："前天我去白沙湾买包，不巧看见你了。"

上铺垂下一把黑头发，台灯照着楚晏苍白的如巴掌大小的脸庞，活像个幽怨的女鬼："不是吧，你进面试了？恒中集团的？！"

程尧金很乐意看到她们双双陷入沉默中。她这会儿正在气头上，若不是第四个室友出了国，她能上演帽子戏法儿再戗一个人。

大家都睡不着，她就舒坦了。

但另外两个人太熟悉她的脾气了，楚晏没有问下去，踢了一脚床板："鱼啊，关个灯，明早还有课。"

关上灯，三个手机的屏幕都亮着，余小鱼刷了一会儿面试题，头昏脑涨，最先按灭了。

她闭着眼，过了10分钟，听到楚晏轻声安慰室友："你爸妈的那套说辞，你就当个屁给放了，总想着它，平白给自己添火气不是……"

余小鱼睡着了，梦里也听到压抑的抽泣声。

第二天7点30分起了床，程尧金心有不甘，在阳台上擦着眼泪和家里对骂，闽南方言也能讲出武汉话的气势。其余两个人洗脸刷牙背包，谈起实习，楚晏好奇地问："笔试你就这么过啦？"

余小鱼绩点3.4，专业排名中游，是一个平平无奇的学生。

她讪笑："我蒙了好多。"

说出来别人肯定不信，她至少蒙了一半选择题，全是对的。收到笔试成绩的邮件时她差点儿惊掉下巴，不知道是转发的哪条锦鲤威力无穷。

楚晏意味深长地把她的脖子一搂："我有预感，你能成。"

余小鱼连忙摆手："别别别，我瞎投的简历，到了复试全是大神，我拿什么跟人家比呀，就去混个经验。初试就把我弄得心惊胆战了！"

恒中证券作为国内第一梯队的券商，选拔人才对标欧美投行巨头。筛完网申简历后是笔试，笔试完是机器人面试，之后再进行三次面对面考查，但凡能走到最后一步的，不是"矿里有家"，就是顶级学霸。

普通人只凭运气，可太难了。

余小鱼很有自知之明，迟早要被淘汰，所以没当回事。

课上到一半时，手机"叮"的一声，是短信。

楚晏听到身边传来一句小声的"我去"。

"过了？"

余小鱼望着短信发愣，如果说过了之前的筛选还有点儿高兴，现在就有些恐惧了，她的脑子里已经浮现出站在大厅里对着一排考官结结巴巴蹦不出词儿的可怕画面。

楚晏都酸死了，把圆珠笔屁股按得"嗒嗒"响："滚滚滚，以后别再让我听到你说自己是学渣！"

动静有些大，前座的程尧金回头看了她们一眼，眼圈还红着。

两个人都闭了嘴。

下了课，余小鱼趁楚晏的男朋友来找她，先溜去食堂快速地吃了个饭，然后回到宿舍里翻箱倒柜。

半个小时后楚晏也回来了，扫了一眼桌上才翻出来的上学期课本，心里明镜似的："下午大课我给你签到。"

余小鱼呆呆地"啊"了一声。

楚晏没说别的，上床躺着了。

到了2点钟，余小鱼等她出门才爬起来，坐到书桌旁，打开旧课本，翻了两页，就开始头痛了。

好多内容，她考完就忘了，背也背不会。

她掏出手机，心不在焉地刷起应届生论坛。初试的问题照着编好的答案背就行，可复试就不一样了，除了小组讨论还要考查专业知识，她就怕这个。

微信忽然收到一条消息。

"听说专业题可能用英文出哟，你看看这个。什么时候面试？"

"周六早上9点到下午6点。"

楚晏在网上给她搜到一个文档，全英文的，是恒中集团今年年初在海外开的分支机构投资部的面试题目。

人往往对新奇的东西感兴趣，余小鱼不由得多看了几眼，照着题过了一遍答案。

"噢，对了，国际金融幻灯片你那部分做好，我后天要整合。"

余小鱼旷了一下午课，书没看几页，带着一腔感激之情先把小组作业做完发给楚晏。全做完她才意识到，她是真不想看书，这面试机会给她都浪费。

余小鱼浑浑噩噩地到了周六早上，该来的还是要来，焦虑感终于如泰山压顶。

程尧金连续几天睡不好，起得也早，窝在椅子里敷着面膜追剧，不耐烦地摘下耳机："你能不能别转悠了？"

余小鱼吐了吐舌头，往上铺看了一眼，楚晏翻了个身。

好像她换衣服的动静是有点儿大。

程尧金瞥了一眼穿衣镜，站起来，从衣柜里拿出个纸袋丢给她："你穿这个，不要化妆，手表和发夹都摘掉。"

余小鱼愣了一下。

程尧金戴上耳机，坐回去继续看剧了。

这是件小黑裙，简洁大方，正正好合余小鱼近一米六的身材，做工不知比她衣柜里那些便宜货精致多少。

她一看牌子，汗毛都竖起来了。

"那个……"

她叫了几声，程尧金眼睛一眨不眨地盯着屏幕。

余小鱼说了声"谢谢"，出宿舍时，才隐约听到一个"嗯"字。

银城的中心商务区在白沙湾，离学校有一个小时的路程。

8点45分，余小鱼从地铁口出来。恒中大楼矗立在马路边，对面就是ME大楼，两栋建筑气势恢宏。早晨的天空蓝得纯净，寸土寸金之地比工作日多了几分静物画的美感，她忍不住拍了张照片发给妈妈。

"你爸中午给你送饭过来，你面试结束了给他打电话啊。加油宝贝。"

余小鱼才想起没跟她说面试单位提供豪华自助午餐，但家里的餐馆已经开门了，给她准备的盒饭肯定已经被她爸带到了白沙湾的工地上。

"嗯，我先静音了。"

紧张的情绪稍稍缓解，余小鱼对着玻璃门照了照自己的打扮，这裙子穿上身，在地铁上都不敢坐，生怕蹭脏了。

下一秒，她的影子被楼里几个黑白套装、妆容精致的姐姐覆盖住。她们手上端着咖啡，肩上挎着名牌包，高跟鞋踩得优雅而潇洒，隔着一层玻璃，仿佛都能闻到淡淡的高级香水味。

余小鱼羡慕地欣赏了一会儿，跟随几个来面试的同学走进去，扫码签到，由人力资源部的员工刷卡领上楼。

上午是小组面试，两个半小时讨论问题做方案，余小鱼是组里六个人中唯一的本科生，破罐破摔，瞎扯些什么自己也忘了，总之嘴巴没停过。

结束后她给爸爸打了电话。他已经在楼下等了半个小时，跨在摩托车上和外卖小哥聊天儿，橙色的工作服被汗水湿透了，瞧见她，声音都提高了八度："这是我女儿，可争气了，在A大读书，来这里面试，说不定下个月我天天能来这里送饭，哈哈哈……"

"你别瞎说！"余小鱼被外卖小哥看得不好意思了，接过盒饭，推她爸，"快回去嘛，天这么热，谁要你出来啦。"

"就去，下周放假记得回家。"她爸发动摩托车，开走前还冲她挥挥手。

余小鱼跑去食堂热了饭，在角落里找了个位子吃起来。她妈给她烧了香喷喷的萝卜炖牛腩、鱼香肉丝、丝瓜炒蛋，还做了几个寿司，卷的是店里最贵的金枪鱼罐头。

一个和她同组的研究生看到了，走过来："你怎么还买饭吃？领导和大家都在那边吃自助呢，这些人里可能有下午的考官，还不抓紧时间混个脸熟！"

"啊？"

余小鱼抓着勺子，稀里糊涂的。

研究生看她这嫩生生的模样，就不是那种会来事的人，转而宽慰："反正也不会因为一两句话就让你拿录用信。"

余小鱼接着他上一句话:"我没买,这是我爸送的饭。"

研究生第一次看到面试还有家长送饭的,稀奇道:"本地人就是幸福。你这裙子很合适啊,也是爸妈挑的?"

"是我向室友借的。"余小鱼老老实实地说道。

"要是别人问你,你千万不要这么说。"研究生摇摇头,觉得这个小妹妹虽然表现认真,人却有点儿傻,走开了。

下午的环节如同酷刑,余小鱼被排在最后一个,眼睁睁地看着前头五个候选人面无表情地走出会议室,脸色都凝重得和考试不及格似的。

和她搭话的那个研究生比较热心,拍拍她的肩:"里面有个大帅哥,搞压力面试,不要怕,你要是紧张,就盯着他的脸,这样就能忽略他的嘴了。"

这句话落在余小鱼的耳朵里,自动变成了:"里面有只大'鳄鱼',长得还可以,就是能吃人,不要忽略它的嘴。"

她倒抽一口凉气。

人事部门老师亲切温柔的声音响起:"余小鱼,A 大经管学院?"

"在!"

她手心出汗,心里默念"我就是来刷经验的",走了进去。

会议室里空调温度开得很低,坐着七名面试官,左四右三,余小鱼鞠了躬,一屁股坐上老虎凳,膝盖遇到冷气,起了层鸡皮疙瘩。

一名面试官程式化地开口:"同学,你好,那我们现在开始吧。你面前的纸上有三道题,是从题库里随机抽的,可以写,也可以口头作答。然后我们会再提一个附加问题,口头回答。你有什么不清楚的地方就问我,不要紧张。"

余小鱼低头一看那张纸,脑子"轰"的一下,瞪大了眼。

第一道是简述人民币加入特别提款权的意义,正巧是她小组作业幻灯片分管的内容。她用高考写文综的速度"唰唰"写了七八行字。

第二道是应用题,计算固定收益,难度远小于历年真题的难度。她两分钟就算出数值。

第三道,她都想给楚晏跪下磕头叫菩萨,这不就是楚晏发来的某道英文题的翻译版吗?要不是看了答案她死都想不出来,装模作样地拖到计时结束才写完。

一交卷,余小鱼突然有种腾云驾雾的畅快感,完全不紧张了。

这时她才敢直视这些身家千万元的领导,有的在刷手机,有的在说话,也有的在回望她。左边最后一名面试官坐在靠近窗口的位子上,穿着灰西装,侧脸逆着光,左手夹着一支冷银色的钢笔。

他忽然朝她抬起头。

恰好有人推门进来,一道光线直射在他的脸上,勾描得五官的轮廓半明半暗。

钢笔在他手中转了半圈,那一刻,余小鱼的脑袋好像就被这支笔转晕了。

片刻后,这名面试官开了口,声音疏淡:"既然是今天最后一位同学,那么大家都放松一点儿,你说一个课堂上教过的经济学术语,什么都可以,只要能解释清楚。"

就这……?

余小鱼瞬间醒了神,搜肠刮肚地找术语,思索一阵,不由得怀疑起来:面试官不是在考验她的情商吧?

要是说个太简单的,他们会认为她上课没有好好听,要是说个复杂的,在场的都是资深大佬,无异于冒险。

到底她说什么好呢?

面试官道:"你想好就可以说了。"

面试官的语气比刚才更冷一点儿。

余小鱼被他利箭般的目光审视得有些发怵,明白过来这是众人在等面试完下班,脱口而出道:"MV=PT,货币数量乘以货币流通速度,等于商品价格乘以交易总量。结论是价格水平变动取决于货币数量的变动,当货币数量变动时,商品价格呈同向变动。"

她一口气说完,看着他。

面试官十指交握:"这个概念的名称呢?谁提出的?什么时候提出的?怎么忘了说?"

要死了!

她光背内容,专业名词倒忘了给他甩出来!而且这个概念大一新生都会背,这么简单的术语她竟然没说好……

余小鱼的脸一下子涨得通红。面试官垂眸,拔下笔盖,在纸上记了些东西。

另一个面试官紧接着拿起简历,油墨不小心被茶水糊住了:"余小……"

她"唰"地站了起来:"老师,我叫余小鱼!就是我刚才说的这个20世纪初费雪方程式的提出者欧文·费雪(Irving Fisher),把 e 和 r 两个字母去掉的那个鱼!"

一室的人都笑了。

提问的面试官用笔尖画掉刚写的字迹:"你先请坐。"

余小鱼无比尴尬地坐下,想到那个研究生的话,一个劲儿地盯着面试官的脸,试图放松心情,耳朵还是红透了。

"我们会在三天之内通知你结果。余同学,谢谢你参与面试。"

心脏"咚咚"地跳着,大腿刚挨着凳子她就又站了起来,差点儿碰倒桌上的矿泉水瓶,一个90度的大弯腰:"谢谢各位老师,我真的很想进来工作。老师再见!"

面试官们又笑了。

她恨不得找条地缝儿钻进去,推门灰溜溜地逃之夭夭。

她走的时候听见有人说:"江总,你提的问题,你看呢?"

原来"鳄鱼"姓江。

余小鱼把面试的经过跟楚晏说了,楚晏想了想,说:"稳了,你赶紧准备下一场。"

"为什么?"

"投行招人,一看资源,二看学历,三看应变。你三个里占了俩。"

"可是人家占了三个呀。"

"这就要看眼缘了。你小裙子一穿,活像个洋娃娃,谁看了不喜欢。"

余小鱼想起裙子,吞吞吐吐地问程尧金:"有人夸我衣服合适,如果有下次面试,能不能再借我穿一次……?"

"哪儿那么多废话?买小了,七天过了,不能退!"

程尧金继续追她的剧。

"哎?这个这么贵……"

"当你的生日礼物。"程尧金说了一句,就再也没有下文了。

余小鱼感动得鼻子都酸了:"等我以后挣了钱,也送你一条。"

她跑到浴室里,不敢拿水洗,用粘毛器仔仔细细地粘蕾丝上的小毛毛,还拍了张照片给妈妈看,说放假拿点儿自家种的苹果谢谢人家。

当天晚上,复试通过的短信就来了。

楚晏比她还高兴:"上上上!恒中集团实习工资高,还有留用的机会,鱼总混成大佬记得把我也塞进去,苟富贵,勿相忘。"

余小鱼这时已经淡定了,她觉得能走到终试,无论成不成,自己都值了,于是和程尧金一起追剧。

楚晏急得像热锅上的蚂蚁:"你还看,不准看了,快去给我准备!"

余小鱼像招财猫一样摇摇手:"我就休息一下嘛。你也看看?"

楚晏一看屏幕里是泷泽秀明,就不作声了,也看起来。

"好帅啊。"

"他下巴有点儿凸。"

两个人同时开口。

程尧金戴着耳机,却敏锐地听见了:"你说什么?"

余小鱼被这气势镇住,闭嘴摇摇头。

过了一会儿,她忍不住道:"今天那个面试官……"

"长得像泷泽秀明?"楚晏不相信。

碍于程尧金在,余小鱼弱弱地说:"下巴比他的平一点儿,长得比他凶很多,不过怪好看的。"

很快就到了4月的最后一天上午。

B7会议室里,三个年轻的面试官、四个学生,余小鱼一眼就看到了最中间的人。

窗明几净,热茶氤氲,他坐在圆桌的另一头,雪白的衬衫扣到最上方一粒扣子,目光犀利,身后是拔地而起的摩天大楼和滔滔的江水。

这个老师……好硬。

余小鱼在心里默默吐槽:他脸上好像只有睫毛是柔软的,都不会笑。

终试开始后,面试官和学生们都做了自我介绍,除了不会笑的"鳄鱼"面试官,其他两个人又是说粤语,又是说东北话,和学生们有来有往地打成一片,根本不像在面试。

余小鱼铆足了劲儿也没法达儿到这种交际水平,除了回答简历问题,她就坐在那儿,像木桩一样。

半个小时很快过去了,两名面试官看向中间:"这一批小朋友都不错啊。你还有什么问题问他们吗?"

江潜面色平静地放下钢笔,看到快结束了,终于露出一个礼貌的微笑,语气温和:"那么现在我提最后一个问题,你们能不能用30秒时间,让我们三个面试官记住你们?什么方法都可以。"

他举起左腕看了看手表,做了个开始的手势。

余小鱼还没反应过来，身边的同学就已经胸有成竹地开嗓了，第一个夸今天的面试体验，第二个说自己爸爸的工作，第三个从包里掏出润喉糖给他们……

江潜什么都没说，也没动，只是举着左腕，静静地看着手表。

秒针"嘀嘀嗒嗒"走过一半，余小鱼急得头脑一片空白，忽然箭一般从座位上弹了起来，绕过桌子大步走到他面前，一把握住他的右手晃了晃："江老师，我是余小鱼，你周六让我说过费雪公式，我想到你的部门实习！我会好好干！"

说时迟那时快，"咔"的一道声音回荡在几个人耳边。

江潜的手掌还被她握着，嘴唇动了动，他什么话也没说出来，脸上已经血色褪尽。

余小鱼惊呼出声，后知后觉地撒开手，那只手"砰"地砸到桌面上。

一时间，会议室里静得可怕。

短暂的惊愕过后，一个面试官推开门，拦住一个路过的秘书："快点儿调车去医院，江总的手又折了！"

江潜忍住剧痛，额角上滑下豆大的汗珠："没事。今天就到这里，实在抱歉，我没法送儿你们下楼了。面试结果会在五一劳动节假期过后通知，祝各位好运。"

同学们都被吓住了，拎起包，纷纷看向余小鱼。

"余同学，你也走吧。"一个面试官神情复杂地说。

余小鱼的眼里瞬间蒙上一层泪花，她结结巴巴地开口："对不起，江老师，我……我不是故意的……"

江潜看她一眼："我知道。"然后他随着两个面试官快步走出会议室，消失在走廊里。

房间里只剩下余小鱼一个人。

她颓然地坐在椅子上，直到面前的茶水再也冒不出热气。

✦

空调下，红茶冒着袅袅蒸汽。

"谢同学，现在我提最后一个问题。你能不能用30秒时间，让我们三个面试官记住你？"

似曾相识的一幕隔着四年的光阴，再次展现在余小鱼的眼前。

窗外骄阳似火，大楼33层的会议室里，余小鱼和他对视着。

那个女生闻言站了起来，从门口的角度，可以看见她天鹅一般的脖颈线条，纯黑的套裙把玲珑的身段包裹得恰到好处，再多一分，就是不属于这个年纪的风韵了。

她朝江潜伸出手，即使弯着腰，声音里也还是泄露了一点儿惯有的高傲："江老师，不知我有没有机会加入您的团队？"

江潜收回视线，礼貌地和她握手，语气沉静："可以，但我不带实习生。"

这就是通过面试、安排到部门的意思了。

女生舒了口气，恢复了一点儿俏皮的神色："我们院一个学姐曾经在您这里实习，所以我才这样问的。您不要见怪。"

旁边一个男面试官的目光停在她的脸上，她察觉到了，只嫣然一笑。

其余候选人一直眼巴巴地瞧着，可这一笑打消了他们所有的羡慕与不满，他们都屏住了呼吸，连秘书也不由得多看了她几眼。

"我只带过那一个。"江潜喝了口茶。

胳膊被一拍，身子抖了一下，余小鱼看见秘书已经把手机递到她眼皮底下来了，就等着她接。余小鱼急忙说抱歉，拿了东西转身就走。

极淡的香水味突然飘了过来。

江潜从座位上起身走到会议室门口，亲自送候选人出去："感谢各位今天的到来，王一木、谢曼迪去隔壁办公室，公司给你们准备了入职礼品，实习合同会在今晚6点前发到邮箱里，一式两份，有不明白的条款就问人力资源部的工作人员。"

他从余小鱼身旁经过，像个陌生人一样对她点点头，穿黑色套裙的谢曼迪跟在后面，抬眸看了她一眼。

余小鱼回以标准的微笑。

秘书送余小鱼下楼，江潜送落选的学生下楼，一前一后来到电梯间，这层只有两部内部电梯，她按A，江潜按B。

等了片刻，A电梯先到了，里头站着个抱文件的律师，没出来："潜总，你刚说要的资料，我马上下去接客户。"

"谢谢。"

江潜接过文件，余小鱼要迈进去的同时，B电梯也到了。

"我直接去车库，23层不停，实在不好意思。"律师做了个抱歉的手势。

23层是咖啡厅，外部客人去一楼要在那儿换乘。

秘书叫余小鱼："那咱们走这边。"

江潜翻着文件，眼神专注，好像没看见她们两个人进来。

有同学还想给自己争取一点儿替补的机会，没话找话："原来江老师以前带过实习生啊，看不出来。"

另一个女生附和："怎么？"

"我以为大佬们都很严肃，不指导学生的，但实际上都很和蔼，没有网上传言的那么可怕，想必带教也很认真。超羡慕那个跟江老师实习的学姐。"

余小鱼心想：这马屁拍得倒妙。

江潜合上文件，笑了笑，一点儿也不摆架子："我很严肃吗？"

可他笑起来，比不笑更难亲近。

男生看呆了，默默闭上嘴。

江潜又说："你们不用羡慕别人，今天没有拿到录用信，并不是你们的能力不够，只是不适合这个岗位而已，你们要羡慕的是未来在合适的岗位上工作的自己。不适合，做起来就非常痛苦。"

他声音缓和："举个例子，我就不适合带实习生，孩子年纪小，教了也不明白，年纪大一点儿，就有自己的主意，批评几句就委屈，一委屈，我也不好再说什么了，最后想教的也没机会教。"

余小鱼挂在嘴边的公式化的笑容消失了。

秘书站在他们中间，察觉到一点儿不同寻常的气氛。

小朋友们嘻嘻哈哈的："江老师说的好像带孩子，家里有孩子吗？"

电梯向下飞驰，像时光倒流。

到了23层，江潜终于开口："没有。"

员工咖啡厅里十分热闹，玻璃橱柜里的小蛋糕琳琅满目，甜香味从柜台上飘来。

江潜拿出几张券，分给同学们："下午茶时间到了，挑喜欢的吃，去吧。"

同学们家里不差钱，但有这种待遇还是很高兴的，几乎忘记了落选的沮丧，道别后一个接一个地跑到柜台旁，"我要这个我要那个"的声音淹没在人群里。

秘书不禁笑道："真可爱啊。"

余小鱼好不容易把目光从巧克力小蛋糕上拉回来。她以前最喜欢吃那个了。

江潜也总是给她券，让她和小朋友们挑喜欢的吃，吃饱才有力气干活儿，即使连续几周加班到午夜，一个月也胖了三斤。

现在余小鱼想起来，感悟就一句话：珍爱生命，远离行业研究。

即使是周六，换乘电梯前也排着队。

江潜要下楼办事，吩咐秘书去楼梯间的贵宾电梯。余小鱼本来犹豫着，被秘书拉住了："没事，正好一起。"

等电梯的时候秘书接了个电话，和江潜说要上去一趟，有个文件送来了，需要盖章。

空旷的楼梯间只剩下二人。

电子屏的数字一个个往上升，煎熬的感觉也从心底往上升，余小鱼待不住了，面朝走廊，软皮鞋因为脚背抬起折出一道浅痕。

"叮——"

门开了。

江潜一把将她拽了进去，压在电梯壁上，手垫在她的脑后。

世界安静了。

电梯里光线很亮，他来不及看她的脸，把她双手反剪，咬着两片唇瓣吻下去，吻得她摇摇晃晃，身子顷刻间软在对方的怀里。

他抱着她，俯视着她，眼神像一头凶兽，动作也凶得怕人。

"委屈？"

他咬她的脖子，留下红印，一只手扯开领带，绑住她的手腕，挂在自己的颈上。

"他们羡慕你。"江潜轻声道，紧紧地扣住她的后腰。

她好像伤心地哭了，眼泪顺着脸颊流下来，攀着他，鼻子一抽一抽的。

江潜看她这样，心疼了，右手腕也开始疼，扣住她的五指，牢牢地攥着："我没带过别人，只带过你，只有你。是我不好，我不该走……小鱼……小鱼。"

她哭得一塌糊涂，真像是一条从水里捞出来的鱼。他吻了吻她的睫毛，把她抵在电梯壁上，看她湿漉漉的小脸，听她急促的呼吸，还想这样把她永远按在胸口……

"叮——"

一楼到了。

电梯门缓缓打开，余小鱼走出来，回头看一眼，踌躇再三，忍不住提醒："江总，到了。"

江潜从幻想中惊醒，蓦然抬眼，目光深沉。

她呆呆地站住了脚，不知道自己哪个字说得不对，从进了电梯里开始他就一直盯着文件，连正眼都没给她，不知道在想什么。

下一秒，江潜就恢复了正常的神色，喉结动了动，用手指整了一下领带。

电梯镜照出他的身形，黑色西装外套和白色衬衫穿得一丝不苟，黑的像夜，白的像雪，干干净净的，十分禁欲。

余小鱼拿着修好的手机，在他面前挥了一下："谢谢江总，我回去做路演，相信您会对我们的工作成果满意。"

江潜点头："辛苦了。"

她一溜烟儿离开，再也不想在这个是非之地多留半刻。

他目送她的身影消失在人潮中，出了大楼，望着车水马龙，摸出一根烟点上，深吸一口，烟雾迷眼。

本该十万火急接客户的律师却悠闲地拿着两杯咖啡过来："潜总，新出的榛果拿铁。"

他接了，并不想喝。

"她走了？"

"走了。"

律师认识他那会儿还在读研究生，后来毕业，进了家律所，给恒中集团打工，多少知道一点儿以前的事，两个人的关系更像朋友。

所以律师也知道江潜换了一身新衣服，又叫他找个由头堵住空余电梯是为了什么。

就是为了和她站在一起的那几分钟。

律师摸摸脑袋："听小花说，今天面试通过的那个姓谢的女生喊你江老师，我看以后那帮小朋友都要这么喊了，哈哈。"

江潜皱皱眉："我不带实习生，不是谁的老师。"

律师还想说什么，可考虑到他沉闷的性格，还是作罢了。

过了很久，江潜握着咖啡杯低声道："我比她大不了几岁，那时候，她在办公室里叫我老师，我出了办公室叫别人老师，我也是什么都不懂，怎么配得上这两个字？"

律师听了，一皱眉："您可千万别这么说啊，您不到 20 岁就在伦敦金融城打拼，要是什么都不懂，其他人还活不活了？"

有钱人就是矫情。

江潜笑了，把烟头摁灭丢进垃圾桶里："两码事。"

余小鱼坐了20分钟地铁，6点多到家，大门开着。

房东是位年轻的女士，正指挥工人修理冰箱："我打你电话你没接，就直接过来了，这冰箱坏了两天，不能拖。"

她蹲在地上拿盆接化掉的冰水，扎个丸子头，干劲儿十足。

余小鱼租的这个房子是楚晏介绍的，整租一居室，价格远低于市价，房东是她A大的学姐，只在签合同的时候见过一面。

师傅修冰箱的动静大，桌子一晃，皮包就倒了，里头的文件"哗啦"掉在地上。

余小鱼捡起来塞回包里，不经意瞟了一眼——《灰色融资平台》。

"啊，谢谢。"房东吐吐舌头。

"学姐周六还上班呀？"

"我做新闻的，今天有个采访。"

"财经口的？"余小鱼倒了三杯水，端过来。

房东撸起袖子，把盆里的废水倒掉："是呀。最近那个网站闹得上热搜了，我们杂志社在做这个专题，找了一个学生，正好是咱们A大的学弟。唉，学弟才19岁，300万元扔里头去了！"

修理工师傅也回过头，咋舌："这么多！不是那个探什么来着的网吧？"

"探骊网。"余小鱼喝了口水，"做好几年了，说存钱就有15%的利息，借钱随便借。"

房东叹了口气："就是这个平台。这不明显骗人钱吗？"

修完了冰箱，师傅走了。房东给了余小鱼一大包东西，有垃圾袋、洗衣凝珠、厨房清洁布。

"超市打折，我爱人手欠买多了，送你点儿。"

余小鱼顿时一扫在恒中集团的郁闷心情，嘴角露出两个梨涡："谢谢学姐啦。"

她送房东下去，空地上停了辆黑色车，才出单元楼，一个抱着娃的男人就冲她们喊："桐桐！"

房东转头对余小鱼道："我看冰箱里都是真空包装的预制菜，天天吃这个得注意卫生，可以自己学着做。"

余小鱼笑道:"那是我妈做的,我家就卖这个。"
"桐桐!"
房东没好气地喊:"孟峰,你在狗叫什么?我跟别人说话哪!"
"律律会背诗啦!"
看着房东喜笑颜开地坐上车,余小鱼在夕阳下冲她挥了挥手,转身孤零零地上楼加班。
这年头儿,好像总能看到幸福的人。

7月盛夏,蝉鸣如雷。
白沙湾的菲丽葩大酒店贵宾厅里,恒中集团HENZ房地产项目的路演即将开始。
经过多个券商资本市场部一个多月的加班加点,恒中集团的债券三天前在美国纽约证券交易所顺利地上市,发行5个亿,认购订单增加10倍,是下半年大陆境外债上市的第一大单。
"江总在南美洲待了三年,就是在亲力亲为负责这个项目,你看今天晚上多热闹,演员都来了。"
"啧啧,那不是演《新龙女传》的吗?姓颜吧,我女儿可喜欢她了……"
一道灯光突然打断了会场的嘈杂。
主持人试了试话筒,台上大屏幕出现一张张照片,是巴西、阿根廷、秘鲁的度假别墅群,HENZ四个金色字母烙在中央。
第一排坐着集团的几个重要人物,最中间是实际控股人兼法定代表人姚正阳,身边坐着个穿粉色公主裙的姑娘,在一排西装革履的人中显得格格不入。
没有人知道这个执掌集团30年的董事长到底挣了多少钱,他现在老了,把位置交给别人,自己躲个清闲,只出席重要场合。
"姚总,女朋友?"
首席执行官邓丰这时候才入席,和他点头哈腰地打招呼。
颜悦捂着嘴,小鸟依人地靠在姚正阳的肩上,一双含情目望着来人。
"老江,你看她是不是比电视上还漂亮?我们可没这个福气。"邓丰拍马屁。
他左边就是现任董事长江铄,戴着眼镜,50多岁还能从脸上看出一股书生气来。

江铄没接话:"赵董怎么没来?"

邓丰连忙说道:"他有个饭局,后半场就来了,我催他。"

颜悦望着走上红毯的江潜,娇滴滴地说道:"真是虎父无犬子啊。姚总,你说是不是?"

姚正阳淡淡地打量着台上,过了一会儿,点点头:"老江,你养了个好儿子,几年不见,越发长气势了。"

江铄向来话少,摆摆手:"他才多大,还是那个样儿。"

几句话间,会场就静了下来,所有人的视线都集中在这个新任总经理身上。

聚光灯明亮,红毯鲜艳,江潜站在大屏幕前,让金碧辉煌的宴会厅瞬间失色。

"镜头拉到最大,给特写。"《日月》杂志社的记者赶紧吩咐摄像师。

"我去。"摄像师小声道,"他这脸可以的。"

"桐桐姐,ME 的孟总跟他谁好看?"

"结过婚的男人都成鱼眼珠了,没有可比性。"

台上的江潜说了几句开场白,接着简短地介绍了集团这几年的发展,发言稿契合了国家最新的战略价值观,极有水平。

但观众们的注意力很难说是被 3 分钟的开场白吸引,还是被他这个人吸引。

江潜说完,目光在大厅里巡游,凝在一处,而后鞠躬走下台。

接下来是介绍南美洲房地产项目的环节,幻灯片一共 30 多页。江潜脱了灰色外套,穿着白衬衫淹没在人群里,就算这样,夏秘书还是轻而易举地找到了他:"赵董没去参加饭局,张律师看到他去了七森俱乐部,想必今晚不会来了。"

"赵柏盛不来,总有别的机会给我捧场。"江潜淡淡地说道。

他和这个表舅针锋相对已不是秘密,只是夏秘书不懂为什么。按理说,一家人在一个集团里工作,该互相照应才是,闹到这个份儿上属实少见。

没过多久,台上传来极为刺耳的一声尖鸣,观众们纷纷皱眉,戴耳机的主持人毫无防备,痛苦地捂着耳朵,跌下了台,有人焦急地把他送去了医院。

大厅里混乱起来,场务们忙着安抚几百个宾客。过了 5 分钟,还是没人接替主持人,首席执行官拿着话筒连声抱歉,请大家安静。

颜悦有些无聊,悄悄对姚正阳说:"我去下洗手间,马上回来。"

台下，江潜依旧不动如山地坐着。

夏秘书挥汗跑过来："机器设备不知道怎么回事，昨天我试还好好的，这会儿调好了，可替补的主持人不在，被赵董临时叫走了。"

这种搅局手段，可谓十分拙劣。

江潜站起身："你去券商座位那边转一圈，找盛海国际的。"

夏秘书懂了，立刻就往那边去。

幻灯片是恒中集团委托发债的几个券商做出来整合成的，由董事们拍板，把做得漂亮的十几张抽出来，用于今天介绍项目，而那十几张极其漂亮的幻灯片，文字内容就来自盛海国际。

显然，这家平平无奇的中型券商做出了一项远超甲方期望的服务。

空调太冷，余小鱼中途去了趟洗手间，在马桶上听到外面好大一声机器故障音。

她上完了，领导的电话也打了过来："你跑到哪儿去了？恒中集团这边在找人上台接替主持人，我看那幻灯片的文字内容是你写的，你现在过来一下。"

"啊？"

"江总的秘书找人，大好的机会，赶紧过来，10分钟就讲完了，我相信你的能力。"领导好像面对着客人，语气放软，说完就挂了。

余小鱼脑海里浮现出一张天使脸。

那个姓夏的秘书？

不是，他们那么大个集团，员工都是哑巴，讲不了幻灯片吗？乙方可从来没直接替甲方做过路演啊！

领导发话，她不敢磨蹭，出了洗手间，远远地看到江潜和一个穿粉色裙子的女人从楼梯间里出来。

这不是颜悦吗？

好家伙，他们敢背着姚正阳私会，果然绯闻是有根据的。

一天之内吃到两个惊天大瓜的余小鱼披着外套回到座位上，夏秘书一直等在那里，端详她须臾，连夸了两个"好"字："你跟我来。"

上台前夏秘书偷偷对她说："我们公司今天来的大多是五六十岁的老板，哪里会讲这个，江总身份摆在那里，也不好亲自讲，两个主持人又都出意外了。你就按你写的读，不用紧张，反正大家主要看图片，我在下面给你翻页。"

余小鱼笑了笑，接过翻页笔："不用，就10分钟嘛。"

夏秘书一愣。

这镇定的神情，倒让夏秘书有些熟悉。

余小鱼衣服也没换，妆也没化，就这么握着笔走了上去，台上灯光耀眼，台下人声鼎沸。

不知道什么时候，江潜站起来，冲观众做了个安静的手势，在父亲身边落座，右手夹着一支冷银色的钢笔。

那一瞬，久违的眩晕感袭来，余小鱼嗓子发干。

他安静地望着她。

观众们也望着她。

只是片刻，流畅干净的声音从话筒里流淌开，夏秘书聚精会神地听着，松了口气。

"这是哪个部门的？没见过。"有人议论。

"可能是新人，临时救场的。"

"嘿嘿，长得和齐藤由贵似的。"

颜悦听到了，凑近姚正阳问："姚总，齐藤由贵是谁啊？"

姚正阳脸色缓和下来："你们小姑娘不知道，日本昭和时代的女演员。"

颜悦就不乐意了，嘟着嘴拢了拢裙摆。

姚正阳又低笑："她是像演员，你才是真演员。"

颜悦娇嗔着捶了他一下，眼珠一转，余光扫到什么，忽然收了手。

一道冷冰冰的视线勾在她的背上，她赶紧坐直了。

10分钟过得很快。

余小鱼不用掐时间，讲完了，丢下"谢谢大家"就溜回去了。接下来要介绍全球其他地区的项目，一个董事被推上去当主讲人。

盛海国际的领导若有所思地拍拍她的肩："下周我要出差，你没事就跟我一起去吧。"

以前倒看不出来，这个沉默的小姑娘竟有两把刷子。名校毕业的他见得多了，尽调（尽职调查）水平高的也见得多了，面对这么一大群人，能完完整整、条理清晰不卡壳地临时讲完10分钟，还能结合甲方以前的案例、以后的规划，是难得的本事。

她应该是由专人教过，否则就是块天生的玉。

余小鱼却并不领情："老板，我还是想负责承做，承揽这块别人比我有经验。"

领导觉得她不太识时务,却也没勉强,扼腕叹息:"好吧。"

他听说她酒精过敏,就算带去出差也不能喝酒。

7点30分,外面的天色已黑,余小鱼不想在这儿久待,和同事说了一声,趁冷餐会开始拎着包往大厅的出口移动。

她身材娇小,一身黑裙子混在人堆里也难找出来,端着块巧克力慕斯一边吃一边走到门口,冷不防一头撞上人。

咖啡色的奶油洒了一手。

夏秘书连忙掏出纸巾给她擦:"怎么要走了?我们还想请你去里面包间里吃饭呢,多亏你帮忙。"

余小鱼推托:"我家里有点儿事,不好意思啊。我们领导还在里面……"

"我不找他。"江潜说。

余小鱼一下子没了声音。

她从包里掏出备用手机:"我上次忘还了,也一直不好意思打扰,正好物归原主。"

江潜接过,小狐狸挂件的软毛蹭着他的手心。

"讲得不错。"他伸出右手。

"啊?"

余小鱼迟钝地反应过来,心里不知是什么滋味,低头辗转几番,抬眼所见又是一张疏离的笑脸。

她和他握了握手,力道很小。

"江总教得好。"她声音极轻地说。

江潜收回手,没问别的事,只说:"你早点儿回去吧。"

熟悉的话一入耳,余小鱼眼眶突然有点儿刺痛,抛下句"再见",三步并作两步逃出了大厅。

淡淡的巧克力奶油味还残留在手里。

江潜回到包间里,满桌山珍海味,几个董事轮番劝酒。

一顿饭他吃得滋味全无。

江潜今晚多喝了几杯。

10点30分,他坐在回家的车上,靠着软枕。江铄拍了拍他的手背:"难受?"

江潜摇摇头，问副驾驶座上的夏秘书："你以前见过谢曼迪？"

夏秘书惊讶："只是觉得有些面熟，怎么这么问？"

"面试那天你多看了她几眼，下午布置会场的时候在跟她搭话。"

夏秘书一直对他的观察力顶礼膜拜："没搭出什么来。小姑娘才21岁，挺会来事。"

江潜捏了捏眉心："她在给邓丰当助理？"

"有半个月了，她自己想去的，跟别的实习生换了岗，说跟着首席执行官能见世面。"

"那女孩儿很聪明，"江铄道，"能说会道，我还以为是研究生，比你以前带过的那个灵活。"

江潜开了点儿窗，让酒气散出去，脸转向人行道。

江铄又说："今天让盛海国际的员工上台，太不合规矩。"

夏秘书连忙回头，对江潜做口型：不是我说的。

江铄愤愤地说道："小兔崽子，我是你爹，能不知道你在想什么？趁早绝了这心思，当年那件事还不够给你长教训？"

江潜叫司机："停车。"

江铄还没发话，江潜把包一提，拉开车门就走。

"砰"的一声，车身一震。

江铄冷哼："继续开，让他自个儿走回去。"

夜风飒飒，天上悬着几颗星。

江潜在人行道上站了一会儿，想起自己在附近有栋房子，是以前住过的，就慢悠悠地往小区走。

巷子里有穿着清凉的女孩儿找他搭讪，两只圆圆的杏眼映着霓虹灯，流露出青涩的谄媚。

他脾气破天荒地好，给她看手上的戒指，那女孩儿扁了扁嘴，面带羡慕地消失在发廊里。

那两只杏眼，却在黑暗中无限放大，逐渐变得干净、清澈起来，是他记忆中的模样。

公寓是密码锁，江潜按了六位数，门"咔嗒"一声开了。

这里有保洁阿姨定期打扫，十分干净，客厅里的鱼缸已经空了，只有光秃秃的几块石头。

浴室里，花洒喷出温热的水。

巧克力奶油的气味越发浓烈，和水汽一起蒸腾在空中，他仰起脖子，靠在玻璃板上，晶莹的水珠顺着肌肉线条滑了下去。

　　触感捻成一线。

　　甜香带着微微的苦，弥漫在淋浴下。他不禁俯身，五指插入她浓密的黑发中，氤氲的水汽拂过她的长睫毛，那双黑葡萄似的眼珠仰望着他。

　　江潜蓦然睁开眼。

　　玻璃门外的毛巾架上，挂着一只滴水的绒毛小狐狸挂件。

　　热水"哗哗"地流着，瓷砖上一片狼藉。

　　那股甜香味早已消失不见，他被她握过的右手却开始隐隐作痛。

　　它早就该好了。

　　明明它早就可以不疼了。

　　可一直这样，反反复复，让他在南半球无数个深夜里失眠。

第二章
菜鸟实习生

那场面试前两个月,江潜和他爸打羽毛球,右手腕在台阶上磕了一下,弄了个轻微骨折。

江铄家里三代贫农,活得糙,没当回事,江潜也没当回事,医生说不打石膏也可以,骨头会自己慢慢长好。

江潜右手腕骨折都快好了,被那小丫头猝不及防地握了一下,又断了。

江潜事后想起来,一是自己没有防备下意识地伸手,二是她太紧张,憋红了脸想让他记住,没掌控好力度。

她毫无职场经验,也难怪这样莽撞。

最后的内部讨论会上,投行部经理说:"余同学太老实了,形象比年龄还小,我觉得还是周同学合适。"

那个姓周的女生是个研究生,长相惊艳,在面试中谈到她的高管爸爸经常带她见客户,会喝酒。

江潜在医院里打开麦克风:"其他人是想丰富简历,不一定会留下来,余小鱼是想进来工作。她在初试、复试中的表现都不错,临场反应快。"

有人笑着补了一句:"她也确实在终试中给江总留下了深刻的印象。"

医生给他固定住手腕,嘱咐:"千万不能再动了,骨头可不是铁打的。"

江潜走出急诊室:"我这里缺一个能长期做事的,她说她大四没什么课。她虽然是本科生,以前没有实习经历,但不会的可以学。"

人力资源部员工静音记录,心想:这年头儿不流行实习生在飞机上洒红酒了,流行在会议室直接断总经理一只手。

江潜想起什么,从手机里调出余小鱼的简历,上面写着她的出生日期。

"明天就给她发邮件吧。"

2018年5月2日,余小鱼在家中度过了大学以来最快乐的生日。爸爸请了假,不用去工地打灰,妈妈歇了店铺,烧了一桌她喜欢吃的菜,她去养老院给患上阿尔茨海默病的外婆送饭,外婆居然认出了她,摸着她的头笑眯眯地喊宝宝。

从养老院回家的途中,她收到了邮件,恒中集团投行部恭喜她通过面试,邀请她6月入职。

余小鱼狂喜之下,蒙了足足一下午。

全家都欢腾了。

妈妈摘了两盒又红又圆的苹果,寄到女儿两个室友的老家,谢谢她们平时对女儿的照顾,又叫女儿把程尧金送的那件小黑裙压箱底,有隆重的场合再拿出来。

当晚父母就带她上街买了四条黑色裙子,余爸爸说他在白沙湾干活儿,看到来来往往的白领上班都这么穿。

"态度要谦虚,领导教训你,就听着好好学,碰到人要喊老师,衣服每天都要换。"余妈妈唠唠叨叨。

学校的期末考试过后,大家都有了自己的方向。

楚晏没有实习,也放弃了保本校的研,她要考国内专业排名第一的量化金融硕士,整天泡在图书馆里。程尧金在校外租了房子,准备申请国外留学。余小鱼一心扑在实习上,指望快点儿赚钱,帮家里还开店的债务。

6月19日是她第一次踏入社会的日子。那天是周一,她来得很早,想一个人先逛逛,大楼里空无一人,连前台工作人员都还没来上班。

她在洗手间里打开入职前领到的大礼包,里面有员工牌、手机和笔记本电脑。她把员工牌挂上,在镜子里看到一张惶然又期待的脸。

手机里都是办公软件,她把工号和密码记在备忘录里,又写了一行字:"要加油!!!"

然后她高高兴兴地在投行部的牌子下面自拍了一张。

9点过后，员工们陆陆续续来了，余小鱼已经和几个实习生在23层的咖啡厅里坐了一个小时，发现只有行政部的员工按时打卡。面试时的那个研究生也在，去了法务部实习，一看见她就笑道："听说有个小妹妹当场把面试官弄进医院了？"

余小鱼不好意思地低下头："我也不知道怎么回事，居然过了。可能是其余几个领导看我比较老实吧。"

"做这行可不需要老实。"

那边有一个实习生抱着文件喊了一声："张津乐！你小子跑到这里喝咖啡，快过来打印！"

研究生应了一声："我先走了，祝你好运。"

余小鱼在咖啡厅里等到9点15分，坐电梯下到15层，前台姐姐给她指路："江总来了，叫你去他的办公室，号码是07，左边拐弯一直走到底。"

"啊？江总？"

"就是面试你的那位呀。你以后就跟着他，好好学，他今年刚从伦敦回来，很厉害的。"

余小鱼心虚地点点头，过了一个多月，不知道江老师的右手有没有好……

她沿着走廊一路走过去，和每个陌生人笑着说早上好，到了办公室门口，敲了敲门，小心翼翼地推开一条缝儿。

办公室大概有10平方米，里面放着一张圆桌、一张天蓝色沙发，四面用百叶帘围起，密不透光。一个月前的"鳄鱼"面试官正坐在桌子对门的位置，面色冷淡："进来吧。"

余小鱼背着书包，先给他鞠了个90度的躬："江老师，您的手好了吗？"

她确实像别人说的，太老实了。

"二次骨折，没有大碍，不是你的错。"江潜看她关门，及时出声，"开着。"

余小鱼听话地把办公室的门开到最大。

江潜无奈："开一点儿就行。办公室里没有摄像头，以后你来上班，如果我或者别的男经理在这儿，门就不要关死，明白了吗？"

余小鱼点点头，把门开了道细细的缝儿。

"坐吧。"江潜拿起桌上的茶具，"咖啡还是茶？"

她受宠若惊："不不，老师您别，我自己来。"

"你坐着。"江潜教她,"见客户的时候,客户也会这样问你。我们一般和客户一样,如果有不喝的,也意思两下,除非是过敏。"

余小鱼学到了:"我和您一样就行,谢谢老师。"

江潜给她倒了杯铁观音,先洗杯,再放到她面前。

"接东西要用两只手,敬酒要比别人的杯子低一寸。"他顿了顿,"招你来不是喝酒的,饭局上别人劝酒,你怎么回答?"

余小鱼想了想:"我要给江老师开车。"

江潜唇角微不可见地勾了一下。

"如果是出差的时候呢?"

"我要给江老师订火车票。"

"你不能这样说,因为行程很可能已经安排好了。别人问你,我来答。正常情况下,我不会带你出差。"

她捧着热乎乎的杯子,圆溜溜的杏眼认真地望着他。

江潜把空调温度调高一点儿:"给你分配任务,自己10分钟还看不明白,就来问我,不要到最后才知道做错了。别人找你帮忙,先做我的,再做别人的。还有一点……"

他敲了敲电脑屏:"手机不是公司配的,是我给你的备用机,面试时我看到你用的手机,不好做会议录音,以后就用这个。但是,这个手机连着我的电脑,照片、备忘录都会显示在云盘里,小心使用,好吗?"

余小鱼手里的杯子差点儿掉下去。

他……他……看到早上那张自拍照了吗?!

江潜仿佛没看见她尴尬的表情,继续说:"我们觉得一是你做事认真,二是学校不错,三是专业基础扎实,所以就招你进来了。但实习和上学不一样,90%都是现学,希望你这两个月有所收获。如果你愿意,通过答辩后可以继续做长期实习,拿到留用信。"

余小鱼的眼睛亮了起来。

江潜意味深长地说:"每个暑假集团都会淘汰一批人,我的要求比较高。"

余小鱼放下杯子,打开电脑,把他说的都记下来,恳切地说道:"虽然是第一次实习,但是我一定会努力的。老师,您经验这么丰富,一定带过很多实习生吧?"

江潜端起茶杯,优雅地喝了一口:"也不算多。每一个我都会好好教,有什么不对的地方,你也可以指出来。"

在她看来，这就是谦虚，他一定带过许多学生，所以一上来就行云流水地教了她四五个知识点。

他拿起手边的一摞材料："部门规章、做过的项目、这个月的新项目，拿去细看。没事不要加班，要加班我会提前通知。"

余小鱼两只手接过文件，沉甸甸的。

江潜故意给她用订书机订上了："今天就从最基础的工作开始，下班之前学会拆钉、打印、复印、扫描、打孔、包角，材料下班时还给我。好了，去吧。"

余小鱼一听这么多内容，茶也不喝了，揣着文件就起身。

"等等。"江潜叫住她，"离开座位前，电脑屏要锁，桌面上不要有写过字的纸，水杯不要放在文件旁边。"

于是余小鱼手忙脚乱地锁电脑屏、摆桌面。

过了10分钟，她灰溜溜地回来，本想问他打印机怎么用，却见门关着，里头隐约传来打电话的声音。

这问题太傻了，她还是找别人问吧。

刚来的一周，余小鱼使出了吃奶的劲儿跟上进度。

江潜给她的印象刚在滤镜里调了个暖色，又变回去了，不说话的时候，他身上的冷气让她不得不在办公室里披上外套，听他训话的时候，更是两腿都打哆嗦。

他的要求实在太严了。

比如说给报告打孔、穿环这么小的事，要是她打歪了一张，江潜就会把整本报告扔进碎纸机里，叫她重新打印，因为拆环会让纸发皱，不美观。

中午聚在一起吃饭时，实习生们都会吐槽自己的老板，吐槽完就例行公事地看着余小鱼，因为她一定是混得最惨的那个，有最多的冤情要申诉。

好在她学得快，过了最艰难的一周，能做到一次性解决不返工的程度，江潜就丢给她需要动脑的工作了，这时她才觉得，以前那些活儿是真简单——有些东西，就算江潜站在她背后手把手教，做出来照样惨不忍睹。

7月过后，江潜就让她单独出行研报告，把自己以前的模板给她，让她照葫芦画瓢。余小鱼被关在办公室里，天天对着电脑敲字、拉表格模型，为了节省时间，午餐也从家里带。

这天中午，江潜去楼梯间打电话，听到下面一层有人声，鬼使神差地把电话挂了。

"我在你这个年纪，已经单独见客户了，你怎么写封英文邮件都能拖两个小时？"

余小鱼坐在楼梯上，手边放着餐盒，一只手抓筷子，另一只手抓手机，小小的背影张牙舞爪，把冷冰冰的深沉的语气演绎得惟妙惟肖。

江潜甚至能听到跟余小鱼微信语音通话的人在"哈哈"大笑。

"楚晏，我跟你说，别看他长得帅，人超级严肃的，整天板着脸，肯定没有女朋友。"

江潜皱起眉。

她又神秘兮兮地道："我觉得他应该有30岁了吧，看上去就懂得很多，而且做事思路跟我们不一样，肯定脱离学生时代好久了。"

江潜脸色阴晴不定，把烟摁灭，丢进垃圾桶里。

她夹了一只鸡腿，咬了一口，突然想到什么，笑得喘不过气来："你知道吗？他还诈我，他不会用那个超级难用的打印机，但装着会，让我这么简单的问题别问他，问别的实习生。什么叫技能倒挂？这就是了！第二天我来得早，居然看见他在打印机跟前研究，赶紧躲起来没让他发现，哈哈哈……

"还有啊，他说他带过实习生，可是我一问前台姐姐，根本没有，他在伦敦都是独来独往做项目的，这是头一次。原来他也是带教老师里的菜鸟嘛，怪不得那么严厉。"

江潜忍无可忍，本想咳嗽一声，来电铃声打断了楼梯间里的嬉笑。

"我去！有人来了，我先吃饭了啊，明天再说。幸亏不是我老板，不然冲下来杀了我。"

他一僵，胸口有些闷，推门回到走廊里，心不在焉地走远了。

下午上班，余小鱼照常回到办公室里，打开电脑，认认真真地敲字，黑发垂在肩上，文文静静的。

江潜给她一张身份证："正反面复印，办签证用。"

她细声细气地应了，两分钟后回来，乖巧地还给他："江老师，我顺便扫描发到你的邮箱里了，你看还有什么需要准备的？"

"不用，谢谢你。"

第二天，江潜又来到楼梯间。

"我去！楚晏，他还不到26岁，他怎么26岁不到就成这样了，上辈子至少是个厅级干部！投行工作这么可怕吗？……真是难为他，入职那天说那么多话，肯定心里超级不舒服。"

江潜连烟都不想抽了，再也听不下去，慢慢走到办公室，回过神儿来，发现自己已经打开了前置摄像头。

严肃吗？

还行吧？

从那天以后，余小鱼惊奇地发现他的西装颜色变多了，以前一直是黑、灰、棕，现在多了墨蓝、深红，衬衫也从纯色变成了格子条纹，有时打领带，有时不打。有次周五，他竟然还穿了卫衣来上班，进门摘下棒球帽，到了跟前，把她吓了一跳。

虽然他看上去依旧深沉老练，但确实养眼，养眼的后果就是工作效率变低了，她老忍不住往他身上瞟。

过了半个月，余小鱼的报告磕磕绊绊地写完了，江潜改报告的时候不拘着她，允许她帮别人做杂活儿。

普通员工都在大厅的格子间里办公，余小鱼得以拥有一个自己的工位，每到下午就切八个屏上网，两只手托腮，空虚起来——别人的活儿很快就能做完，和江潜布置的任务简直不是一个难度。

她正刷着微博，桌子被人敲了一下。

"实习生？"来人是个50岁左右的领导，面容温和端正，笑眯眯的，看上去很亲切。

她像被班主任抓到上课开小差儿，急忙站起来："请问有什么可以帮您做的？"

领导拈起她胸前的员工牌看了一眼。这个动作让她产生些许不快，下一秒又觉得自己太敏感了。

"小鱼，现在有事吗？"

她摇了摇头。

"你们女孩子心灵手巧，能帮我熨下衣服吗？"领导把手里的西装外套给她，"一会儿我出去见客户，麻烦你了。"

余小鱼愣愣地抱着塞过来的衣服，上面有一股烟草味。

"我姓赵，你要不跟我上楼，我的办公室在基金那层。"

他身后有个秘书姐姐给余小鱼使了个眼色，摆了摆手。

余小鱼道："赵董，我得先问下江总的意思，他可能还有事让我做。"

"我刚从他那边出来。"赵董和蔼地道，"你跟我来就是了，很快的。"

走了几步看她还在原地站着，赵董便沉下脸："快点儿，我急着用。"

余小鱼没办法，只得跟上，回头朝那个秘书姐姐做了个口型。

电梯上了19层，办公室里空荡荡的，保洁阿姨也不在。她跟着人七拐八绕，来到上锁的会议室前，正要进门，一只手蓦地拦在她身前。

"赵董，我招她进来，不是让她做这种工作的。"江潜不知何时赶了上来，声音冰冷。

"还不把衣服还回去？"

余小鱼把西装外套往椅背上一搭，又往江潜背后一缩。

江潜挡住男人的视线："没有下次了。"

"你这孩子，倒像我要把这个小姑娘怎么样似的。"赵董依然面带微笑，"行吧，以后有机会再叫她做正事。"

江潜转身就走，余小鱼忙不迭跟上。

回到办公室里，他脱下外套，蹙眉道："怎么别人使唤你，你就这么听话？"

余小鱼冤死了："我也不想去，他的意思是说你不会介意，我一看他要生气，就跟上了……"

江潜没好气地说道："你平时挺机灵的，怎么心里这么没数？熨衣服也是你一个投行实习生要做的？他就那一件？还是说找不到内保人员，非要下楼找个小女孩儿，领她到办公室里熨衣服？"

余小鱼愣愣地看着他。

江潜以为自己说得够明白了："懂了，下次就找个借口推掉。"

她一个劲儿地点头："我知道了，江老师。以后别的部门找我，我都不去，也只做跟专业相关的工作。"

江潜语塞："你先来问我。像今天这样，就算找你的人是集团董事，你也跟他说，你的上级是我，一切有我担着，好吗？"

江潜最后一句尾音很轻，余小鱼呆了几秒，用力地点点头。

"我听江老师的，你怎么说我就怎么做。"

江潜嘴角飞快地一动，恢复如常。

"去吧，上班时间玩手机不要让人抓到，我可包庇不了你。"

然而到了8月，余小鱼根本没时间摸鱼了，江潜频繁地出差，谈拢了几个上市项目，支持性工作都交给她，她顺理成章地开启了加班模式。

部门里的人都知道，这个小姑娘看着憨憨的，其实什么都会，从材料归档到尽调、行研，都是江总一手教出来的。有员工给江潜交差，还要问她两句。这件事不知怎么就传到了别人的耳朵里。

江潜在飞机上收到债权融资部的消息，问他借人下周出差，紧接着小丫头的微信就发了过来："江老师，出差谈的项目是什么样的呀？有个王老师加我的微信。"

他想了想，打字："他负责山城的项目，地方政府发债，规范多。"

"咱们做的是股权，为啥他叫我去帮忙？"

江潜回忆起周末，在电梯里和那人有过一面之缘。

对方不知道是他，跟下属调笑："人家江董的公子，找了个小姑娘当跟班，那姑娘梳个齐刘海儿，穿个长筒袜，眼睛又大又水灵。我这边的下属五大三粗的，都不好意思带出去吃饭。"

"去了就要应酬。"

"啊，这……那江老师，我不想去，怎么跟他说？"

"你不用说，以后别理他。"

他退出微信，用工作软件给对方回消息："抱歉，我们有安排了。"然后他就把那人的微信删了。

做完这一切，江潜开始思考：是不是应该把这孩子带在身边，让她多见见世面？要不被人欺负了，她自己还稀里糊涂的。

在首都待了一周，江潜回到恒中集团，彼时余小鱼已经越做越熟练，能一边戴着耳机听会议，一边做幻灯片了。知道她经常主动加班到午夜，他去14层行政部拿了一沓福利券，走楼梯上去，结果不期然抓住了早晨10点摸鱼的余小鱼。

"也不是，其他人很好的。"余小鱼用肩膀夹着电话，手上抓着根玉米啃，"上次有人找我熨衣服，我心想我又不是对方雇的保姆，可又没胆子拒绝，是江老师上楼把我拉回来了，说以后再有这种事就告诉他，他不会让我做低级的工作的，嘿嘿。

"这周本来有领导抓我出差，我私下打听，别的实习生说跟这个领导出去一定要喝酒，而且饭桌上会说难听的话。江老师让我别回消息，他来推掉。我觉得要是跟着江老师出差，肯定很有安全感，他看上去凶凶的，应该没有人敢劝他酒吧？"

江潜失笑，要斥责她摸鱼的事都忘了。

实则他才从英国回来，很多国内的规矩是现学的，比如应酬。不带她，是因为他自己有时候也掌握不了局面，做乙方就得拿出诚意，做甲方也得显示尊重，每个项目做成了，都要花费很多心血。

这小丫头把他想得太神了。

他轻轻地走回 14 层，坐电梯来到办公室，发现他不在的这段时间，桌上的新文件摞得整整齐齐的，贴着标签，旁边还有一个小本子，记着某天谁来了电话，找他有什么事。

柜子里的茶具被动过，她独自招待过来访的客人。

有那么一刹那，江潜觉得孩子长大了，可以带出去给他长脸了。

余小鱼回到办公室里，傻了眼，她的上司提前凯旋，不知道坐了多久。

她去楼梯间里摸了半个小时的鱼，就是拉肚子也没这么慢的。

可江潜好像并不在意，淡淡地开口："新项目需要出差，资料发你了，月底你跟我一起去。做完这个，就是答辩考评，你考虑考虑是否愿意长期实习，以后在恒中继续工作。"

"是说我可以继续跟着江老师吗？"她脱口问。

江潜顿了一下："不一定，有好的机会，我会让你去。"

她的杏仁眼眨巴着，看起来有点儿可怜。

江潜又说："小鱼，你不可能总跟着我，对不对？工作以后是要一个人打拼的。"

余小鱼低下头，半晌道："那我还是喜欢实习。"

她在说什么傻话！

他无奈地伸出手，想揉揉她的脑袋。

这个动作一出来，他自己就愣了，幸而余小鱼不知道他要干什么，手疾眼快地把一份文件塞到他的手里："打印好的项目资料。"

江潜咳了一声："谢谢，我来教你看。"

余小鱼解锁电脑，随口来了一句："江老师教得最好了。"

江潜又怔住了。

从来没有人跟他说过这样的话。

"他们虽然说你很凶，但都羡慕我呢。"她冲他笑了笑，梨涡深深。

短暂的沉默过后，他把语气放得又轻又软："那你好好学，我就不凶了。"

◆

江老师教得最好了。

余小鱼躺在床上，想起实习时生疏地拍他的马屁，他不会听不出来。今晚在宴会厅里，她脱口而出的还是那么一句，看来这些年她的情商毫无长进。

挂钟时针指向凌晨 1 点，一只飞蛾扑撞着吊灯，在空调房里打转。

"别转悠了，又飞不出去。"

她叹了口气，压下乱纷纷的心绪，把灯熄了，那只蛾子没了光才死心，终于消停下来。

第二天，同城热搜上是恒中集团在菲丽葩酒店召开项目推介会的照片，光影取景很有格调，把商业活动硬生生拍成了电影大片。她随手翻翻评论，一堆。

"谁要看美女配青蛙啊，给我搓江总和悦悦的对子！"

"怎么没人说江总的脸？我觉得比 ME 集团的孟总好看欸！孟总结了婚就没味道了。"

余小鱼刷了半天，发现这条热搜把探骊网的热度压下去了。探骊网的事发酵了一个多月，媒体中只有《日月》杂志社写了篇深度报道。

余小鱼在办公室里摸着鱼，领导一过来，把她吓了一跳，赶紧收起手机："老板，什么事？"

"周五晚上有个饭局，几个给恒中发债的银行都在，还有几家私募，你跟我一道去吧。"

没等她推辞，领导就说："芳甸资本的宋总说你路演那天表现得不错，特意叫我把你带去见见。"

芳甸资本是私募界的新起之秀，宋总和领导曾经互通业务消息，不能得罪，这就是非要她去活跃氛围的意思了。

余小鱼思忖片刻："好的，听您安排。"

然后回家她就给楚晏打了电话。

"周五啊，我跟我们宋总说说，看他带不带我去。说起来你现在出息了，你们领导嘴上答应，实际上怕人挖你跳槽呢。"楚晏笑眯眯地说。

"你一定得来啊，我最怕这种场合。"余小鱼恳求。

"要是梁斯宇周四回国，我就放你鸽子了。周五我跟他一起回山西见家长。"

她的男朋友也是 A 大的，毕业后进了央企，外派到巴西做建筑工程，一年没回国了。

余小鱼点头："好的，好的。"

转眼一周过去，她换了身长及脚踝的连衣裙，在烈日下披个长袖开衫，下班后和领导及三个员工上了车。

七森俱乐部在西三环，中高档次，闹中取静，开了有十多年，提供多元化的私人定制服务。

余小鱼略有耳闻，这里是业内谈生意常去的"三场"，所以她从来没去过，要不是楚晏也在，她就请病假不来了。

聚会的公司都是经常合作的，轮流做东，今晚轮到盛海国际。一进包间里，余小鱼就看到了芳甸资本的吃喝代表队，"地中海"宋总坐在沙发上，正和楚晏说话。

领导连声道歉："不好意思，来迟了，来迟了，罚酒一杯。"

那边也客气："不急不急，今晚有的是机会罚你嘛。这位就是小余吧？听你同学说，你读本科时就在恒中实习过，难怪往台上一站，就落落大方、威震全场。"

余小鱼笑道："宋总，您把我说得和变形金刚似的，我们领导在下面盯着，可不得超常发挥嘛。要是讲得不好，可不就给我们盛海国际的丢脸了，这我可担待不起。"

宋总打量她，"哈哈"一笑："我看也不是谁都敢应这件差事。现在的小姑娘，一个比一个厉害，过上10年，我们这帮老家伙可要靠你们提携了。"说着他掏出一张名片给她。

到了7点多，二十几个人陆陆续续来齐了，两个包间拆了隔板并起来，男女各占一半，混着坐。

余小鱼和楚晏都是第一次来，两个人闷头吃，觉得这菜委实不错，精致又好吃，还贴心地送了皮筋扎头发。

"待会儿咱们吃完就开溜吧。"

余小鱼琢磨着："我就怕走不了，今天我们做东，公司来了四个男的，我至少得刷卡结账。"

她的顾虑是正确的，因为吃到9点，她收到领导的微信："等会儿去负一楼唱歌，麻烦你和留下的女士开一间，再给我们开一间，这里结账是最后算，你来我这儿拿卡。"

余小鱼在心里翻了个白眼，但还是回复了一句"嗯嗯，您放心"，然后貌似不经意地走过去。其他几个来做客的老总眼尖，立刻朝自己的跟班们使眼色。余小鱼以前在这上面踩过坑，连忙笑道："我们领导是这儿的会员，刚才已经叫我出去把订金付了，大家只管玩，下次有的是机会再聚。"

领导也很熟悉这个套路，端起酒杯："有来有往，合作才长远嘛。等会儿下去唱歌，咱们掷色子，谁输了下次谁请。"

一桌人都道："太客气了，盛海国际这是要把我们一网打尽啊，我们今天请了能唱的外援，等会儿可不饶你。"

余小鱼又默默翻了个白眼。

她想回家睡觉，不想在这里皮笑肉不笑。

楚晏不愧是中国好室友，一直陪她到歌厅包间里。得了自家领导吩咐的六七个小姑娘坐在沙发上，彼此之间毫无交流，有的刷手机，有的打开电脑写报告，有的在讲电话，任凭大屏幕上开了静音的歌轮流播放，只听见另一间里传来男人们的欢呼嬉闹声。

一屋子人全犯了尴尬症，特别尴尬。楚晏接到电话，是梁斯宇在机场落地了。余小鱼喘口气，就把她送出去，在俱乐部门口抱了抱她："你结婚的时候让我当伴娘啊，我现在有钱买漂亮的小裙子了。"

楚晏摸摸她的头："我们小鱼也要幸福，不要再想着他了。"

余小鱼有点儿想哭。

送走人，余小鱼在外面吹了会儿风。8月夜里的气温很高，空气中飘荡着一股清幽的荷花香，沿着回廊走下去，是俱乐部别墅后的一个苏式园林，暗淡的灯光照出花草茂盛的碧绿的池塘。

荷花香突然变得有些呛鼻。

余小鱼闻到一股烟火气，是从假山后飘来的。她一开始还以为有人在点蚊香，又觉得不对劲，走近几步，地上有被风吹来的焦黑纸屑。

这是在……烧纸钱？

她蹑手蹑脚地想避开，不打扰假山后那人的忧思，不料踩到个枯莲蓬，鞋底一滑，"哎哟"一声撑住岩石，这才没跌跤。

"怎么了？"

闻声一个身影从石头后探出头，余小鱼借着灯光看清了他的脸，顿时浑身汗毛都竖起来了，惊恐地后退："你……你，严……"

"你是谁？"

穿短袖衫的男孩儿一脸疑惑地问。

余小鱼什么都没听清，吓得落荒而逃。

他不是死了吗？

明明他三年前就死了，死前还上她家吃过饭！

等满头冷汗地跑到大堂，她才回过神儿——不可能是他，只是光线暗，长得像罢了，人死怎么可能复生？

想到烧纸，她又猜测两个人是亲戚，所以才那么像。

不管怎么样，她家再也不要和陌生人扯上关系了。

她呼吸急促，掏出纸巾擦汗，不经意瞟到电梯门正在关闭，里面闪过一个窈窕的背影，黑长直发，纯白的裙子，有点儿眼熟。

余小鱼甩了甩脑袋，心想：不关她的事。

可她刚走两步，大脑好像偏要和她作对，又回放网上那张暧昧的绯闻照。

颜悦戴着墨镜进了电梯里，摸了摸脖子，粉底被汗化掉，淡红的疤露了出来。她今晚有两个场子，地方是她挑的，信得过。

她先在负一层歌厅包间里见了赵柏盛，卑躬屈膝，做小伏低，但并没有用，她到现在只混了个进他的私人公寓里的资格，连姚正阳都没他谨慎。

她自认有魅力，可那姓赵的好像不认这一套。

带着一肚子气，颜悦挎着限量款包上了五层。服务员一开门，颜悦就哭哭啼啼地往里一扑，倒在沙发上："黎总，我不是故意的，您也知道，但凡是个出名的演员，都有人捧，姚总让我陪他出席，我拒绝不了呀……"

黎珠坐在牌桌前，手指夹着一支雪茄，烟雾把她的眉眼修饰出几分慵懒，这张脸摆在那里，就是20世纪90年代最受追捧的艺术品。

"恒中的路演我去了，因为我没有戏要拍。"她轻启红唇，抬起下巴，露出让人仰望的高傲表情，"可你不一样。你还知道你是个演员？我签你，是让你来演戏的，让片场的人等你六七个小时，足够把你踢出博雅传媒了。"

她吐出一口烟，站起来，7厘米高的鞋跟儿在瓷砖上发出清脆的响声，带着怒气道："你有什么资格找我要女主角的试镜？"

颜悦把眼泪一收，换上一副天真无邪的笑脸，乖巧顺从地望着她。

颜悦不演戏的时候，演技是上等的好。

黎珠盯着这张清纯玉女脸，多像自己同时代的演员，可那些人没几个有好结局。

她就喜欢颜悦这种精湛却不入流的演技。

"赵柏盛找过我，说你想演女主角，我看在他小叔的面上给你一个机会。但是，他找你干什么、说什么，你都不许瞒我。"

"那是当然。"颜悦立即道，"您才是我的老板，动动手指就能让我滚出演艺界，那些男人又能把我怎么样？"

黎珠冷笑一声："再让我听到你旷工耍大牌，我也不会再费精力给你澄清负面新闻了，我开公司不赔钱。明天你就给我去片场，再背不出台词，这部戏也换人。"

黎珠在这里已经耗了十多分钟，晚上还有贵客要陪，拎起包就走。颜悦毕恭毕敬地开门，车就在楼下。

引擎声远去，夜深了，后院的假山飘出难闻的烟味。

她伸了个懒腰，款款地走进电梯里。

电梯里还有一个中年女人，颜悦站直了，和她打了声招呼："慧姐。"

"没和他说我在吧？"

"没。"

颜悦很久不见她，发现她老得很快，头发都白了。

也是，开店比演戏还累。

飞机9点多降落，梁斯宇过海关排队用了一个多小时，出了到达大厅，热浪扑面而来。

一辆网约车停在路边，副驾驶座上的女孩儿打开车窗，朝门口挥手："这里，这里！"

司机师傅殷勤地下来搬行李。

"不好意思，我女朋友来接了。"

"梁先生，下次再谈。"

"好的，江总，反正您有我的电话。"

江潜走了几步，拉开车门，听到女孩儿在撒娇："让我看看你在巴西有没有晒黑呀！"

"这么晚还过来，我自己打车就行了，不费事的。"

"晚上正好和小鱼吃饭，我先溜了，她还在那儿守着一帮大老爷们儿唱歌呢。梁斯宇，你可不准去那种地方，我知道你们海外搞工程的满脑子都是……"

"晏晏！我没去过！"男生焦急的声音淹没在马路上。

江潜在车里点了根烟，夜风拂过他的额头，闷热潮湿。他只吸了一口就掐了，把方向盘一转，往市区开去。

他调出上次张律师发来的地址，是一个叫七森的俱乐部，原来是个不入流的娱乐场所，后来产业升级，变得高大上了，老板很有经济头脑。

正好他要去问点儿事。

从机场到西三环用时40分钟，道路畅通。别墅建在小坡上，背山靠水，迎宾大厅里摆着两头金牛，要不是熏染过重的香味，还以为这是家正经公司。

江潜第一次来，掏出黑卡，前台工作人员不敢接："我们老板不在，要不您先消费，明天她亲自给您办卡，以后每次来都有贵宾服务。"

"那就算了，这是小费。"

服务员看他出手大方，很敬业："您先里边坐，我给您介绍一下我们这里的特色服务。"

差几分钟12点余小鱼收到结账指令，终于要散场了。

百无聊赖的时候她问了前台工作人员，原来并不是结束了才买单，要是会员，隔日买单也可以，可她的领导抠门儿，没有充值。

仅剩的四五个小姑娘昏昏欲睡，看余小鱼站起来，就敷衍地打了声招呼，飞速地携包溜走。她打着哈欠刷完卡，给领导叫了车，看着他们一个个步履虚浮地离开，才长舒一口气。

这个点，正是俱乐部生意兴隆的时刻。余小鱼穿过大堂，去上洗手间，西边的舞池里坐着几个人，在和酒水推销员深情款款地调笑，也有服务员在向新客户介绍自家的产业布局。

洗手间建得如巴洛克风格的歌剧院似的，十分豪华。她上完洗手间，又脱下开衫洗了把脸，才觉得那股烟味散了许多，清清爽爽地走出来。

中央空调吹得她肩头发冷，她正要披衣，楼梯边猛然伸出一只手，拽住她往暗影里拖去。

浓烈的酒味熏得余小鱼头晕眼花，那只手油腻腻的，紧紧地捂住她的嘴。

她拼了命地踢蹬，一只高跟鞋掉在地上，那人掐住她的脖子，往包间里拖，她反手在他的脸上抓挠，身子一落地，就捡起鞋往他的腿上狠狠一扎。

随着吃痛的惊呼，力道减小了。

余小鱼踉跄着站起身，又被扯着胳膊拽了回去，可瞬息之间，那人又发出一声无比惊恐的痛叫。

她一回头，血花和着碎玻璃溅了一地。

江潜拾起她的鞋，手指刚碰到余小鱼的脚背，就触电般缩了回去，转而拾起另一瓶酒，往那人前额一抡，一脚踹在他的腰上。

"啪嚓！"

血红的葡萄酒漫延开来，鲜艳刺目。

肩膀被砸了个窟窿的男人受到这重击，两眼一闭，彻底晕了。

"轻伤。"江潜对赶来的服务员说，"两瓶酒记在账上。"

余小鱼穿好了鞋，扶着楼梯喘气，头发也乱了，低头握着手机不说话，手有些抖。

江潜给她拿着衣服，用拇指抹掉衣服上面的血渍，说了两次"走"，她都在原地不动，直到伸手去拉，才发现她全身又僵又冷。

他把开衫给她披上，温度升上来，她终于能说话了："我……我去下洗手间。"

她在公用水池前一遍遍地冲洗那酒鬼碰过的地方，十个手指头都发皱了，连关水龙头的力气都没了，水滴一滴滴掉在金色的池子里，发出计时般的声响。

20分钟过去。

江潜看着她撑在水池前，不动声色地走近，扔了那件染血的开衫，脱下西装外套，把她严严实实地裹了一圈。

"还冷？"

镜中映出她苍白的小脸、大而黑的瞳孔。

他又走近几步，伸开手臂环住她。

"冷？"他低头，下巴触到她的发顶，手放在她的背上。

她闭上眼。

他的唇触到她光滑的额头，上面渗出细小的汗珠，是冷的。他往下吻，亲她的眼皮、睫毛、脸颊，安抚她的双唇。

"我在这里，不怕，好不好？"

他轻柔地吻她："我送你回家。"

"江总，谢谢。"

强自镇定的声音在镜子前响起，打碎幻境。

江潜站在洗手间外，看她穿着开衫长裙，朝自己一瘸一拐地走过来，脚踝上有个伤口，身上没有擦伤。

"您在这里谈项目？"

话一说出口,她就在心里嘲笑自己傻,这根本不用问。

男人来这种地方,就算谈项目,也不是纯谈。

他总不可能是临时过来,喝酒打发时间的吧?

"谈完了,正准备走。"江潜把外套扣子扣上,"你住在哪里?这么晚不好打车,我让人送你。"

他给张律师打了个电话:"下来。"

余小鱼太累了,没有推辞,哑声又说了声"谢谢"。

江潜跟在她后面,两个人隔着一米远,一前一后出了楼,这一幕被楼上的人看得清楚。

他们来到停车场时,驾驶位上已经坐了人。

"嘿!"司机说,"你不记得我了?"

余小鱼觉得这人面熟,想了一下:"在恒中大楼的电梯里见过,您赶时间。"

"你再想想?"

余小鱼摇头。

司机把略长的头发捋到后面去,她一下子认出来了:"啊!张津乐,法务部的,不好意思,不好意思,你变化太大了。"

"我就说嘛,你怎么可能忘掉!当年面试时我还提点过你,说里面有个大帅哥,就是嘴毒。你们俩一直没变化呀,只有我被甲方压榨,老了好多。"

"哪有,你精神得很。"

"住在哪儿?"

余小鱼报了公寓的地址。

一路上就是张津乐在活跃气氛,说自己受不了恒中的加班风格,毕业后进了汉原律师事务所,结果又是给恒中当牛做马,加班比之前还厉害,就是劳碌命。

"走了好,你要是留下来,今天就得跟我一样回去加班。"

余小鱼客套地笑笑,不答。

那时候,她觉得如果能继续留在恒中,愿意天天加班。

可今时不比往昔了。

江潜和她并排坐在后座,专注地看着手机,似乎在写邮件。她的目光落在他饱满的嘴唇上,掠过挺直的鼻梁,她偷偷看他的眼睛。她以前并不知道桃花眼也能长在这样冷峻的脸上。

他真是一直没有变化，连极淡的古龙香水气味都一样。

车子好像跨越了一个黑洞，时间被吸了进去，她收回目光的时候，已经到小区了。

余小鱼下车挥手："张津乐，再见呀。"

她嗓音很甜，说话总是带着语气词，江潜曾经说过她，让她在外面改掉。

他等着她说第二句，果然，她说："江总，再见。"

她一直是个好学生。

江潜喉咙发涩，微微颔首："早点儿休息。"

车子掉了个头，小小的身影淹没在无边的黑夜里。

张津乐说："潜总，您不用这样吧，我看着都急。"

江潜只问他："你跟着赵柏盛，打听到什么了？"

张津乐叹了口气，像摸麻将牌一样打方向盘："什么也没有。我只知道他在七森见了颜悦，颜悦又见了博雅传媒的老板黎珠，然后呢，今晚您老人家两酒瓶子砸下去，赵柏盛肯定知道你在那儿，说不定我要暴露了。"

江潜轻咳一声，转言道："沈颐宁要结婚了，下个月。"

这个话题果然岔开了张津乐的注意力，他猛地拍了一下方向盘，难以置信："你说谁？"

"沈总。"

他"哎哟"了好大一声："我的天，你们恒中最大的牌面要嫁人？为什么绝世大美人都要结婚啊？就单身让大家以为自己还有机会不好吗？哪个天选之子这么有福气？"

他们实习那会儿，哪天要是在电梯里碰见沈颐宁了，咖啡都不用喝，一整天就跟打了鸡血似的，晚上做梦都是她那张脸。后来余小鱼转到她的组里，他们一个个羡慕得要死。

"新郎是去年提拔上来的，姓戴。"江潜淡淡地说道。

张津乐当司机不行，当律师还是可以的，立马就明白了这桩婚姻的重要性。

"戴家不是公检法系统的吗……那么我觉得赵柏盛的几家公司即将面临破产清算、被法院拍卖的风险，他们搞的网站祸害了不少人啊。这回咱们能有七分胜算吧？"

"赵柏盛的后台是赵竞业，他要是能倒得这么容易，我也不用在国外待上三年了。"江潜低声道，"这只是个开始。"

嘴上谈的都是公事，可他心里又琢磨起分别时她明显的区别对待。

他以前是不是对她太严厉了？

◆

"你师父严厉归严厉，却不会骂人，只会教育人。"

23层的员工咖啡厅里，张津乐叼着吸管说："不像我师父，骂人大法元婴期修士，成天说'怎么这么简单都做不好'，你从没教过我，做成这个鬼样子能怪谁？"

实习生们都没良心地大笑起来。

余小鱼想：他们是没经历过江潜的教育轰炸。月底要出差，这几天他让她练习口头演讲，不管是做过的还是陌生的文件，不超过10页纸的，拿到手看5分钟，就要能流畅自如地讲出来。其间，她不能一直盯着屏幕，要直视他，面带微笑、口齿清晰地表述，不准卡壳。

他还说："语气词用得太多了，显得不正式。"

"好的呀。"

她一说出口就捂住嘴。

江潜用钢笔敲了敲她的笔记本："在我跟前就算了。"

第一次出差她很兴奋，妈妈给她准备了一登机箱的东西，衣服、零食、无酒精洗手液、卫生巾，还说："千万不要用酒店里的水壶，新闻上说别人用来煮内裤，给你买了烧水杯，就用这个。"

箱子被塞得满满当当的，别说是住一周，住两周都行，理所当然地超重了。她以为江潜会怪她下飞机取行李耽误时间，结果他把自己那个轻箱子给她，把她的粉红色草莓箱子拿在手上。

"我叫车吧。"

话音刚落，车就来了。

江潜坐进去，说："如果没人来接，实习生取行李的时候就要叫车。"

余小鱼无地自容。

第一天是去对方公司，是个制造业龙头，领导很务实，客客气气地招待。

江潜把余小鱼往前一推："这是我同事，她给您介绍一下业务。"

余小鱼一下子回到了期末考试的现场。

她以前被老师抽到上台演讲时就特别紧张，现在经过高压训练，已经无所畏惧了。但她毕竟是第一次在未来的客户面前讲，不由得打起十二万分的精神，插U盘、放幻灯片、翻页一气呵成。对方公司给恒中集团面子，来了十几个领导听宣传。余小鱼讲着讲着，目光就汇聚到了她师父的脸上——张津乐那句话说得好，紧张的时候看着他的脸，就能忽略一切。

下面的领导们在议论什么，她已经忘了。

中午回酒店的路上，江潜对她道："客户很满意。"

"那江老师觉得呢？"

炽烈的阳光铺在他的脸上，他的眼睛弯了弯，他说："小鱼很不错。"

余小鱼恨不得让他在自己的脑门儿上盖一朵小红花："那我能不能留用呀？江老师，我想跟你再学点儿。"

"没准儿以后我教不了你了。"

小圆脸垮下来，她问："可是江老师不是我们投行部最厉害的人吗？"

江潜心中一软，哭笑不得："你从哪里听说的？谁要夸自己厉害，那才是最不厉害的。"

余小鱼想了想，说："江老师负责工作，我负责跟别人夸你，不用你自己夸。"

"就会贫嘴。"

他板起脸，可看她笑得那么开心，他也绷不住笑起来，摸摸她的头："你要是喜欢出差，我以后多带你出来。"

好景不长，余小鱼很快体验到了什么叫乐极生悲。

第二天下午客户请他们参加一个国际展会，江潜估摸着这两天对方要请他吃饭到很晚，干脆就没让小丫头过来，叫她在酒店房间里写研报。

余小鱼吃完午饭睡了一觉，肚子更疼了。不知道什么原因，例假提前来了，余小鱼药吃得迟，没起作用。她死气沉沉地挨到晚上10点，终于把报告写完了，发给江潜。5分钟后，门铃就响了。

她从床上跳下来一看，他竟然已经回酒店了，面色冷冷地站在走廊里。

"江老师……"

江潜把门虚掩上，站在玄关处，把前台工作人员打印出的报告往柜子上一摔。

"用膝盖写的？"

"用……用手……"

"就没用脑子是吧。"

他用钢笔在英文报告上重重地圈出几段："语病、错别字、逻辑不通。"

他又在图表上画了个大大的叉:"图例呢? 我有没有说过,图表要标数字,放不下就斜着摆,要能看清? 你画的是什么?"

余小鱼大气儿不敢出,低头盯着脚尖。

"刚在别人面前夸你两句,就飘成这样,你实习以来做了多少份报告了? 哪一次我没有告诉你,犯过的错误不要再犯?"他眉头皱成"川"字,声音冰冷,"你不是为我工作,是为公司工作,干了七八次的事,不重视了,以为几个小时就可以完工了,这种敷衍了事的态度怎么通过答辩?"

他晚上在西餐厅里喝了几杯鸡尾酒,度数很低,此时却莫名其妙地上了头:"我看你是不想留在我这里,我不配教你。"

余小鱼猛地抬头,因为羞愧涨红了脸,急急地恳求:"江老师,我下次再也不粗心了,你再给我一次机会,我重新写。"

因为过于激动,眼前一阵眩晕,她摇摇晃晃地扶住柜子,连他生气的样子都看不清了。

江潜一惊,手腕贴上她的额头,温度正常。他松了口气,酒意也被理智压下去了,这时才看到烧水杯旁有一盒拆开的布洛芬。

他收回手,语气依然冷淡:"不舒服就说。这次长个记性,宁愿卡在截止日期,也不要给我交粗制滥造的东西。上床躺着。"

她可怜巴巴地望着他,眸子里水光闪动。

"有什么好委屈的?"江潜轻斥,带上门前,又说了句,"快点儿睡觉。"

第二天江潜离开得很早,余小鱼起来的时候,隔壁房间已经打扫完了。

她回想起昨天他发火的情形,犹自心惊胆战,不敢懈怠,用最快的速度把研报改完了,仔细地检查三四次才发到他的邮箱里。

15分钟后,他回邮件:"谢谢。"

余小鱼悬着的心终于从嗓子眼儿里落下去。

4点多,江潜发来微信:"文件夹放在你的房间里了,半个小时内送到国际会展中心正门,我在这边等你。"

她一骨碌爬起来,把房卡往兜里一揣就下楼,在酒店门口叫了半天网约车,结果等了10分钟也没叫成。

会展中心离酒店只有1.2公里,太近了,司机不愿意接单,附近又没有直达的公交车,偏偏文件要得急。

余小鱼眼看要迟到,抱着文件夹撒腿就跑,一边看地图一边看路,拿出了中考长跑的劲头。可她熬多了夜,身体素质下降很多,没跑几百米就累得气喘吁吁，肚子也绞痛起来。她咬咬牙，继续顶着烈日往前跑。

手表的指针"嘀嘀嗒嗒"地转，终于到了最后一条马路，红灯倒数到0，她如火箭般冲过斑马线，朝那栋建筑物飞奔。

江潜在会展中心门口的落车点等了5分钟，正等她回微信，抬头就看见一个黑色的小影子横穿马路，抱着文件夹飞也似的跑过来，一辆右拐弯的大卡车呼啸而过，险险地擦过人影，喇叭声伴随司机的怒吼："你不看车找死啊！"

江潜脑子里的弦"啪"地断了，冷汗顷刻湿透衬衫。他大步走过去，拎小鸡一样把她提溜到花坛边，怒火攻心地喝道："不要命了？！路上那么多车看不到吗？轧过来怎么办？"

脑子都被她气坏了，心脏剧烈地跳，血压升高，江潜道："你站在这儿，站着别动，说，有没有做错？下次敢不敢？说话啊！"

余小鱼被这副如再世阎王的模样吓呆了，过了几秒，才"哇"的一嗓子哭了出来："我……我不敢了……"

那辆卡车在路边停下，司机心有余悸，还在吼："我右拐不看灯的，管管你家孩子！穿得人模狗样了不起啊，小孩儿都不会教育！"

二十多年修炼的冷静自持都在这一刻灰飞烟灭，江潜把余小鱼往身后一拽："你吼她干什么？！撞了人你看是谁全责？哪条交规写过没灯通过路口就可以不礼让行人了？她闯红灯了？我教育我家孩子跟你有什么关系？！你的车是蹭了还是剐了，叫保险公司过来评理！"

司机没料到这个穿西装的男人竟比自己一个大老粗气性还大，啐了一口，重新发动卡车扬长而去。

江潜声音嘶哑，深深地吸了几口气，才平静了几分。

余小鱼都不敢哭得大声，肩头一抖一抖的，攥住他的袖子："江老师，我错了，我以前都看车的，刚才太急了，我打不到车，看时间就要到了……"

他这会儿想起来，自己让她半个小时内把文件送到。

江潜脸色阴沉："别扯我的衣服，好好说话。"

她听话地放开，抽抽搭搭地说道："你别赶我走，我……我还想继续实习……"

江潜怒极反笑，打开手机通讯录，翻找着号码。

余小鱼以为他要打电话给人力资源部把她开除，就差没给他跪下，紧紧地按住手机，眼泪"吧嗒吧嗒"地掉在他的手背上，低声下气地求他：

"我错了，我错了，我回去背交规，你别告诉人力资源部的老师！"

江潜看她是昏了头，这种事他要怎么和人力资源部说？他带的实习生差点儿被车撞，所以不适合干投行？

他掏出纸巾来擦被糊了一手的眼泪："我打电话给你妈妈，告诉她你……"

"江老师，你不要告诉我妈妈，求求你了，她会骂死我的……"余小鱼抱着他的手，哭得比刚才还惨。

"骂死才好！"江潜恨恨地说道，抽回手。

余小鱼赶紧把怀里的文件拿出来，用纸巾抹掉封面上的眼泪，双手捧给他："里面是好的，纸没湿。江老师，你快上去吧，外面热。"

余小鱼怕他真打电话告诉家长，一转身就跑了，不给他教训的机会。

江潜捏了捏眉心，全身脱力。她跑到马路边，绿灯亮了，他的心瞬间提到嗓子眼儿，高声道："你再跑一次试试！"

往后几天，余小鱼特别乖。

看她这样确实是知错了，江潜就不再提那天过马路的事。在西京出差的最后一天，中午和晚上都有饭局，他寻思一直不让她上酒桌也不好，毕竟都跟人说了她是同事，项目谈成了，恒中集团若是只来一个人当代表，稍欠诚意。

客户在城里最高档的餐厅里请客，巧的是也带了个实习生，和余小鱼一个年纪，举手投足却透着老练。

江潜在这种饭局上吃得很少，喝得也少。起初，他从国外回来，非常不习惯这种工作方式，但不得不逼着自己学会，赴宴前教余小鱼："你爸爸有没有跟你说过酒桌上的规矩？虽然你不一定要喝酒，但要知道常识。"

他把经历过的一样一样地说给她听，叮嘱："喝了一口，就等于喝了一杯、一瓶，下次就没有理由推辞了。所以要么滴酒不沾，要么来者不拒。"

她听完，反而问："江老师，你喝酒难不难受呀？"

江潜看她满脸关切，声音缓和："还没有人敢把我灌倒。"

"可你不是有时候也要请别人帮忙吗？"

江潜说："很多人认为在酒桌上洽谈是成本最低、最不需要动脑的洽谈方式，其实不然，它在消耗最重要的健康。我们在别的地方多花一点儿工夫，也能让对方满意，只是需要动脑，找到需求点。"

"听上去有点儿难。"

江潜"嗯"了一声:"你还小,慢慢学。"

"我不小了。"她嘟囔。

江潜看着车窗外运货的大卡车,有些疲惫。

他这哪里是带实习生,分明是带孩子!

他觉得身份证上的年龄都不够用了。

酒桌上客户很文明,余小鱼说自己不能喝,他们就点了一扎橙汁给两个实习生。

敬了两轮下来,菜上齐了,吃到尾声,江潜向余小鱼丢了个眼神。

余小鱼心想:这可能是要她抢先买单了,但又不确定,就在迟疑的一刹那,对方的实习生"唰"地站了起来。

客户很满意:"出去加份主食,就油泼面吧,是我们这儿的特色。"

余小鱼松了口气。

江潜叹了口气。

很快她就知道江潜为什么摆出这个表情了,只见那实习生回来时手上多了张卡,交给他的老板:"顺便买了单,有折扣。"

余小鱼由摩拳擦掌变成了垂头丧气。

吃完饭,她恹恹地道:"江老师,我是不是不适合做这行?人家只比我大一个月,怎么他就能做得这么滴水不漏啊?"

江潜没有责怪她:"你怎么知道他不羡慕你?"

人变得圆滑,都要付出代价。

他并不希望一个如此单纯的女孩子也像自己一样摸得透利益往来,拎得清人情世故。

她只要明白就行,不要学。

他把这句话埋在心里,对她说:"见多了,你自然就懂了。晚上还有局,那时候我们再刷卡。"

"好的!"

当晚吃完饭,江潜被邀请去俱乐部。

客户对女同事们说:"你们先回家吧,回晚了要被男朋友、老公、孩子怪罪。"

江潜把公文包和电脑给余小鱼,她用力地点点头。

"江老师,你什么时候好?"

此话一说出口,几个男人笑了,余小鱼不明所以地望着他们。

江潜心中厌恶，神情冰冷，只对她温声道："你先回去吧。"

俱乐部二楼是间茶馆，他们走后，余小鱼就在上面坐着。此时，茶馆里没什么人，下面的酒吧里却人声鼎沸，音响放的摇滚乐让地板一震一震的。

一个服务员姐姐看她独自坐在这儿，走过来好奇地问道："没人陪你吗？"

余小鱼摇头："我等我的老板，他被请去下面了。"

服务员第一次见有女客等男客的，看这小姑娘什么都不懂，好言劝道："你老板不会想让你等他的。"

"听说你们这儿有那个……？"她压低声音。

服务员道："有，就是……你懂的。"

余小鱼的眼睛逐渐瞪大。

服务员给了她两块薄荷糖后，就托着茶壶走远了。

余小鱼趴在窗口，看外面的夜色。立交桥灯火通明，老街的牌楼下，熙熙攘攘的人群那样热闹，她却感到一种远在他乡的寂寞。

来例假很累，她抱着文件，迷迷糊糊地枕着公文包睡着了。不知过了多久，后背被人拍了拍，是服务员。

"那是你老板吧？和你一起来的那个，他们要走了。"

余小鱼一个激灵，揉揉眼睛，"噔噔噔"踩着楼梯下去，差点儿滑一跤。

夜风吹着老街的古建筑，繁华的夜市沾染了烟酒味，明月的光辉不及人间的霓虹灯光彩夺目。

江潜在楼前点了根烟，试图放空头脑，只有一个人的时候，他才能体会到这种宝贵的自由。

"江老师。"

一声轻轻的呼唤在江潜的身后响起。

江潜诧异地回头："小鱼，你怎么还没回去？"

"对不起，江老师，我又错过买单了……"她低着头。

俱乐部幽蓝的灯光照着她的脸，那双杏仁眼蒙上了一层水雾，波光动人。

江潜又好气又好笑："这种地方小偷多，我把包给你，是让你帮我带回酒店，不是让你等在这里结账。哪里要你一个小姑娘做这种事？"

她无辜地眨眨眼睛："可是你中午说过，我们晚上要刷卡的。"

江潜抿住唇。

他想说什么，话到了嘴边，又咽了回去。

他难道不清楚吗？

他说过的话，她都一句一句当成金科玉律记着，半个字不敢忘！

那一刻，江潜恨自己没把她的反应当回事。

他应当知道的，知道她在这种乌烟瘴气的地方等了他三个多小时，就为了那一句轻飘飘的话。

他是不是，对她太严厉、太凶了？

他走上前："小鱼……"

"江老师，我是不是又让你生气了？"她目光有些惶然。

江潜看着她，胸口憋闷："没有。小鱼，你知道我去的是什么地方吗？你一个人留在这里很危险。"

她好像没有抓到他说话的重点："我知道，服务员姐姐跟我说了。江老师才不是那种人，我也知道那几个大叔说的是什么意思，你不要理他们，不要跟他们生气，他们不会理解你，只会笑你。江老师和他们不一样！"

江潜再一次失语。

长久的静默后，五彩的灯光又闪了起来，如云中的星。他嘴角慢慢扬起，眼睛也弯起，长眉舒展开，五官轮廓虚化，畅快的笑意就这样毫不掩饰地冲破了冰层，流淌在脸上。

人影交错，灯影斑驳，花影缭乱。他站在她面前，柔软明亮得像今晚的月亮。

余小鱼望着他，悄悄屏住了呼吸。

"你说得对。"江潜把她手上的东西拿过来，"等了这么久，饿不饿？"

睡觉消耗热量，她的肚子及时地叫了一声。

"想吃什么，我给你买。"

这条长街在城墙下，有很多卖小吃的摊贩，余小鱼这个也想看，那个也想吃，江潜给她拿着烤羊肉串、鱿鱼串、桥头排骨，叫她："跑得慢点儿，看好手机，别让人摸走了。"

"江老师，你也吃呀！"

她用餐巾纸包着串串递给他。

江潜从小就不吃这些东西，嫌不干净，可她的眼睛太干净了，让他觉得不吃都对不起她，勉为其难地拿了一根烤肠，细嚼慢咽地吃了下去。

她咬着竹扦，腮帮子一动一动的。江潜都被她逗笑了："吃饱了就回去休息，明早还要赶飞机。"

"江老师，你每次出差是不是都能逛街呀？"

"我不逛。"

"啊，那你是陪我逛夜市呀？"

"嗯。"

她听了笑得见牙不见眼，几缕弯弯的发丝滑落在脸颊边，垂来荡去。一眨眼的工夫，她就不见了。江潜提着几个塑料袋，在人群中寻找着，忽然听到清脆的叫唤："这个好可爱……"

他回头，只见汹涌人潮衬托出一个娇小的身影，她站在手机贴膜的摊位前，左手拿着鱿鱼串，右手举着一个粉红色的小狐狸挂件，笑盈盈地给他看："江老师，这个毛茸茸的，摸起来好舒服，拉开拉链，里面正好可以放门卡！"

他快步走过去，"小心"两个字还没出口，余小鱼就被身后举着照相机找角度的游客挤了一下，身子直挺挺地往前倒。

"哎哟！"

脑门儿撞到坚硬的物体，她抬起头，发现他的白衬衫被酱汁弄脏了，急忙扔了鱿鱼串，拿纸巾在他的胸前擦了两下："真不好意思，江老师，回去我拿给酒店服务员洗……"

话音卡在嗓子眼儿里。

余小鱼发现江潜的脸色变得非常奇怪，既不是生气别人不看路，也不是担心衣服洗不干净，反而有点儿……怀疑？

不是她眼花了吧？

江潜反应过来，蓦然拂开她的手，这动作幅度很大，小狐狸挂件一下子掉在地上。

他僵了三四秒，才想起捡起来，到摊主那儿扫码付款，转头神色已经恢复正常："拿着吧。"

小狐狸挂件软软的毛搔着掌心，心尖也有点儿发痒，余小鱼低下头，"嘿嘿"一笑，紧紧地随他走进人群里，出了夜市。

第三章
叉烧与慕斯

夜市靠江，8点过后灯火辉煌，许多游客倚在桥边拍照。

余小鱼拿着几根鱿鱼串，在店门口搬了把小板凳坐着吃，一辆辆外卖骑手的摩托车从眼前风驰电掣而去，有人还跟她打招呼："难得啊，小鱼，回家啦？你家生意好哇！"

对门卖包子的大婶也慈眉善目地问她："小鱼啊，你在证券公司上班，有没有找男朋友哇？"

男朋友……

月光照着江滩的红树林，明亮而柔和。

她想起曾经在西京夜市里见过的那轮月亮，离她那么近。

霓虹灯暗下来。

"小鱼，要关店了，快进来，外面蚊子多。"

余小鱼应了一声，把小板凳搬进来，两只狸花猫绕着她讨食。

大堂已经收拾好了，她妈把柜台上开了盖的塑料餐盒扔进垃圾桶里，卖力地擦拭柜台，电风扇"呼呼"地吹着，吹不走她满头的汗。

"最近生意挺好的？"

"还是一样。老客户订团餐，这个月猪肉涨价，卖得贵了，他们还是继续订。"余妈妈笑道，"合作好几年了，疫情期间还真要靠这几个大单子回本。"

"哪几家公司啊？"

"我也记不清了，都是小哥去送，就在白沙湾。"她抹了把汗，叹气，"要是你爸在，就能开车跟他们一起送……"

余小鱼给她妈倒了杯水。

"怎么突然回家了？"余妈妈话锋一转。

余小鱼抱住她的腰，撒娇："想你了嘛。我要吃咖喱牛杂、葡国鸡、豉汁排骨！"

她妈年轻时在富人区当住家保姆，烧得一手好菜，后来自己开店，也是广受欢迎。

"这么大姑娘了，还嘴馋。"

"哼，我还要跟妈妈睡。"

"羞死了。"余妈妈在女儿的小脸上刮了两下，"马上忙完了，咱们回家，你先上车把空调打开。"

汽车开过大桥，两栋高耸的大楼倒映在水中，炫彩广告熠熠夺目。

"恒中的楼建得真气派，那时候……"

"现在不也挺好嘛。"

话虽这么说，但余妈妈还是知道女儿心中总有一分惋惜。

换了谁也不能甘心。

红灯结束了，十字路口一个小男孩儿突然蹿过斑马线，司机一个急刹车，余小鱼的脑袋撞到驾驶座。

"这谁家孩子，跑得这么快，多危险哪！"

余小鱼心虚地摸摸鼻子。

今晚她老想起以前的事。

"妈妈，你说男人是不是大多进过那种地方？"

"哪种？"

"就是我爸不会去的那种地方。"

余妈妈想了想，说："我以前给有钱人做家政，发现女主人根本不管她们的老公，男主人有时带情人回家，在外面肯定更乱。至于工薪阶层嘛，就分人了，有的会去，有的不会去。"

"进了那种地方，一定会做那种事吗？"

余妈妈很肯定地说："不一定，因为男人上了岁数，根本做不了，会用别的手段消费。"

"那年轻男人呢？"

"一定会。"

"没有例外？"

余妈妈展现了一下中文的博大精深："只要他进去，进不进去性质都一样。"

余小鱼又问："那30岁的男人算不算上岁数啊？"

余妈妈觉得这孩子问题忒多，问："你看上谁了？"

"没有，没有，就是问问。算不算啊？"

余妈妈挺无语："你都25岁了，30岁也不算上岁数。"

"我没有要跟他谈恋爱，他看上去就是那种会进很多次，而且确实进去了的！"余小鱼解释，"只是以前不觉得，以为他跟别人不一样。"

余妈妈哑然失笑："什么叫看上去？"

"就是……他长得很不安全，还有……还有桃花眼。"

余妈妈还在笑："有照片吗？"

余小鱼在手机相册里翻找着，以前她偷拍过一张，是他在夜市里的背影，很高，很潇洒。

"没有。"她眯起眼，抬起下巴，想把这张照片删掉。

"因为我现在已经不喜欢他了。"

她轻哼一声，望着金灿灿的月亮，关掉屏幕。

从七森俱乐部回来后，余小鱼请了五天年假，在家里待着。她的心理医生打电话来问，了解到她状况良好，就让她多陪陪母亲。

特殊时期，餐饮业难做，她妈连着接到几个陌生人的电话，说家里移民到国外，缺保姆照料，要不要考虑出国工作。

"塞浦路斯？是哪个城市？"

"哎呀，那不是城市，是国家，在希腊旁边！"余小鱼插嘴。

余妈妈摆手道："不去，不去，我的店在国内呢。您是怎么知道我的号码的？……啊，她推荐的呀，实在抱歉，我没这个打算。"

放下电话，她夹了一筷子葡国鸡，感慨："有钱人就是自在，移民还有保姆、护工名额。"

电视上正在放银城晚间新闻，主持人精神饱满的播音腔回荡在客厅里："市领导于今天上午慰问了首批搬迁到经济开发区的互联网企业。著名企业家、经济学家赵竞业表示，我市行政部门依法监督金融机构为取得资质的中小企业发放优惠贷款，这有助于平衡市场……"

余妈妈看着电视,想到刚才接到的电话,略带失望地摇了摇头。

几家互联网企业被镜头一扫而过,扒拉着饭的余小鱼忽然停下动作。

她好像看到了一个图标,是条长翅膀的黑龙。

可经济板块的新闻在镜头转到"海珠网"的珍珠标志后就结束了,接下来播放文娱板块,熟悉的面孔出现在屏幕上。

"这个女演员昨天上我们那条街取景了,漂亮是漂亮,但比起她的老板,还是差了几个档次。听说她在和恒中的老板拍拖,还特意摆姿势给狗仔队拍靓照!"

余小鱼现在不想听到任何关于颜悦的新闻:"妈,你的塑料粤语可以暂停一下吗?"

刚说完,一个电话就打了进来,她一看号码,着实被惊到了。

"程尧金?"

那头应了一声。

这可真是新鲜事,她本科毕业后随全家去了美国,读奢侈品管理,其间从来没联系过室友们。

"你回银城啦?"

过了很久,程尧金才开口,好像谈起这件事非常艰难:"下个月我男朋友家摆酒席,你有空吗?"

余小鱼没想就答应了,笑道:"好呀。是不是你们要……"

程尧金说了声"我提前发给你位置",然后就挂了。

余小鱼抓着手机,发了个微信问楚晏,楚晏也收到了邀请,但懒得去。

程尧金的男朋友姓戴,余小鱼见过一次,A大法律系毕业的高才生,性格腼腆老实,跟程尧金的宝贝弟弟完全相反。

大概……是找我撑场面,余小鱼咬着吸管想。

程尧金现在就想着下个月了,想必要办大事。

毕竟除了余小鱼和楚晏,程尧金身边根本没有可以算得上"朋友"的人,总不能未来婆家叫她带朋友过来,她孤零零一个人上门。

余小鱼决定把那件压箱底的小黑裙拿出来。

恒中大楼35层,江潜走出首席执行官办公室,和实习生擦肩而过。

少女穿着典雅大方的黑裙,淡淡的香水味飘散在空中,邓丰这样见多识广的人也不由得注视着她,闲闲地靠在沙发上:"辛苦你了,刚才叫你扫描的东西有点儿多,不过大家都是这么过来的,我年轻时也这样。"

谢曼迪把那摞文件放在办公桌上，电脑是开着的。

她浅笑："邓总还有什么事需要我做？"

"哦，对，你把项目手册给江总送去，瞧我这记性，刚刚忘了。"

谢曼迪应了一声，拿起那本手册，封面是2019年银湖地产的项目。

"小谢啊，听说你爸过不久要办喜酒？"

"邓总也知道？"

"那当然，新娘原来可是我们恒中的金牌销售，姚总、赵总都说要去呢。日子是几号？"

谢曼迪笑道："姚总去，就已经给足面子了，可不敢再耽误您日理万机。"

邓丰也就是寒暄两句，没打算真去："看到时候我有没有空吧。"

谢曼迪出了办公室，思维慢慢凝聚在电脑网页上。

她走进电梯里，凭记忆在搜索引擎上输入了一些葡萄牙语，是萨尔瓦多的某个酒庄。

微信对话框不合时宜地弹出来。

"曼曼，你周末回家吗？沈姨说好久没见你了，爸让你回来。"

"我要加班，你帮我和爸说啊，不然他肯定要生气。"

打完字，谢曼迪熟练地发了个小猫卖萌的表情。

还没等那边回，她又快速地发了两句：

"要不我周五晚上回来，然后偷偷跑掉。

"我就是想回来看看你，要不是你在家，我才不回来。"

那边显然被哄高兴了："别了，你加班吧。我学会做豇豆烧排骨了，你最爱吃的，周六我给你送便当啊。"

"不用啦，我点外卖，被人误会你是我男朋友就不好了。"

"不行，我看你朋友圈里的照片你都瘦了，你等着。"

然后谢曼迪收到一个小狗吐出爱心的表情。

谢曼迪面无表情地双击主页键，强行关掉微信程序，而后按响总经理办公室的门铃："江总在吗？"

夏秘书过来开门，江潜吩咐："就放在架子上。"

置物架很大，有五层，上面两层是集团获得的中外奖项、和领导人的合影、慈善捐款证书，中间一层是各种模型、金玉瓷器，下面两层是江潜自己的东西，有书、奖杯、照片和茶具、棋盘。

谢曼迪放下项目手册，旁边的一个奖杯吸引了她的注意力。它被做成国际象棋里国王的形状，杯身镀金，国王头上锋利的十字架是镶钻的，格外华丽。

江潜看到她把手册放到奖杯旁，微不可见地皱了下眉："和书放在一起。"

谢曼迪应了，好奇地问道："江总会下棋？"

"会。"

她伸手去摸，江潜站起来："你帮我把这个送到隔壁，谢谢。"

谢曼迪还没碰到奖杯，手里就多了一摞厚厚的文件，她的手腕滑了一下，"哎呀"一声，上身往前倾了几分。

江潜及时扶住文件："小心拿好。"

谢曼迪目光扫过架子上的全家福合影。

他那时才13岁，站在早逝的母亲身边，像一根竹竿，目光清而亮。

谢曼迪出办公室后，江潜问夏秘书："记起来了吗？"

夏秘书摇头："我对她只是有种熟悉感，但我真没跟她打过交道啊。"

江潜端起红茶，蒸汽遮住他的眼。当初他挑中她当秘书，就是看中她出众的记忆力。

他走到架子边，拿起谢曼迪目光停留过的那张全家福。

母亲在照片里温柔地看着他。

一道照相机快门的白光骤然闪过脑海。

"不用想了。"

他坐回办公桌旁，手指在键盘上快速地敲起来，跟人约了个饭局，对夏秘书道："以后说话都关上门，那女孩儿心思极多，你留心她在邓丰身边的举动，也不要让她再进办公室里。"

"她才上大三……"夏秘书张口结舌。

江潜冷笑一声："几个学生能有这样的城府？她就是再小几岁，能耐也大着呢。"

穿同样的裙子，说同样的话，做同样的事，要不是他防备着，她故意没拿稳那堆文件，就要撞到他身上了，角度位置都是设计好的……

江潜深深地吸了口气。

他竟然才发现那个秘密。

那个隐藏在月夜下巷子里的秘密。

夏秘书没懂他在指什么，不过他这样说，她就照着做。

这时微信电话响了，是张津乐："姐姐，咱们今天中午还是吃叉烧饭吗？叫潜总换家店吧，饭好吃也没这个吃法儿，公司食堂是摆设吗？"

夏秘书压低声音："潜总那么挑剔的胃口都受得了，你还提要求。"

她点开微信群，外卖团单的群主发了本周菜单，周一是叉烧饭、番茄炒蛋、青椒藕丝和紫菜虾皮汤，送了时令水果，一份30元，可以报销餐补。

秘书的本质是复读机，她问："潜总，咱们今天还是吃叉烧饭吗？"

江潜这边电脑上结束了对话："嗯，麻烦你12点帮我带上来。"

夏秘书有点儿绝望："张津乐要跟您通话。"

江潜头也不抬，切小号给餐馆刷五星好评："我没空。要么用餐补，要么自己花钱，楼下食堂只供应给员工。"

张津乐："潜总，你照顾人家生意，就是通过间接介绍方式让你的亲朋好友轮流拼单？看过小说没有，里面霸道总裁给女主角整了家专属餐厅，你也可以买下一家店专门给你做澳门菜啊？"

夏秘书："你说的是那种文学，他怎么会看……"

"我觉得他很有必要看。"

江潜把电话接过来："我下周要跟你老板谈公司的案子……"

张津乐一秒变乖巧："潜总，我把那本小说推给您，您参考一下。"然后张津乐就把电话挂了。

江潜抬头对夏秘书说："你不用每天都和我点一样的外卖，在我这里工作两年，应该知道我看重的是工作能力，而不是在这种小事上的讨好。"

夏秘书吃惊："您想到哪里去了？"

江潜放下手机："那为什么？"

我那是看您可怜，不忍心看您一个人吃着姑娘她妈做的饭，连姑娘的手都不敢牵。

夏秘书把话吞回肚子里，高情商地回答："好吧，我是想讨好您，但这家店确实干净又卫生。"

江潜就知道是这样，点头："记得给十五字的好评。"

夏秘书出去办事后，办公室里轻松的氛围就消失了。

江潜按下遥控器，降下三面窗帘，把门也锁了。

他走进私人浴室里，脱下外套、马甲，解开衬衫的扣子。

镜子里映出成年男性赤裸的上身，皮肤、肌肉、骨骼一切正常。

手指沾上凉水，触碰到胸前，一种极度的抑郁立刻充满了身躯。

江潜双手撑在水池边，缓慢地深呼吸，感受胸腔里的气流进出，大约过了10分钟，这种盘旋在头顶的沮丧感终于开始消退了。

江潜全身大汗淋漓。

还是不行，他做不到。

江潜从记事起时就发现自己有这个症状，非常严重。在医学上，它叫"悲伤乳头综合征"，并不是病，而是一种罕见的生理现象，目前的医学理论不能解释它的成因，也没有有效的治疗方案。

当胸前受到刺激，他会不由自主想起30年的人生中经历过的最黑暗、最恐怖的东西，情绪会被拉到深渊里，懊悔、空虚、悲伤会迅速地填满大脑，大脑无法思考，身体也无法正常活动，通过十几年的心理干预才缩短了抑郁时间。

为了防止发作，他都穿最柔软的布料，盖最轻的被子，出门裹得严严实实的，和人保持着安全距离，最怕的就是被拉进夜店里，头脑不得不时刻保持清醒。

在懵懂的十几岁，他也和女生出去看过电影，对方是个英国女孩儿，看到一半悄悄把头靠在了他的胸口上。电影还没放完，他一言不发地登上楼顶天台，站在边缘要跳不跳，把那女孩儿吓得报警，之后逢人就说他精神有问题。

后来他再也没有尝试过发展异性关系。

但这种束缚他多年的魔咒在四年前突然临时消失了。

在她举着小狐狸毛绒挂件撞过来的一瞬间，深渊放过了他。

江潜不知道为什么会这样。

别人不行，他自己都不行，只有她行。

所以谢曼迪故意朝他倾过来时，他心中除了警惕，就是反感。

他不想再被伤害一次。

在花洒下冲走汗水，身体里残留的空虚让他打开冰箱，取出一瓶苦艾酒，坐在办公桌后灌了几口，闭上眼。

每一刻都如此清晰。

那晚的月亮、攒动的人头，还有她在人群中的脸。

她高举的手。

她小小的梨涡。

她瞳孔里的他。

酒精在血液里翻江倒海。

江潜逐渐分不清那到底是种什么情绪，是释然，还是庆幸？他以为他能永远脱离枷锁，可上天只眷顾了那么一瞬。

一瞬过后，各种阴暗的心理如藤蔓般滋生，把他变得陌生而可怕，他在镜子里看到自己充满掠夺欲的眼睛，因为兴奋而偾张的青蓝色血管，还有无法控制的本能……

那样卑劣的一张脸。

那样紧绷的一副皮囊。

她叫他一声老师。

他只想把她吃掉。

猎物的香味在鼻尖萦绕，是他从未嗅过的鲜甜。他焦渴地跪在祭坛下，抬头看见她纯净无邪的眼睛，小鹿似的，在荆棘丛里好奇地望着他。

她还在说："江老师和他们不一样。"

她弄错了，错得很彻底。

日色昏沉，窗外风声低啸。

"丁零——"

江潜拿起凉透的红茶灌了几口，把酒瓶放到办公桌下。

他按下开门键，夏秘书提着两份外卖走进来。

她敏感地嗅到清苦的酒味，看到他换了件衬衫坐在电脑前，就知道他刚才冲了个澡。

江潜心情不好的时候就会洗澡，有时会喝点儿酒。

"您的叉烧饭套餐，店主送了西瓜。"

说完她就拎着自己的那份走出去，几个女同事等在外面。

江潜这才发现，好像每天只有自己是一个人吃饭，他们都找到了伴儿。

他默默地打开饭盒，几片色泽红亮的叉烧肉铺在白米饭上，配着碧绿的小青菜，热腾腾的香气钻进鼻子里。

江潜吃了一口，很甜。

但他没什么胃口。

手机屏幕亮了一下。

是他爸，给他发了几篇公众号上的文章：《你了解吗？中年男性胃病十大预兆》《某企业30岁员工长期熬夜导致猝死》《按时吃饭：父母最大的幸福》。

他熟练地一条条删了，眼不见为净，然后把谢曼迪送来的手册拿到桌上，一边看，一边吃叉烧饭。

他是不是需要跟拼单群主说一声，让店铺换一下菜单？

这个套餐他确实吃很久了。

手册有四十几页，写的是银湖地产以前的项目和负责人。

这个公司前首席财务官叫薛岭，2020年在网上被爆出丑闻，涉嫌一桩谋杀案，作为最大嫌疑人跳江自杀了。银湖地产的商誉因此受到很大影响，后来破了产，被恒中集团低价收购。

抛开人品不谈，薛岭业务能力很强，他曾经向董事会提案，与南美洲的几个国家合作房地产项目，把投资人的钱花出去。那几年南美洲房地产市场很热，谁也没想到项目刚开始做，银湖地产就完蛋了。

江潜在南美洲历练三年，就是承接了银湖地产原先的一部分项目，在巴西里约热内卢、圣保罗、萨尔瓦多等城市建立度假别墅群，选址、合作商都是现成的，省了不少力气。

他翻了几页，找到一个电话，用虚拟号码拨过去。

对方是个部门经理，已经离职几年了，听说他要找包工头，就给了他几个联系方式。

做完这件事后，江潜思索片刻，决定再去一次七森俱乐部。

✦

巴西的度假别墅项目路演大获成功，银湖地产股价飙升到16.37美元。

余小鱼在电梯里拿着手机刷财经新闻，一出公司大门就朝她爸蹦蹦跳跳地跑过去："爸，你买的东家股涨停了呀！"

余国海"呵呵"笑了两声："是吗？爸爸挣了钱给你交考试费。"余国海把便当递给她，"我是骑车过来的，不知道汤洒了没有。你饿了吧，快拿上去吃。我回工地了。"

每个月的餐补是打到工资卡里的，在食堂里吃从卡里扣。她实习了两个多月，觉得还是自家的饭香，且省钱。

"周末回来吃饭，你妈说给你把宿舍里的衣服和鞋都洗了。"

"嗯嗯！"

余小鱼上楼时碰到江潜，他拎着餐盒上来，正要进办公室。

"江老师，你要不要试试我家的店？很卫生的，我妈妈最爱干净了。"

旁边一个秘书笑道："哎哟，你才干多久呢，就想着薅资本家羊毛了！你让江总批个单子，把你家的店纳入食堂供应货源，这样你家能赚钱，咱们公司也不亏钱。"

"我家店小，几十号人还成，可做不了这么大的单子。"余小鱼吐吐舌头。

她瞄了眼江潜，他最近心情不错，员工都敢拿他打趣。

从西京出差回来后，她和他的关系不知不觉就变近了。江潜工作时会和她聊一些自己的事，在英国上学的经历、兴趣爱好，还有初入职场闹出的笑话。她第一次感觉到他也是同时代的年轻人，只比她大5岁而已。

"汤要凉了。"江潜出言提醒。

"噢。"

余小鱼回过神儿，打开餐盒，里面是紫菜虾皮汤，还有油亮亮又红彤彤的叉烧肉、香喷喷的番茄炒蛋、脆生生的青椒藕丝和一小碗插着塑料叉子的西瓜。

江潜低头看看自己在食堂里打的饭，笑道："还是你妈妈准备得齐全。"

"江老师的妈妈会做饭吗？"余小鱼嚼着叉烧肉问道，"可能只会一点点？因为家里有保姆阿姨，不用自己做。"

"我母亲去世了。"

余小鱼连忙把东西咽下去："对不起啊，我不知道。"

他摇摇头："过去很久了。"

他表情没什么变化，目光却飘移到书架上。

余小鱼顺着看过去，是一张彩色全家福，他的妈妈有一种形容不出来的美丽，气质像七八十年代的演员，爸爸戴眼镜，看上去很文雅，他站在中间，笑得十分阳光。

日期是2005年。

岁月成功地把一个阳光少年变成了一座冰山。

"她精神有点儿问题，但人很和蔼，经常去福利院，小孩子都喜欢她。"江潜用筷子尾指了一下相框旁的奖杯，"那是我13岁拿的欧洲国际象棋锦标赛金奖，准备放假带回国给她看的，但没有机会了。"

奖杯的象棋造型很独特，她扒拉了几口饭，走到书架边，伸手："我能……"

"小心割了手！"

江潜蓦地站起来，余小鱼被他郑重的语气吓了一跳，手指一痛，竟真的被金杯顶端的十字架划破了。

"好尖哪！"她捂着手指，偏头找纸巾。

江潜无奈地叹口气，他就知道！她做事有时候毛毛躁躁的，显然在家很少干活儿，上次搬文件还被白纸划了一道血口子。

"要摸就慢慢摸，急什么。"他拉开抽屉找创可贴。

余小鱼摆手："不用，不用，拿纸巾压住就好了，小问题。哎哟！"

江潜拿着创可贴回身，她"咚"地一头撞上他的胸。

目光从抱歉变成了吃惊，余小鱼问："江老师，我没撞疼你吧？"

上次在西京夜市里那种奇怪的神情再一次出现在他的脸上。

她问了第二遍，他才回过神儿，后退一步："还是包扎一下，夏天容易感染。"

然后他走回桌子旁，继续斯斯文文地用餐。

只不过一直到吃完，他都没有再说话。

很快就到了8月底。

答辩那天下着暴雨，余小鱼偏偏又睡过了头，从宿舍打车过来，还是迟了5分钟。

实习生们按顺序进入会议室里讲自己的幻灯片，轮到她进场时，有个领导不客气地道："怎么就你迟到？工作这么久，没学会尊重别人的时间吗？"

她连连道歉，看向江潜，他依旧安静地坐在第一排，眼里并没有责怪的意思。

余小鱼突然就不怕了。

她正要开口，旁边一个领导解围："今天雨太大，不好打车，她迟了5分钟而已，讲快点儿就是了。"

竟是上次那个叫她熨衣服的赵董赵柏盛。

她小声说了句"谢谢老师"，播放幻灯片，开始讲自己的实习心得。

江潜的左腕在桌上微微转动了一下，露出手表。

余小鱼加快语速，成功地在10分钟内结束，几个领导点了点头，提了三四个问题。

看样子他们对她的实习成果很满意，责备她迟到的那个领导最后说："江总对自己带的小朋友还有什么问题吗？"

在座的有南欧籍的领导，普通话不好，所以每个学生最后一个问题都是江潜用英语提的。

钢笔在他的手中转了半圈。

江潜看着她，用标准的牛津腔问："你自己感觉刚才表现得怎么样？"

"该说的都说了,没有遗憾,不过我今天迟到了,非常抱歉。"

外籍领导很幽默:"第一个和最后一个留给别人的印象是最深的,你不会是故意迟到的吧?"

"不是!雨下得大,我上了三个闹铃都没听到,所以才迟了。"她老老实实地回答,"可能是因为最近运势不佳吧。"

领导"哈哈"一笑。

江潜继续问:"但生活不会一帆风顺,当厄运来临时,你要怎么办?"

很多年后,余小鱼都记得自己当时望着他明亮含笑的眼睛,无所畏惧地用中式英语朗声回答:"敌人来了有猎枪!"

2018年的暑假就这样在成功留用的通知下结束了。

9月,余小鱼升了大四,课很少,可以一周三天去公司。因为拿到了留用名额,她幸运地没有参加秋招,得以安心地准备毕业论文。

程尧金彻底搬出了宿舍,收拾东西那天,一个长相清俊的男生出现在她们的寝室里。

"我帮你装,你坐着。"

据楚晏回忆,他至少重复了十遍这句话。

程尧金坐在电脑前刷剧,男生就帮她收拾床铺、衣服、成堆的首饰,忙碌中还抽空剥了两个石榴,一粒粒盛在碗里,用开水烫了勺子放在她面前,连吐籽的餐巾纸都准备好了。

楚晏在一旁判断:"他肯定有弟弟妹妹。"

余小鱼赞叹不已,问他:"同学,还有什么是你不会做的吗?"

他害羞一笑:"我不会做饭。"

男生叫戴昱秋,法学院的,举手投足虽然腼腆,却很老练,家中确实有个小他4岁的妹妹。

"你也歇歇吧。"程尧金在他收拾了两个小时后终于开口,语气一如既往地高傲。

可余小鱼看得清楚,她分明在追剧时偷偷瞟了他好几次,嘴角很轻地扬起。

起初室友们对程尧金找到男朋友这事非常惊讶,但观察一阵后就明白她青睐这种温柔居家系男生乃情理之中。

程尧金她爸在福建卖轮船,很早就和她妈、她弟弟拿了美国绿卡,但对于这个亲生女儿的态度,则是比不闻不问还差,她甚至不配随父母姓。

"除了钱什么都没有"听起来让人羡慕，但经过三年的耳闻目睹，余小鱼非常同情她。戴昱秋不在乎她尖锐的刺，处处体贴细心，这足够让她沦陷。

"梁斯宇那个大直男，上次让他剥个石榴，剥得就跟土拨鼠啃西瓜似的。"楚晏拉踩起自己的男朋友，恨铁不成钢。

"哎呀，我爸夸他打灰打得好，是个人才。"余小鱼安慰。

梁斯宇跟她们同一级，是学土木工程的。

他爸是农民工，在建筑工地辛辛苦苦地打了大半辈子的灰，好不容易把儿子送去名校读书，儿子实习去了隔壁工地打灰，打的灰质量还没他打的高。

他爸就和余小鱼的爸商量："你们银湖地产的场地，一天400块钱能拿到吧？把我弄进去，我来教他混凝土怎么浇，浇不好老子一巴掌扇死他。"

银湖地产的工人岗很抢手，包工头不缺人，余国海就亲自带着梁斯宇，言传身教。

去年楚晏到余小鱼家吃饭的时候，不知道哪根筋搭错，偏偏就看上了灰头土脸的梁斯宇，一来二去，两个人就这么谈起来了。

"我觉得他虽然不是罗马贵族，但不会一辈子当个骡马跪卒。"楚晏常常说。

"鱼啊，你啥时候也找个男朋友？"

余小鱼呼吸一窒："我……我没这个想法。"

"反正别找学土木工程的。"

"那找学金融的？"

楚晏突然凑近余小鱼，那张漂亮的脸蛋儿离她极近，硬生生把她看得不好意思起来："你干吗？"

"也没见咱们院有男生追你啊，你看上谁了？"

余小鱼往后缩脖子："我没看上谁。"

楚晏眯起眼，哼哼两声："那你脸红什么？"

她立刻看向镜子，这一看，就知道上当了，支吾半天说不出话。

等程尧金和戴昱秋都走了之后，楚晏才说："你最好是看上院里的男生了。做投行的，尤其是投行大牛，私生活咱们想不到，你别看你江老师年纪轻轻一表人才，没准儿女朋友都有三四个。不是我歧视他，是现在有钱的男人道德底线低，被小女孩儿一崇拜，飘得连影儿都没了，在外头立绅士人设，私底下是大尾巴狼。"

余小鱼张了张嘴，垂下眼帘，拿起杯子喝了口水。

"我没有。"

过了一会儿，楚晏听到她说："江老师不是那样的人，我知道的。"

声音很轻，但很坚定。

楚晏并没有在生活中见过恒中的江总，只是在财经新闻里经常看到他出镜。26岁的人中之龙，在伦敦的头部私募和顶级投行摸爬滚打七年，回国从零开始，谁都能看出这是被当成集团的后备主力培养。

条件这么好的人，从来没有过女友，不是藏得好，就是有病。

但他看上去不像是一个有病的。

"工作一久你就知道了，看看别人，再看看他。"楚晏也不知这丫头听进去没有。

余小鱼笑嘻嘻地挽起她的胳膊："周末我妈说做好吃的，让你也去，我爸再把梁斯宇叫上。"

楚晏无奈地叹气："人家跟你说正经的，你就知道吃。"

话虽这么说，但吃饭不积极，思想有问题，周六傍晚两个小姑娘高高兴兴地往北二环的码头去。

距码头100米远就是鸿运来，开了七年，是家中等铺面的澳门菜馆，一开始做堂食，后来转向外卖。餐馆虽然流水大，但用料成本高，每个月分到手的钱也就两三万块。

餐饮业和建筑业都是起早贪黑的营生，余家夫妇要供女儿上学、旅游、考证、买房，还要供养老院里快80岁的老人，日子过得温饱有余，小康不足。

因为楚晏过来，余妈妈学着做了山西过油肉，还没开饭就一个劲儿地劝她先尝一块，觉得这孩子太瘦了。

余小鱼说："她不瘦，腰上都是肉，跟我一样。"

楚晏逮住她猛掐。

两个人在院子里闹了一阵，饭厅里电话响了，余妈妈在厨房里忙活，余小鱼就进去接，电话那头传来一个甜美的女声："是鸿运来菜馆吗？"

"对……"

她刚说一个字，对面就挂了。

余小鱼等了一会儿，电话没再响起。她到厨房里看菜有没有做好，她妈正拿着手机讲电话，表情凝重。

"怎么啦？"

余妈妈蹙着眉解下围裙:"你爸工地上有个孩子要跳楼,被他和梁斯宇劝下来了,说先带到家里吃顿饭,吃饱了也许心情就好了。我开车去接他们,你看着锅,排骨里汤没了就再加点儿水。"

"啊?跳楼?"

她爸经常带工地上的人过来吃饭,但都是些同事。

"他瞎掺和什么呀,打110让警察教育就好了,万一在咱们家出事怎么办?"

楚晏也走过来,宽慰:"阿姨,没事,梁斯宇力气大,能按住人。"

余妈妈笑了:"小鱼啊,把盐焗鸡翅拿出来,你们先吃,别饿着了。"临走前她还给她们盛了两碗猪肚鸡汤。

6点30分的时候,余家夫妇带着两个男孩儿回来了。

梁斯宇工作服脏兮兮的,在洗手间里把干净的短袖换上,洗了把脸,这才露出朴实端正的学生样貌。

他悄悄跟女孩儿们说:"多亏余叔叔力气大,把人给拉住了,我就在下面抹水泥,他要跳下来,就把我给砸扁了!"

楚晏打了他一下:"我还跟阿姨说你力气大能拉住他呢,你盯紧点儿,别让他在这儿出事。"

饭厅里,余爸爸正拉着那孩子的手说话。此时座机响了,余妈妈拿着碗筷接起,喂了几声,那头才有人应答。

"你们猜怎么着?"梁斯宇这厢摇头,"借了50万,还不上,被人催债。"

余小鱼担忧:"催债的不会追到我们家吧?"

"不会,那群人催完债就走了。"

楚晏打量着那男孩儿,疑惑:"他多大?"

梁斯宇说:"跟我们差不多吧,还要小一点儿?我也不清楚。"

"他父母不管吗?"余小鱼问。

"要是管,还能让他这个年纪去工地搬砖?"

原来这男孩儿叫严家栋,来工地干了一个月体力活儿,平时沉默寡言,要不是今天闹跳楼,别人还真没注意过他。余国海把他拉下来后,和梁斯宇费了半天力气才问出缘由。当问到他家在哪儿时,他说父母都死了。

梁斯宇道:"他还有个女神呢,前阵子不出来一个女团吗?里面有个女生,长得特清纯、长头发、长腿、大眼睛、细腰,穿得跟公主似的,就是她。"

楚晏又打了他一下:"你描述个屁啊,她们都这样。"

梁斯宇苦着脸："他就给我看了一眼照片，我真不认得。就是这女的，有个后援会，他也是里面的成员，平时就靠看女神解压了。"

楚晏咋舌："严家栋借钱跟这个有关？"

"谁知道？也许他家里有困难吧。"

余妈妈放下电话走过来："小朋友们，赶紧吃饭吧，菜要凉了。"她转头对丈夫说："刚才有人联系我做家政，我上午在店里，下午到他们家去，每周去一次。"

三个孩子屁颠儿屁颠儿地跑过来，七嘴八舌地夸菜好吃，把余妈妈夸得心花怒放。余爸爸还在跟严家栋谈心，给他夹菜盛汤。饭吃了一半，情绪明显地好转，严家栋也能结结巴巴地说话了。

他从进了门之后就一直低头搓着两只手，不敢直视人，此时抬起头，余小鱼才发现其实他样貌很清秀，但脸上带着一股不自信的神态，显得精神萎靡。

"我……我错了，我……我不该跳下去，跳……跳下去砸到人，不好。"

差点儿被砸到的梁斯宇给他倒了杯橙汁："就是嘛！钱可以一点儿一点儿地还，办法总比困难多。你是从哪里找到他们借钱的？"

严家栋掏出手机，也不避讳旁人，在屏幕上输了密码，熟练地点开一个软件，跳转到一个网站。它的图标是一条长翅膀的黑龙，页面信息很少。

"探骊网？"

楚晏想起来了："我看过这家的广告，点对点互助平台，利率那么高，一看就是骗人的。"

这么一说，余小鱼也有印象，好像在哪里见到过。

根据严家栋的描述，这个网站一边用高利率吸引人存钱，一边降低门槛向有资金困难的人"提供帮助"。

"微信群……群里，很多人。追星，打游戏，去……去酒吧。"

他起初也不太敢借，先从几千元、几万元开始，结果发现这玩意儿就是无底洞，最后越借越多。之后债主找上门来，把他的出租屋砸得稀烂，扬言不给钱就剁手指头，或者对簿公堂。

"你们的群呢？"楚晏问。

"传……传播不良信息，被封了。"

余小鱼和楚晏面面相觑，料想这些受害者文化水平都不高。

这个网能把广告做得满天飞，想必管理者有钱有人脉。

"我……我再也不借了……不借了。"严家栋想起自己的可怕经历，放下手机,后怕地抱住头。

手机屏四分五裂,背景是他的女神,余小鱼也没见过,就觉得确实清纯漂亮。

"这是……?"

严家栋脸上流露出一种痛苦而羞涩的表情:"小悦悦。"

余小鱼、楚晏、梁斯宇被肉麻得齐齐打了个哆嗦。

吃完饭,楚晏和梁斯宇要去滨江公园坐摩天轮,余国海开车把严家栋送回工地。

他像是在风霜刀剑中终于感受到了人情温暖,发誓不会跳楼了,要重新做人。这么年轻的男孩儿,举目无亲,水泥砖缝中讨生计,看着怪可怜的,但旁人能做的也只有这些了。

国庆节后,江潜愈加忙碌。

余小鱼发现他有时候打电话会避开她,把自己锁在办公室里。她问了一次,他只说是私事,但她耳朵尖,在外头听到公司里几个人的名字,什么赵柏盛、邓丰,还有他父亲江铄。

大概是不能跟她透露的机密。

这种忙碌的后果就是她见他的次数越来越少,有一天,江潜告诉她别的组缺人,让她跟沈总出差。

沈总就是沈颐宁。

实习生们头一个月进公司,搞了个颜值评比,大家共同认为,沈总是当之无愧的第一。

沈颐宁的美,是那种江南水乡氤氲出来的气质,如周南汉广,如月出陈丘。男实习生们是这么看的:倘若一个绝代佳人年过不惑还没结婚,她会缺少一些母性光辉,但如果这个人是沈颐宁,那么她最好单身到100岁。

平时大家都恭恭敬敬地喊她沈总,毕竟人家大学毕业后在秘书办当门面,后来转到投行部,拿下了几个上市公司大单,直接让恒中证券跻身一流券商行列,可以说是大功臣了。

余小鱼有时会问江潜一些关于谈项目技巧的问题,他拿不准的地方会说:"你有机会去问沈总。"

眼下就有个大好时机。但她在江潜身边待惯了,突然叫她跟别人学习,还真有些不习惯。

江潜看出她的顾虑,对她说:"小鱼,我看你挺喜欢出差的,以后如果想从事前台工作，沈总能教的比我多，她人很好，你有什么问题都可以问她。"

余小鱼明白，"人很好"在职场上是一个泛述，员工不干坏事、没有坏心、温和待人，就叫"人很好"了。

江潜态度很坚决，下班前当着余小鱼的面给沈颐宁打了电话，恳请她照顾实习生，言辞客气异常，几乎像在托孤。

余小鱼背着书包走到门口，心中忽然有些不安，回头问："江老师，你以后会一直在恒中吧？"

"嗯。"

"那等我从首都回来后，还能继续跟着你干活儿吗？"

江潜打字的手指停下来，视线越过电脑，落在她充满期待的脸上。夕阳的余晖透过玻璃窗，在她脚下画出一道橙色的线。

"小鱼，"他沉默了一会儿，在光线的这一边说，"你快毕业了，应该有自己的想法，不能总跟着我对不对？"

她金色的睫毛迎着光抖了一下。

"江老师人也很好，懂的也多，我的想法就是跟着江老师。"

江潜刚喝完茶，舌根还留着苦涩的味道，让他的嗓音也低下来："集团的规定是，每个导师带教不超过半年，实习生需要换岗。"

都半年了吗？

余小鱼往前走了两步，踩在光线上。

"实习合同上没有写这条规定，集团部门的规章上也没有。"她头一次反驳他，声音轻微发颤。

"是内部讨论的。"

余小鱼站在门口，挡住了红彤彤的夕阳，江潜看不清她阴影里的脸，却看到她的肩膀一抖一抖的。

他沉下脸："小鱼，不要任性。"

她"噔噔"两步跑到他跟前，脸庞早就挂上两行泪，大眼睛红红的，就这么一言不发地望着他。

江潜的表情绷不住了，他移开目光，盯着手边的茶杯，把"我是为你好"几个字咽了回去。

太过分了，他怎么能这样说？

他怎么能找这个冠冕堂皇的理由，掩饰自己卑劣的内心？

"江老师，是不是我有什么地方做得不对？你直说好了，我一定改……"

眼泪"吧嗒吧嗒"地掉在桌上，她想拉住他的袖子，又不敢，手攥着裙角："我如果犯错了，你就和以前一样说我，行不行？我能做得更好的……"

　　江潜满眼心疼，全都看进了茶杯里："没有，你做得很好，是我太忙了，以后没有办法照顾你。"

　　"我不需要江老师照顾，我只想……"

　　"不要再说了。"江潜打断她，"我知道你的长处短处，在给你找合适的锻炼机会，请你不要因为我做出不明智的选择。"

　　她吸着鼻子，哭得上气不接下气，好像他嫌弃她，不想要她了。

　　没有。

　　他没有不想要她。

　　他只是断然不可以再这样下去了。

　　江潜仍然不敢看她泪汪汪的眼睛，抽了几张面巾纸递过去："又不是什么大事，以后或许你还想跳槽，那时候哭的就该是我们这些当老师的了。眼泪收一收，你都快毕业了，是大人了，怎么还像小朋友一样？嗯？"

　　他不说还好，一说她哭得更厉害。江潜从来没有应付过这种情况，左思右想，从冰箱里拿出个巧克力慕斯杯，用手掌温了温，插个勺子塞给她。

　　"这个钟头，再哭就不吉利了，买的股票要跌的。"他生疏地安慰。

　　余小鱼抹着眼泪应了一声，鼻头红红的。

　　江潜暗暗松了口气，拿起手机放在耳边，佯装接电话。这招儿很灵，她带着鼻音说了句"老师再见"，捧着慕斯杯，背着书包，慢慢走出了办公室，临走前很乖地带上门。

　　手机被放下。

　　他独自坐在桌后，很久之前被她撞过的胸口开始诡异地胀痛，仿佛抑郁的魔爪通过记忆找上他，又把他拉入无尽的深渊里。

　　窗外的太阳一点儿一点儿地沉下去了。

✦

　　巧克力慕斯从冰柜里拿出，在夕阳下冒着冷气。

　　余小鱼付了款，舀了一勺，舌头被冰了一下，苦中带甜的滋味渐渐化开。旁边的阿拉斯加口水直流，扒着石墩子摇尾巴，站起来比她还高。

　　"小狗狗不能吃这个呀。"她摸了摸狗头，把手机放到耳边。

司机叫余小鱼找个高点儿的地方站，她一脚踏上石墩子，举着胳膊招手，司机很快在人流中发现了她，开了过来。

上了车，她把另一份慕斯给程尧金："给你买的。"

"不用。"

余小鱼就知道是这样，把杯子放在驾驶座右边："师傅辛苦了，待会儿记得吃。"

然后她又兴致勃勃地道："这几年你一点儿也没变，好不容易回一趟国，是要办大事吧？你家人都来了吗？"

程尧金嗤笑一声："别说今天是戴昱秋他爸二婚，就算是我结婚，他们也不会过来。"

余小鱼这才知道不是她要订婚，是她男朋友的父亲摆喜酒。但这也算上门了，她今天打扮得和出门逛街相比，更加冷艳高贵。

"我把你送的裙子穿上了，不会让你丢份儿。"

程尧金回头看她，点头："好。"

余小鱼觉得她有心事。

她却先开了口："你怎么没留在恒中工作？有人把你赶出来了？"

余小鱼一愣，声音小了点儿："你说什么呢，是我自己辞的。"

程尧金道："我从戴昱秋那里知道了一点儿。"

余小鱼还是那句话，声音更小："是我自己走的。"

程尧金看着她，皱起眉。

这话一问出来，余小鱼心里七上八下的，紧张得手心出汗。戴昱秋是法学院的，和她从没有来往，怎么他也听说了那件事？难道学校里跟她同一届的学生，很多都知道？

不应该啊？

一路上两个人都没有再说话，车开到举办婚宴的酒店，程尧金看着窗外，忽然低声骂了一句："男的都什么玩意儿！"

进了酒店里，大厅里摆着鲜花、气球和大幅的新人照片，余小鱼结结实实地吃了一惊。

这不是沈颐宁吗？

她居然结婚了？

原来戴昱秋的继母是她！

饶是几年前余小鱼跟着她近距离实习过，余小鱼的目光还是没法儿从她完美无瑕的脸上移开，连程尧金的视线都破天荒地停留了一瞬。

他们站在一起，就给人一种寻寻觅觅几十年，月老终于拉对红线的感觉——般配。

有宾客不了解，低声问左右："这是哪个演员？"

有人笑道："这可是我们恒中的沈总，演员哪有她好看？一堆钻石王老五抢着送花，她都没瞧上，老戴真是有福气。"

余小鱼听这声音耳熟，余光扫过门口，却是姚正阳在跟几个男人抽烟搭话。这面子可就大了，前董事长亲自来参加二婚婚宴。

姚正阳来，不知道别人来不来？

她跟着程尧金蹑手蹑脚地上楼。

新郎戴月咏是银城新上任的政法机关一把手，身份特殊，喜宴人员名单都经过上级批准，摆酒也尽可能低调，一帮风云人物挤在五个大包间里，资源密度极高。

余小鱼和程尧金作为新郎儿子的朋友，坐在小辈们的包间里，空间很大，有投屏有沙发，一屋子十来个学生，互相聊着天儿，没有她们认识的。

程尧金坐在那儿，不喝茶，也不说话，垂着雪颈看手机，钻石项链垂在胸口，黑绸吊带裙露出一大片瘦削孤傲的背。

有一个男生眼馋得不得了："那什么……这位……"

"我男朋友马上来。"程尧金头也不抬，指了一下桌中央的名单。

"戴昱秋跟他爸一样，真行啊！"男生向同伴低声感叹。

因为是二婚，又要遵守公职禁令，新人夫妇没有走红毯，只在包间里陪客敬酒。服务员已经端上了热菜，过了一刻钟，有人推门进来："不好意思，来迟了，我陪我爸在楼上招待客人呢。"

余小鱼身边的座位被拉开，一个身影娉娉袅袅地坐了下来，很自然地转头问她："你们喝什么？我来开。"

这人眼睛看着余小鱼，嘴上却问的是大家。

世界可真小！

余小鱼在心里默默感叹。

众人都说饮料随便，谢曼迪打量身旁人一眼，笑道："撞衫了，不过学姐穿这个裙子真的特别可爱。我开椰汁啦，你们有不喝的吗？男生要喝酒自己开，我可不帮忙。"

刚才搭讪程尧金的男生立即站起来道："哪能让大小姐亲自动手？我来，我来。"

他给女生们一人倒了一杯椰汁，又开了两瓶啤酒。

余小鱼老觉得一道目光在盯着自己，放下筷子："我们以前见过？"

谢曼迪歪着头笑，说："就是面试那天，你来江总那儿拿手机。"

"除了那天呢？"

"没有。"

余小鱼想了想，自己真没见过这么漂亮灵巧的小学妹，自己上大学那会儿人家还在上高中，不过她应该是打听过自己的。

"你以前在江总手下实习，后来离职了。"谢曼迪很感兴趣，"为什么？我还想去他那里，但他现在不带实习生了。"

对方的表情是纯粹的好奇，余小鱼耐心地说道："我后来轮岗，跟着沈总，就是今天和你爸结婚的那位，然后发现自己不适合要见客户的工作，所以没留下来。"

谢曼迪瞥了一眼吃喝嬉闹的同学们，压低嗓音："江总当年突然被调出国，是怎么回事啊？你和他走得近，应该知道吧。"

她的眼睛含着笑，亮而冷。

程尧金听到了，这时抬起头："人前礼数周全，私下阴阳怪气，你不是吃着碗里的看着锅里的吧？"

她声音大，包间里的吵闹声戛然而止，众人茫然地看向这边。

谢曼迪喝了口椰汁，问："你是哪位？"

程尧金把手机"啪"地扣在桌上，想说什么，又冷笑一声作罢。

谢曼迪沉下脸："我只不过问她一句话，你这是什么意思？"

程尧金挑眉："你哥知不知道你这么关心别的男人？有那闲工夫，赶紧找江总去。他就在楼上，手上戴着一枚戒指，你有本事把他的戒指撸下来，我就服你。"

谢曼迪冷冷地说道："请你出去，我们家不欢迎你这样的造谣者。"

程尧金满不在乎地携包站起，手指摸出一根薄荷烟，拍拍余小鱼："你先吃。"

她走后，包间里陷入了一种尴尬的气氛中。

有人打圆场："误会，都是误会。大家别光坐着，吃菜啊。"

余小鱼想：既然来了，那就干脆白吃白喝到底，往碗里夹了一筷子葫芦鸭。

"江总手上戴的戒指，你看见了吗？"谢曼迪悄悄问她。

余小鱼好容易把嘴里的食物咽下去："他戴他的，跟我有什么关系？你在恒中实习这么久，不会没观察到吧。"

"可我从来没见过他女朋友。"谢曼迪若有所思。

"性别不要拘得那么死。"余小鱼道。

谢曼迪看着她笑了:"你不像你朋友,真好说话。"

余小鱼觉得她的语气确实很奇怪,也不想接茬儿了:"我不知道你听说了什么,不要来问我江总的事,我什么都不知道,跟他已经很久没见了。你去问沈总,说不定能问出他女朋友是谁。"

21岁的小姑娘,谈到江潜,眼里的情绪藏不住,也没想藏,只是被程尧金那么一说,太没脸。

余小鱼吃着饭,手一停。

她当年……是不是也这样?

别人看出来了吗?

他看出来了吗?

心脏突然快速地跳起来,她有点儿喘不过气,不愿意再看那张巧笑倩兮的脸,如坐针毡地挨了10分钟,和另一个男生一起离席。

一出包间,余小鱼就深呼吸几下,不知道为什么,坐在谢曼迪旁边心理压力特别大。

她并不喜欢这个处处试探的女生。

洗手间在3层,余小鱼运气不佳,迎面撞见下楼敬酒的新郎新娘。

戴月咏西装革履,挽着沈颐宁的胳膊,整个大厅都被这如诗如画的一幕照亮了。

她静悄悄让到楼梯一侧,沈颐宁拖着婚纱经过时,果然立刻认出了她,轻轻颔首:"这不是小鱼吗?你坐在哪一桌?"

余小鱼喊了她一声沈老师:"在谢曼迪那桌。"

戴月咏望着妻子的眼里满是柔光:"你认识这孩子?"

"以前带过的实习生,她和曼曼都是A大经管学院的。"

他们进了2层包间里后,另一个人也端着酒杯紧跟着赶了下来。

余小鱼及时叫住他:"喂!程尧金呢?"

戴昱秋停住脚步,认出她来:"我怎么知道?我又没看见她。"

有那么一刻,余小鱼以为自己的记忆出了错,那个细心周到、轻声细语的男生是虚构出来的?

"你怎么没跟你妹妹说,她是你女朋友?"

"我准备今天说。"

余小鱼瞠目结舌:"你们俩谈四年了,谢曼迪都不知道?你爸和沈总也不知道?你这叫什么啊?程尧金大四就跟你出去住了!"

以沈颐宁的情商,要是知道程尧金是他女朋友,绝不会问她坐在哪一桌。

"她爸妈也不知道我们的关系啊!"戴昱秋一本正经地答道,"而且我今天叫她过来,就是要给我爸和沈姨看的。"

余小鱼下巴都要惊掉了,他打招呼:"我先下去了。"

他好像并不认为自己哪里做得不对。

她叹了口气,给程尧金发了个微信。

2层和3层共用一个洗手间,建得特别大,推门进去是个镜壁,后头有一排公共水池。余小鱼解决完毕,心里盘算着程尧金今天带她来这儿的目的,急匆匆地往外冲,就在这么宽敞的地方,一头撞上人。

她听到"咝"的一声吸气。

她心想:自己撞得也不重,就是擦碰了一下,抬起头,所有的声音都卡在了喉咙里。

江潜手里拿着西服外套,捂着胸口,眉毛一点儿一点儿地蹙起来。

现场气压低下来。

果然,下一瞬,他开口:"小鱼,你怎么走路还是不看路,撞我多少次了?"

一股淡淡的酒味飘过来。

她张了张嘴:"对不起。"

江潜指着自己心脏的位置,像是斥责:"下次不要再撞了,它不是铁打的。"

"江老师,我刚才在想事情,不是故意的!"

话一说出口,两个人都愣了。

他用指节抵着额角:"你……"

"江总,实在不好意思。"她灰溜溜地要走。

"小鱼!"

她露出一个难以置信的表情:"江总?"

江潜这回彻底醒酒了,胸口微微的痛把他的神智拉回来,想说些什么,最终只问:"在2层?"

"嗯,和谢曼迪一桌。"

江潜用左手理了理发皱的衬衫,余小鱼看清了他中指上的戒指,铂金的,上面刻着低调的花纹。

"江总女朋友也来了？"

江潜愣住了，过了几秒，才说："没有。"

余小鱼打了个哈哈："刚才学妹说实习这么久没见过您女朋友，好奇地问我来着。江总，您别介意，开玩笑而已。"

她迈出几步，觉得这话很傻，倒像是她自己想找借口问，于是又折回来，解释："真不是我要问的。"

江潜依然望着她。

余小鱼咬了一下唇，觉得自己更傻了，转身就溜掉了。

他低头看向左手。

好半天，他的唇角忽地动了一下。

"没有。"

然而人早就没影儿了。

一个电话突然打进来。

江潜接起，是他通过项目经理找到的包工头，对方晚上还要监工，约他一小时内在工地附近见面。

他揉了揉太阳穴，给沈颐宁发了个短信，重新披上外套。

余小鱼后悔得要死，吵完架三更半夜从床上坐起来怨自己嘴笨的那种后悔。

她刚才为什么突然那么问啊？她不是一直在他面前表现得很疏离很正常吗？

还好他喝多了，脑子不太清楚。

余小鱼回到包间里，菜已经被吃了大半，谢曼迪左右逢源，氛围其乐融融。

在座的全是小辈，敬酒顺序排在最后，8点刚过，新人夫妇进来了。沈颐宁和继子继女的朋友们说了几句客套话，望向余小鱼身边的空座位。小鱼露出一个抱歉的笑容："我朋友吹空调有点儿不舒服，在洗手间里。"

戴月咏和蔼地说道："孩子们有事的就先回家。昱秋，你跟妹妹在这里陪同学，楼上的叔叔阿姨我跟你沈姨招待着。"

戴昱秋看到程尧金不在，眼神里有些许不满，但用职场老油条式的微笑掩饰得很好，在谢曼迪身边搬了把椅子坐下。

沈颐宁和戴月咏一走，余小鱼就在微信上敲字，还没点发送，只听大门"哐"的一声响，程尧金大步走进来，转眼到跟前，抬手就甩了戴昱秋一耳光。

清脆的巴掌声把所有的声音都打断了。

余小鱼目瞪口呆地看着这一幕，包间里十几个人全蒙了。戴昱秋一下子站起来，吃惊地捂着脸："你干什么？！"

程尧金肩膀一抬，把滑落的挎包往上提了提，闪电般朝谢曼迪伸出胳膊，在半空中被截住了。

戴昱秋紧紧地攥住她的手腕，脸色从诧异变成愤怒："程尧金，你疯了，还想打我妹？！"

苍白的肌肤被捏得一片通红，她冷冷地盯着他，左手从桌上抄起一把餐叉，猛地往他的手背扎去。

戴昱秋猝不及防，痛叫一声，捂着差点儿被戳穿的手背跳了起来，又气又怕："你……你……有什么话好好说，到底怎么回事？"

这时有人也回过神儿来，小心翼翼地道："是啊，你男朋友有哪里不……"

程尧金把餐叉往他面前一丢，"啪"的一下，那人顿时偃旗息鼓。

"戴昱秋，你行啊，这时候知道她是你妹了？"

她从包里拿出个东西，往余小鱼怀里一丢："拿着。"

余小鱼的座位正好对着墙上的白幕，她低头一看，手中抓的竟是个才买来的便携式投影仪，标签还没撕，工作灯亮着，已经连上了蓝牙。

大门紧闭，程尧金把吊灯关了，包间顷刻间陷入昏暗中。

最先反应过来的人是谢曼迪，她推开挡在身前的戴昱秋，伸手就要抓余小鱼手里的东西，因为动作太急，指甲在余小鱼的皮肤上划出两道血痕。

"哎哟……"余小鱼吃痛低呼。

程尧金一把推开谢曼迪："你再动她一下试试！"

第一张照片从投屏上滑了过去。

众人皆睁大了眼睛。

微信截屏，文字都清清楚楚，谢曼迪此时冷静下来，面无表情地瞧着，仿佛不关她的事。

"我学会做豇豆烧排骨了，你最爱吃的，周六我给你送便当啊。"

"不用啦，我点外卖，被人误会你是我男朋友就不好了。"

"不行，我看你朋友圈里的照片你都瘦了，你等着。"

"………"

"我可怜你生来没爹妈，跟我一样，今天不把你怎么着。"程尧金抱臂冷笑,"你哥对你可不一般,在外头拿我练手,回家跟你来真的。"

她啐了一口:"戴昱秋,你恶心!你们家收养她十几年,你是喜欢她宠着她啊,你看她有没有把你放在眼里?"

众人面面相觑,戴家从来没对外说过,他们都以为谢曼迪是戴月咏的亲生女儿,跟早逝的母亲姓。

说话间,第二张照片也展现在眼前,接着是第三张、第四张……

戴昱秋慌乱间打开所有的灯,又去夺投影仪,余小鱼往程尧金身后一躲:"身正不怕影子斜,你这么着急干吗?"

她嘴上这么说,心中门儿清,他当然着急了!这几张截图起初还能算作家人间的嘘寒问暖,后面就夸张了,哪有男人凌晨3点跟妹妹说自己梦见她睡不着的?

饶是他开灯很快,也没有大家一目十行看八卦的速度快,短短几十秒的工夫,戴昱秋面无血色,厉声质问程尧金:"你懂不懂法?这些虚假拼图哪里来的?我可以告你!"

相比之下,谢曼迪比他镇定许多,声音如一汪死水:"程小姐,你看在我爸婚礼的面子上,到此为止吧。各位今天是来喝喜酒的,闹成这样没有必要,完全可以私下解决。你看能不能找个时间,你和我哥两个人谈一谈?如果我哪里冒犯了你,肯定会向你道歉,你用不着拿这种手段污蔑我们。"

有个男生眼看情况不妙,赶忙对戴昱秋说:"兄弟,我们什么都不明白,你们怎么就吵起来了?我们先走了啊,你们聊。"

一个人带头,其余的人纷纷拎包开溜,装作无事:"家属在等,不好意思,不好意思。"

弹指间,偌大的包间人走得干干净净,留下一桌残羹剩饭。

空调的冷气幽幽地吹着,余小鱼身上起了层鸡皮疙瘩。

程尧金把投影仪关了,扔回包里:"戴昱秋,你学法就学出这个德行?是真是假,你自己清楚。你管我怎么弄到手的,去告啊!你爸还不知道你跟我谈了四年,异地劈腿自己的妹妹吧?你飞来波士顿求着要跟我复合,你妹发微信要你回去陪她,你就这么狠心删了?不会吧,我有这么大魅力吗?"

她用尖尖的黑色指甲戳着他的胸口:"法律禁止的你不敢做,没规定的你做得可开心了,是不是?你怎么有脸叫我回国把我介绍给你爸?我告诉你,今天没闹大,是我发善心。你要敢再缠着我,就不是让你当众丢脸这么简单了!"

她拽着余小鱼,踩着高跟鞋走出几步,又返回,抬手指着谢曼迪说:"你也悠着点儿,别使什么歪心眼儿。别人不知道你的小九九,我知道,没说出来罢了。"

戴昱秋气急败坏地叫道:"你真疯了!她怎么惹到你了?"

"够了!"谢曼迪忍无可忍地呵斥他。

余小鱼听到程尧金用方言骂了一句脏话,头也不回地拉着她往前走:"以后离那个女的远点儿。"

她们出了酒店,夜色渐浓。

程尧金深吸一口气,看到自己身边还有人,扯了扯嘴角,眼圈有些红。

余小鱼抢先道:"我知道一家不错的大排档,在你住的地方附近,你饿了吧?"

她点点头,快步走到树下,背对人群打开烟盒。

一星火光在黑暗中亮起,烟雾笼出虚幻的大千世界,车水马龙皆为尘粒。

余小鱼在十米开外的花坛后等着。婚宴快散场了,陆续有宾客坐车离开,几个中学生勾肩搭背地走向繁华的步行街,仿佛不知道什么是忧愁。

酒店门前冷清下来,过了一会儿,出现一个黑色身影。

谢曼迪挎包走下台阶,后面跟着换了旗袍的沈颐宁,神情凝重,与平日判若两人。沈颐宁拍了拍谢曼迪的肩膀,谢曼迪甩开她的手,一句"凭什么管我"顺风飘了过来,带着哭腔。

刚才包间里那么一闹,新人夫妇不会知道了吧?

余小鱼觉得沈颐宁这个继母当得真心累。

程尧金也看到了她们的争执,掐灭烟走过来:"这两个人倒是有意思。"

这时她的车开到了路边。余小鱼一上车,就给司机看地图指路:"您要是还没吃晚饭也可以找一家,那条街全是餐馆。"

余小鱼是土生土长的银城人,家中值钱的唯有户口簿,从小开荤就是去平价大排档。

程尧金心情不好会喝酒,余小鱼熟门熟路地找了一家啤酒畅饮的大排档:"我请你啊。"

初秋的风从江上吹来,掠过一片建筑工地,带了凉丝丝的灰尘味,不远处传来机器运作的"咣啷"声。

露天棚只有她们一桌,晚间休息的工人们都在屋里吹电扇喝酒。店主端来一盘蒜泥拍黄瓜和冒着炭火气的烤串，用餐巾纸包着串把儿，牛羊肉和鸡翅上刷着秘制酱料，红辣辣、香喷喷的，浓重的椒盐味熏得人直冒汗。

程尧金问她："你喝吗？"

"喝。"她不假思索地道。

程尧金给她倒了一杯黑啤："我看你心情也不好。"

"嗯。"

余小鱼捧着杯子尝了一口，苦苦的，不酸，有股很淡的咖啡味。

程尧金擦掉口红，先灌了一杯酒下肚，嗓音微哑："今天得亏你来了。"

"你还需要人壮胆？"余小鱼好奇地问道。

程尧金把头发捋到耳后，慢慢地说："没人教过我怎么闹事，我爸在外头找小三，我妈连屁都不敢放。我今天发挥得还算过得去吧？"

"你超棒的！"

程尧金不禁笑了，笑着笑着眼泪就流出来了，捏着玻璃杯，指关节因为用力透出青紫色的血管。

"我明知道他心里有别人，他大三追我，我本来只想玩玩，但他太周到了，我那时候觉得一个人就算装，装到这个程度，也有几分真，至少他为我做的事都是真的。他跟家里吵架，想搬出去住，我就租了间一个月两万块的公寓，他一分钱不用出。我不是爱他，我只是爱他在那个房子里天天围着我转，问我饿不饿渴不渴，想吃什么水果看什么电影，我泡澡他帮我把水温调好，买的衣服用洗衣机绞坏了边，店里补不了，他就学着一针一线地缝。我故意刁难他，他从来没有一句怨言，反而想尽法子哄我开心，你说这人可不可怕？"

余小鱼学着她喝了一大口啤酒。

"他看我的眼神那么真诚，他没装，他真的愿意为我做那些。但他对谢曼迪也是真的，也没装，他觉得我和谢曼迪私下很像，所以就把我当成她。我很早就起了疑心，雇了私家侦探，可查出来我还是舍不得他走。"

她抹了抹眼泪："除了他，没人受得了我的脾气，我就是想要一个人陪，花钱也好，倒贴也罢，我离不开他。他一走我就觉得这破日子一点儿意思也没有，过不下去了。我这么说你明白吗？"

程尧金顿了一下，绝望地苦笑："你体会不到的。你爸妈能在开学前替你把所有的衣服都搭配好，你生病了他们拎着零食来宿舍看你，怕你实习吃不惯食堂里的饭菜，三伏天骑摩托车给你送饭。而我呢，在家里比丫鬟还不如，我八字克父母，会挡财运，我爸就让我跟外婆姓；我3岁就会照顾我弟，他一哭，我妈就打我，后来他们三个移民去了美国，让我在老家跟奶奶住，美其名曰尽孝道。

"我爸给我的钱，我奶奶拿去赌，输了就骂我是赔钱货，打电话问我爸为什么要把我放在她家。她说住在县城里，风水好，硬是不搬去城里。后来她开刀做手术，我爸找了七八个护工她都不满意，说我是孙女，照顾肯定比外人尽心，非要我在病床边陪着。我高三放学，第一件事不是写作业，而是端盆给我奶奶换尿布，你能想象那个场景吗？我都不知道从小学到高中是怎么熬过来的。我毕业出国，我爸妈和弟弟也要飞去美国，头等舱还剩四个座位，我爸买了四张票，我以为有我一张，结果那一张是妈祖的神灵票，紧挨着他们三个。"

她捶桌大笑，喝着酒，呛得眼泪一滴滴地砸在碗里："我是真羡慕你，他们要是有你爸妈十分之一好，我至于心甘情愿被戴昱秋这种男人耍吗？他现在终于厌倦了，我没法儿再跟他耗下去。明天我就回波士顿，再也不回来了。"

"你明天就走？"余小鱼轻拍着她的背。

她红着眼趴在桌上，昂贵的丝绸裙蹭了一片油污："这地方，我再也待不下去了。喝酒。"

余小鱼被她塞了满杯，一口气干掉，打了个嗝儿。

程尧金的眼睛细长而妩媚，生在那张冷若冰霜的脸上，让人看了就忘不掉，此时执着地盯着她："我说完了，该你了。"

第四章
春夜里的吻

余小鱼连忙摆手:"我没什么可说的。"
程尧金从包里摸出一个色子。
"真心话大冒险,谁大谁问,大冒险就是喝一杯,不想说就喝。"
"这……"
"我明天就走了,能告诉谁去?"
"那好吧。"余小鱼咬了一口鸡翅。
第一次掷,余小鱼就掷了个鲜红的一点。
程尧金掷了三点,问:"你怎么离开恒中的?"
余小鱼没有犹豫,喝了一整杯。她第二次掷,还是一点。
"你现在还喜欢他?"
余小鱼立即喝了第二杯。
程尧金托着腮,星眸微眯:"我还没说是谁。"
余小鱼的大脑被酒精麻痹,良久,她轻轻地"哦"了一声。
她掷了第三次,晃动的电灯下,色子在木桌上旋转,渐渐停下,顶面露出孤零零的一个圆。
程尧金大笑起来,轻轻松松地掷了个四点,把酒杯满上,往她面前一放。
"最后一个,其实你可以不喝的。"
"那你不要问这么难的嘛。"
程尧金应了声"好",开口便问:"你的第一个意淫对象是谁?"

余小鱼喝了一口酒，先前还不觉得，这会儿辣得直皱眉头。

"你说的那个词是什么意思？"

"别装，你懂的。"

"我真没有。"

"每个人都有。"

余小鱼"咕嘟咕嘟"喝了一半，实在喝不下去了，头昏脑涨地放下杯子，软绵绵地道："我只是想跟他在一起，没有想过做那种事呀。"

"想跟他在一起干什么？"

"嗯……干什么都行，只要能看到他就好了。"她有点儿害羞地捂着嘴笑。

"嗯？"

"因为江老师是世界上笑起来最好看的人啊，他……他就是最好的了。"

程尧金目光复杂地望着她。

余小鱼又理直气壮地说："不过我早就不喜欢他了，绝对不会再喜欢了。"

喜欢他会受伤的。

程尧金叹了口气："我去买单。"

余小鱼听到"买单"两个字，"唰"的一下站起来，差点儿碰翻了酒瓶："你不能去，我去！江老师教过我买单的。"

她摇摇晃晃地站起来，揣着手机转身："先生，你让一下。"

不知何时，身后那桌新坐了两个人，其中一个站起来让道。余小鱼看到他，"扑哧"笑了，觉得自己醉得厉害，用力地晃了晃脑袋。

下一瞬，笑容就凝固在余小鱼的脸上。

余小鱼脑子里轰然一响，什么都听不见了。

橘黄的灯光下，江潜静静地站在她面前。

旁边和他一桌的包工头还在自顾自地说话："那个小弟当初确实是先找到我，要去工地干活儿，后来被要债的给……先生，你要什么菜？"

余小鱼身后的程尧金也在说话："你说的这个江老师，是恒中现在的总经理吧？他就那么好，把你的魂勾了四年？我告诉你，男人的话听听就罢了，再好也好不过你爸妈……"

江潜仿若未闻，侧过身子："请过。"

余小鱼像一条飞鱼，"哧溜"一下滑了过去，到了柜台，拍着胸脯直喘气，扫完码也不敢过来了，拼命地给程尧金打手势："快走，快走。"

"急什么，他又不在这里。"程尧金抱怨，一左一右拎着两个包站起来。

到了门口，余小鱼把她一拉，两个人飞速地消失在夜色中。

江潜重新坐下，和包工头搭了几句话："我吃过了，你随意。"

包工头节俭，叫的烤串是生的，点完立刻就上桌。

焦褐色的羊肉在烤架上转动，滴着肥油，他狼吞虎咽地比画着："……你说得对，那男孩提过有个兄弟，其他的我就不知道了。他不知从哪儿借了一大笔钱，要债的还来工地上闹过，我们当时有个工人，好心救下他，结果呢？自己遭了殃，听说家属花了大力气告到法院，但证据不足，没法儿重判。"

江潜垂目看着慢慢烤熟的肉块，浓烟遮住他的脸，思绪飞远了。

直到附近传来"叮当——叮当——"的施工声，他睫毛一抖，抬起眼："出事的地方就在这里？"

"那小弟是在这个工地出事的，所以开发商嫌不吉利，拖了三年才开工。那工人回家途中被人抡了一板儿砖，我们当时都觉得他身子壮实，伤得不重，哪知道后来脑出血，没救过来。"包工头叹气，絮絮叨叨地提起旧事。

江潜一一记下，给他斟了杯啤酒。包工头总算说完了，受宠若惊："先生，你到底是干什么的？要是找技术熟练的农民工，我能帮忙，别的事我可不瞎掺和。"

江潜掏出一张项目经理的名片，随口找个理由打消了对方的疑虑："可能还会再联系。我还有事，今天耽误你时间了。"

他系上西装扣子，唤店员结账，包工头想留他喝几杯，又觉得这人通身的气派，不是能跟自己这种人一起吃大排档的，于是客客气气地起身，目送他的身影被黑暗吞没。

9点多，正是苍蝇馆子生意兴旺的时候，走入羊肠小巷里，隔墙的灯火喧闹都远了，只有工地上敲钢筋的声音依然清晰。

一声声有规律的尖鸣，敲得江潜心头震动。

月光如霜，铺在他的脚下。带着微凉的酒意，他越走越远，嘴角忽然轻轻勾起，生疏地练习几次，才发觉自己很久没有像从前那样笑过了。

视线里多出一盏年久失修的路灯，电线发出"吱吱"的响声。忽明忽暗的光晕里，一袭黑裙子倏然从巷口飘过，像暗夜里盛开的郁金香。

江潜疾步上前，可她离得那么远，走得那么快。他开始奔跑起来，短短十几米的距离好像用了一个世纪那么久，他终于伸手将那个影子揽进怀里。

月光如水，淌在他的手中，浮着初秋的花香。他嗅着这甘甜的香气越吻越深，唇边扬起了笑，又怕自己笑得没有以前那样好看，低声问："现在呢？"

现在你还喜欢我吗？

她在骗人。江潜对自己说：她一定是在骗人。

他把她的手按在他的胸口上，让她知道他的心跳得有多快。

这个地方只有她可以碰，他让她碰，如果可以，她想怎么碰都行。他不计较她撞了他那么多次，只求她再说一次。

她张开嘴，江潜突然恐慌起来，低头堵住她的唇瓣，不让她发出任何声音。

风吹过，一缕酒气坠下万丈悬崖，深渊里的怪物在吼叫。

他顺着柔软的嘴唇吻下去。

黑色的郁金香在月下盛放，花瓣剥落在他的手中，露出洁白的蕊、修长的茎，嫩叶挂着露水，沿着指节颤巍巍地滑落。

江潜把她转过去，不敢看那双清澈无邪的眼睛，将她抵在墙上，一只手从前面锢住她的腰，吮着她低垂的后颈。

翻涌的云海遮住了月亮，天地都沉寂下来，唯有那盏旧路灯不知疲倦地闪烁。

"现在呢？"

"喜不喜欢我？"

"和我在一起，做什么都行，是不是？"

她刚要说话，被他偏头吻住，他的舌头撬开她的齿关，长驱直入。

不要说。

不要说让他害怕的话。

江潜喘息着，把她翻过来面对自己，想看清那双杏眼里的情愫，几缕月光从云间漏下，他只从她镜子般的瞳孔中看到了自己——惶然、焦急、邪恶、挥汗如雨，像从地狱里爬出来的东西。

他怎么配？

江潜不敢再看，紧紧地搂着她，心脏几乎跳出了喉咙，隐约听到她甜甜的嗓音："只要看到你就好了。"

闻言眼骤然亮起来，他如获珍宝般捧起她的脸，以额相抵，就这么一言不发地看着她。

路灯依旧在闪。

逼仄的小巷中光影蒙昧，黑裙子经过巷口，两三秒之间，有人陷于暗影中，驻足不前。

月明风静。

一切如常。

"你别乱走,这里不安全。"女孩儿冷冷的声音传过来。

"程尧金,我……我想吐,怎么还没找到垃圾桶……"

"你就吐到旁边。"

余小鱼眼花缭乱,10分钟前恢复的那点儿清醒全被醉意盖过去了。她撑住墙壁,只觉前方一片漆黑,实在忍不住,弯腰吐得稀里哗啦。

她吐完了,胃里好受一些,看到地上有个东西移动了一下。

"啊!"

程尧金闻声过来,只见刚才在大排档吃饭的顾客站在角落里,皮鞋被吐得一塌糊涂,西裤沾到了秽物,裆也湿了一点儿。

顾客看着挺高冷,却是难得的好脾气,从包里掏出纸巾,没有先擦自己的鞋,而是俯下身,去擦余小鱼的嘴。

顾客就在即将碰到余小鱼皮肤的一刹那,手掉转方向,把纸巾递给了程尧金。

余小鱼醉眼蒙眬地对她说:"你怎么叫我吐人身上……我没看见这里还有人……对不起啊……"

程尧金从钱包里抽出一张卡,不耐烦地丢给那位顾客:"密码是卡号后六位,够你买十条裤子十双鞋。"

程尧金说完拖着余小鱼就走,还低声抱怨:"这人有毛病,你这么大动静他还站在那里不动,别管他了。"

江潜拿着卡站在路灯下,抿唇望着她们走远。

他掏出手机,想叫司机来接,想想自己这副狼狈模样还是算了,戴上口罩,往最近的酒店走去。

✦

口罩遮住了大半张脸,江潜揣着信用卡,从高档酒店门口经过。

夕阳照着繁华的大街,梧桐叶落了满地,人影街景勾勒出一幅深秋的画卷。他从英国回来快一年了,鲜有这样空闲的时候,可一闲下来,他心里就不好受。

余小鱼转到沈颐宁那里实习有一个多月了,他当时对她说,自己很忙,没法儿照顾她。

要是她知道他只是在找借口,应该会生气吧?

江潜有些愧疚地想着，走进路边一家大型宠物店里。

他爸江铄年纪大了，脾气越来越躁，刚才因为一个项目和他大吵一架，赌气说要养只猫当儿子，死后遗产都给猫，当下塞给他一张卡，叫他立刻去办。

江潜也懒得告诉他国内宠物没有继承权，进店5分钟之内挑了只大橘，是街上捡来的流浪猫，食量奇大，没有客人愿意领养，必然会让他爸心疼每月的伙食费。

店员殷勤地建议："您再看看别的？我们家种类很全。"

江潜在居家方面是个极简主义者，私人公寓里什么装饰品都没有，更别说养宠物了。

他谢绝了建议，出门时，笼子里的大橘朝身后依依不舍地"喵"了几声。

大厅中央放着一口水缸，热带鱼美丽宽大的胸鳍曼妙地扇动，像穿着火红的舞裙，在水中飞翔。

"这是什么鱼？"江潜随口问。

"狮子鱼，很好养的。"

手机适时地弹出一条新消息。

"江老师，我和沈老师谈项目去啦，她说你见过对手方老板，我有什么要注意的地方吗？"

江潜推开门，凛冽的北风扑面而来，门口悬挂的风铃"叮当"作响。心弦被这清脆的声音拨得一动，他忽然想起天气预报说寒潮将至。

他拢了拢围巾，又回头看了一眼水缸。

小鱼在玻璃后睁着一双纯黑的眼睛，好奇地望着他。

"好养？"

"嗯，多晒晒太阳。"

江潜走回来，刷卡，留了地址。

店员喜笑颜开，叮嘱："它背上的刺有毒，只能看，不要碰。"

上了车，江潜握着手机，公事公办地敲了几百个字发过去，给她介绍对方公司的背景，那边很快发来一个鞠躬感谢的表情。

"降温了，多穿点儿。"

手指在屏幕上犹豫片刻，他全删了。

"不要碰。"他默默地对自己说。

"江老师，寒潮来啦，注意保暖哟。"

江潜抿住唇，眉梢还是露了一点儿笑。

"好的，你也是。"

他的手指停不住了："沈总那边如果有不明白的，可以来问我。"

"沈老师教得很细呢，我暂时没有搞不清楚的。她业务好厉害，而且人也很温柔，我超喜欢她！谢谢江老师给我这个机会。"

江潜瞬间不想回了，关掉屏幕，抬眼在后视镜里看到一张郁闷的脸。

司机也看到了，以为他还在和父亲闹矛盾："您买的猫，江董一定喜欢。"

江潜才想起来，刚才买鱼，刷的是他爸的卡。

果然，没过几分钟，他爸接到支付短信，电话就打来了："一只猫能要5000块？你个败家子！"

5000块是鱼加上水缸、过滤器、灯、饲料等杂七杂八的费用。

江潜正色道："现在猫都贵，你不了解行情。"

"什么品种的？早知道去你爷爷村里抱一只！"

他低头看看笼子里0元购的长毛狸花猫。

"它爸是赛级缅因，有证。"

江铄这才信了："让司机带我'儿子'回家，你滚吧。"

江潜让司机开到自己的公寓，一身轻地下了车，脑子里还在想他那几条鱼。

老板卖得还挺便宜。

多漂亮的小鱼。

客厅里空荡荡的，哪里都能放下一口水缸，他站在沙发前，盯着白墙，已经想象出五条鱼在水草间吐着泡泡遨游的画面。

不能碰，有毒的。

江潜又对自己重复了一遍。

只有独处时，他才敢剖析自己的内心，一切从和她去西京出差后变得不一样了。

他开始在工作时想无关的事，视线总是下意识地从电脑屏飘到她身上，更要命的是，她无意中撞到他的胸口时，把那里封印的潘多拉魔盒一下子撞开，见不得光的念头全都喷涌而出。

江潜眼睁睁地看着，惊慌失措。

她叫他老师。

他们的地位是不对等的，她仰望他，视他为崇拜的对象，学他的一举一动，那么单纯、勤奋的一个小姑娘。

他怎么能对她有这样无耻的想法？甚至想把她这样又那样……

江潜头一次怀疑起自己的道德底线，作为一个在寄宿学校里受过极为严苛的传统教育的人，他无法容忍自己对一个实习生产生教导之外的心思。这种上下级在职场上掺杂个人感情的案例他听说过很多次，万万没想到这回谴责的对象变成了自己。

冷静地思考后，他认为这是太久不接触异性出现的心理症状，必须及时掐断苗头，如此才不会伤害到双方，造成不可挽回的后果。

于是在还能控制住形势的时候，江潜干脆利落地把她从身边推开，送去了别的部门。

一眨眼，大四上学期就过去了。

期末考完试，楚晏回了山西老家，程尧金和男友去日本泡温泉，余小鱼勤勤恳恳地在公司坐班，直到回家过年的那天才发觉很久没有见到江潜了。

办公室在同一层，但他来去匆匆，就算他去找沈颐宁谈事，余小鱼也总是被隔出去，她甚至没跟他说过一句完整的话。

倒像是他在避着她似的。

这个稀奇古怪的想法一生出来，她不由得想笑——她又不是洪水猛兽，人人都说她长了张平易近人的脸。

江老师真的太忙了吧！

2月过后，投行部要来一个新实习生。除了余小鱼，其他实习生都有点儿家底，这个空降的小姑娘更不得了，集团董事长是她亲舅爷爷。

前台姐姐神秘兮兮地道："姚总亲自打招呼，要江总带她。"

"真的吗？"

余小鱼嘴里的巧克力蛋糕瞬间没了滋味，心里莫名其妙地一阵失落。

"那个小姑娘挺牛的，听说她在江总的母校读本科，就是想和江总当校友。江总上学时不是在一家公募实习嘛，她放假去面试，没通过，她舅爷爷就让她回自家公司历练。"

"是个小妹妹呀。"余小鱼若有所思。

前台姐姐瞅着她："你怎么一点儿反应都没有？"

"我要有什么反应？"

"你是江总带过的唯一的实习生啊。"

余小鱼好笑："江老师这么厉害，难道工作一二十年都不带实习生？别人会觉得他眼高于顶，或者是绣花枕头。根本不是呀！他很会教的，而且我能感觉到，他教人的时候自己也开心。"

前台工作人员露出一个复杂的表情，指指她身后。

余小鱼回头,戴着耳机的江潜已经拐进走廊里,只留下一个高高的背影。

"他不会听到了吧……"她吐了吐舌头。

江潜走进办公室里,关上门。

"最近忙,我带不了。"

蓝牙耳机里飘出他爸诧异的声音:"前天你不是答应姚总了吗?怎么又反悔?"

"临时有事。"

江铄啰里八唆地训话:"乔梦星那孩子不错,小时候你们一起吃过饭的,忘记啦?你就看在姚总的面子上,教她怎么做项目,她又不笨。你以为你是谁,来了个小姑娘就要追你?"

江潜忍不住了:"你瞎说什么!"

哪有人追他?

"那为什么不带?"

他想了想,喝了口茶:"我眼高于顶,还是个绣花枕头,带不了实习生。"

"你放屁!"江铄骂了一句,挂了。

隔了一会儿,江铄又打过来:"下周去烧纸,有种把刚才的话跟你妈再说一遍。"

江潜道:"你把我教成这样,我没脸说,你就让猫给我妈叫两声吧。"

然后他们"圆满"地结束了这次通话。

余小鱼得知消息的第二天,那个叫乔梦星的实习生就来投行部上岗了,也跟着沈颐宁。

沈颐宁专门做项目承揽,这业务需要八面玲珑左右逢源。乔梦星一进师门,余小鱼就觉得她不太合适,这个20岁的女生有股天真的傲气,买了十几盒巧克力当见面礼送同事,大家闲时聊天儿,她插不进话,也不是很想搭腔。

看得出来,她对临时换导师这件事不太满意。

沈颐宁一周出差四天,没空管下属作息。实习生不是正式员工,不用天天加班,可乔梦星来了之后,以一己之力带动了整层楼的实习生加班。

她非要坐到深夜才回家,任务做完了,她就给别的组帮忙,小活儿不干,专干大活儿,或者在工位上准备申研材料,唯恐别人说她是靠关系进来的。

沈颐宁知道了,就让她早点儿回去,她反而说:"我以前在伦敦金融城实习的时候就是午夜走，习惯了。我舅爷爷也跟我说过，我来这儿不是享福的，是干活儿的。"

别人都没话说了。"皇亲国戚"都这么卖力，"平民"有什么资格不努力？

余小鱼终于体验到了无意义的职场内卷。

卷了几天后，她实在受不了，给江潜发了条微信："江老师，你还在办公室里吗？我有事想跟你说。"

半夜，江潜揉着眼睛从沙发上爬起来，灯亮着。

他晚上被家里长辈灌了两斤白酒，回到公寓里，还没等泡腾片溶解在水里，就倒头睡过去了。

水流过焦渴的喉咙，他撑在沙发上，托腮看着水缸。

狮子鱼在珊瑚礁间游弋，红白相间的鳍像飞鸟的翎羽，曼然飘动。

维C水酸甜的滋味刺激着味蕾。

江潜忽然饿了。

他从储物柜里刨出一小袋快过期的饼干，"嘎嘣嘎嘣"地吃完，却发现自己并不是肚子饿。

那种饥饿感灼烧着的不是胃，而是他的头脑，还有胸口。

他想吃东西。

手机屏亮了一下。

江潜眯着眼，看到对话框弹出好几条微信。

19:58："江老师，你还在吗？我有事想跟你说。"

20:30："啊，我才看到你办公室里的灯是灭的……"

20:45："我想当面跟你说，明天你来不来公司呀？"

20:49："'有毒不能碰'撤回了一条消息。"

21:05："也不是什么大事，哈哈。江老师，你先忙。"

0:05："我下班了，有点儿难打车。"

酒精在血管里流动，太阳穴一胀一胀地跳，身子蜷缩在沙发上，他揪着怀里的抱枕辗转反侧。

"我很想你。"

他看着天花板怔了许久，一个激灵坐起来，赶紧撤回。

江潜握着手机，手心渗出汗，太阳穴的跳动转移到胸口，心脏在凌晨3点的酒气里声嘶力竭地呐喊。

他咬着牙，到浴室里冲了个澡，让凉水冲掉满身的汗。可胸腔里那颗心越来越烫，跳得越来越快，它在喋喋不休地盘问他。

如果是他想的那种情况，怎么办？

如果她也像他一样……

如果她知道……

不，她一定不能知道！

江潜酒醒了，又变成了那个冷静自持的人，他绝不允许自己犯这样的错误，也不允许第二个人知道他曾经对下属有过这样龌龊的心思，发过可以视为骚扰的可怕消息。

他需要休息。

他一定是太累了。

江潜定了早晨 8 点 30 分的闹铃，又在文件助手里编辑："抱歉，我晚上在工作，所以没及时回。我这几天在外地出差，事情如果不重要，你就跟沈总说吧。"

他以为自己能睡着，可昏昏沉沉地挨到 8 点多，脑子里一团乱麻，连喘气都不自然了。他一闭眼就是她的影子，微笑的、哭泣的、兴奋的、害羞的，连她唇边的小梨涡都无比清晰，他甚至能触碰到她柔软温热的脖颈，是那只毛绒小狐狸的手感……

闹铃一响，江潜"唰"地睁开眼，捞过手机，把那条消息发了出去。

不到 10 秒钟，她回："嗯嗯，好的。"

他悬着的心终于放下了，疲惫感铺天盖地席卷而来，下一秒就沉入了梦境。

余小鱼看着最后一条微信发呆。

3 月的风从高楼外吹进来，撩动桌上的文件纸。那种被嫌弃的感觉越来越强烈，好像她确实做错了什么事，惹他讨厌了。

他撤回的那条消息，会不会在教训她啊？

余小鱼以己度人，觉得凌晨这个时间，最容易说一些情绪激动的话。他通宵工作，脾气肯定不好，但用良好的教养掩饰过去了，没有让她看到那些令人沮丧的文字。

她只是想问他怎么避免不必要的加班而已。

余小鱼有点儿委屈，鼻子也有点儿酸，心口闷闷的，但这种负面情绪很快就消失了，因为沈颐宁收到意见后，就和姚董事长委婉地提了一句，乔梦星在家里挨了训，再也不刻意拖到午夜下班了。

当然，乔梦星观察得出来是谁挑的事，对余小鱼的态度急转直下，合作完成任务时肉眼可见地闹脾气。

这周一个重要的国际项目谈到尾声，恒中方面要宴请几位甲方，地点在白沙湾规格最高的私人俱乐部里。

客户资历颇深，是个学习的机会，沈颐宁问两个小姑娘有没有兴趣一起去。只要有沈颐宁在，余小鱼完全没有任何不放心，主动请缨订了包间，乔梦星撇嘴说自己对这种场合没兴趣，想回家歇着。

因为是东道主，下午5点30分，余小鱼就放下手头的活儿，去洗手间里换了衣服和鞋。沈颐宁已经在地下车库里等了，让她坐副驾驶位，告诉她："几个董事也来，酒桌上你不用主动说话。"

余小鱼点点头，听她介绍出席的几位大人物。

沈颐宁讲了5分钟，车门开了，是那个叫赵柏盛的董事，穿着一身深蓝色西装，背着印花皮包，头发梳得很干净利落。

他也认出了余小鱼，上下打量一番，笑道："这不是小鱼吗？你不跟着江潜，倒来沈总这儿了。"

她乖乖地"嗯"了一声。

"实习也有大半年了，这种场合你应该熟悉了吧。"他的语气很温和。

沈颐宁不动声色地把左手的包换到右边，隔在座位中间，半开玩笑地说："这孩子还在读本科，平时做案头工作，今天我叫她来看着学点儿，头脑放清醒，回去要写会议纪要的。"

赵柏盛解开外套扣子："到那儿再说吧。江潜今天怎么没来？"

余小鱼连忙道："江老师出差了。"

他摇摇头："这小子，什么时候出差不好，今天他母亲生忌，要扫墓的，我这个做表舅的真看不过去。"

这时沈颐宁手机响了。余小鱼从后视镜里看到她瞟了眼赵柏盛，接起电话，右手掩在嘴边，身子侧向车窗。

车子经过喧闹的路口，她应了一句就挂了，眼中多出几丝凝重。

赵柏盛察觉到："沈总有什么事吗？"

沈颐宁为难片刻，蹙起眉："赵董，真不好意思，家里老人在浴室里滑了一跤。"

"是你那位的……？"

"对。"

赵柏盛听说她最近找了个男人，这情形倒像是要以40岁高龄谈婚论嫁，稀奇之下十分通情达理："哎哟，老人摔跤可严重了，你快点儿去吧，别操心这边，我们人数也够了。"

沈颐宁让司机靠边停，下车前示意余小鱼别紧张："客户的儿子和乔梦星是同学，刚刚让我把她叫过来。"

余小鱼点点头，回以感激的眼神。不管是不是临时拉上酒桌，只要"皇亲国戚"来了，她有个伴儿，就不怕被人灌酒。

等车开远，消失在马路尽头，沈颐宁才回拨过去："你已经到家了？我现在回来。"

那一头江潜刚进门，全部思绪都在电话上，没注意人，迎面一个梳马尾辫的小女孩儿抱着一摞作业本，差点儿撞到他，他下意识地抬起右臂护在胸前。

小女孩儿有点儿害羞，低头说了声"对不起"，跑回二楼把房门关了，保姆在厨房里热火朝天地炒菜，噪声很大。

"下午我去公墓，赵家的几个人也在。赵竞业手上不止一家公司，都记在他前妻名下，探骊网的灰色平台是资金的来源，另外还有去向。这些资金暗中流向海外，背后利益网非常复杂。"

江潜在客厅坐下接着说："所以我建议，先不要申请调查令，现在没那么容易扳倒赵竞业，会打草惊蛇。而且我父亲在集团里还不能占上风，赵柏盛一旦接了董事长的班，我们就会查得更困难，他和赵竞业走得很近。"

大家都明白，姚董事长选接班人，不是江铄就是赵柏盛，两派人马斗了好几年，胜负未分。赵竞业早年履历辉煌，在银城无人不知，姚正阳依靠他的战略规划做了几个大项目，也算互相成就，所以他一直优待赵家的人。

赵柏盛是赵竞业的亲侄子，而江铄是赵家的女婿，论亲戚关系，江潜还要叫赵竞业一声舅公。

沈颐宁不知道为什么江铄父子那么恨赵家，但他们目标一致，所以她选择加入江家阵营。

江潜行事极其谨慎，但凡能说出口的话，都在心里过了几遍，于是她问："他们有个业务是做海外移民，哪里可能留下证据？"

他想了想，说："目前还没有。我的思路是从跟随移民的家庭护工入手，挖掘从商不合规的地方，不过耗时比较长，等下见面谈吧。"

"你和赵家的人打了照面吗？小鱼刚才和赵柏盛说你出差了。"

江潜几乎立刻从沙发上站了起来："晚上她也在？"

和赵柏盛？

同一桌应酬？

她知不知道这样很……

"哗啦！"

老旧的厨房门突然被拉开，一个中年妇女垫着抹布端着砂锅出来，咖喱猪排上撒着翠绿的葱花儿，热腾腾的香气直往鼻子里钻。

保姆看到有陌生的客人，礼貌地问了声好。

江潜心不在焉地对她点点头，觉得自己的反应过于夸张了，轻咳一声，对沈颐宁说："我没当面见他们，是听到的。"

沈颐宁知道他对这孩子很上心："我让乔梦星也去了，两个小姑娘互相照应。"

江潜一想到赵柏盛也在，就根本坐不住，谈话的心全飞了，满脑子都是他的前科劣迹，还有小丫头被一群男人围在中间的窘迫的模样。

他在阳台上焦虑地来回踱步，正巧看到一辆轿车从大院外开进来。

江潜灵光一现，有了离开的理由："戴主任晚上回来？"

"嗯，没关系的，咱们一起吃个饭。"

"你们难得聚上，我留在这里不太方便。抱歉耽误了你的饭局，让你白跑一趟。"

沈颐宁笑道："我本来就不想给那帮人作陪，况且你不是已经跟我说了重大新闻吗？有事就走吧。"

江潜有点儿怀疑她看出来了，但他死都不能承认："那我就回恒中了，还有几份资料没看。"

沈颐宁还在笑："我还能管你去哪儿？快走吧，别耽误时间。"

江潜拎着电脑包就要出门。

保姆在后面喊："先生，您晚上不在这儿吃饭吗？"

江潜敷衍地"嗯"了一声，关门前听到二楼有人匆匆地下来。

"张阿姨，我去医院看我同桌，你帮我装两个保温盒。"

"哎，好……"

江潜来得隐秘，没开车，打了辆出租车。司机问他去哪儿，他冷静下来，报了商场名，在俱乐部附近。

他直接过去捞人，会不会太刻意？

可会不会他去迟了,她被欺负?

持不同意见的小人儿在脑子里激烈地辩论,他觉得自己的脑袋都快炸了,这件事比19岁时第一次谈项目还棘手。

墨镜、口罩、风衣、围巾,司机看他包裹得严严实实,好奇:"您是去剪彩吗?"

到了地方,江潜才知道他为何这样问,商场今天有奢侈品店开业活动,请了一些艺人过来走秀。此时红毯上起了纠纷,保镖和粉丝吵了起来,当事女艺人穿着仙女裙冷眼旁观。

江潜径直去了二楼的甜品店,店里人很多,队伍排到了门外。他告诫自己不要急,乔梦星也在饭桌上,那群人不敢造次,况且余小鱼一个成年人,有自我保护的能力。

可他越排队越心焦,越告诉自己别紧张就越紧张,好不容易挨到收银台,店员问他要什么,他脱口道:"不要酒。"

店员满脸疑惑,依然态度良好:"先生放心,我们家的甜品里不含酒精。"

江潜意识到自己一开口就露馅儿,匆忙地打包了两个巧克力慕斯。口罩下脸颊发烫,那一刻周围人的眼神变作枪林弹雨,仿佛能穿透他竭力掩饰的内心,让他仓皇而逃。

七森俱乐部就在马路对面的大楼里。他像个青涩的小偷,徘徊在楼下,鼓足勇气也不敢去偷里面的宝贝,生怕别人看出他居心叵测。

手表的指针从6点30分移到7点,江潜抽了三支烟,终于找了个严肃的借口问乔梦星有没有动身,她说马上出门,开车很快就能到。

不会有事的,一顿饭而已。

江潜对自己说:他想得太多了。

不要越界。

千万不能越界。

他打车回了公寓,坐在空旷的客厅里,拧开一瓶酒灌了两口,填不满心虚。

沙发前,蓝色的透明水缸像一面照妖镜,把他心底埋藏的念头映照得清清楚楚,不可告人的欲望像鱼缸里的水,无风自涌,怒吼着拍打玻璃,要冲破那道薄薄的阻隔。

鱼在他眼前游。

水草在他眼前漂。

幻觉在他眼前一遍又一遍地出现，每个动作都那么清晰，他看到自己脱去人皮，变成一只饥饿的兽。

不可以这样。

江潜急促地喘息着，走近鱼缸，左手伸进水里。

狮子鱼在礁石间游弋，躲避靠近的陌生物体，13根火红色背棘在水中招摇。

手指传来刺痛。

他条件反射地缩回手，那只刺到他的幼鱼一甩尾巴，躲进了珊瑚丛里。

江潜咬着牙，狠狠地掐被蜇的无名指，挤出毒血，泡进热水里。

疼得好。

有毒，不能碰的。

要记住了。

俱乐部包间里。

酒桌上觥筹交错，余小鱼起初还能默默吃菜，但赵柏盛和对手方喝了一轮，觉得氛围不够，叫饭桌上这个唯一的女生敬酒，听她说自己不能喝，关切地问："我从客户那里知道你跟沈总出去谈项目，也能喝点儿，今天身体不舒服吗？"

"啊，不……"

客户接口道："那就是不给我们面子了，都是合作方，咱们可比不得他们财大气粗，哈哈。"

赵柏盛投来一道暗示的目光，余小鱼知道自己惹客户不快了，怕妨碍项目进程，连忙站起来斟了小半杯红酒，说自己真的量浅，喝多了怕大家见笑，这点儿酒是极限了。

赵柏盛笑道："你们几位也别为难小姑娘，实习生而已，还在上学呢。"

余小鱼立刻出了身冷汗。她干了这么久，无论江潜、沈颐宁还是其他员工，在外面都不会向客户摆明她的身份，现在她已经拿到预入职书，他一个董事在如此重要的饭局上这么说，明摆着是在敲打她。

不喝就滚蛋。

她的脑子里飘过几个大字。

一杯酒下肚，客户看她状态还行，又变着法儿叫她继续喝，赵柏盛敷衍地替她说了句话，转头就跟身旁的人谈起项目来，完全不管这边了。

余小鱼看一眼手机，又看一眼酒杯，再看一眼手机，乔梦星发微信说自己在路上，晚高峰交通很堵。

客户被她这心不在焉的态度弄得生气了，抓起手边寸高的小杯，倒满白酒，放到桌上转到她面前，作势要起身："原来小美女是要我请的。"

余小鱼赶紧双手端起杯子，连声赔罪，硬着头皮一饮而尽。

这下好了，开了头儿，就没有结束。

在男人们的欢声笑语中，余小鱼只觉瞳孔中的人影晃晃悠悠，从一个变成两个，两个变成四个，最后模糊成一汪水。

余小鱼不记得自己被灌了多少杯，一会儿是客户要她喝，一会儿是恒中的经理要她挨个儿敬，直到最后救兵也没来。

她伏倒在桌上，不知过了多久，听到有人说："换个场子吧，今天老婆在家，那边玩过要早点儿回去。"

余小鱼费力地撑开眼皮，原来才8点多。

"我就不去了，还有事，顺便送小姑娘回家，你们几位多包涵。"赵柏盛道。

余小鱼还留着点儿清醒，坚持："赵董，我自己叫车，不麻烦您。"

"干吗还费这工夫？咱们一块儿下去。"

余小鱼对他一点儿好感也没有，推托自己要吹风醒酒，艰难地挎起包，每一步都走得摇摇晃晃。

赵柏盛面带微笑地望着她独自走远，给司机打了个电话。

余小鱼晕晕乎乎的，刚走到大楼后的落客平台，一辆跑车就停在面前。

乔梦星降下车窗，惊讶地说道："你们现在就结束了？那我送你回家吧。"

余小鱼又气愤又委屈，大着舌头："你……你不想过来，就说不想过来……没必要拖到现在……"

乔梦星撇了撇嘴："路上真的堵，我绕路了，隧道里又撞上车祸。你走不走啊？这不是没什么事情嘛。"

她家住在二环，再出状况也不可能用两个小时才到这里。余小鱼不想跟她说话了，转身闷头走入不知哪条巷子里。

乔梦星哼了一声，给沈颐宁发了个消息，踩下油门。

车子在花坛边和另一辆出租车擦肩而过，副驾驶座上的身影抓住了她的视线。男人也认出了她，看到她车里没别人，神情剧变。

乔梦星指向东边的小路，出租车掉了个头，往那个方向开去。

3月的夜风徘徊在小巷里，暖而清润，不再有冬末的寒冷。

余小鱼被风吹得舒服了一些，靠在墙上深呼吸，浑身发热，便把大衣脱下来拿在手里，扯开领口的扣子，茫然地望着远处。

车灯的一束光忽然射进巷口，瞬息之间，有人匆匆地下车，引擎声随即远去。

她呆呆地看着他大步走过来。

万家灯火像遥远的星星一样飘浮在他身后的黑暗里，月光照亮了布满汗珠的额头和一双焦急的眼睛，陌生得如同幻觉。

他走得很快，右手拎着盒子，巧克力慕斯微苦的香气飘散在空气中。那一瞬，她的醉意被这气味挑高到了极点，她睁大眼睛，仿佛听见虚空中枝头"噼啪"一响，绽出一朵早春的花。

江潜走近，目光聚在她松开的衬衫领口，冷汗直往外冒，极力装作镇定："我从商场回来，正好看到你在这儿，听说晚上你和客户吃饭，有没有人欺……？"

他的话骤然卡在喉咙里。

余小鱼根本没听他在说什么，把他的领带一拉，踮起脚，嘴唇印在他的唇边。

江潜脚下的枯枝"啪"的一声，断了。

他的神经也断了，他大脑一片空白，全身肌肉刹那间僵硬如木头，手里充作幌子的巧克力慕斯一下子砸在地上。

大约过了两秒，余小鱼柔软的嘴唇离开了。

她看着他，眼里的水光快要溢出来："张嘉信，你怎么才来？！"

江潜浑身一抖。

沸腾的血液似冻成冰，他愣怔了好一会儿，把领带拉回来，哑声问："你看清楚，我是谁？"

余小鱼的眼珠转向一边，睫毛垂下来，她醉醺醺地道："我都叫你早点儿来……张嘉信……不行就分手……你再迟到，我真要被他们欺负了……"

江潜退后两步，呼吸困难，胸口处不曾有过的感觉让他想回家，躲进房间里，再也不出来。

于是他捡起盒子，抛下她，失魂落魄地朝巷尾走去。

然而唇边残留的微凉的触感像飞速生长的藤蔓，从皮肤扎进血管里，占据了心脏，绊住他的脚，让他每一步都走得万分艰难。他捏着左手包扎过的伤口，企图用剧痛唤醒自己的神智，顷刻间就出了满身的汗。

毒素明明已经清了。

可他血管里流的是什么东西？

他中毒了。

而她喝醉了。

张牙舞爪的藤蔓疯狂地扭动，"噗"地一下顶开了心房，江潜蓦然站住，把盒子一丢，转身冲回去，用那只受伤的手捂住她的嘴。

咫尺的距离，月光朦胧，星影黯淡，她清澈的眸子又黑又亮，像梦里那样近。他把她抵在墙上居高临下地俯视着，喉结滑动，腰腹紧绷，手背的青筋一根根暴出来，被关押在深渊里的猛兽下一秒就要咆哮着撞开笼子。

春风拂过，野猫在墙头上嘶叫，草虫在树下低鸣。

江潜舔了舔干燥的嘴唇，滚烫的呼吸喷在她的鼻尖。

余小鱼困倦地闭着眼。

他低头，隔着手背，吻上她的唇。

"嘀——"

喇叭声突然刺破静夜，江潜惊醒，放开她后退两步，不远处一辆车经过，戴鸭舌帽的行人也被车灯晃了眼睛，拎着东西以手遮面走过巷口。

余小鱼睁眼，见自己手中还拉着领带，迟疑地抬头，待看到江潜一脸慌乱时，酒似乎醒了一半，张了张嘴，什么也没说出来，松开领带拔腿就跑，中途还被绊了一跤。

她逃出巷子，记起要拿手机叫车，前方有人喊她的名字，说要送她回家。她回望一眼，江潜还站在原地，便顾不得其他，拉开车门跟跄倒在后座上，报了个地址。

她力气用尽了，眼睛也彻底睁不开，睡过去之时，模糊听到"嚓"的一声，然后就什么也不知道了。

◆

宿醉后头痛欲裂，余小鱼下午1点钟才起床，喉咙干渴，四肢酸痛。

她走到浴室，发现牙刷不对，抬头一看，浴室也不对。

外面有人在叫她："小鱼啊，起来了？过来喝粥。"

余小鱼傻眼了，洗漱完出来，看到她妈和舅舅一家坐在客厅里吃午饭。

"妈，我怎么在这儿？"

余妈妈无奈："你这孩子，昨晚上哪儿鬼混了？你舅妈关店回来，发现你坐在楼梯口，可把她吓一跳！以前你不是说不在外面喝酒了吗？"

"啊？"她坐下来，挠挠头，"昨天我跟室友吃大排档去了，就是去美国的那个，好几年没见，所以喝多了……"

余小鱼赶紧发了个微信问程尧金，原来昨天从大排档出来后，她到处找垃圾桶吐，还吐了路人一身，吐完了程尧金就叫司机送她回家，可就算醉成这样，她都知道回去会被她妈骂死，竟然忘了自己租房子住，让司机送她去亲戚家。

8岁的小表弟在旁边扒拉饭，两只眼睛滴溜溜转："姐，你找男朋友啦？"

舅妈敲了他一个爆栗："张嘉信，吃你的鸡腿。"

余小鱼差点儿把粥喷出来："没有。"

"那你说我不是你男朋友是什么意思？"

"啊？"

舅妈喝了口汤："你昨天把你舅认成领导，一个劲儿跟他说你弟不是你男朋友，你单身，不会影响工作，要继续干。现在金融行业管得这么严吗？谈恋爱都不许？"

"什么？"

桌上四个人一齐点头，余妈妈说："你不要压力太大，这个公司不喜欢就跳槽，什么烂领导，咱们不稀罕他。"

余小鱼尴尬得要死："好的，好的。"

在舅舅家吃了顿饭后，她坚持回自己的住处。她妈叹了口气："今天有空去看看你爸，我们上午都去过了。去的话戴个金子压一下。"

余小鱼一呆，才想起今天是中元节，惭愧地点点头："我下午去。"

她出门时下了场暴雨，等了半个小时网约车才到。

雨水冲刷着马路，她站在小区门外，望着在狂风里摇摆的树木，神思恍惚了片刻。

都三年了吗？

太阳穴仍然隐隐胀痛，她长这么大没喝醉过几次，上一次还是实习的时候，她傻乎乎地被人灌酒，醒来时已经在家里了。

爸爸坐在床边给她吹醒酒汤，担心地告诉她，她睡着了也在哭，问她怎么回事。

她很伤心地抹眼泪："我喜欢上带我实习的老师了，但是他明显对我没意思，还嫌我烦。你不要告诉别人啊。我不想继续实习了，我觉得这个公司不好,酒桌上有很多规矩,看到他躲着我,我也很难过。"

爸爸心疼地揉揉她的小脑袋:"那我们就不实习了,找别的工作,我女儿这么厉害,肯定很容易就能找到,找不到的话爸爸妈妈也能养你。"

余小鱼没敢告诉他的是,她虽然喝醉了,但脑子没有全蒙,她还装作认错人,不管三七二十一亲了江老师一下。

这是她活到现在做得最出格的一件事,要是没喝酒,借她一百个胆子都不够,万幸没被人瞧见。

她甚至还记得江潜震惊的神情,他长长的睫毛在月光里颤动。

之后她就断片儿了,只知道自己落荒而逃。

如果他也亲我一下,喝得再多我也能记住吧。

余小鱼沮丧地想。

但是怎么可能呢?他都不想再把她带在身边了,也许还会找个理由开掉她这个酒后乱性的预备员工。

"嘟嘟"的喇叭声打断了她的回忆。

余小鱼钻进网约车里,收起伞,司机师傅抱怨这雨真大,拼命按喇叭乘客都听不见。

"去哪儿?"

"北郊神仙山。"

江潜在酒店里待到下午,把西裤用水稍微冲了一下,然后交给服务员清洗烘干。皮鞋被余小鱼吐得不能穿了,他直接扔进垃圾桶里。

他给他爸打了个电话,让司机把家里的鞋送一双过来。

电话那头,和他没有血缘关系的猫弟弟在"喵喵"叫,仿佛在大声嘲笑。江铄拒绝了提供皮鞋的要求:"喝多了,鞋丢了?你怎么不把自己弄丢呢?多大的人了,这么点儿小事还找爸爸,你要不要脸!"

然后他爸就把电话挂了。

江潜只好打给张津乐,让他跑腿去公寓拿鞋,顺便来酒店商量事。

张津乐说道:"您是个总经理,不能买一双吗?把黑卡拿出来,高奢店店长直接给您送过去。"

"我不穿新鞋,磨脚。"

瞎说也没有这样说的。

"门锁密码?"

江潜报了六位数。

半个小时后，张津乐提着皮鞋来了，前台工作人员把他带上总统套间，暧昧的眼神看得他头皮发麻。

江潜一开门，就把电脑给他看："这两个人昨天被放出来了。"

张津乐愣住："这么快？"

"服刑到期了。"

张津乐感叹，"我导师要是知道，棺材板都按不住。"

他的研究生导师是当年命案的公诉人，压力非常大，法院下完判决书后，长叹一声去了养老院，不久就郁郁而终。

江潜说："我查过他们的背景，这两个人在银城没有亲属，从探骊网成立后就一直在里面打工。"

"这平台还能蹦跶呢？"

江潜冲了两杯咖啡："不仅能蹦跶，市场还越做越大。赵柏盛为赵竞业暗中管理的这两家公司，探骊网收割钱财在海外买房产，海珠网利用这些房产替有需要的人办理移民，资金循环流动，生意蒸蒸日上。现在连恒中的事务他都没时间管了，交给邓丰，所以才放着首席执行官的位置不坐，乐意当个闲职董事。"

张津乐"咝"一声抽了口气，说："这老狐狸完全看不上恒中的年薪啊。"

"他那样的人，怎么会嫌赚的钱少？"江潜往咖啡里丢了一块方糖，发出清脆的"叮当"一声，"我们盯着这两个人，应该能牵出大鱼。"

张津乐踌躇了一下："潜总，我觉得从受害人的角度，并不能给予探骊网重大打击。三年前你和沈总、戴老师尝试过类似的角度，结果失败了，现在我们再从这一点着手，是否太过冒险？"

江潜端起咖啡杯，抿了一口，苦涩的味道像他在南美度过的岁月："当初我们的思路是正确的，但非常不全面，赵竞业在银城经营几十年，势力太大了，赵柏盛作为亲信替他办事，能够调动一切可利用的资源，所以即使我们推动了几场官司，也无法得到差强人意的结果。"

张津乐想到导师当年扼腕叹息的样子，胸中涌起一阵激愤："为富不仁，肉食者鄙。"

"但现在我们的途径不是单一的，这个'项目'会从不同方面推进。除了我和沈颐宁，至少还有三个人想扳倒赵家，至少他们不希望赵竞业和赵柏盛继续呼风唤雨。"

"三个人？"张津乐惊讶。

江潜没有告诉他其他的途径是什么:"知道得越多,风险越大。那个工人就是因为听到了不该听的事,才会死在医院里,他死前有陌生人去过病房,但监控被破坏了。"

张津乐没想到他查得这么细:"看来你昨天和包工头谈话,有所收获。不过为什么你对这个角度这么上心?"

江潜没瞒他:"银湖地产死亡的建筑工,就是小鱼的父亲。"

张津乐张开嘴,半天都没声音。

"小鱼爸爸……那个在小鱼实习期间天天给她送饭的大叔?我的天,我还见过他几次,人很和气,笑呵呵的,问我要不要订他家的外卖。"

江潜走到窗边,望着大楼外的狂风暴雨:"三年前我没保护好她,自己也没在集团里站稳,现在她要是再出事,我这辈子都过不去。"

他想起什么,心头的不安像天空中的阴云,乌泱泱地压下来。

张津乐问:"上次在七森俱乐部,赵柏盛看到你和小鱼一起,除了这件事,还有其他能让她遭到威胁的原因吗?假设他认为她对你很重要,会把她怎么样?她一个不惹事的小姑娘,没有把柄在他手里啊。"

"把柄"这个词刺痛了江潜,他竭力压制住眼底的痛苦和愤怒,说道:"那名工人的案子里,一些线索是余家三口提供的,而现在罪犯出狱了。"

张津乐皱起眉:"他们不会那么嚣张吧,坐了几年牢还记着仇人,仇人都死了。"

"这些人都是亡命之徒,没有道德良心可言,我担心的就是这个。"江潜换上皮鞋,把电脑锁进保险柜里,"帮我和夏秘书说一声,我今天不去公司了。"

"你自己和她说嘛。"

"你们等下不是要约会?"

张津乐目瞪口呆。

江潜跨出门,听到他"喂"了好大一声:"你自己不敢谈恋爱,专盯着别人!"

银城有三个大型公墓,北郊的神仙山最老最破,但风水极佳,葬的都是本地人。

余家每年都会在七月半烧纸,那两个因犯案底里有刨人祖坟要钱的缺德事,放出来不知道戾气有多重。强烈的第六感驱使江潜回到公寓,把车库里吃灰的车开了出来,在暴雨中一路向北上了高速公路。

4点多，公墓入口冷冷清清，只有两个卖花的小贩坐在棚下。

江潜买了束菊花，已经想好了借口——今天是中元节，他要给长辈扫墓，这样如果碰见她，就很有逻辑、顺理成章了。

他揣着这点儿自信往山丘上走，却越走越后悔，天气实在太差了，根本就没有来祭拜的市民，也没有什么地痞流氓，显然他自作多情，白跑了一趟。但这样也好，要是真碰见她，根本不知道要说什么。

江潜抱着花，径直去了建筑工人的墓。

雨水模糊了视线，待走到跟前，江潜才看见满地狼藉。香炉和新鲜瓜果都翻了，花枝被折断，透明塑料纸落在盘子上，盘里糊着黄泥，依稀能辨认出是枚鞋印。

草丛里一个金色的东西在反光。

江潜心里一沉，捡起那条滚入灌木里的生肖手链，把伞抬高了些。墓碑顶部，余国海生前的小像被利器划得七零八碎，左下角家属名上，赫然钉着一张照片。

他的手一颤，花束掉在地上。

半个小时前。

余小鱼在公墓门口下了车，顺手买了束花。她工作忙，很久没来扫墓了，上周爸爸生日也没有过来看他。

台风过境，天空阴灰。放眼望去，园中石碑林立，过道空无一人，雨中弥漫着一股森然的凉气。

手机收到一条消息："雨下大了，宝贝今天就别去了吧。"

"妈，我已经到了，等下就回家。"

余小鱼摸了摸手腕上的金牛，这是去年本命年买的，她小时候一去公墓、老宅就生病，外婆说要戴个金玉首饰辟邪。

她在雨里打了个喷嚏，蹚着台阶上的小瀑布往上爬，走近熟悉的一排墓碑，才发觉前方有人。

余小鱼第一反应是这鬼天气居然还有别人来祭拜，而后意识到那两个人正在对她爸的碑搞破坏，顿时气不打一处来。

两个人听到动静，一回头，倒把她吓了一跳。他们穿着雨衣，剃着寸头，脸上戴着白面具，黑洞洞的眼孔露出阴狠的目光，手中握着小刀。

他们见来人是个小姑娘，呆呆地站在隔壁墓碑前，便没管她，继续拿刀在石碑上划，高个儿的那个人还在说："这王八死得早了，便宜他了。"

余小鱼原本还想装路人溜掉报警，这话入耳，怒火"轰"的一下把理智烧了个干净，扔了雨伞扑上去夺他手里的刀。

高个子的男人"咦"了一声，一把将她钳住，从口袋里掏出一张照片，瞧了一眼，对矮个子的男人粗声粗气地大笑起来："这小妞就是他女儿啊，脸还行，身上干巴巴的没几两肉，你看……"

"你们干吗动我爸的墓？！"

矮个子的男人凑过去看照片，发出老鼠叫般的笑声："你爸欠了钱没还，今儿咱哥俩找他讨债，你要是没有30万元，也给我们脱成这样的话，能打个折。"

余小鱼气得头昏脑涨，拼命推搡他钳制自己的手："你胡说！我爸什么时候欠了钱？我家根本没借过钱，你们到底是什么人？"

高个子的男人没有回答，把照片递到她眼前，说道："看不出来啊，小妹妹玩得挺开。"

余小鱼看到那张照片，先是一愣，而后大脑一片空白，血压飙升。

哪里来的换头照片？

她无暇争辩，在他手下又踢又蹬，不料鞋底在大雨里一滑，整个人直接跌在冰冷的石板上，膝盖火辣辣地疼。

带着泥水的皮鞋踩住她的手腕，两个男人放声大笑，把她带来的花扔在一边，肆意地用脚尖踢着墓碑前的供品。尖锐的声音从头顶传来，无比刺耳，她仿佛看见那把小刀在爸爸的照片上划出一道又一道丑陋的痕迹……

那一刹她不知哪里来的力气，爆发出一声大吼，男人被她抱住脚跟狠狠一拽，"咕咚"一下摔在滑溜溜的台阶上。

余小鱼趁机往前爬了两步，手腕蹭破了皮，链子也不知道掉到哪儿去了，眼看就能站起来跑掉，矮个子的男人手疾眼快地抓住她的凉鞋，啐了一口："害老子摔跤还想跑？本来不想找麻烦，非要老子动真格！"

高个子的男人从兜里掏出一枚钉子，指着墓碑上刻的名字："这是你吧？人和照片对上了，给你爸好好看看。哎，我女儿要是这样，我不得被气得从坟里爬出来啊？"

余小鱼目眦欲裂，撕心裂肺地叫起来："你敢动——"

"我怎么不敢？"

男人捏着她的下巴，逼迫她抬头，看他把那张裸照用锤子钉在墓碑上。

泪水夺眶而出，她从来没有这么愤怒无助过，只恨自己手里没枪，不能毙了这两个混账。

"这丫头长得还不错。"矮个子的男人掸掸身上的水,爬起来,咽了口唾沫,"要死!老子在里头太久没碰过女人,这不是要命嘛。"

同伙拍了他一下,提醒:"6点还要办事,五哥他们等着……哎哟!"

被压制住跪在地上的余小鱼猛地一头撞向他的下身,高个子的男人冷不防被撞了个趔趄,捂着裆部颤巍巍地指着她:"没完没了了是吧,老子整不死你……"

余小鱼此刻什么也不顾了,发疯似的抓挠啃咬,两个男人对视一眼,一个扳她的头,另一个锁她的手,三下五除二拿胶带封住她的嘴,熟门熟路地夺过包,捡起地上的伞。

她仍在激烈地反抗,不知谁拿了块湿布蒙在她的脸上,化学物质吸入鼻腔里,立刻眼前一黑没了知觉。

不知过了多久,有"淅淅沥沥"的声音传入余小鱼的耳朵里。

余小鱼迷迷糊糊地睁开眼睛,周围一片漆黑,过了片刻,前方亮起一丝极微弱的光,但又暗了下去。

过了一会儿,光再次出现,又消失了。

她意识到那是外面经过的车灯,自己所在的地方似乎是一间杂物间,年久失修,空气中飘浮着一股陈年霉味。

手脚被麻绳绑在板凳上,很结实,她试着并拢膝盖抬腿,"咯噔咯噔"地挪凳子,右脚踢到一个东西,回声阵阵。

车灯再次出现时,余小鱼眯着眼努力看清屋内的摆设,这次她看见地上堆着木板、锤子、榔头、废弃的架子,对面十几米远的墙壁连着一个幽暗的过道。她脚下踢到的是一盒开了一半的午餐肉罐头,叉子还插在里面。

看来那两个男人把她弄晕绑到这里,中途有事离开了。

包还在他们手里,她没法儿弄到手机打电话,又不知道这个房间隔壁有没有人,不敢弄出太大动静,只能在焦灼中逼自己静下心,仔细地回想事情的经过。

余家生活用度很节省,除了开餐馆时从银行贷了15万元,从来没向别人借过钱,与其说那两个人在撒谎,不如说他们随便找了个寻衅的借口。

讨债?

这个借口不由得让余小鱼记起旧事。

三年前她爸晚上收工回家,途中被人一板儿砖拍晕了,下半夜才被路人送到医院。

进了医院她才知道，当天上午有人去过工地找姓严的那个男孩儿讨债，她爸在旁边没拦住，男孩儿当场被拖出去了。派出所民警在江里捞到尸体后，余家提供的信息成为重要线索，可谁也没料到她爸在恢复期突发脑出血去世，家里请律师上诉加重判决，但没有成功。

当初那一板儿砖显然是恐吓，除了那帮人，余家再没和谁结过仇，可就是找不到确凿的证据。

余小鱼回想矮个子的男人说过的话——"本来不想找麻烦""在里头太久"……

一定就是那两个出狱的犯人在报复出气！

不能再想了，她得快些出去。

余小鱼记得罐头的位置，费尽九牛二虎之力把凳子往那边挪，提着一口气，脚尖发力蹬地，一下子连人带凳侧翻在地上。

她手指努力伸张，指尖一痛，心中一喜，揪着罐头翘起的金属盖开始磨绳子。

盖子边缘很锋利，不一会儿就在皮肤上划出几道口子，指头上都是滑溜溜的血，几乎握不住。

十指连心，她又皮薄肉嫩，疼得一边掉眼泪一边磨。平时切菜切到手，妈妈都要心疼好久，可现在没有人来心疼她，只能靠自己。

磨了20分钟，绳子终于断了一半，这时她后知后觉地发现一个问题——如果隔壁有人，她踢到罐头、摔了凳子，声音并不小，他们应该来看看情况啊！

想到这儿，她更加急切地磨动起来，"呼哧呼哧"地喘气，脸憋得通红，眼看绳子就要断了，忽然有什么朝她的脖子吹了口气。

要不是嘴被封住，余小鱼就要"嗷"的一嗓子叫出来，全身汗毛直竖，四肢僵直，动弹不得。

她脑子里全是小时候看过的恐怖片，一会儿是长头发的女人倒吊在天花板上张开大嘴，一会儿是《木乃伊》里的埃及法老破箱而出，一会儿是《生化危机》里的僵尸狗对着人垂涎欲滴……

那股气流停了。

余小鱼告诉自己哪是什么鬼吹的，就是风灌进来了，咬着牙继续之前的动作，还没动两下，一滴冰凉的液体落在她的后颈上。

那一刹那，她呼吸都停了。

长发女、木乃伊、僵尸狗都消失了，取而代之的是《倩女幽魂》里的大怪兽，长长的指甲抠着楼梯，獠牙间流出腥臭黏稠的绿浆。

屋内死寂，外面的雨声仿佛都静止了，黑暗里发出"窸窸窣窣"的声音，像是……

像是指甲刮着棺材板！

余小鱼想象中的大怪兽又变成了《妖猫传》里布满抓痕的棺材，一个劲儿地逼自己快点儿磨快点儿逃，那声音越来越近，她的脖子上落下的液体也越来越密集，下一秒，绳子断了！

她箭一般从地上射出去，前方乍亮起手电筒耀眼的白光，一张熟悉的脸在光线中那样清晰，她连滚带爬大哭着扑向他，那人也冲过来将她一把抱住，焦急地问："哪里受伤了？"

她像八爪鱼一样手脚并用地攀在他的身上，泪珠直往外滚，那人才发觉她的嘴被封住，掏出湿巾擦了两下，轻柔地撕开胶带，哭声一下子回荡在杂物间里："江老师，我后面有鬼……"

江潜听她哭得声音这么洪亮，衣服也好好地穿着，松了口气，冷汗才止住："没有鬼，不怕，我在这里，我们小鱼最勇敢了，不怕。"

余小鱼的眼泪浸湿了他的衬衫，他的心揪成一团，他看到她染红的袖子，瞳孔一缩，把她的手拉到眼前。

满手的血。

手电筒照到地上的罐头和断裂的麻绳，江潜瞬间明白过来怎么回事，心如刀割，双臂稳稳地把她一举，托在怀里。

他恨不得杀了那两个把她绑到这里的男人，用手机拍了几张现场照，把罐头里的叉子装进塑料袋里，又打着手电筒给她看："是屋子漏雨，你的衣领都湿了。"

余小鱼还是不敢看，用鼻尖蹭着他的脸："我听见鬼在走路……"

江潜轻拍着她的背："鬼不走路，鬼是飘的，飘之前还要跟阎王申请航空路线。你看，是那边的小老鼠在啃木头，它家要拆迁，我给了补偿款。"

江潜说完把兜里的糖果扔了一块过去，老鼠叼了就走，然后他又剥了一颗牛奶巧克力，塞到她嘴里。

余小鱼含着糖，看看拿了"拆迁款"的老鼠，又看看刮风漏雨的天花板，被他的话逗笑了，却又把头一低，埋在他的肩上抽抽搭搭地哭起来。

江潜急了，怎么她还哭呢？他说不出别的话哄她了，他从来没干过这种事。

他抱着她转身，走过黑漆漆的通道，换了种方式安慰："我请人明天把你爸爸的墓碑修好,是给我外公做碑的老师傅,手艺很好,你不用担心。"

余小鱼软软地"嗯"了一声,下意识地把脑袋歪在他的肩上,又瞬间惊醒——他看到了那张不堪入目的裸照!

余小鱼触到他温和坚定的目光,满腹的争辩被生生压了回去。

不是她的错,她没必要为这个感到丢脸,也不用说些话来自证清白。如果妈妈在这儿,她才不会向妈妈解释原因,她们会一起大发雷霆追杀伪造照片的人。

因为彼此信任。

江潜只看她一眼,就知道她在想什么:"如果我这个导师不清楚你的行事为人,当初就不会不顾其他面试官的反对,坚持把你招进来。"

余小鱼眼眶一红,委屈地说道:"江老师,你以前不是这么说的!"

"我怎么和你说的?"

"我实习第一天你就跟我说,你们觉得一是我做事认真,二是学校不错,三是专业基础扎实,所以就招进来了。我以为你们全部满意我,没人反对!"

江潜挑了一下眉,说:"所以,我最满意的就是你的自信,你有时候说话做事气势比我还足。"

余小鱼吐了吐舌头,环顾四周,这里是一个废弃的铁皮房,建在公路边,屋外黑灯瞎火,停了一辆溅满黄泥的车。

江潜把她放到后座上,翻出碘酒纱布,给她处理伤口。她十个指头七个都有伤,膝盖也擦出血痕,所幸都不深。他屏住呼吸,小心翼翼地包扎,生怕弄疼了她。

橘黄的壁灯照着他的侧脸,他安静肃穆得像一尊雕像。余小鱼张开嘴,一个"江"字还没说完,他突然想起什么,懊恼地从副驾驶座上拿了瓶水,拧开瓶盖递到她的嘴边:"抱歉,我忘了,你有没有渴?"

她都不好意思看他了,对着瓶子"咕嘟咕嘟"喝了几口,这才很小声地问他:"江老师,你怎么会过来?"

江潜听到她对他的称呼没有变回冷冰冰的"江总",抿唇掩住笑意,终于说出了精心准备的台词。

"今天中元节,我来给家人扫墓,偶然看到你爸爸的墓碑被人弄坏了,地上有争斗过的痕迹。3点之后除我之外只有两辆车来过墓园,监控虽然没拍到人,但能看出第二辆车离开的方向,台风天出警慢,我只能自己开车找。"

"你知道我爸爸叫什么名字呀？"

"实习背调表格里有。换了别人的墓被破坏，我也会这样做。"

余小鱼信了他的说辞："那你一路找过来的？"

"嗯。"

江潜把穿着小金牛的红绳给她系在左腕上。这条路在荒郊野岭，路边没几个能藏人的房屋，他没费什么力气就找到了这里。

可惜那两个人不在。

万幸那两个人不在。

"他们应该是探骊网……"

"小鱼，我都知道。"江潜温声道，拿出几袋小零食，挨个儿撕了口子，用篮子装了放到她腿上。

"我们现在不要去想那些事情，我跟你妈妈说带你出来吃饭了，吃完饭我就送你回家。那两个人我来处理，相信我好吗？"

这语气又轻又软，余小鱼愣了一下，用力地点点头："我都听江老师的。"

江潜被这句似曾相识的话弄得胸口一痒，四年的时光被窗外的夜雨冲刷过去。

他看了眼时间，才7点多："你先吃一些垫肚子，这是公墓旁那条省道，路有点儿颠，我开慢点儿，你注意不要让手撞到座椅。晚饭想吃什么？"

"随便。"

"那我们回市里先打破伤风针，再去你家附近找个餐厅。"

"江老师，你没有别的事吗？"

这话听上去像是在赶人，但江潜知道她是怕耽误他工作。

"我休年假。"他随口道。

"可是你以前都不休的。"

江潜的眉眼在灯下弯了弯，卧蚕衬得瞳孔清亮，他回道："人到30岁，不比以前能拼了。"

余小鱼震惊地望着他。

江潜无奈地笑了笑："小鱼也比以前成熟多了。"

她鼻子一酸，拈起饼干放进嘴里，含糊地说道："谢谢江老师。"

他一转身，她就赶紧抹了抹湿漉漉的脸，像一只胆小的仓鼠，专心致志地吃起零食来。嚼了几口，昨晚醉酒的记忆和刚才的境遇拼在一起，让她脸颊通红，身子越来越矮，最后在角落里缩成小小的一团，心虚地避开后视镜里那双眼睛。

江潜知道她尴尬,没管她,把音乐打开,这招儿可谓一举两得,因为他其实也很尴尬,不知道接下来要说什么。

Writing's on the Wall(《不祥之兆》)的旋律飘起,辽阔悠远。余小鱼对这首片头曲印象很深,丹尼尔·克雷格版的007,穿一身优雅的西装,举着机枪大杀四方。《幽灵党》上映时她还在上学,嫌主演老,但去年看最新一部《无暇赴死》,发现丹尼尔大叔特别有漫画里西装暴徒那个味道。

30岁也不老嘛,还能再拼几年,券商里一个行业板块30岁的首席就已经是年少有为了。

雨势只增不减,雷声"隆隆"。行驶了半个小时,路上车子少得可怜,途经一个关闭的加油站,余小鱼看见一辆黑色汽车停在空地上,有人在亮着灯的便利店里买东西。

导航播报前方路段车祸拥堵,大约需要半个小时通过。

江潜打了半圈方向盘,把车停在那辆破旧的黑色汽车左边,灭了灯,回头道:"稍等,我去买把伞。"

他下车打开后备厢,戴上黑色羊皮手套,拎出一个礼袋,锁了车门往便利店走去,风衣荡在雨里。

余小鱼趴在车窗上看他,圆鼓鼓的脸颊贴着玻璃,目光都移不开了。

江潜在檐下抖了抖风衣上的雨珠,走进店里,拿了把粉色的樱桃图案的雨伞,去收银台结账。

前面的顾客握着烟盒,一边讲电话一边出门,江潜按下口袋里的控制器,后座车窗降下。

经过洗手间旁的监控死角,一道闪电把黑色汽车映得雪亮。那名顾客挂掉电话,拉开车门,江潜猛然抽出礼袋里的酒瓶,一酒瓶抡在他的后腰上,再一个利落的肘击,瞬息之间将他掼倒在地,被地上的雨水溅了满身。

江潜一脚踏住那人往怀里摸刀的右手,上身往车里一探,把掏出来的小包从自己的车窗外扔进去:"你清点一下。"

车窗升了起来,隔绝了外面的痛叫声,余小鱼接住包,这才反应过来——他哪里是去买伞的,分明是看到车子,替她报仇来了!

没想到那两个流氓被车祸堵在了路上,刚好撞上他们。

她两只手被包成粽子,用嘴协助打开包,充电宝里进了水,手机没电了,保温杯还在,就是雨伞不知道被他们扔到了哪个旮旯儿。

余小鱼对他做了个"都在"的口型,紧张地看向便利店,此时雷电交加,大雨滂沱,收银员并没发现外面的异常。

闪电当空,地上的男人透过玻璃看到她,挣扎着欲起身,江潜又是一脚踹过去,伞柄"唰"地抽在他的脸上,血痕交错。

"刚出来一天,就这么想回去?"

男人鼻涕眼泪糊了一脸,痛得连声求饶:"别……别打……我把钱都给你,都给你!我们只想吓唬吓唬她,真没动她一根汗毛啊……"

余小鱼在车里听不到那个男人对江潜说了什么,只见江潜脸上浮现出好笑的神情,目光寒冷如冰,像俯视着一只恶心的虫子。

这时另一个人正好拉着裤链从男洗手间出来,看到有人殴打同伙,大吃一惊,吼叫着掏出家伙冲过去。

余小鱼急得直拍车窗提醒,可大雨和雷电盖过了所有声音,饶是江潜避得快,还是被弹出来的折叠刀"刺拉"一下划破了风衣。

他松开脚底苟延残喘的躯体,往后退了两步,脱下风衣甩在一边,单手扯开领带。

暴雨如注,倾泻在他的头发和鼻梁上,顺着他的脖颈往下淌,白衬衫被浇了个透,紧贴在他的胸膛上,肌肉轮廓清晰可见。

高个子的男人入行久,身上有一股匪气,他目露凶光,举着刀扑上去。江潜侧身一迎,刀尖险险擦过腹部。江潜抓住对方伸长的胳膊逼近,手肘捣在对方的左胸上,发出"砰"的一声闷响。那人顿时捂着胸口脸色煞白,叫都叫不出来,痛苦地趴在车前盖上。

他的同伙挣扎许久,从地上艰难地爬起,刚要使出浑身解数钻进驾驶室里,江潜把香槟往车门上狠狠一砸。

"哐!"

酒瓶爆裂,琥珀色的酒液、血花、碎玻璃混着雨水飞溅在空中。

衬衫被割破,血丝渗了出来,江潜满不在乎地抹了一把脸上的雨,指着地上说:"爬过去,我让你们走。"

从车前的空地到车后座,全是碎玻璃,两个混混儿奄奄一息,却还保留着神志,咬紧牙关,手脚并用地匍匐在玻璃碴儿上。他们穿着短袖衫和短裤,十步路的距离像一公里那么长,等爬上车,不光鼻青脸肿,双手和膝盖更是鲜血淋漓。

水泥地上的血迹很快便被雨水冲刷干净。

冷眼看着车子沿加油站后的黄土路往近郊逃窜,江潜拾起剩下的玻璃碴儿,和礼袋一起扔进垃圾桶里,最后才挽着风衣拉开车门。

风雨雷电被关在了外面。

他恢复了平时冷静的模样，只有些喘气，脱下手套，骨节分明的手指解开纽扣，扯下湿透的衬衫。

余小鱼从后座凑过来，乌黑的大眼睛在他赤裸的上半身滴溜溜转："江老师，你受伤了！"

江潜瞧她一眼，脸上没什么表情，从装手套的箱里翻出一条墨蓝色的大丝巾披上。

余小鱼就乖乖地坐回去了。

"擦伤而已，不碍事。这伞你将就着用。"

他抽出消毒湿巾，把伞柄擦了一遍，装在塑料袋里递给她："抱歉，我暂时不能把这二人送回监狱。"

"你是不是想调查他们背后的公司呀？"

"没错。"

"我也想知道。"余小鱼皱眉，"我觉得我爸走得太突然了，不正常。如果仅仅是妨碍他们向严家栋讨债，拍一砖头作为恐吓就已经够了，是什么让他们再次下手呢？……如果我猜得没错的话。"

江潜想伸手摸摸她的头，又忍住了："事情迟早会水落石出，希望你们节哀。"

"都过去了，我和我妈也不能总活在阴影里吧，心理医生都说我们状态很好。"

唇角扬了一下，江潜重新启动车子，中断的电影曲目继续播放，大漠孤烟般的嗓音唱到高潮。

余小鱼偷偷瞄他，后视镜里两个人视线交汇，触电般不约而同地移开眼。

车内宁静。

窗外电闪雷鸣。

那歌声如丝带，缠绕着前后座椅，她望着无边夜色，忽然听清了词，心尖一颤。

For you I have to risk it all.

（为你，我愿不惜一切。）

第五章
旧年伤疤

✦

  雨下得很大，几乎看不清窗外的景物，前面又出了车祸，车子就这么堵在了路上。

  天空中传来一声惊雷，余小鱼打了个哆嗦，出租车司机看出她心神不宁，用浓重的本地口音宽慰："小姑娘，你不要急，银城春天就是会下雷雨的呀，上班迟到老板会理解的，你看都限行了，安全第一的呀。"

  余小鱼破罐破摔地想：这班她都不想上了，前天早上酒醒后才和爸爸说不想在这里继续实习。

  实习生醉酒强吻上司，要是被人知道，她还活不活了？

  自己良心也过不去。

  但人都会犯贱，在车上前思后想，她又舍不得了。因为拿到留用名额，她没参加大四上学期的秋招，现在应届生招聘市场内卷得这么厉害，海归硕士都抢着做银行柜员，常春藤联盟的学生都纡尊降贵去四大事务所，双重背景的"神仙"在互联网行业打架，房地产小组面试的激烈程度堪比群殴，快消外企没有海外经历都不好过简历这关。凭她的背景和实力，到哪儿再找个像恒中一样的东家？

  做人得认清形势。

  周一早高峰，白沙湾的上班族尤其多，余小鱼毫不意外地迟到了。

这是她实习以来的第二次迟到,但她知道沈颐宁上午不会来办公室,所以厚着脸皮放书包、冲咖啡、开电脑,坐在工位上一副若无其事的模样,实则心乱如麻,一会儿想要不要主动辞职,一会儿又想江潜会不会炒她鱿鱼。

整个上午,她像兔子一样竖起耳朵,听到谁提了个"江"字,她能忐忑不安半天,犹如惊弓之鸟。

江老师怎么一直没找她?

他既没给她发微信,也没找她谈话,可他确实来上班了,就在这层楼另一头的办公室里。

她是不是应该主动过去承认错误,说自己喝多了认错男朋友?反正公司里没人问过她是不是单身。

不行,要是解释,他会怀疑她没醉到那个地步,不是此地无银三百两吗?

江潜越没动静,余小鱼就越内疚,恨不得他把她逮过去大骂一顿,写份三千字的检讨书,工资扣到底,再扫地出门。

可为什么他一点儿反应都没有?!这都隔了一个周末,她周五犯的事,周一总要有个定论吧?

余小鱼悲观地觉得,他一定是气得不知如何是好,再也不想看见她了。

一个穿西装的身影从门前经过,她一激灵,抓起一本书挡在自己面前,等他走过去,才鬼鬼祟祟地摸到门口,做贼似的探脑袋看。

"喂,你看什么呢?"

余小鱼一个激灵,回头见乔梦星神色复杂地望着她。

"我看秘书在不在。"她胡诌。

乔梦星也没多说,径直走进办公室里打开电脑,刚买的海盐芝士蛋糕还没吃两口,座机就响了。

"红色封皮文件夹?嗯,等一下就过去拿,我知道它长什么样,上午赵董才给我看过。舅爷,您别操心了……啊,顺便有话跟我说?好吧。"

金枝玉叶也得在午休时间干活儿,余小鱼立刻觉得自己无所事事一上午非常愧对工资。

乔梦星把蛋糕吃完,擦擦手站起身,有些不耐烦地自言自语:"叫秘书拿一下不就完了,这种事也使唤我。"

她磨磨蹭蹭地出去,只听"咣"的一声,走廊尽头会议室的门一下子关上。

"谁啊，大中午什么毛病。"她嘀咕。

待她慢悠悠地走过会议室去洗手间，屋里的江潜松了口气，把遮挡脸的文件移开，才意识到这是单向玻璃，外面看不到里面。

他这是怎么了？

他只知道自己浑身出汗，路过余小鱼的那间办公室时心跳快得像跑了全程马拉松，走过去又忍不住回头偷偷看她。

她喝醉了，该不会想起他对她做了什么吧？

负罪感、惊慌失措，还有一丝意犹未尽的满足感把他的胸口撑得满满当当，整个上午他都没法儿正常工作，脑子里全是两天前晚上的那一幕。

她踮起脚，拉住他的领带，给了他一个……

不能再想了！

他已经浪费了半天时间，午饭也没胃口吃，马上就要开会了，他那部分的项目汇报还没梳理。

江潜坐下来，打开笔记本电脑，输密码，输了三次都没登进去，焦躁地敲着删除键，过了会儿才记起昨天密码到期换了个符号，可换的是什么，他死都想不起来。

他按着太阳穴，又捏眉心，捏着捏着就变成了掐，下手越来越重，痛苦地伏在桌上。

不能再想了，他不能再想她了。

不能再想她醉眼里的波光、眉梢的嗔怪、春夜里散发着温热的皮肤，还有那两片柔软娇嫩的嘴唇……

想到这里，他的衬衫都被汗湿透了，他抬起头茫然地盯着漆黑的电脑屏，余光不经意扫到镜子里红得快滴血的耳朵。

江潜一个人在屋里，默默地把口罩戴上了。

他恨不得把自己用被子裹起来，闷死也好过现在这样。

他也不想去参加下午的董事会了，别人一定会看出他的反常，问他出了什么事……说不定会看穿他对实习生有那种肮脏的心思！

这时江潜终于想起了新换的密码，飞一般打开邮箱，敲字，和秘书说胃不舒服要去医院，抄送几个董事，要点击发送时，手指停在触屏上方。

他终究还是没能点下去。

长久以来的职业习惯让他无法用这个借口逃避责任，他已经两天半没有工作，怎么对得起手下那群为项目加班加点的员工？

一百多封未读邮件在收件箱里躺着。

江潜对自己说：看完这些就不会想起刺痛他的事实了，比如她其实有男朋友。

他一封封地阅览，一封封地回，十封下来，语句从一开始的真诚礼貌渐渐变得客套疏离，再变得生硬冷淡，最后他觉得这帮愚蠢的甲方都不足以令他发泄满腔的怒火，他气得从椅子上站了起来，在会议室里来回踱步。

她什么时候找的男朋友？这事他怎么一点儿也不知道？

她怎么从没和他说过？

他又不会拦着她找男朋友，她就算找个女朋友，那也是她的私事，他难道会讲出什么难听的话吗？

他是那么小气、那么卑鄙、不允许下属谈恋爱的人吗？

江潜在镜子前停住脚步。

他蓦然发现自己的神情变得无比陌生，即使戴着口罩，一种刻骨的怨恨还是从眼睛里流露了出来，像是……在忌妒。

一个声音在心中告诉他：他完了。

他想把那个女孩儿据为己有。

他要让她的眼里只有他。

他甚至可以用各种上不了台面的手段。

江潜阴暗的算盘打到一半，手机铃声突然响起，把一切思绪都打断了。

是他爸。

电话那头的人语气有些急地说："你人呢？等下开会，先把项目情况给我过一遍，我想想怎么跟姚总汇报比较妥当，关键阶段，咱们可不能让姓赵的占上风。"

"我在等一个回复，其他的开会时再说吧。"

"你还挺自信！"

江潜看着镜子里的人恢复了平常的神态，呼出一口郁气，说道："再说吧。"

他挂掉电话，头一次对接下来的任务没有信心，大概是这几天都不能控制情绪的缘故。

天边滚下一声闷雷，黑云压城，高楼大厦隐没在瓢泼大雨里。

江潜站在落地窗前，莫名其妙地生出些不好的预感。

恒中大楼19层。

雷声"隆隆"，赵柏盛听到敲门声时，秘书已在门外等了一会儿。

"请进。"

他把手里的东西塞进皮夹里,意犹未尽地摩挲着,一边回味刚才的画面,一边摊开桌上的文件夹。

秘书拿着一个文件袋走进来:"赵董,快递员说需要本人签收,我说您在忙,就替您拿上来了。"

赵柏盛笑道:"谢谢,这是要盖章的合同,你帮我回个电话给银湖地产的薛教授,有什么事让他尽管开口。"

秘书觉得他今天心情甚好,瞄了眼快递标签,压下疑问:"好的,等下开会,您记得把电话线转接给我。"

他走后,赵柏盛把座机号转过去,哼着小曲拆开快递,在文件袋里掏了两下,手一顿。

里面并不是他以为的合同,而是一沓照片。

赵柏盛降下窗帘,关了监控,把照片一股脑儿倒在办公桌上。明亮的灯光下,他紧盯着上面的人物,一张张快速地翻阅,最后拍着桌子大笑出声:"正愁没由头整他们,这小子居然栽在个黄毛丫头身上了!"

这些照片是用相机拍的,后期做了曝光调色,人脸清晰可辨。中心人物赫然是江潜和余小鱼,角度尤其刁钻,赵柏盛一眼就能看到背景里的地标建筑,认出是在俱乐部旁边的巷子里。

也就是周五晚上8点多,他接余小鱼上车前发生的事。

七张连拍,正面、侧面、背面一应俱全,镜头淋漓尽致地揭露了江潜和女实习生的暧昧关系,甚至还有一张亲吻照,"图谋不轨"四个字就差印在当事人的脑门儿上。

赵柏盛怎么也想不到,自己这个向来冷淡自持的表外甥竟然这么胆大,照片里他眼中的火都要喷出来了,跟平时判若两人,还拍得挺好看。

但赵柏盛要的不是审美,是清晰的像素。他非常满意这份意外大礼,他和江铄正在竞争下一任董事长,这个节骨眼儿照片送到他手上,能发挥巨大价值。

试想竞争对手的最大帮手身败名裂,甚至因为舆论压力被停职雪藏……

赵柏盛难掩越来越兴奋的目光,扫到快递标签时"咝"了一声。

"见鬼了!"

寄件人是"赵先生",电话是他自己的手机号码,寄出地址是恒中大楼,备注那栏填了一行英文,大意是匿名举报高管私德有失。

显然,这个人不想让他发现,却又暗示他们站在同一战线。

是谁拍的这些照片?

赵柏盛回忆周五饭局前后的经过,实在觉得饭桌上那几个大老爷们儿不会干这种事,他真不知道还有谁专门跟着江潜和那个实习生。

江潜最近惹了谁?

赵柏盛想了一阵,并没想出个所以然。江铄和江潜这父子俩,作风一脉相承,立的是兢兢业业、谨慎合规的形象,身边连个可以打探消息的女人都没有,任谁见了都要夸一声道德模范。

从神坛跌落的滋味一定不好受吧。

赵柏盛万分愉悦地喝了口咖啡,心中的计划渐渐成形,敲门声突然又响起来:"赵董,银湖地产的合同刚送来,薛教授在电话线上要跟您做说明。"

赵柏盛看看表,离会议开始只有5分钟了,但合同又实在重要,便站起身推门出去,接过秘书的手机:"你好,薛教授……嗯,好,你说,我记着。"

他拿着电话回办公桌前翻出纸笔,顺手把照片塞进红色文件夹里,腾出空间在桌上写写画画。

"第十三条是吧,请稍等。"

赵柏盛捂住电话:"小刘,合同呢?"

秘书是在走廊里接到电话的,合同被内保人员放在对门的办公室里,他打了个手势,赵柏盛当即走过去。

秘书站在走廊里,听上司在屋里客客气气地谈事情,觉得这年头儿当领导忒不容易。

这时有人在身后叫了他一声,是关系户实习生。

"赵董在吗?"

"忙着打电话。"

"我来拿材料,就上午看的那个房地产项目。"

秘书记起这码事,这项目开会要讨论,他上司说过要提前给董事长翻翻,于是给她指了一下:"就在桌上。"

乔梦星道谢,走进去把那个红色文件夹弯腰一抱,也懒得跟赵柏盛打招呼,抬脚就走。

秘书摇摇头,这小姑娘心高气傲,干杂活儿像在赌气似的。

赵柏盛接完电话,见手表指针刚过2点,回身望了一眼,皱眉:"文件夹呢？"

"刚才姚总家的实习生拿走了。"

赵柏盛惊得差点儿跳起来："我还在这儿，你就让她拿走了？"

秘书摸不着头脑："您上午说就是这个文件要给姚总看啊。"

赵柏盛气得眼前一花。他连扫描存档都没来得及，到手的鸭子就这么飞了。

他吃了个闷亏，脸色难看地整了整领带："上楼吧。"

到了电梯里，赵柏盛冷静下来，照片被姚正阳拿到，其实对自己来说并没什么损失，他不信董事长看到这些东西还能偏袒江家父子。

然而，姚正阳为了集团声誉肯定不会闹大。

赵柏盛错失了让这件事发酵的机会。

他决定在今天的董事会上走一步看一步。

33层董事长办公室，推门而出的姚正阳和自家小朋友撞个满怀，文件夹掉在地上，纸张"哗啦"一下散了满地。

"做事总是毛毛躁躁的，你奶奶跟我说过多少次了。"

乔梦星捂着额头，不吱声，蹲在地上捡东西，年近花甲的姚正阳也帮着她捡。

"没撞疼吧？"

家里就她这一个第三代，他当亲孙女看，私底下那是宠得不行。

"没。舅爷，您找我什么事啊？没事我回去写报告了。"

"周五吃饭你怎么没去？你同学他爸想看看你，还给我打了电话。"

"我不相亲，您别讲了，我回去了。"

乔梦星捡起最后一张照片，递过去，目光一滞。

这是什么东西？

姚正阳低头一瞧，面上波澜不惊，语气却瞬间变得公事公办："你先回去吧，别跟人说。"

他把那几张照片拿在手里，极快地扫了一遍，说不震惊是假的。

江潜是他看着长大的，虽然见面次数不多，但这些年接触下来，要是摸不透那孩子什么性格，自己这个董事长就算白当了。

但这些照片不像伪造出来的，那风衣、提包、围巾，他都认得，倒是上面的女生他没见过。

"回来！"

"这女生你认不认识?"

乔梦星如实道:"江总带的实习生,现在跟我一起给沈总干活儿。"

"什么样的人?"

"还成吧,不过我不喜欢她。"

"江潜有没有女朋友?"

"不知道。"

"他对这女生平时有不规矩吗?"姚正阳压低嗓音,"你说实话。"

乔梦星想了想,摇头:"我看不出来,也不知道他们俩背着人做了什么事,还是什么都没做。"

她蹙眉盯着照片,忍不住道:"这都抵墙上亲上去了,还大晚上的在巷子里,一个上级,另一个下级,这下级还被留用了,说没问题谁信啊!"

姚正阳挥挥手,示意她走。

乔梦星坐电梯到15层,走进办公室里,余小鱼正对着电脑发呆,屏幕是黑的。

乔梦星坐到椅子上,踌躇半天,才转过脸对着余小鱼,问:"周五晚上,江总找过你?"

这无异于一个霹雳当头劈下,余小鱼心惊肉跳,结结巴巴地道:"没……没有……不,我不知道,我喝醉了。"

乔梦星说:"我开车走的时候碰见江总了,他问我你在哪儿。"

乔梦星说完这句话便没了下文,继续敲起研报来。

"噼里啪啦"的打字声简直要把余小鱼逼疯了。

她突然这样问,是不是看到了什么?

难道她看到自己强吻江老师了?!

犹如一盆冰水从头顶浇下,余小鱼整个人都开始打战,只想找条地缝儿钻进去,却又不能肯定,逼迫自己表现得一切正常。

极度紧张的情绪把接下来的十几分钟拉得像一个世纪那样漫长,她坐立不安,手脚无处安放,全副心神都用来观察乔梦星的状态。

乔梦星被她看得发毛,终于开口:"他要是威逼利诱你,你跟我说,我舅爷是董事长。"

"你看到什么了?"余小鱼心惊胆战地问。

乔梦星索性把文档关了:"上周五有人拍到了你们俩的照片,我就看到一张,从背后拍的,他在亲你。"

天崩地裂都不足以形容余小鱼现在的心情,她的大脑一片空白,什么也说不出来，差点儿从座位上滑下去。

眩晕过后，她才听到乔梦星继续说："像是有人举报到赵董那边，我舅爷现在也知道了，这事肯定不会闹大。你自己好好想想吧，到底怎么回事，做好被调查的准备。江总也是，根据内部规定，要停职一段时间接受检查……"

余小鱼原本呼吸困难，此时却一下子叫了出来："江老师没把我怎么样，是我喝醉了，我亲的他！不是你们想的那样……"

"吧嗒"一声，有什么东西掉在地上。

门前闪过一个人影，乔梦星跑过去，那个路过的员工已经捡起文件溜之大吉，只在走廊尽头剩下一片衣角。

"你怎么不关门啊……"余小鱼嘴唇都开始发抖。

"我平时不关门你也没说啊。"乔梦星抱怨，"而且我怎么知道你突然说这个。这下好了，要是碰上嘴碎的，明天整个公司的人都知道了。"

不关门是她刚进公司时养成的习惯，江潜要避嫌，所以不让她关紧，后来经常有人找她和乔梦星帮忙，两个人就都默认把门半开着。

余小鱼浑身发冷，血液都流不动了。她没法儿再在这里待下去，用尽全身的力气撑着桌子站起来，拖着沉重的脚步走出办公室。

一路上那些行色匆匆的员工没有注意到她，但明天，可能一切都变了……

手机铃声忽然响起。

她接起，差点儿哭鼻子："妈妈！"

"小鱼，快来八院，你爸刚做完手术……"

银城市第八人民医院。

余小鱼完全顾不上公司的事了，抹着眼泪坐在病房里。她爸昨天一晚上没回家，手机也关机，她怕她担心，就没跟她说。

据医生和叫救护车的路人描述，余国海是在回家途中遭遇袭击的，后脑勺儿被拍了一砖头，颅内血管破裂，昏倒在偏僻的小巷里，凌晨3点才被一个下夜班的工人看到。因为耽搁了几个小时才被送进医院，手术做了大半天，好在人已经脱离了生命危险。

"医生说你爸要住院两个月，以后也不能干重活儿。"余妈妈满面愁容地叹了口气，"住院费用是小事，有医保，就是得有人照顾。"

余小鱼立刻道："我实习可以请假，反正毕业论文寒假就写完了，后面学校也没什么事。"

余妈妈把她抱在怀里,温柔地抚着她的脑袋:"宝宝还是上班去吧,店里有你舅舅帮衬。我怕你一请假,公司就变卦,不要你了。别人都说金融行业节奏快,你请十天半个月假,显得态度不诚恳,等夏天正式入职了,一年拿个四五十万元,你爸也高兴的。"

"应届生底薪没那么高啊,好项目奖金才多。"余小鱼勉强笑了一下。

"今天公司事多吗?"

余小鱼不敢看妈妈的眼睛,搪塞:"多,不过我跟沈老师说了一下,她知道我来医院。这几天我还是想在医院里陪爸爸,她人很好,肯定会答应,等一下我回公司拿书包。"

余妈妈没勉强她:"那你自己决定吧,我晚上过来送饭。今天想吃什么?"

余小鱼其实什么都吃不下去,但还是说:"咖喱猪排,你做的最好吃了。"

做手术时她妈一直在这儿等着,店也没开张,这会儿要回去安排接下来的工作。余小鱼把妈妈送到病房门口,很小声地问:"如果我最后没入职怎么办?"

余妈妈说:"世界上没有绝对的事,有很大的变数。你要是觉得太辛苦受不了,就找个外企,工作嘛,就是双向选择。"

她从来不认为自己的女儿会成为犯错被开除的那一个。

余小鱼又想哭了,把门关上,趴在病床边,眼泪"吧嗒吧嗒"地掉。

不一会儿有人敲门,她擦干脸跑过去,是爸爸的几个工友。他们听到消息后就从工地上赶来了,头上戴着安全盔,手里的花束和脏兮兮的工作服形成鲜明的对比。

"谢谢叔叔,我爸已经做完手术了,没什么大问题。"

一个工人面色凝重:"严家栋周六上你家吃饭去了?"

"嗯,我爸带他来的。"

周六她爸和她谈完心就去工地了,晚8点下班回来,带着严家栋。这孩子铁了心要还债,平时工作量太大,在食堂里吃不饱,他自己也不舍得在外头买,余国海可怜他瘦得像火柴棍儿,就带他回家开荤。

"昨天上午那帮要债的又来工地闹,说什么最后期限,对严家栋又踢又打,还踩我们刚抹好的水泥,你爸看不过去,把一个小流氓撂倒了。不知哪个流氓喊了一句,说严家栋欠了100万元,只找他要钱,不找我们麻烦,把人捆上车,现在不知道哪儿去了。"

工人无奈地摸出香烟,想起这里是医院,只能塞回口袋里:"你爸这是被人报复了啊!我们之前都劝他离严家栋远点儿,别掺和,可他这人就愣得很,不信邪。"

余小鱼急了:"那他们不会又找来吧?"

工人摇摇头:"一板儿砖把你爸拍进医院就够了,你爸只打了他们一个人,也没碍着他们什么,依我看,那些小混混儿抓了严家栋就满意了。"

"那你们报警了吗?"

"报了呀,不过挺惭愧,我们几个厌货真被他们的气势吓到了,昨晚才打110寻人。听说你爸遭事的那条巷子里没有监控,那就只能等警察抓到人再审问。"

余小鱼还是隐隐觉得不安,不过事情已经发生了,没有回头的余地,现在只期待她爸早日把伤养好。

白天事情多,工人们探望过就离开了,外面的雨小了些,消毒水的气味和药味让她头脑发昏。

爸爸安静地躺在病床上,双目紧闭,脸色苍白。在她的印象中,他就没怎么生过病,身子壮实得像头牛,以前还经常逗她:"就是大牛才能生出小牛宝宝呀,属牛好,又是金牛座,听上去就健康,以后能活到100岁!"

她希望爸爸快点儿好起来,也活到100岁,永远陪着她。

恒中集团2019年第一季度董事会如期召开,所有董事无一缺席,为的是讨论南美洲房地产项目第一阶段的成果和国内商业版图的前景。

但凡落座的,都知道今天是赵柏盛和江铄的又一次交锋。参会人员分为三派:支持赵柏盛的、支持江铄的、谁也不站的。

房地产是恒中集团开拓的新领域,赵柏盛找了银湖地产的首席财务官薛岭合作,刚刚把第二阶段的合同签下来。姚正阳十分满意赵柏盛的交际手段,因此即便对方迟到了5分钟,他也笑呵呵地让秘书沏上热红茶。

而江铄这边,也不慌不忙地抛出了国内几个大获成功的并购项目,写进财报里足以让股市震荡,姚正阳一如既往地夸奖了他和江潜出色的业务能力。

姚正阳当了20年董事长,在重要会议上一直是别人讲话姚正阳来听,很少发言,但今天赵柏盛发现,自己无论怎么想表现,姚正阳都没给他机会。

幻灯片是秘书讲的，表忠心是财务总监邓丰带着一溜儿小董事给他锦上添花，但每到他要说话的时候，姚正阳就会淡淡地接两句，然后大家的话题就转移了。

赵柏盛开始觉得，是不是文件夹里那几张重要的照片引起了他的警觉，他以为自己故意把照片放在里面，作为筹码威胁他——如果不给自己好处，就把照片的底片发布出去，一来让集团名誉受损，二来让江铄和江潜成为众矢之的，如果社会上流传开来"恒中高管潜规则女实习生"，江潜一定会被调离现在的岗位。

姚正阳神态平静如常，会议上专注公事，赵柏盛完全摸不透他的想法。

5点多董事会结束，赵柏盛等人都走了，耐不住性子，走过去弯腰道："姚董，关于这个项目的文件，我还有要和您讨论的地方……"

"不用了，我都知道了。"姚正阳掀起眼皮，笑道，"薛教授不是已经和你签了合同吗？巴西的项目你看着办，你做事，我哪有不放心的？"

都是聪明人，赵柏盛知道他不想听自己辩白，一瞬间脑子里又生出几个备用计划。

他扯了扯嘴角："好的。不管是这个项目，还是其他事，请姚董相信我有分寸。"

姚正阳不动声色地点点头。

赵柏盛走后，他吩咐秘书："把乔梦星叫到我办公室隔壁等着，再让老江和他的宝贝儿子来一趟，6点钟叫沈颐宁。"

一刻钟后，江潜跟着江铄走进董事长办公室里，姚正阳指了指紫檀桌上一字排开的照片，低头继续看报纸。

江铄一进门就敏锐地察觉氛围不对，没走两步，就看见儿子僵在原地，脸上血色褪尽。他拿起照片浏览，越看越心惊，回头就甩了一巴掌。

清脆的耳光声回荡在办公室里。

"你有没有？"江铄厉声喝问。

江潜左颊泛起红印，手握成拳，在身体两侧微微地抖着。

"说话啊！"江铄血压飙升，脸上肌肉抽动，脖颈上青筋都暴了出来，"你知不知道你妈……？"

他及时住了口，深呼吸两下，扶住额头："你现在给我解释清楚，到底怎么回事？这照片是真的还是假的？除了这些，你还有没有对这个女生做其他事？"

江潜咬紧牙关，盯着这几张照片，它们是那样清晰，他仿佛回到了那晚的现场，看见一个陌生的自己。

照片背后标了数字顺序，前两张是正面照，他拎包走过小巷，步履匆匆。

后三张是从背面和侧面拍的，他把她抵在墙上亲吻，动作极具压迫感，眼中燃着燎原的火。

第六张，她睁大眼睛，拉着他的领带，弄得他的衬衫领口有些凌乱，好像不敢相信面前的人是谁。

最后一张，她落荒而逃时摔了一跤。

屋里一片死寂。

江潜只觉天旋地转，过了很久，低低地开口："没有。"

江铄被他这态度气得脑袋疼："你知不知道被人拍到这些有什么后果？不管你是喜欢她，还是别的什么，都不能跟下属有这样的举动！我白送你去国外读书了，没人教过你职场规矩吗？你26岁了啊！小祖宗，你糊涂了吗？！我怎么养了你这么个玩意儿？！"

姚正阳放下报纸，一句话让两个人的心如坠冰窖："这东西是老赵让我看的，他手里肯定有底片。"

江潜撑住桌沿，抬起头解释："姚总——"

姚正阳打断他："我只要处理办法。老赵做事没底线，集团名誉对他来说恐怕也不重要，你们和他斗这么久，清楚他的性子。"

江铄没了声音，缓慢地点头。

姚正阳喝了口热茶："我再说得明白些，我不在乎这事的起因经过，只在乎集团下个月要公示的年报。审计人员已经驻场，证监会也要来检查，要是这时候出了任何意外，损伤恒中的形象，我这个董事长的位子，你们也不必大费周章地争了——价值大打折扣啊。"

"明天我给您答复。"江潜低头道。

"好。"

父子俩一前一后出了办公室，走廊里空无一人。江铄感觉天都塌了，他儿子竟然做出这样的行为，被赵柏盛和姚正阳知道，他的老脸都没地方搁。

"你跟爸说，你是不是对那个实习生有意思？"

江潜心头一颤，猛地脱口否认："没有！"

他急促地辩解："那晚我在俱乐部边的商场买东西，出来时正好路过，结果她喝醉了，把我当成她男朋友。事发太突然，我没能躲开，最后她也发现不对，跑走了。"

他从手机里调出周五的购物记录给父亲看，确实买了两个巧克力慕斯。

江铄皱眉："你的意思是，拍照的人故意混淆主动和被动的地位，标出顺序误导人？"

江潜如实道："她拉我的领带那张照片，发生在身体接触之前。"

"那你抵着她干什么？"

"她靠着墙，手一拉，角度就是从上往下。"

"你对她确实没有工作之外的心思？"

心脏被反复搓揉翻搅，一滴滴渗着血，煎熬至极，江潜诚恳地望着父亲："没有，我没有。"

他一字一字地说给江铄听，也说给自己听："我绝不会在工作中掺杂个人感情，不会喜欢一个还没毕业、没有社会阅历处于弱势地位的实习生。我参加工作七年，什么时候出现过这样的事？我怎么可能置公司利益于不顾？况且我身上……"

"哎呀！"

江铄一拍脑袋，才想起来他儿子有怪病，这么多年不谈女朋友就是因为这个，怎么会允许一个身高正好达到他胸口的人靠得这么近？

江铄懊恼："对不起，爸爸错怪你了。但你太不小心了，这照片被心怀叵测的人拍到，加以利用，那可不是一下就能解决的小事！不知道赵柏盛从哪里找的人跟踪你，你以后一定要谨慎。"

江铄又问："那个实习生，她平时有没有……？"

"她没有！"江潜激动地叫出来。

江铄被他骤然放大的声音吓了一跳，拍着胸口顺气："你吼什么？！我就了解一下情况。"

无数个夜晚不堪入目的想象在脑海里轮番上演，江潜声音越大，就越心虚。除了喝醉后认错人，她没做过任何出格的举动，总是恭恭敬敬、认认真真的，反倒是他，是他这个不合格的导师起了不该有的念头，甚至想在她身上狠狠地发泄积蓄多年的……

江潜低下头，眼睛都红了，他不明白自己怎么会变成这样。

太可怕了，他无法接受这样的自己。

江潜艰难地开口，声音在抖："我告诉过她不要在外面喝酒，她怎么没记住……"

只一句责怪的话，他就说不下去了。

他能怪谁?

那晚他本来能飞速地离开,本应该抽身事外。

他难道没有回头,跑过去,把她抵在墙上,充满愤怒地把她的吻还回去吗?

他对父亲说谎了。那张照片不是她在亲他,而是他折回去之后。

可他说不出口,真的说不出口。

他宁死都不会在最亲的人面前吐露这个秘密,让父亲对自己失望。

江铄从来没见过江潜这副失落自责的神情,眼中露出不忍,拍拍他的肩:"没事,有问题咱们一起应对,爸爸知道你不是那种人,刚才我太急了。咱们先回家,吃顿饭,睡一觉,明天再想。姚总绝不会让这件事传到媒体那边去。"

他揽着比自己高出一个头的儿子,走进电梯里,关门时回头朝不远处瞟了一眼。

一片裙角在墙后缩了回去。

电梯下去之后,乔梦星走过来:"喂,你辞职就辞职,有什么好哭的,又不是研报写错了。"

余小鱼面朝墙壁,捂嘴哭得喘不过气来。

她从医院回公司拿包,顺便写好了辞职信,听乔梦星说董事长喊江潜过去调查,立刻慌了神儿。她对集团内部的派系斗争有所耳闻,有人举报到赵柏盛那里,她担心江老师为难,就鼓足勇气和乔梦星一起上楼,想向众人说明情况。

这个意外是她在没有思考能力的情况下发生的,她喝醉了,把他当成了男朋友。

可秘书看到她过来,并没叫她进办公室里,只说会把这个解释告诉董事长,让她和乔梦星在隔壁等着。江铄和江潜从办公室里出来后,她悄悄把门开了条缝儿,他们的对话她听得一清二楚。

眼泪像断线的珠子砸在地毯上,晕染开一片深色。

她觉得胸口好闷,头脑发晕,呼吸也不畅,像沉入了深海里,巨大的压强让她坐不下去也站不住,双腿明明早就软了,肌肉却僵硬得无法动弹。

身体里的力气被抽干了。

她好难受。

余小鱼从来没有这么难受过,她听到他说,绝不会在工作中掺杂感情,绝不会喜欢一个实习生……

眼泪掉得更厉害了,她不敢看别人的眼光,也不敢哭得大声,扒着墙,肩膀一抖一抖的,垃圾桶里的纸巾一张张堆起来,堆成了小山。

乔梦星十分无语:"怎么了?你不会喜欢他吧?"

"没有!"余小鱼哭着叫道,"我根本……根本就不喜欢江老师,我有男朋友的,就是认错人了……"

秘书敲敲门,示意乔梦星跟她来。

余小鱼也要跟去,秘书肃然道:"姚总说,让你暂时回家反省,没说处分。醉酒后无法控制自己可以理解,但事情已经发生了,还有人拿它做文章,匿名举报高管以权谋私,很可能对本公司造成损失,希望你配合。"

余小鱼麻木地点了一下头,秘书看这小姑娘惨兮兮的模样,于心不忍:"以后别人给你灌酒,你就把杯子扣在他的头上,反正不犯法。"

隔壁姚正阳唤人,秘书应一声,携乔梦星出去了。

"你把酒杯扣在别人的头上过?"乔梦星好奇地问她。

秘书笑笑:"我要是敢,现在还能给你舅爷当秘书?"

秘书说完转身带上门,风姿绰约地走了。

姚正阳在桌后抽着烟,开门见山:"这些照片是不是你拍的?"

乔梦星一愣:"您说什么呢?"

"沈总说周五叫你去吃饭,你答应了,为什么耽误那么久,到散场才出现?"

"我不想去喝酒。舅爷,真没必要,我拍这个干什么?就算我真拍了,也不会送给赵董啊,他是公司董事,又不是监事。"

"你不是挺喜欢江潜的?"

乔梦星目瞪口呆:"我以前是挺喜欢他的,您还记着呢!我吃饱了撑的,没能跟他实习就暗地里阴他?我阴他也得顾着您的公司啊,是吧?江潜又不是股票,我犯不着跟余小鱼似的,早中晚不盯他几百遍就浑身不舒服。"

姚正阳淡淡地说道:"我知道了,你说没有就没有,快回家吧。"

乔梦星还想说点儿什么,看他心情不好,只得拎包离开,出门就碰上刚到的沈颐宁。她看上去很疲惫,妆也没来得及化,和实习生礼貌性地打了个招呼。

沈颐宁进屋后,姚正阳先问了几个项目的概况,最后才给她看照片,复述了余小鱼的说辞。

她注视着这几张颇有水准的偷拍，目光有一瞬的闪动，抿了抿唇。

"你从戴家过来的？"姚正阳随口问，"他们大院离公司挺近，20分钟路吧。"

"啊……对。"沈颐宁回神，把发丝捋到耳后，浅笑，"姚总，真不好意思，接到秘书的电话，什么都没带就赶过来了。"

"没事。你怎么看？"

"看来江总真的很喜欢这个孩子。我认为就算有人把照片发出来，也不难解决，双方做个声明罢了。现在网络虽然发达，但公众忘性大，到目前为止还没有哪家公司因为这种事遭受巨大损失的。"

姚正阳把照片收起，扔进碎纸机里："我也是这么想的。江潜血气方刚的年纪，单身，第一次带实习生，两个人就差几岁，动了心，过来人都理解。我把他叫来，是要看他怎么选择，到底是以集团利益为重，拒绝任何风险，还是趁机成全个人。"

沈颐宁一惊，这话说出来，就代表姚正阳对下一任董事长的候选人已经有了偏好。

他在考验江铄父子。

姚正阳道："我再过三年就要退休了，恒中在我手上发展壮大，我需要一个把公司放在心上的接班人。赵柏盛这人，你只有许诺他好处，他才会投入精力。而江铄，他是穷人家庭出身，容易满足，有时候迈不开步子，太如履薄冰了。江潜嘛，小孩子太年轻，还要历练，但他的能力我非常认可，以后可能叫他去管财务方面，他看东西准，细致得像个大闺女。"

沈颐宁笑道："瞧您这夸的……"

姚正阳又把话题绕回来："你觉得是谁拍的照片？"

沈颐宁沉吟片刻，说："总之是赵董那方的人。"

"哦？我不这么认为。赵柏盛要拿到照片，不可能直接递给我，这玩意儿在他手上有大用处。他也没胆子拿这个来威胁我，说不定是不小心放到文件夹里了。"姚正阳说出了与20分钟前截然不同的话。

沈颐宁垂眸，松开的手指在桌上握起来。

"我那侄孙女周五是在的吧？"

"乔梦星是在饭局结束后过来的，她给我发消息，说小鱼不上她的车，自己走了。"

"关于拍摄技术，你有什么看法？"

沈颐宁摇摇头。

姚正阳拿出一份简历,是乔梦星发给人力资源部的,放在沈颐宁面前:"你别顾忌我,想到什么说就是了。"

沈颐宁指着最后一行的"兴趣与爱好",里面第一个填写的就是"摄影",括号里是"曾获校级夜拍一等奖"。

"两周前她买了个新相机。"

姚正阳望着她,她从容地回望,眼中看不出任何情绪。

"有时候我觉得连恒中这个地方,也委屈沈总了。"

沈颐宁婉转一笑:"您说哪里的话,当初我从董秘转岗到投行部,是这辈子最大的幸运。"

姚正阳想起多年前她刚毕业那会儿,跟现在的模样也没什么区别,只是经历过那段往事,性格变了。

"既然不会对集团造成大的损失,那么这件事就到此为止吧。"

快到7点钟,大雨终于停了,空气中弥漫着一股泥腥味。

沈颐宁出了恒中大楼,路灯依次亮了起来。橘黄色的光线照出前方一个失魂落魄的小影子,她垂着头坐在花坛边,抱着老旧的书包,裙摆滴着水。

沈颐宁轻轻地走过去,蹲下来:"小鱼,我收到你的辞职信了,按流程,两周后才能正式离职,这段时间你就在医院里陪陪家人吧。如果有需要帮忙的地方,尽管和我说。"

余小鱼抬起一双哭肿的眼睛,吸吸鼻子:"沈老师,我其实很想留下来跟着你,但是……但是我做错了事,还连累江老师被批评,没脸留下来了。我觉得压力好大,要面对那么多同事,还要重新找工作,也不敢和爸爸妈妈说为什么辞职。"

沈颐宁握住她冰凉的小手,搓了搓:"每个人都有做错事的时候,我像你这么大的时候……不对,比你还大些,也做了一件不敢告诉家里人的事,到现在还后悔呢,但日子也这么过来了。人一生可能要换三四个工作,才知道自己到底适合干什么,你现在还小,实习就是试错,能学到东西比留用更重要。小鱼,找工作我可以帮你,我们以后保持联系好不好?"

余小鱼红着眼眶点点头:"沈老师,我真的特别佩服你,我以后能有你一半厉害就好了。即使做不到,我也会学着很温柔地对待别人。"

沈颐宁被她水汪汪的眼睛看得心中一揪,想扬起嘴角,终究还是没能笑出来。

"我送你去医院吧,不要太担心,你是学生,公司不会为难你。其实你不辞职,我们也不会把你开除,我倒觉得挺可惜的。"

坐上沈颐宁的车,余小鱼才略微放松了神经。车里的香薰是柚子味的,很好闻,但她淋了雨,鼻子本来就有点儿痒,这气味让她连打了两个喷嚏。

"手套箱里有纸巾。"沈颐宁把窗开了点儿,握着方向盘提醒。

余小鱼拉开箱子,拿起纸巾盒,下面压着一张印有小白蛇动漫角色的贺卡,写着"生日快乐! 2019/03/03"。贺卡边有只装在透明塑料袋里的银手镯,系着铃铛,尺寸非常小,已经氧化发黑了。

"沈老师,你收到的这个贺卡好可爱,是《元气少女缘结神》里的瑞希。"余小鱼用纸擦擦鼻子,"我上上周都忘了送你生日礼物。"

沈颐宁笑道:"这有什么。"

她望着贺卡,直到后面的车按喇叭,才反应过来绿灯亮了。

开进医院的入口,余小鱼看到一个熟悉的身影,打开车窗:"妈!"

车子猛地一个急刹,她身子往前一冲,要不是系了安全带就要撞到窗玻璃上了。

"不好意思,有个桩子我没看见。"沈颐宁的长发垂下来,遮住半张脸,"小鱼,我就送你到这里了,前面不好掉头。"

"嗯,谢谢沈老师。"

她跳下车,朝妈妈奔去,余妈妈拎着饭盒,奇怪地问:"这是谁的豪车?"

"就是沈老师的呀,她送我过来的。"

余小鱼一回头,豪车已经消失在茫茫的夜色里。

果然是豪车,速度比她家的车快多了。

这一晚她怎么也睡不着,第二天无精打采的,到了下午,有两个警察来访。

"余同学,你认识照片上这个人吗?"

"严家栋,在我爸工地上打工的。你们找到他啦?"

警察语气郑重:"昨天有人报警说江里漂着不明物体,我们就去打捞了。"

"啊?那他……"余小鱼震惊地张开嘴。

警察惋惜地摇摇头:"初步判断是饮酒后落水身亡。我们这边需要你家提供一些死者的信息,因为工人们说死者只和你爸爸交流得比较多。等他醒过来,我们再来好了。希望你爸爸早日康复。"

余小鱼想到那些催债人,心里泛起一阵寒意:"好的,我会通知你们。"

两天后,余国海终于醒了,但无法正常说话,过了一周,警察才能进行询问。但因为有其他目击者,警方查得很快,目前已经锁定了嫌疑人。

余小鱼端着满满的一盘香蕉走进病房里,警察正从病房里出来,一见她就笑道:"你爸爸说你争气,马上要工作赚钱了,现在的小姑娘真不简单呀!我女儿要是学习这么好,就祖坟冒青烟了。"

余小鱼胡乱应了几句,心里发虚,她还没和家里说辞职的事。

爸爸躺在床上听《盗墓笔记》有声书,她一进来,就把恐怖的"人脸粘在缝纫机上"那段按了暂停。

"警察问你什么啦?"余小鱼放下果盘,打开窗透气。

病房在一层,正对着花园。三月春光明媚,爬山虎攀缘着外墙,清风送来蔷薇花香,她忍不住深吸了两口。

"就问了严家栋平时的作息,经常去哪些地方,他接触到的人员……其实我能提供的信息也不多。"

余国海痛心地对女儿说:"真没想到,那些催债的真敢闹出人命来。这孩子的父母要是还在,白发人送黑发人,想想就难受。"

他皱眉:"其实我见过他们老板,没和警察说这事。"

"什么?爸你不是被绑去了吧!为什么不说?"

余国海叹了口气:"这一板儿砖把我拍清醒了,我怕再生事端啊。如果他们背后有人,那我说这个,不是冒险吗?我一个人出事没什么,你跟你妈怎么办?"

他一五一十地道来,原来严家栋吃了余家几顿饭,心中过意不去,有一次下定决心回请,带他去了一家自己熟悉的餐馆,叫什么"小巴黎"。因为没钱,两个人就在院子里随便点了几个小菜,正巧遇上之前来工地催债的人。

严家栋自然怕得要命,中途离开躲了一会儿,但运气不错,那天催债的人都规规矩矩的,根本没注意到他。这些人由一个老大带着搞团建,把一楼大厅包了,吃到一半,老大出去接车,车上坐着他们的大老板,露出半个身子,扔下来一麻袋红包。

余国海形容了一下:"他们老板是个女的,性格可厉害了,那鞋跟,比你妈的鞋跟还高。我听那群人喝醉了说话,她好像是个牛人的老婆。"

他觉得这女人举手投足妩媚妖娆,不太正经,但穿衣打扮又很上流,尤其那张脸,真是艳光四射,漂亮得都有些面熟。

"漂亮得面熟？"余小鱼稀奇。

"我一定在哪儿见过。"余国海肯定地说。

"不会是杂志上吧？人漂亮到极致都会有点儿像的。"

"不不，她要是换套衣服，我说不定能认出来。就那气质，很特别……喀喀。"

余小鱼赶紧去关窗子，只见外面草地上扔着几根烟头，还冒着火星。

"谁这么不讲社会公德，呛死人了。"她嘟囔。

她回身："爸，那你和我妈说了吗？"

"说了。你们知道就行，别传出去。"

"嗯，不会的。"

不上班的日子过得很快，到了正式离职的那天，余小鱼把东西整理好，直接去恒中办手续。

两个前台接待员本来嗑着瓜子聊天儿，看到她进来，对视一眼，目光饶有兴趣。

余小鱼咬着唇，走到拐角处把口罩和帽子戴上，到了人力资源部，脚还没跨进去，就听到背后有人指指点点。

她并没听清他们在说什么，一回头，那几个员工连忙装作若无其事，抱着文件走过去。

余小鱼深深地吸了口气，告诉自己忍一下就好，过了今天，她这辈子再也不会来这里了。

很快她就会忘掉这段日子的。

她对爸妈编了个谎话，说上次她在饭局上惹客户不快，领导找她谈话，说喝酒是工作中很重要的一环，希望她好好学习。但她不想学，也学不了，觉得正式入职后这种场合更多，还会影响到年底绩效测评，所以干脆不干了。

余妈妈扼腕："费这么大力气过了招聘，还拿到了留用名额，想想真不甘心……除了喝酒这一点，平台、工资、带教老师，真没得说。不过我们宝宝不喜欢，那就算了。"

余小鱼在被窝里抹了一晚眼泪。

人力资源部处理离职很快，把她的门禁卡和电脑收了，袋子里剩下一个串着粉色绒毛小狐狸挂件的手机。

"这不是公司的，要不你上楼一趟，还给你领导吧？"

余小鱼不敢见江潜："您能帮忙给他吗？"

"这是哪个领导的？"

一个同事朝这边使了个暧昧的眼色。

"哦……恐怕还是得你本人去，这是私人物品，公司不代还。"

余小鱼握着备用手机，忐忑不安地走出办公室，玻璃门自动关上的几秒之间，她听到那些人聚在一起"叽叽喳喳"地嚼舌头。

"就是那个亲了上司的实习生呀，看不出来居然这么猛……"

"说是喝醉了，谁知道呢，江总那个秀色可餐的模样，要我我也说自己喝醉……"

"算了吧，给你一万个胆子你也不敢上，这叫什么，初生牛犊不怕虎！"

"这三年也就她一个本科生拿到留用名额吧？真是好手段，江总看着高冷，原来喜欢这种类型……"

余小鱼猛地回头，她的工牌已经没了，只能"砰砰"地拍玻璃，里面的员工被吓了一跳，按下开门键。

她也不进去，就站在门口，大声道："我是本科生怎么了？本科生就低人一等？你们是专业人力，难道不知道留用名额不是导师一个人说了算？说话是要负责任的，我答辩那天有录像，我写到幻灯片上的每一条成果都有证明，就在我刚刚给你们的电脑里，还没注销，你们调出来看啊！要是有异议，你们去问沈总，或者向合规部举报，要是我在工作上用了半点儿手段，我把实习工资吐出来还给公司！"

那些人惊呆了，在座位上伸脖子望着她。

余小鱼现在是光脚的不怕穿鞋的："我辞职一是因为对不起带我的老师，二是因为不喜欢这个公司的酒桌文化，要是我没喝酒头没晕，至于做出这种事来吗？我敢当着江老师的面说我错了，我现在就上楼去说，你们敢不敢当着他的面把刚才的话重复一遍？来一个人跟我一起上去啊！"

胸口剧烈地起伏，见他们没有回应，她咬了咬唇，踏出这个地方。

手心里的小狐狸挂件睁着圆溜溜的眼睛，仿佛在问她："你怎么敢的？"

身后再次起了窃窃私语。

"不仅胆子大，脾气也大。"

"她怎么有脸说我们？现在的学生这么泼辣吗？"

"不愧是敢对上司做出那种事的人……"

余小鱼发泄完了，随之而来的是无尽的心虚。

害怕的事成真了。

那天她和乔梦星说的话被路过的人听见了，现在整个公司都在流传她的"光荣事迹"。

不知道有没有人发微博、小红书。

她真的真的很抱歉，很对不起江老师。

她刚要进电梯里，碰见从楼上下来的乔梦星，背着包，也抱着电脑。

余小鱼愣了一下，乔梦星从来不帮别人到人力那里交材料办事，她这是干什么来了？

像是看出她的疑问，乔梦星平淡地说道："辞了是吧？我也要辞了，麻烦让让。"

余小鱼站到一边，吃惊："你为什么要走？"

乔梦星瞥了一眼不远处交头接耳聊八卦的员工，高声道："因为我脑袋被驴踢了，躲在垃圾桶里拍了你和江总的照片举报给赵董。不知道是哪个贱人传的谣言，你们能不能闭嘴？老娘干不下去了，这破实习谁爱干谁干。"

乔梦星说完把工牌一摘，刷了门禁，"啪"地扔在桌上。

那一刻，余小鱼觉得她的嚣张跋扈简直不要太顺眼，说了声"再见"，走进电梯里。

"江总这几天不在公司里。"乔梦星喊她。

余小鱼手一顿，按了一楼。

警方办事速度很快，没过几天，致使严家栋死亡的嫌疑人就被抓到了，是两个30多岁的混混儿。

这俩人一口咬定只绑了人吓唬他，没想害他性命，双方谈拢金额和偿还期限后，严家栋深夜独自回工地，路上买了瓶二锅头边喝边走，失足掉下桥。

死者和包工头说的个人信息是假的，查询不到家属。案发一个月后，银城市人民检察院提起公诉，开庭审理，一审根据犯罪嫌疑人证词和现场证据，将两个有精神病史的混混儿判了三年。

余国海对这个结果大感诧异，他挨的那一板儿砖还没个定论。可既无监控又无口供，两个混混儿拒不承认对他下手，警察也没办法。

余小鱼安慰他："你现在把身体养好，不要再想那些了。"

她最近忙着投简历,校园春招已近尾声,尽管收获寥寥,非常焦虑,但不想在爸妈面前表现出来。

到了4月下旬,终于有一家投行研究所的首席在面试中给了口头录取,是行研岗,但人力打电话沟通时透露,研究员也要负责向买方的基金经理推销研报。

"可是行业研究员要保证独立性呀,怎么能既研究,又卖研报呢?"

就这一句话,让余小鱼在半个小时后收到了拒信。

她只好继续焦虑地找工作,以前看不上的会计师事务所、银行客户经理岗都纳入了海投范围。班里的同学一半考研、出国,另一半已经找到了工作,大部分在投行或互联网公司的战投部门,她从笑看别人校招抓狂,变成了自己抓狂。

又过了一个月,余小鱼拿到了一家欧洲小型外企的财务录用书,起薪不高,但福利很好。她本以为自己是靠学历让人力看上的,结果在签入职书的时候,对方说:"你的实习经历在投行,其实跟我们的工作内容不搭。但公司里全是银城本地人,没有什么生活负担,大家讲话也常用方言,老板想招个本地户口的。"

她哭笑不得,原来户口真的是加分项。

拿到这个录用,她就果断地把四大事务所的录取通知拒了,论文答辩后同学聚餐,谈起自己的校招结果,同学们都觉得这个选择是正确的。

"那工作,狗都不干。"一个同学说。

"狗不干我干。"另一个说。

"今年校招太卷了,像咱们学校,原来不少人拿四大来保底,现在是保命。"楚晏摇摇头,她已经成功地考上了研究生,不出意外的话,毕业后进买方轻轻松松。

聚餐结束后大家都散了,下次再见就是7月的毕业典礼。楚晏和余小鱼在学校里散步,经过篮球场,看着场上青春阳光的学弟们,不由得露出惆怅的神情。

"梁斯宇去央企了,第一年肯定要被派到海外做工程,不知道能异地多久。"

"我看他是个老实人。"余小鱼说。

"再老实的人,工作几年,也会成老油子了。"

"不怕不怕,你赚得肯定比他多,他要不行你就换一个。"

楚晏笑了:"那你什么时候换?"

余小鱼装傻:"什么?"

"你的江老师呀,别再想着他了。出了这种事,他说是去外地出差,其实就是避风头。他有没有对你辞职做出任何表示?"

"没有。"

"反正我觉得,就算抛开身份,他也不适合谈恋爱,性格太沉闷了,有什么事都憋在心里。你再想着他,只会让自己越来越难过。"

"可是要怎么才能不想他呢?"余小鱼提出了一个世纪难题。

两个女孩子扒着栏杆,望着蓝天白云下的运动场,静静地思考着。

"你就这么想,"楚晏用力地拍了一下栏杆,发出"铛"的一声,"第一,你的江老师没有你想象中的那么好,如果他足够好,是不会让你出事的,你亲他的时候他都不躲,这个人要么反射神经有点儿毛病,要么就是想占你便宜。"

"太牵强了吧!"

"你就这么暗示自己嘛。"楚晏说,"第二,他真的真的真的没有女朋友吗?地球上不可能有年龄超过 25 岁,各方面拔尖还单身的男性,要不他身体有毛病,要不就是同性恋。"

"他看上去既健康又直。他不休年假,衣服也很少。"

"那就是有病。"

"江老师怎么会有病呢?"余小鱼嘟着嘴。

"那就是他有女朋友,没让你知道而已。他一定有很多很多很多女朋友,投行大佬嘛,万花丛中过。"

"你们两个叽叽咕咕什么呢?"梁斯宇抱着一摞档案从篮球场边经过。

楚晏眼睛一亮,拉住他,对余小鱼展示:"这是个直男,让他回答一下这个问题。梁斯宇啊,你说一个看上去正常的虚岁二十七岁的直男,没有女朋友,人家漂漂亮亮的女孩子喝醉了亲他,他不躲,事后连个屁也不放,这种人是什么心态?"

梁斯宇认真地想了想,笃定道:"这孙子想占人家便宜,占完又不想惹事!"

楚晏小鸡啄米式点头:"你看,你的江老师不仅有病,可能有很多女伴,还想占你便宜,这种男的,你还想他干吗?"

余小鱼下定决心:"那我就这么想了啊。"

"嗯嗯!要坚持想,每天都这么想。"

楚晏这套说辞,让余小鱼觉得自己好像在被一个庸医嘱咐"这个包治百病的药要喝,每天都得喝"。

但说不定有用呢?

江铄和沈颐宁通完话,得知计划进展得不顺利。

他打开微博,"灰色平台导致刑事案件"的热搜很快被大数据刷了下去。他点开那条新闻,原来受害人是另一个,不是两个月前落水身亡的那个姓严的男孩儿。

4月庭审的背后,江家和沈颐宁那边做了很多努力,但结果仍然不尽如人意。想要挖根不容易,江铄觉得探骊网的管理层在庭审后更加警惕,暗中阻挠他们收集证据。

他摘下眼镜,看了看手表,叫司机:"回家吧,今天没什么事了。"

江潜去南半球出差两个月,下午飞机落地了。他想找儿子聊聊。

3月份照片事件过后,不知是谁传开的,说江潜被自己带的实习生酒后强吻了,这个说法与当事女生的解释一致,管理层在松了口气的同时,也忙着压网上的消息。

好在并没起什么水花,匿名举报没有再出现,恒中集团的年报正常公示,几个大项目也进展顺利,只有内部员工茶余饭后会谈起此事。

江铄回了家,换了身运动服,想着年轻人打打球心情会好些,等他换完衣服出卧室,才发现沙发上蜷缩着一个人。

江铄吓了一跳:"你怎么回来都不吱声?灯也不开?"

他抬手去开灯,沙发上传来一声微弱的抗拒:"不要。"

7点30分,火烧云已经从西边慢慢消散了,客厅里黑洞洞的。

江铄坐到沙发扶手上,用手腕试试他儿子的额头,有点儿烫:"怎么发烧啦?"

沙发上堆着抱枕,江潜把自己埋在这堆五颜六色的枕头里,怀里抱着一个,身上盖着薄毯,猫咪安静地伏在脚边。

"在阿根廷累不累?"

"晚上想吃什么?"

"爸爸给你熬小米粥?"

睫毛在黑暗里抖动,江潜浅浅地呼吸着,不说话。

"不要小米粥,那蒸点儿麦饭。"

江潜翻了个身,背朝江铄,衬衫被肩胛骨撑起。

江铄没想到江潜两个月竟然瘦了这么多:"那就麦饭加小米粥,再把司机送的酱牛肉切两片。"

江潜终于说话了:"不想吃。"

"这死孩子,这不吃那不吃,你爷爷当年啃树皮,要知道从棺材里蹦出来按着你的头吃!"

江铄自己决定了,把猫抱走:"别学你哥挑食。"

他去厨房翻出米面,抓了两把小米泡进温水里,又从冰箱里掏了捆莜麦菜,洗完切碎用干面粉粗粗一拌,放在灶台上沁着。

橘猫在江铄脚边绕来绕去,他给它喂了点儿鸡腿肉,看猫咪吃得香,他眼角的皱纹舒展开,笑呵呵地摸着它耳朵上的聪明毛,跟它玩了一会儿:"还是我们小二子听话。"

一边砂锅里的水滚开,他把泡好的小米倒进去,调小火熬着,另一边莜麦菜也上了笼屉。热气熏得江铄抹了把汗,一只手扶着老腰,另一只手快刀剁了几瓣蒜。15分钟后麦饭蒸好了,他掰了点儿焦红的干辣椒,和葱花儿一起放在碗里,拿滚油一泼,香味在房子里散开。

江铄解下围裙,把麦饭和铺着酱牛肉的小米粥端过来,放在茶几上吹了吹:"不吃拉倒。"

窗外升起一轮月亮,白晃晃的光照进来。

江潜不情不愿地爬起来,看到他爸在笑,"嗖"的一下又躺回去了。

江铄也不管他,自个儿香喷喷地吃起来,嚼着五香牛腱子,问他:"你弟弟真值5000块钱?"

江潜"嗯"了一声。

"小兔崽子,从小就不会撒谎,我都担心你在外面跟客户谈生意,把咱们公司老底给揭了。"

江潜说:"它真值5000块钱。"

他闻着小米粥热腾腾的香味,低低地说道:"我也真对她没心思。"

江铄皱了一下眉,他从没见儿子这样颓丧过。

江潜从来不用家长担心,他们也没怎么管过,别的小男孩儿七八岁狗都嫌,江潜七八岁已经一个人去英国上寄宿学校了。班里都是年龄比他大的同学,但他即使受了委屈,也不跟家里说,只是带着奖状回家时,才在众人盘问之下淡淡地提一句"有点儿累"。他妈刚走那会儿,他在葬礼上冷静得像个大人,朋友告诉江铄:"你这儿子养得不好,太老成了,把事都藏在心里,恐怕以后是个操心的命。"

江铄深以为然。

"也怪我们，从小教你要做个让人喜欢的孩子，却没教过你别人不喜欢你要怎么办。"他叹了口气。

江潜从枕头间露出一双沾了水汽的眼睛："我没要她喜欢我。"

他茫然地盯着天花板，过了很久，才哑声道："我觉得我很差劲。"

他想起小时候读过的古书，孔子说，始作俑者其无后乎？

第一个制作陶俑陪葬的人，是要被钉在耻辱柱上的。

因为尽管没用活人殉葬，但动了这个心思，也和用活人殉葬无二了。

他没有做，却动了心思。

很差劲。

他被自己的道德反复拷问，反复摔打，可那点儿火星怎么也扑不灭，越拿水浇，火势越大，凶猛地燃烧着每一寸骨骼。

江铄心疼得要命，这么优秀的孩子竟然说自己差劲。他把儿子拉起来吃饭："吃饱了就不会这么想了。"

江潜确实饿了，他在阿根廷昼夜颠倒，在飞机上也没有胃口。这件事成了他过不去的坎儿，两个月以来，他只能通过拼命工作让自己暂时忘却。

他喝着小米粥，吃着麦饭，血糖慢慢升上来，声音有了中气："我想下周就去南美分公司。"

被姚正阳叫去的第二天，江潜就给出了答复：他愿意调岗一段时间，避免公司出现任何名誉风险。

姚正阳让他选地方，他选了刚开发的新兴市场，远在地球另一端的阿根廷，离中国2万多公里，11个小时的时差，两天两夜的航程。这两个月他是先去探路，熟悉环境，办理各种手续。

逃到天涯海角，他就不会再想起她了吧。

江铄看着他喝粥，能吃下东西就放心了："你自己决定。这三年历练历练，等将来回国，一切都不一样了。"

那个实习生辞职了，要是江潜真喜欢，以后也能发展。但作为父亲，江铄对她没有好感，她把他的儿子弄得茶饭不思衣带渐宽，哪家父母看到自己的孩子这样都会觉得不值。

"走了也好，但别忘了正事，你妈还等着我们还她一个公道。"

5月，公司开始收集即将入职的应届生的材料。

余小鱼交完复印件，在路边等电车。傍晚的天空呈现出粉紫色，电线杆上落了几只麻雀，"叽叽喳喳"地交谈。

微信弹出沈颐宁的消息:"工作有着落了吗?"

"谢谢沈老师关心,我 7 月入职,是家德国小外企。"

沈颐宁发来一个祝贺的表情。

"江总要去阿根廷了,今晚的飞机。"

余小鱼知道他这两个月在银城和南美两地来回飞,事发那晚之后,她就没再见过他的面。

"噢噢。"

"他要在那边待三四年。"

余小鱼握着手机,平复许久的心潮又涌了上来。

他是不是被处分了?

她想问,又问不出口。

"叮当——"

电车的铃声从远处响了起来。余小鱼关掉微信,随着人群移动,前面拎着购物袋的市民一个个登车刷卡,她踏上一只脚,忽然间撤了回来,后退两步,拨开拥挤的人潮,跳下站台朝反方向跑去。

江潜的公寓就在一条街外,她帮他在单元楼下取过文件。

她一边跑,一边打开旅行软件,查询今天银城飞往阿根廷的航班,合适的时间只有一个,在 8 点钟。这里离机场有一个小时的车程,如果赶得及,江潜说不定还在公寓里。

她手忙脚乱地翻包里的东西,万幸,备用手机带在身上,她有理由见他了。

过了今天,她就再也不想他了,绝对不会再想他了。她只想见见他,看最后一眼!

余小鱼打他的电话,没接通。

跑到楼下,她不死心,继续打,还给他发微信,说要还手机。

等了 5 分钟,江潜回消息让她寄到单元楼下,到付。

余小鱼打了第三个电话,这回他接了,可是没出声。

她一开口,眼泪就流了满脸,声线也不稳了:"对不起,江老师,我……我不是故意的……"

"我知道。"江潜低沉的嗓音传入余小鱼的耳朵里。

这情形似曾相识,一年前面试那天,她不小心弄折了他的手腕,说了相同的话,而他也回复了相同的三个字。

他说他知道,可是他什么都不知道!

她掐着手背,让自己冷静下来别哭了,可一想到他因为自己要离开,自责和内疚就止不住翻涌。

事情怎么会变成现在这样?

"小鱼,"江潜叫了她一声,"我没有怪你。是我不好,我来迟了。"

他听到她在哭,胸口疼痛难忍,站在阳台都不敢把窗帘拉开,只敢从窗帘缝隙里贪恋地看她的身影。她就站在楼下,执着地仰起脸,那么渺小,那么勇敢,他知道她离职那天对人力发了火,为了维护他们俩的尊严。

她向来脾气好,他从没见过她愤怒的模样,她在他面前总是乖乖巧巧、温温软软的,像一颗晶莹剔透的水果糖。

而他,胆怯得像一只鸵鸟。

"替我向你男朋友说声对不起。"他喉咙干涩地说完,挂了电话。

"我根本没有男朋友!"

可电话已经断了。

余小鱼还想回拨,妈妈的号码突然打进来。

江潜在楼上看着,只见她转身急慌慌地就跑,一眨眼就没影儿了,可能是遇上了急事。他整理好行李箱,下去一趟,备用手机果然被她放在大厅的信箱里。

他把毛绒小狐狸挂件取下来,贴着脸颊蹭了蹭,塞进贴身背包的夹层里。

出门时他想起他的鱼,这两个月托保姆照顾,它们生了病,明天要送到兽医那里。上午它们无精打采的,喂虾米也不吃。

江潜从门口折回,望着立柜怔了好久,握着拉杆箱的右手微微颤抖。

蓝色的透明水缸里,小鱼从水草间浮了上来,一条条翻了肚皮。

深夜 11 点,医院急救室里的灯灭了。

医生走出来,疲惫的眼睛露出一丝歉然:"对不起,我们尽力了。"

余小鱼好像没有理解,舔舔干燥的嘴唇:"医生,我爸怎么样了?"

一个护士走过来,轻声道:"你们节哀。"

她一下子跌坐在椅子上,眼前发黑。

余妈妈早已泣不成声:"怎么会这样呢?我爱人身体一直很好的,他早上还跟我说说笑笑,都快出院了,怎么我出去买了碗馄饨,他就不行了呢?医生,你们再试试好吗?再试一试?"

母女俩哭成一团。

医生三天两头儿就会遇到这样的情况，耐心地向家属解释："恢复期是有可能再次发生脑出血的，如果病人动作幅度、情绪波动大。"

"怎么可能？！我爸一直很听你们的话……"

医生叹口气，带着护士走了。

医院有对接殡仪馆的人，在余小鱼的记忆里，那是她22年来最难熬的一晚。她和妈妈麻木地坐在病床上，看陌生人给爸爸擦脸擦身，穿衣服换鞋，要推上车运走的时候，妈妈踉跄跟在后面，一声声尖锐的悲泣划破了夜空。

她想起早晨爸爸还笑着哄她喝牛奶，心如刀绞，极度的痛苦让她几乎无法站立。

余国海的葬礼办完后，余家认为当初那一板儿砖绝对是催债人干的，直接导致了余父的死亡。余妈妈不服一审判决，暂时关闭餐馆，花高额费用请律师提起上诉，其间做了很多工作，但依然找不到充足的证据，法院二审维持原判。

2019年的初夏就这样在眼泪和汗水中过去了。

7月，余小鱼从A大经管学院毕业，在毕业典礼上因为低血糖昏厥。

楚晏把她送到医院，医生说她遭受的打击太大，作息不规律，内分泌失调，需要调养。

余妈妈清点家中的积蓄，把所有存款都拿来请银城最好的心理医生和老中医，每个月给自己和女儿看上一次。

余小鱼没有去外企入职，而是休养大半年，在秋天重新找了份券商的工作。由于有恒中的实习经历，对方省略了笔试，面试后直接给她发了录取信，让她次年春天来上班。

而江潜，也在她的生活里渐渐淡出了。

光阴似箭，这一别，就是三年。

第六章
彩虹下的告白

三年间有多少次这样的大雨呢?

余小鱼有多少次在这样的大雨中,想着他的脸,望着窗外的车水马龙发呆呢?

高中地理课本上说,布宜诺斯艾利斯是亚热带季风性湿润气候,和银城一样。这样想着,就好像他离她并不远,只是她的冬天变成了他的夏天,她的白天变成了他的黑夜,他经历的每一个充满鲜花和露水的清晨,在她眼里都是倦怠而孤寂的黄昏。

在他离开的日子里,她无数遍暗示自己,他不好,喜欢他会受伤、会难过。

可当他再次出现在这样的大雨中,像电影里的男主角一样降临在她面前伸出援手的时候,她发现一切的幻想都被击碎,一切的揣测都化为云烟,那阵从南半球吹来的季风横渡太平洋,跨越11个时区,吹动了她心上落满灰尘的衰草枯枝,让她如此害怕直视他的眼睛。

她怕自己激烈的情绪被发现。

她怕三年前不计后果的鲁莽重新上演。

车一路向前奔驰,雨点敲打着两侧的车窗,拖出长长的斜痕。

从铁皮房里出来,江潜开了半个小时,路上没几辆车,全都堵在这一段,前方路面塌陷,出事的卡车半截悬空,刚刚被拖车拉上来。

交警穿着雨披,拿着大喇叭声嘶力竭地喊:"后面的车,不要再往市区开了！道路已经封闭，你们往东边服务区等一晚上，明天再走！"

有外地司机探出头："你们银城还是国际大都市，路不能走不知道提前通知啊！高德地图上都没显示，我酒店都订好了还要再出钱住宿？"

交警把大喇叭对着他："是免费的！请大家配合一下我们的工作，扫牌子上的码领餐券，去服务区免费吃早晚餐！再说一遍，酒店房间先到先得……"

那司机眼看几辆车往岔路开去，立刻把脑袋缩回驾驶室里，踩油门掉头。

余小鱼目测共有四十几辆车，那个服务区她去过，是个比较大型的休息点，但只有一家酒店。

她紧张地趴在驾驶座后面："江老师，我们要不去服务区将就一晚吧，这雨可能要到明天才能停，安全第一。去晚的话房间就没了。"

江潜的目光聚焦在从远处开来的轿车上，有几辆摩托开道。

车在20米外停下，从后座走下来一个穿西装的男人，约莫50岁，灯光照出他染黑的头发。

一个保镖给他撑着伞，和交警说了几句，而后他又回到车上，关上车窗。

交警似乎松了口气："各位旅客，如果酒店满房了，你们可以住在郊外的农家乐，那边也不收钱。要是有医疗上的急事，跟我们备案，政府派车绕路把你们送到市里。谢谢大家体谅我们的同事和施工人员！"

郊外的农家乐？

余小鱼降下车窗，看到好几个司机和乘客拿着手机拍照，闪光灯在黑暗里亮起，伴随着好奇的讨论声。

"那不是赵竞业吗，就是那个鼎鼎有名的企业家，经济论坛主讲人……"

"听说这一片的农家乐就是他的产业啊，他在搞生态旅游，硬件设施可好了，他免费给我们住，挺配合政府工作的。"

…………

她刚想问江潜看不上服务区酒店的话要不要去住农家乐，结果他一挂挡，跟着前面的车拐了个大弯，朝服务区开去。

余小鱼隐隐察觉他对这个赵竞业没有好感。

"江老师，你妈妈是不是姓赵？"

"嗯，刚才这个人是她堂叔，恒中的赵柏盛是她堂弟。我母亲的祖父有五个儿子，我外公是第四房，早年在你们Ａ大当教授，不过他去世的时候你还小。"

余小鱼掰指头厘清了。

江潜没再多说，车里陷入寂静中。

服务区灯火通明，得了政府通知的小贩们都在摆摊儿，停车场停满了，远远地就能望见旅客在酒店里登记入住，长队排到了门外。

江潜把丝巾在身前打了个结，戴上口罩："等我几分钟。"

他先到快餐店打包了两份叉烧饭，出来时路过烧烤摊儿，烟气熏得他直咳嗽。

走过摊子时又想起什么，他折回去买了根甘梅味的轰炸大鱿鱼，这是他在那一堆垃圾食品里挑出的最健康的食物。

余小鱼看着他冒雨走过来，打开车门，把鱿鱼串递给她："两只手夹着吃。"

她愣了一下，乖乖地接过来。

好像以前在西京出差逛夜市的时候，她要他买鱿鱼来着。

他还记着吗？

余小鱼出神时，江潜一只手拎湿衣服和盒饭，另一只手拎公文包，把她的小花包斜挎在肩上，出去了第二次，这回是去办入住。

她在车里啃着鱿鱼，喝着矿泉水，吹着空调，看那些等得焦躁的旅客吵嘴、哄孩子、赶蚊子、蹲着抽烟，相比之下，她真是要多悠闲有多悠闲。

江潜就排在长队末尾，他奇怪的衣着吸引了众人的目光，大家都没见过西裤配丝巾的。

有女生拿出手机偷偷拍照，脸上带着八卦兮兮的神情，和同伴窃窃私语："是模特吧，人比人气死人，我男朋友敢这么穿，我连夜搬出地球。"

"喂！不准拍！"

那女生听见有人喊，循声望去，台阶下有辆黑色的豪车。

"女士，请删除，我是他的经纪人，他一张照片值四位数，没有免费拍的。"

女生被逮个正着，讪讪地删了："对不起啊。"

余小鱼做了个"没关系"的手势，继续回车里吃鱿鱼。

霓虹灯下，江潜眼中流露出一丝笑意。

转过头，他把口罩拉得严实了些，耳朵已经被周围人盯得全红了。

半个小时后，终于排到了他。

"我去接个人。"他放下手中的物品。

前台工作人员很快就见他从车里抱出来一个女孩儿,膝盖和手上都有伤。

"先生,我们店只剩一间大床房了,冒昧地问一下你们是……?"

"我不住,给她办。"江潜说。

余小鱼的手机在车上已经充了电,她调出电子身份证给前台工作人员看,拿笔填登记单时,忽然抬头:"江老师,没关系的,我知道你不想住农家乐,我以前旅游的时候也跟男生拼过帐篷。这么大的雨,路又断了,你总不能不睡觉吧?"

江潜耳朵更红了,问前台工作人员:"你们这里有会议室或者健身房吗?"

前台工作人员很尽职:"对不起,没有。就算有我们也不会让客人睡的,要是给其他客人看到了,影响我们店评分。"

"没关系的,你又不是那两个混混儿,我有什么好担心的?你要是再找别的地方,我住了也惭愧得睡不着啊,你要不是来找我,也不会被堵在路上耽误时间。"余小鱼低声道,瞟了他一眼,目光楚楚可怜。

江潜被这目光看得心尖一痒,点开支付宝的卡包,刚扫完身份证,手机屏一黑,没电了。

余小鱼要付钱,他率先从包里掏出一张信用卡,这是昨晚她朋友扔给他的赔礼,说够买十条裤子十双鞋。

她朋友很大方,给的是金卡,背面用签字笔写着名字"TANG SHUN XIN"。

"昨天在大排档的那个女生是你同学?"江潜觉得这名字有点儿眼熟。

余小鱼不知道他为什么忽然提起昨晚在大排档的事情,头皮发麻,装傻充愣:"那是我室友,她今天要回美国,我喝多了,都不记得昨晚我们是怎么回去的。"

江潜知道她有两个室友,一个姓楚,在芳甸资本工作,另一个她没具体提过。

他点点头,平静地开口:"等下吃完饭,我去药店买消炎药,你先睡。"

"那你一定要快点儿回来啊。"余小鱼把手搭在他的肩上,对着他的耳朵软绵绵地说,"那些人很凶的,说不定找了同伙来报复你。"

温热的气流触及脸,江潜微不可见地偏了一下头,重复道:"你先睡。"

拿了房卡,他抱着她飞快地进电梯里,上三楼,刷卡进屋,把她往椅子上一放，连口水都没喝就赶着要下楼。

"江老师，你先歇歇吧。"余小鱼看他这么辛苦，特别不好意思。

他摇摇头，提着湿衣服和一份盒饭走出去，关上门，在走廊里靠墙长舒一口气。

他怕自己忍不住。

余小鱼在房里失落了好半天。他看上去很不想跟她待在一块儿，半个小时前她几乎以为他对她的态度有那么点儿不一样……

她吃着叉烧饭，给楚晏发了条言简意赅的消息。

"我被流氓绑了，江老师来救我，下雨路塌了，政府让住服务区，酒店只剩一间房，他现在下去给我买药了。"

楚晏秒回："他买什么药？？"

"是抗生素，你想到哪儿去了！话说，我要不要……？"

"别别别，你别轻举妄动，等我问下直男做参考。"

吃完晚餐，余小鱼去浴室里刷了个牙，又上了个洗手间，她手上有伤实在不方便，在里头耗了一刻钟，出来看微信，狗头军师已经把剧本给她写好了，精确到动作。

"你记着，他要是对你有意思，千万别让他占便宜，就按我说的这么吊着。"

余小鱼觉得自己很坏，她刚才在大堂里装可怜，不知道他有没有看出来。

楚晏不放心地又来了一句："你可想好了，他到底值不值得你这么做。"

余小鱼也不知道值不值得。

他手上还戴着戒指，一枚醒目到刺眼的铂金戒指。

哪有女人不介意自己男朋友和别的女生住一间房？

她心里乱纷纷的，其实就算喝了酒也没胆子把他扑倒，只想和他多待一会儿，看到他就很安心。

她正受到良心的谴责，听见服务员敲门："余小姐，您同事让我来帮您洗澡，请问现在可以吗？"

余小鱼目瞪口呆，她也没缺胳膊断腿，怎么就享受被人伺候的待遇了？

"不用了……"

"您同事已经付过小费了，您不要紧张，是正规服务。"服务员声音含笑。

有人帮忙总比她自己磨磨蹭蹭要好，余小鱼虽然有点儿害羞，但还是开了门："那就麻烦你了。"

服务员已经把洗澡的用品准备好了，什么浴袍、精油护发素、防水创可贴、一次性内裤，还有一件小码连衣裙，也不晓得江潜给了多少钱。总共洗了大半个小时，把她洗得干干净净香喷喷的，连护肤品也从头到脚抹上了。

洗完澡躺在床上，余小鱼舒展开四肢，这时却有些紧张起来——他要是回来了，到底要怎么相处？装睡吗？这房间就14平方米，一张床，难不成他睡地板？

按身高，她睡地板倒是没问题……

铃声突然响了，是舅舅家打来的。

江潜买完药，把脏衣服给酒店服务员洗，又在一楼大厅里草草吃了饭，特意等到9点多才上去，估摸这会儿她已经收拾完上床了。

酒店隔音不好，他走到门外，听到里面在气势汹汹地打电话。

"这个也不会，那个也不会，讲了这么多遍你怎么还听不懂呢？我就为这个跟你讲了20分钟啊，它就这么难吗？张嘉信，让你妈接电话！"

江潜敲门的手一僵。

张嘉信？

她男朋友？

三年了，他们还没分？

男朋友的理解能力差成这样，他们到现在还没分？

这世上还有天理吗？

他清楚地听见她的声音变得柔和，是典型的对长辈的语气："对，我同事和我妈说过，出去吃饭了，但是路临时被封，今晚在朋友家住，你们别担心……"

江潜的心被捅出好大一个洞。

他连她的朋友都不是。她跟他在外留宿，是要瞒着家里的。

后面的话他不想再听，走到窗前，摸出一根烟，刚买的。他准备今晚就靠这个提神，不然做出什么出格的事来，就再也无颜面对她了。

才放到嘴边，他一皱眉，把整盒都扔进垃圾桶里。

她受伤了，他还抽，烟味熏着她怎么办？

女孩子都不喜欢男人身上有烟味吧？

就算她有喜欢的人，他也不能做一个让她不喜欢的人。

江潜默默吹了会儿夜风，走回去，屋里的动静已经没了。

他调整好心态，敲了三下门。

"你回来啦！"

一开门，余小鱼站在他面前，笑眯眯地望着他，几绺带水汽的黑发贴在红扑扑的脸颊上。

茉莉花甜暖的香味从余小鱼的浴袍领口散发出来。

江潜下意识地后退一步。

那包烟，他好像扔早了。

余小鱼愣了一下，他退什么？

她就那么让他反感吗？

但如果他真的反感她，哪里还用得着费工夫来救她？他从来不骗人，他当初说没有怪她酒后失德，就真的没怪她。

余小鱼想不明白，装作没注意，两个人保持着一米远的距离，她先坐上床，低头玩手机。

江潜也不说话，屋里陷入了一种尴尬的寂静中。

他拧开一瓶矿泉水，灌了几口，终于道："你把消炎药吃了，我让服务员送毯子过来，我睡在地上。"

她一听就摇头："那哪成啊，江老师，你快一米九了，这房间太小，你的腿都伸不直，还是你睡床，我打地铺。"

江潜说："那我回车上睡。"

"别呀！总不能一晚上都开空调吧，车里那么闷，开窗还有蚊子，你休息不好明天就疲劳驾驶了。"余小鱼劝他，"江老师，我真没关系，是你在这里，又不是别人，要是别人我连门都不敢让他进。"

江潜的心里五味杂陈，就是他进来才危险！

她诚恳地望着江潜，他不敢直视这样清澈的目光，转身去浴室里洗漱。

不一会儿，服务员把毯子送到了，还送来一块瑜伽垫，告诉他洗净烘干的衣服明早可以取，早餐是 7 点到 9 点 30 分由前台工作人员发放。

江潜把瑜伽垫铺在靠窗的地上，这就是他今晚的床。

余小鱼兑水吞完药片，帮他把毯子抖开："江老师，还是我……"

"不要说了。"他板着脸打断。

她脖子一缩，钻回被子里，背对他侧躺着，小声说："那我睡觉了，晚安。"

过了几分钟,她听见"窸窸窣窣"的声音,静悄悄地用被子蒙住头,从缝隙里偷瞄了一眼——他扯下大丝巾放到包里,碎玻璃在宽肩窄腰上划出一道道暗红的血痕,看得她好疼,又把脑袋转回去了。

淋浴声响了起来。

余小鱼打了个哈欠,把大灯关了,只留床头灯,房间里陷入昏暗中。

她正准备睡觉,视线里有什么东西一闪。

她顿时睡意全无,僵直着可怜的膝盖,从床上一点儿一点儿地挪过去,心虚地瞟了眼浴室的磨砂玻璃,连轮廓都看不清。

余小鱼伸手一捞,那枚热水壶旁的铂金戒指就到了她的掌心里。

那一刻她的忌妒快要溢出天际,她恨不得把它扔到窗外,让他这辈子都找不到。她又紧张得要命,生怕他突然从浴室里出来,将她这个偷偷摸摸的小贼逮个正着。

她咬着唇,脑子里全是他女朋友把戒指套在他手指上的画面。

那个女生该优秀成什么样啊,才能让他喜欢?

是什么职业、什么样性格的女生?长头发还是短头发?现在会不会在银城的某个房子里等他回家?

或者,那个女生会不会在阿根廷的某个开满鲜花的阳台上,想着远方的爱人,喝着苦涩的黑咖啡?

那个女生会不会有一点点像她呢,就一点点……

余小鱼心都要碎了。

怎么这三年自己一点儿长进都没有?!

她一边痛骂自己,一边想看看上面有没有刻他女朋友的名字,抹了抹眼角,对着灯一瞧。

水声骤然停了。

她一抖,仓皇地把戒指放回原处,顾不上膝盖的疼痛,瞬间扑回床上。

心脏剧烈地震颤起来,她怀疑自己看错了,短短几秒,她没看清里面的图案,到底是不是……

20分钟后,江潜处理好伤口,系上浴袍带子,走出浴室。

他用酒精棉擦完戒指,戴回手上,绕过大床走向瑜伽垫,目光被某个磁场吸住。

她睡着了,可能是有点儿热,把被子搅得一团乱,一条藕节似的大腿从浴袍里伸出来,印着红痕,就这么搭在被褥上,右脚伸出了床沿,挡在他面前。

江潜的手悬在空中,还是没有把那只小小的脚放回床上。他抬腿跨过去,将要关床头灯时,又忍不住看了一眼。

她合着眼,小脸像个熟透的苹果,乌黑的睫毛又长又翘,嘴唇肉嘟嘟的,仿佛抿着一个甜丝丝的笑。雪白的颈子下是两道小巧的锁骨,再往下是微微的凸起……

江潜的呼吸乱了,他下意识地去包里摸烟,摸了个空。

他移开眼,关上灯,屋里漆黑。

一声轻轻的梦呓在暗夜里响起。

江潜躺在垫子上,火苗从皮肤下烧了起来。

只用这么一声。

不知挨了多久,他仍丝毫没有睡意,隔壁房间却起了恼人的动静。

江潜听着那声音,盯着黑暗里的幻影,后背渗出汗。他按亮手机,原来已经凌晨2点了。

床上的人浑然不知,翻了个身,呼吸匀长。

江潜拉开点儿窗帘,借着楼外几丝黯淡的光走进浴室里,锁上门。

过了许久,他推门出来,重新躺到瑜伽垫上,渐渐聚拢睡意。半梦半醒间,他听到被子"沙沙"地摩擦滑落,"咕咚"一下,什么东西砸在他的臂弯里。

江潜刹那间清醒过来。

这丫头睡觉不老实,从床上掉下来了,正落在他的怀中。

有那么一刻,他觉得自己要发疯。

有人垫着,床也不高,余小鱼没摔疼,迷迷糊糊地哼了一声,找了个舒服的姿势,枕着他的胳膊继续睡了。

沐浴露洁净温热的香气随着她的呼吸,像夺魂的铁链,缠绕在他的脖子上,他略一低头,嘴唇就能碰到她的额。她凉丝丝的发在肩上铺散开,伸进他的浴袍里,搔着他的皮肤,每一根都让他痒彻心扉,她只要稍稍蹭一蹭,他就会丢盔弃甲,溃不成军。

下一秒,她在睡梦中抬起脸,无意识地揪住他的衣领,唇瓣擦过他的下巴。

江潜把头猛地向后一仰,喉结滚动。

别动了。

真的别再动了。

余小鱼趴在他身上,睡得很香。

他肌肉紧绷,汗如雨下。

江潜缓慢地、一点儿一点儿地把她扒开。他太怕她醒了,这么简单的动作几乎用了半个小时。

脱身后,他穿上鞋,匆匆地去浴室带上门。

十几分钟后,他从里面出来,疲倦地倒在床上。

这一觉睡得极不安稳,他心头总隐隐牵挂着一件事——他睡床,她睡地板,哪有这样的?

可他绝不敢再碰她了,隔着衣服也不敢,一碰就要出事。

闹铃还没响,他就在熹微的晨光里睁开了眼。被子上残留着她身上的香味,他深深地嗅着,尝试放松心神,然而下一瞬,神经就被一声含混的呼唤拉紧绷直:"江老师……"

江潜屏息凝神。

可她没有再说话。

她是不是梦到他了?

这个想法让他心旌摇荡,他不禁坐在床边,注视着她的脸。

余小鱼是被水声吵醒的,她揉揉眼,手机显示8点5分,床上空了。

她睡得还行,腿和手也不疼了,不过从床上翻下去那一下子,还是挺疼的。

她发了会儿呆,打楚晏电话,通了又掐掉,发微信:"没用啊。"

"怎么?剧本有问题?"

"江老师确实有点儿毛病,我晚上把剧本升了个级,都滚到他怀里了,他一点儿反应也没有。对了,我睡着之前他还跑了两趟洗手间。"

楚晏:"你等着我再问一下直男。"

楚晏很快回来:"直男说江老师肾虚。鱼啊,咱们不浪费时间,找新的吧。"

"可是我看到他戒指上……"

"不会刻着你的名字吧?"

"这倒没有,但是……"

余小鱼抱着最后一丝希望思索:"你说他会不会是忍着?因为他什么都不说,我也没说,昨晚一直跟他强调他在这里我很放心。"

楚晏又去问了她的直男。

"不不不,一个30岁事业有成的青年才俊不会当'忍者神龟',这种男的工作压力大，就是不行。"

余小鱼沮丧地抱膝坐在瑜伽垫上。

浴室里的人洗好了，门"吱呀"一开，江潜穿着四角裤擦着头发出来，宽阔的背肌像沾了水的丝缎。

身材真好啊。

但有病。

好纠结。

江潜看她愣愣地坐在那儿，把浴袍披上，结结实实地掩住胸口："醒了就去洗漱吧。刚才我打电话问过，路已经通了。"

"好的，好的！江老师，我掉到地上没砸到你吧？真不好意思……"

他摇摇头："昨天有点儿累，一觉睡到天亮，你掉下来我也不知道，要不就给你搬回床上去了，看你睡得沉就没把你弄醒。你早餐想吃什么？"

"前台提供的就行，不知道你吃不吃得惯。"

"那就这样。"

江潜用座机拨了前台的电话，得知西装已经能取了："我下去拿。"

其实可以让服务员把衣服和早餐一起送上来，但他不想再和她一起待在房里，急需出去透透气，抽根烟提神。

这一宿太折磨了。

他要出门时，余小鱼从浴室里探出头，举起抹着洗面奶的两只手："江老师，你能帮我拿一下皮筋吗？在我包里，一个黑的。"

江潜在她包里翻找，在夹层里摸到个小塑料袋。

他的心立刻凉了，满脑子都是她和她男朋友住酒店的画面，两个人从电梯里亲到房门口，做得比他想的还多。

好清晰。

他找到黑色皮筋，拿过去，余小鱼把脑袋往他跟前一凑。

"我试试？"

"嗯嗯，江老师，你就随便弄一下，我洗完脸再重新扎起来。"

"还是披着好看。"他握着她柔顺浓密的头发，说出口就后悔了。

这是他该说的话吗？

江潜怕弄疼她，握得很松，扎了三道，马尾辫低低地垂在脑后。洗发水的花香里带着她身体的气味，温温润润的，从她的后颈飘出来，钻进他的鼻子里。

他凉透的心又无法克制地热起来，垂眼掩住渴望。她的浴袍带子打着蝴蝶结，领口开得很低，胸部紧贴着白色棉料，就是这种身材才能穿出自然清新的风情，没有一丝勾引，不叫人起邪念。

可他做不到。

他想她，想得快疯了。

江潜帮她扎完头发，匆匆地离去。

余小鱼站在镜子前，嘟起嘴，自言自语："我就这么没有魅力吗？……"

早餐很简单，每人一盒豆奶、一个水煮蛋、香菇菜包和肉包。

余小鱼换上服务员送来的连衣裙，啃着包子，窝在床上看他换衣服。

白衬衫黑西装，最简单、最普通的一身，有人穿得像房产中介工作人员，有人就能穿成红毯影视演员。

"江老师，你穿西装真好看。"她托腮望着他。

江潜打着领带，顿了一下，礼貌地说道："谢谢。"

余小鱼今天势必得套出他几句话来，从退房到上车，都在跟他没话找话。

但他嘴特别严，只用一贯专业的态度回答与工作相关的问题，她辛辛苦苦地套了两个小时，车子都快到城区了，还是没机会问出戒指的来源。

"江老师，阿根廷会下这么大的雨吗？"

"有时候会。"

"那边冬天冷不冷？"

"有空调，不冷。"

"听说拉美混血特别多，大街上是不是有很多美女？"

电子收费杆抬起来，江潜从后视镜里看了她一眼，踩油门加速通过："没注意。"

冷场了。

余小鱼百无聊赖地靠在后座上，看着窗外的风景，烟雨笼着碧绿的丘陵，水田里时不时飞起几只白鹭。

"这条路我走过，去年和我们老板去一家卖食品的公司调研，他们想搞美元债上市。"

"这三年，你过得怎么样？"江潜问。

"啊？"

江潜咳了一声："我是说，工作还顺利吗？有没有人……有没有上级和客户难应付？"

其实他想问，有没有人欺负你？

"刚入职的时候有，后面就少了，我现在是职场老油子，领导使个眼色，我就差不多知道他要干什么，不过经常懒得搭理。有时候后悔，要是当初没有拒绝那家德国外企就好了，我觉得自己还是适合那种轻松不加班的氛围，但挣的钱肯定没有现在多。有得必有失吧。"

"想过跳槽吗？"

余小鱼叹了口气："恒中我是不考虑了，也许再干一阵就跳到外资投行，但他们门槛高，我本科学历不够用，所以在想存点儿钱，出国读研。我还没出过国呢，以前超羡慕江老师能满世界跑。"

江潜失笑："满世界跑也没你想得那么愉快，倒时差、办手续，都很麻烦，我最不想做这个。"

"啊！"余小鱼叫起来，胳膊环住他的座位头枕，"所以你那个时候老是叫我打印身份材料，我也觉得好麻烦！"

江潜略微尴尬："我当实习生的时候，也替老板干这个。"

那时他19岁，上大二，第一次实习，老板顺便给他也把签证办了。

余小鱼想象着他实习的样子，捂着嘴笑了。江潜看她这么开心，也忍俊不禁。

"以后有机会，我带你……"

话没说完他就住了口。

他没有机会了，也不该用这种口吻跟她说话。

她毕业了，长大了，和他是相互独立的两个人，他们中间隔着三年失去的时光。

在银城这个2500万人口的大都市里，谁遇见谁，谁离开谁，都是茫茫大海里翻起的一片浪花，风停了，它就消失不见，无人会惦念。

那件在当初看起来无比严重的事，对他们来说，也已经是过去式了。

人毕竟是要向前走的。

两个人怀着各自的心事，都沉默不语。江潜开得很慢，慢到这条路好像永远走不完。

回到市里，她就要离开了。

他们不再是施救者和受害人的关系，只是生意场上的甲乙方，连直接见面的场合都很少。

他用什么才能留住她？

是这样一条无人打扰的公路、一场制造机遇的台风雨，还是和当年那晚一样朦胧的月亮？

不管他愿不愿意，半个小时后，雨小了，车也开到了繁华的中心城区。余小鱼住的老小区不好停车，她让他在马路对面把她放下。

"江老师，你别掉头了，我就在这里下。昨天太谢谢你了，我家里乱，改日请你来坐坐。你还在休假，赶紧回去休息吧。"

"你的腿……"

"没事，上了药，早就不疼了。"

她想起昨晚他还抱着自己上楼，脸有点儿红，说了声"再见"，一扭头三两步穿过斑马线。

江潜的心下意识地提起来，他打开车窗，高声喊："别跑！看着车！"

余小鱼站在路中央的桩子间，闻声回头，雨丝落在她的及肩发和飞舞的裙摆上。

她眼睛那么亮，两道弯弯的月眉舒展开，冲他咧嘴一笑，做了个"OK"的手势，深深的小梨涡甜得他心头一酥。

来来往往飞速穿行的车辆在雨水中模糊，变成灰色的背景板，只有她是鲜活的。江潜注视着她的身影消失在小区门口，突然之间，巨大的空虚和压抑如洪水般席卷而来，他的心瞬间由发热的恒星衰变成黑洞，吞噬了最后一丝光。

江潜喘不上气来。

他第一次意识到，除了外界对身体特殊部位的刺激，还有另一种境况会让他立刻变得抑郁。

已经很久没有发作过了。

后面的车在按喇叭，他无暇顾及，打开双闪，拿起一瓶水往嘴里灌，左手死死地握住方向盘，把从小到大所有应对症状的心理治疗方式挨个儿过了一遍。

10分钟后，抑郁有所缓解，他深呼吸几下，转头看向后座。

樱桃图案的伞还躺在那里。

他有了充足的理由，发动车子，掉头往对面开，红灯恰好亮起，他焦躁地摩挲着戒指，半个车头超出了白线。

他想看见她，现在、马上。

绿灯亮了，车风驰电掣地转了个大弯，差点儿擦到右边来的卡车。那司机惊魂未定，开窗大吼："你神经病不看车啊！赶着投胎？"

江潜没工夫理他，驶入右侧车道，正要开进小区入口。

"外来的车辆登记！一个小时 10 块钱，一天 50 块钱。"

保安还没说完，江潜就从手套箱里抽出一张红票子给他。保安很久没收过现钞了，回去找零钱，再出来时车子已经没影儿了。

余小鱼的公寓在最里面一栋，道路狭窄，周日停满了私家车，大型车不好进，他边开边找车位，目光扫到一处，脚下一踩刹车。

树后一抹白裙子闪现。

余小鱼抱着刚取的快递，手机贴在耳边，气急败坏地说道："昨晚不是跟你说了吗？怎么还不懂啊，张嘉信？我要累死了！"

江潜拿起水瓶猛灌，四肢又开始不听使唤。

她男朋友会不会就在家里等她？

他为什么要自作多情跟过来？

江潜不想下车了，再也不想在这里多待一秒。他想回家，于是往前开了几米，冷淡地叫她："你的伞忘了。"

余小鱼听到他的声音，立马转身，右手还接着电话，让他把伞放在快递箱上，对他客套地笑着点点头，挥手告别。

江潜用最快的速度开远，前面一辆车鸣笛开进来，他只能倒车避让。

就在这时，风里飘来了余小鱼隐隐约约的抓狂训斥："你说！！你说！！！那笼子里到底有几只鸡几只兔？！"

江潜怔怔地握着方向盘，忘了从别人的车位里出来。

"我再说一遍，第六遍了，笼子里 18 个头 48 只脚，X+Y=18，4X+2Y=48，算出来 6 只兔 12 只鸡……

"我凶？我平时都不发火的，哪晓得你们老师给三年级学生出鸡兔同笼的题，他出了你就按我说的这么写，别管 XY 是什么了……我的天，你是要气死你姐啊！我以后再也不给小孩儿辅导作业了！"

江潜大脑一片空白。

那个人……是她弟弟？

他像被抽走了魂，熄了火，车门也没关，一步步朝她的方向走，但那声音下一刻就没了。

雨打湿了他的头发和西装，有人在身后叫他，他没应，抄近道走到单元楼下。

江潜没走几步，通话声又清晰地响了起来，就在拐角后。

"不好意思，我刚给我弟辅导作业来着，没接到……楚晏，你站着说话不腰疼，梁斯宇又不是不行，但江老师确实不行啊！我都豁出去诱惑他了，他一点儿反应都没有。你不知道我昨天晚上装睡多辛苦……算了算了，我以后再也不想他了。明天叫我妈给他寄一箱自家种的苹果，表达一下感谢吧。"

不行？

诱惑？

装睡？

江潜觉得自己好像活在平行空间里，她说的是真实存在的吗？

忍了一晚上的人，不是他吗？

他那么难堪，拼了命地压抑自己，是她故意导演出的结果？

"轰"的一下，他的怒火把理智烧了个干干净净，他什么也想不了，气势汹汹地大步上前，和从花坛后走出来的余小鱼撞个满怀。

她惊讶："江……"

快递盒掉在地上。

一切发生得如此突然，她还没来得及说一句话，嘴唇就被堵住。

江潜把她抵在墙上，一只手抵着墙壁，另一只手托住她的后颈，雨丝落在皮肤上，她能感觉到他是那么烫……

他恶狠狠地看着她，惩罚性地咬她的唇瓣，用力地吻，不叫她嘴里泄露出一个字。

不够，还不够。

他把她从墙上捞进怀里，吻得天昏地暗，连她的呼吸也要吞下去。他要发疯了，他想要她的全部，她好香、好甜，他沾了就戒不掉，想永远这样抱着她……

余小鱼喘气困难，推搡江潜的肩，捶了两下，他睁开眼，看到她溢出水光的双眸，猛然放开她，后退两步，浑身战栗发冷，一时间心绪大乱，捂着嘴飞快地转身逃走。

他干了什么？

他跑得那么急，路人都惊奇地看着他。他差点儿撞到拐弯的车辆，踉跄爬上自己的车，抖着手转钥匙，转了三次才转动。

他刚才……怎么能……？

江潜耳朵红得似滴血，猛拉手刹，车子仓皇地开出主路。

"喂！"

有人在大叫。

江潜不敢看后视镜，怕她哭着追过来，质问他为什么这样对她。他恨不得立刻消失在地球上。

他继续开。

"江老师!"她撑着伞,在后面飞跑。

江潜想起她腿上有伤,顷刻间出了一背冷汗,急踩刹车,整个人差点儿撞到风挡玻璃上。

"江老师!江潜!!"

他攥着方向盘,紧张得肌肉僵硬,眼睁睁地看她越跑越近,跑到驾驶室边,"砰砰"地拍着玻璃。

江潜慌张得手都不知道往哪儿放,后背紧贴在座椅上。他无法面对这样的事实,无法对上她惊诧的目光。他低着头,盯着脚尖,像做了一件天大的错事。

余小鱼见他死都不开窗,一跺脚,从包里掏出一张纸,往驾驶室玻璃上一拍,做口型:项目,明天开会。

江潜把窗开了一条缝。

余小鱼费力地把拍玻璃的纸从缝隙里塞进去,决然不提刚才发生的事,用严肃而正式的语气说:"我就问你一个问题,我老板刚打电话说明天跟你开会,你看看,是不是这个项目?"

江潜怀疑地接过那张纸,两面都看了:"不是。"

"肯定是!"她笃定道。

江潜还在思考她怎么说起工作来了,跑过来就为这个?

他忽然想起以前谁跟他说过,鱼的记忆只有七秒。

那么,她是忘了吧?

一定是忘了!

他也忘了,一点儿也不记得刚才做了什么,把车开进来是为了什么,现在想起来了,就是为了工作!要不是为了谈工作他根本不会急匆匆地找她。

江潜做完了一整套心理建设,恢复了平静的表情,把车窗降到底,异常镇定从容地告诉她:"我没有接到通知,等我回去问下……"

话音未落,他只感觉唇上一热。

余小鱼用尽全身的力气揪住他的领带,让他的头从车里倾了过来。她弯着腰,心脏跳得快爆炸,生涩地亲吻着他冰凉的嘴唇。

樱桃图案的雨伞遮住了外面的世界,天光却在那一刹那亮了起来,透过淡粉色的印花,投射在她的脸上。

风刮走了雨丝，吹起她的发梢，吹动他的领带，吹开了他们的眼帘，吹走了夏日所有的喧闹的蝉鸣和鼎沸的人声，世界是这样安静，只有两颗心在伞下剧烈地跳动，激昂地呐喊。

她凝视着他，纯黑的瞳孔水光潋滟，手腕突然被握住，"啪"的一下，雨伞掉在地上。

江潜紧紧地抓住她的手，捧起她的脸回吻，力气大到几乎要把她拽进车里，那枚戒指就贴在她的手指上，纹路似要嵌进皮肤里。

最后一滴雨从她微颤的睫毛上滑落，紧接着，一颗又一颗的泪珠冲出眼眶，她哭着笑，既委屈又开心地扣住他的五指，抽抽搭搭地问："我……我其实是想问你，你这个戒指上，刻的是什么呀？"

江潜失去了语言能力，他终于厘清了自己纷乱的心绪，吻着她湿润的眼皮、小小的鼻尖，在柔嫩的唇瓣上轻轻咬了一口，把戒指取下来，放到她的掌心里。

时间在这一秒静止。

雨消云散，蔚蓝的天空中出现一道虹桥，几只燕子停在电线杆上，好奇地俯视着地面。

余小鱼抹去眼泪，再没有哪一刻的视力像现在这样好。

银白色的金属环外侧，刻着一条小小的、抽象的鱼。

而内侧，是一个看上去难懂却简单到让她觉得可笑的公式：$MV=PT$

那是……

四年前她和他说的第一句话。

余小鱼出神地看着这枚铂金戒指，他就是这样，把她藏在最显眼的地方，藏了三年吗？

是不是她不问，他就永远不会揭开这个秘密？

江潜一刻也等不了，打开门，捡起伞，拉她上车，随便找了个空车位停下，把她竖着一抱，边吻边上楼，手臂灼热的温度隔着裙子传递过来。

余小鱼被他吻得说不出话，晕晕乎乎地想着：他刚才明明还很慌，怎么一下子就变了？难道这就是传说中的原形毕露？

她偏过头，躲开他急切的嘴唇："江……"

声音被堵回嗓子里。

她想说快递还丢在楼下，这么短的一句话，从停车位到单元楼的两分钟内，江潜愣是没让她得空说出来。江潜大步走上四楼，把她抵在门上，贴着额头哑声问:"让不让我进去?"

余小鱼烫得要冒烟了,用手捂住脸,不说话,露出被他吻得嫣红水润的唇。

"刚才追我的车,不是很大胆?现在知道怕了?"他瞳孔中燃着两簇火苗,亮得惊人,"昨晚也是,真不怕我做出什么来?"

余小鱼从指缝里瞄他,脸更红了,支支吾吾地辩解:"我……我没干什么……"

话音未落,他双手把她往上一托,蓦地贴紧。

"没有什么?"

"没……没……"她害羞得快哭了,娇声娇气地求他,"有人来了……"

他被这软绵绵的一声撩得更加失控,扣住她的腰,朝自己一拉:"背后说我坏话,胡编乱造,我有没有教过你,出结论前要先求证?"

邻居的脚步声越来越近,她急得六神无主,把口袋里的钥匙往他手里塞,在他怀里蹭着撒娇:"江老师,我错了,你快进门嘛,不要在外面……"

江潜哪听得了这个,用最快的速度开锁,连包带人一起扑倒在客厅的沙发上,不忘把门踢上。

江潜捉住她的手,按在自己起伏的胸口上,那里是他最脆弱的地方,可是他让她碰,只有她能碰。

江潜滚烫的体温让她的手掌瑟缩了一下,她终于施舍给他一个羞怯含波的眼神。他的忍耐到了极限,他抬起她的脸,小心翼翼地啄吻,仿佛在用嘴唇描绘一件精致易碎的瓷器。

她在这样的安慰下鼓足勇气望着他,直视他印着几道划痕的上身、宽阔的肩膀、块垒分明的腹肌、刻着人鱼线的窄腰,还有凸起的青色血管……

一个想法隐隐在脑中浮现,大胆得都有些不真实了,她在心中反问自己:这样的男人,这样的一副躯体,是属于我的吗?

只属于我一个人的吗?

江潜握着她的手往下移,松开背带夹,咬着她的耳朵,胸腔震动,发出沙哑的叹息:"全是你的。

"小鱼,我想你想得快疯了。"

她被这样热切的渴望吓住了。这个人是带过她的老师,向来都是冷静自持的,总是一身干净利落的西装,好像世界上没有任何事能撼动他与生俱来的理性，可现在跪在她身边，搂着她的腰，低声下气地求她赐予他快乐。

想到这里，她难堪地用手背遮住眼，心脏不受控制地越跳越快，直到张开嘴微微地喘气，试图把血液里积存的热气吐出来。

他没有下一步的动作，只是让她掌握着，淌着汗等待她的回答。

余小鱼往他怀里钻，好半天，才贴着他坚实的胸膛，极小声地说："你……你不可以喜欢别人……"

江潜托住她的脑袋，笃定道："不会。"

"以后也不可以。"

"嗯。"

"以前……以前就算了。"

他捏了捏她的脸："净想些不存在的。"

她想起什么，眨巴着眼睛，看上去可怜兮兮的："可是我受伤了，江老师，我的手和膝盖都好疼。"

江潜僵住了。

几秒过后，她像偷到油的小耗子，笑眯眯攀上他的颈，天真地问他："江老师，我本来是想吊着你的，要是我说不行，你会不会再多喜欢我一点儿呀？"

江潜发现她比自己想的要坏多了，不仅昨天闹得他一夜不安生，现在还"噼里啪啦"打小算盘，简直就没有道德，可这话被她用甜甜的嗓音说出来，他不知道有多兴奋。

她是如此期盼他爱她。

她不知道，她其实根本用不着勾引他，只要出现在他眼前，一次呼吸，甚至一个眼神，就是效力最强的药。

江潜再也忍不住，握着她的手情迷意乱地吻起来。

"不要……"

余小鱼带着哭腔的叫声犹如一盆冰水兜头浇下，让他的眼神瞬间冷却下来。

江潜撒了手，又心疼又自责地抱着她："我弄疼你了？"

屋里陷入寂静中。

过了一会儿，余小鱼带着鼻音说："没……没有，江老师，我还是紧张，对不起，我太紧张了……我有点儿怕……"

"这种事说什么对不起。"他轻轻吻她的额头，"不想要就不要，是我吓到你了。"

她有点儿歉疚地垂下眼。

江潜柔声道："你去洗个澡，然后我去弄点儿午饭。你有没有饿？"

邻居家正好飘来炖排骨的香味，她的肚子很适时地应了一声。

怎么早上吃了那么多东西，两三个小时就饿了？原来亲亲抱抱这么消耗体力吗？

余小鱼学到了新的知识，不好意思地说："冰箱冷冻室里就有预制菜，热一热就行了。那我先……"

她转念一想，有点儿好奇，又有点儿恶作剧心理作祟，于是用黑溜溜的大眼睛望着他，纯净而懵懂地说："我的手不方便，江老师，你帮我洗好不好？这样快点儿，就随便冲一下。我好饿，想吃照烧鸡翅饭。"

江潜深吸一口气："还没玩够？"

她望着他傻笑。

"自己洗。"

她的嘴角耷拉下来，好像被他喂完猫条就丢在了大街上的猫。

江潜是真拿她没办法："冲到伤口别喊疼。"

"不疼不疼，江老师怎么会弄疼我呢。"她转了转眼珠，"我最喜欢江老师了嘛，就算弄疼也不会怪你的。"

然后余小鱼身子"刺溜"往下一滑，在他胸前亲了一口。

江潜快爆炸了。

太坏了，谁教的她这么坏？他当年肯定没教过！

他竟然还觉得她老实，让她跟在自己身边学！

余小鱼捂着嘴笑，还不忘提醒："液体创可贴在茶几下面噢。"

他那里好像很敏感。

以后她要多摸摸。

她喜欢跟他亲亲抱抱摸摸，最好他能什么都不做，抱着她睡觉，这样她既开心，又不会疼。

江潜把药水给她喷上，脱完衣服，叫她："别乱动。"

"好凶！"

她双手搂住他的脖子，挂在他身上，蹭来蹭去。他忍无可忍地打开花洒，刚把她拎开，"小章鱼"立刻又趴上来了，哪里是受了伤的虚弱模样，分明生龙活虎以撩他为乐。

他把淋浴一关，像丢定时炸弹，把她扔到铺着浴巾的洗手台上坐着。

背后的镜子被水汽模糊，余小鱼扭头用手腕擦去水雾，凑近看自己的脸，咕哝："长了一颗痘痘。江老师，你从来不上火的吗？我都没看你长过。"

镜子映出挂着水珠的肌肤，腰背的弧度在水汽里若隐若现。她双手撑在台面上，歪着脑袋看他，扎起来的乌发漏了几绺下来，粘在绯红的颊边，滴着水。

他突然抓住她的胳膊，倾身过去。

"嗯……"

鱼，他终于吃到了。

余小鱼不知道自己是怎么回到房间里的。

她一头钻进被子里，蒙住脸，四肢露在外面。

江潜怕她把自己闷坏，拽开被子，她又拉回来，继续裹住。

他觉得好笑，把空调打开，隔着被子摸摸她的头："这么害羞？"

过了几秒，她掀开被子一角，偷偷瞄了他一眼，又把脑袋严严实实地捂住。

江潜不说话，就趴在被子外面看她。

余小鱼没听到他出声，躺了一会儿，静悄悄地抬高被子，又去瞄他，不料他的脸突然出现在跟前，长长的睫毛近在咫尺，里面全是笑意。

她叫了一嗓子，在床上扑腾起来，哼哼唧唧的。江潜用身子压住她，捏着她软乎乎的腮帮子问："到底要还是不要？喜不喜欢我这样亲你？"

她又想逃，他扳正她的脑袋，做出很凶的神态："不说就不许下床，饭也别吃了。"

她抓住他贴在她的脸颊上的双手，偏头在他修长的手指上吻了一下，陷在被子里的小脸像个诱人的苹果。

她在学他。

江潜身体里的火越烧越旺，捧着她的脸亲吻，把只有两个人能听见的呢喃灌进她的耳朵里。

"小鱼真可爱。"

"是还想要我亲你吗？"

她声音小得几乎听不清，他附耳过去，才听到她有点儿期盼地说："那你再说一遍嘛。"

"嗯？"

"就是……就是……"她把烫人的脸埋在他的肩上，抱着他的身子左滚右滚，"你刚才说我很可爱的。"

江潜被她摇得心都化了，在耳畔一遍遍低声哄着，看她眉眼弯弯地笑起来，恨不得把天上的星星都摘下来给她。

阳光透过淡粉色的棉窗帘，亮堂堂地铺在床上，一时间屋里的声响都停了，两个人对望着彼此，呼吸相闻。

那种不真实的、梦一般的感觉慢慢凝结成固体，随着熟悉的体温，沉降在心间。余小鱼放松了一些，听着他"扑通扑通"的心跳声，忽然轻声道："我也喜欢你，喜欢好久好久了。"

光线把他的五官勾勒得半明半暗，恰如四年前在会议室里初见的时候，她那时根本想不到这样冷淡的人竟会有这样柔软的一颗心，这样温存的言语，和这样轻的力道。

不知过了多久，日光从枕边移到地板上，屋里重归寂静。

余小鱼嘟着嘴："我饿了。"

"饿了？"

"又累又饿。"她仰起脸瞪着他。

江潜舒了口气，摸摸她的脑袋："我去热饭。要吃照烧鸡翅饭是吗？"

她软绵绵地"嗯"了一声。

余小鱼公寓里的冰箱特别大，冷藏室里空荡荡的，没有任何新鲜蔬菜，连鸡蛋和酱料都没有，只有一溜儿维生素和矿泉水。冷冻室里整整齐齐地码着抽真空的食品袋、分装好的杂粮饭、切片的吐司和做好的三明治，足有半个月的量，贴着标签，一看就知道是她妈妈店里的。

显然，这丫头从来不做饭。

江潜把食品袋一个个放到桌上，从最底下刨出她要吃的照烧鸡翅和米饭，又随便拿了自己的份，扔到锅里隔水加热，最后用面包机烤了四片吐司。

等到"叮"的一声响，饭菜也热好了，他盛到碟子里放凉，叫了她几声，没听到回应，只好走到卧室。

余小鱼把自己裹在被子里，半遮着脸，看上去睡着了。江潜在床边坐下，瞧了她一会儿："起来吃饭，不是饿了吗？"

她不回答。

他俯下身，作势掀开被子压上去。她一下子睁开眼，笑着推搡他："我这就起来。"

江潜托着她的背坐起身，她这时候又怕羞了，用被子掩住胸口。

他看得眼热，逼迫自己移开目光，听她指挥："江老师，你帮我把那个抽屉里的睡裙拿出来。"

江潜依言取出那条丝绸裙，她靠在床头，朝他张开手臂。

他给了她一个宽松的拥抱。

余小鱼在他的怀里闷闷地抱怨："我是要你帮我穿一下，我的胳膊好酸。"

想了想，她又补了句："腿也抬不动。"

江潜一边给她套上裙子，一边替她把没说完的话也说了："嘴也张不开，胃也消化不了，澡也不能自己洗，今天都不能走路了，是不是？"

"嗯！就是这样。"她笑眯眯地点头。

他叹了口气。

余小鱼得寸进尺，跟他撒娇："都是你呀，你看我这里，还有这里，都红了。你还咬我，我一动，你就好像要吃人，凶巴巴的。"

江潜听完她添油加醋的指控，把人打横一抱，放到客厅的椅子上："张嘴。"

余小鱼只是说说而已，却见他真的把碗递到嘴边来了，瞬间觉得自己特别肉麻，夺过他手中的勺子："还是我自己……"

江潜把饭塞进她的嘴里，看着她咽下去，慢悠悠地说道："那么你今天别下地也别干活儿了，再让我……"

"我能走路的！"她立刻站起来，在地板上蹦了两下，结果"哎哟"一声，捂住膝盖。

他哭笑不得："坐着吃吧，别把腿弄折了。"

真拿她没办法。

两个人面对面坐着用餐，余小鱼啃着鸡翅，光明正大地欣赏他："江老师，你吃饭的样子真好看。"

江潜端碗的手顿了一下。

她又夸："江老师，你的手也很好看。"

江潜连筷子都使得不自然了。

余小鱼左手托着腮，兴冲冲地对他说："我以前只敢偷偷看你，现在就算什么都不做，光看你吃饭就很开心呢。"

江潜的心霎时间软成了棉花，他话到嘴边，又咽了回去。他也偷偷看了她很多回，可她不知道。

他揉揉她的头发:"快吃,都凉了。"

她真的很开心,嘴闲不住:"江老师,你怎么不吃米饭啊?冰箱里还有饭的。"

"我吃面。"

余小鱼回忆了一下,以前跟他出去见客户,酒桌上没见过他吃主食,平时去食堂打饭,他都是拿意面、法棍、欧包。

"因为你爸爸是北方人,家里都吃面对不对?"

"嗯。"

其实也不总是那么严苛,比如点她家外卖的时候。

"银城本地也煮面条的,可惜我家店里不卖这个,不然你热一热就能吃了。"

江潜露出少见的为难的神情:"本地的细面也能算面?"

余小鱼吐吐舌头:"要是不吃那个,米饭也挺好的呀。"

他就着蜜汁叉烧把烤吐司吃完了,把盘子端到水池里,谆谆教诲:"吃米饭长不高,还不顶饱。"

余小鱼从来不知道他能用这么认真的语气说出这么幼稚的话,"唰"地站起身,跑过去在他的胸口比画了一下,气鼓鼓地说道:"我哪里矮了?我都到你这里了。"

江潜把她吃干净的碗也端过来洗了:"这不是能抬胳膊吗?不酸了?"

她哼了一声,放下手,踱去浴室刷牙,又把从酒店里带回来的洗漱用品放在水池上,准备好好睡上一个午觉。

江潜洗完碗,调出手机上几个未接电话,一一回过去,然后和修墓碑的师傅确认了费用。

他打完电话,手机屏幕弹出一条日历提醒,周一上午要和几家券商讨论融资合作。

他都忘了还有这码事,明天确实要和她的老板开会,多亏她临时想起来,用这个理由骗他开车窗。

江潜打了个电话给夏秘书:"抱歉打扰你休息了,融资会要改到周三之后。"

"好的,我通知他们。您明天有急事吗?"

他编了个理由:"政府来人检查关联公司,我要在场,就不去恒中了,有什么事线上联系。"

说罢他披上外套，下楼拿丢在草坪上的快递，又去便利店买了一袋生活用品。店员的眼神好像在看给白雪公主买毒苹果的巫婆，让他不得不戴上口罩遮住脸。

回到公寓里简单地洗漱完，他坐在床边低头望着她恬静的睡颜，胸口涌起一股暖流，酸酸胀胀的。

看得他也困了。

江潜躺到她身边，把她捞进怀里，被子一裹，安安稳稳地合上眼。

这样，就很好。

他被敲门声吵醒时已是傍晚，墙上的挂钟指向 5 点 30 分。

余小鱼还没醒，趴在他的怀里，脸睡得红扑扑的。他注视了一会儿，轻手轻脚地把她挪开，下了床，又忍不住俯身吻了吻她的额头，扬起嘴角带上卧室的门。

楼道里站着一男一女，是一对夫妻，一个拎月饼礼盒，另一个抱孩子，正在说话。大门一开，屋里却意外是个年轻的男人，穿着西裤，衬衫襟口敞着，露出结实的胸膛。

女士眼睛一亮。

后面的男士咳了一声。

江潜看到那人，着实有些尴尬，这场景握手也不是，帮他抱孩子也不是，往后让了一步，把扣子系好："席记者、孟总，请进。"

余小鱼半梦半醒间听到有人说话，好像是房东的声音，爬下床伸脚找鞋，游魂似的从房里飘出来，身上立刻飞来件外套。

江潜揽着她，低声问："再睡会儿？"

余小鱼摇摇头，揉揉眼睛："房东学姐？有什么事吗？"

房东坐在沙发上，面前有两杯刚倒的热茶，笑眯眯地和她打了声招呼："没事，没事，下个月中秋节，我们家收到的月饼太多吃不完，拿点儿给租客，刚刚在隔壁楼送，没告诉你就直接过来了。"

她丈夫抱着孩子从厨房里出来，提醒："月饼和桂花糕放在冰箱里，保质期一个月。"他又握着孩子的小手挥了挥："律律，喊姐姐好、叔叔好。"

小宝宝"咿咿呀呀"地叫了两声。

余小鱼被逗笑了："学姐，这是你家那位呀，怎么称呼？"

"我姓孟。"男人穿着蓝白色格子衫，看起来很居家。

余小鱼扭头对房东夸赞："他抱孩子好专业，是不是他平时带宝宝多?"

"也没有,我们俩轮流带。"房东颇有兴趣地打量着面前这对小情侣,把孩子抱过来,"上次来你这儿修冰箱,我还不知道你找了男朋友呢!这位是恒中的江总吧,上个月 HENZ 房地产项目的路演我去采访了,您真上镜,不像我家这个。哎,你们俩快坐啊,别站着!"

房东把沙发上的购物袋拎开腾出地方,结果没拿稳,里面的东西"哗啦"一下撒出来。

空气在那一瞬凝固。

余小鱼下巴都要落地:他什么时候买的?怎么买了这么多?不是把超市货架搬空了吧?!

还是房东最先打破沉默,干笑:"哈哈,不好意思,我手滑。孟峰,你愣着干什么,快帮忙捡啊!"

江潜哪能让 ME 集团的总裁干这个,飞快地收拾干净,把袋子丢得远远的,转头一看,余小鱼捂着脸趴在沙发扶手上,脖子都红透了。

房东拍着她的肩膀安慰,十分贴心地支开丈夫:"你先下去挪车,顺便把快递盒扔了,我马上就下来。"

江潜站起来送客:"不麻烦孟总了,我去扔。"

孟峰知道他尴尬,随他走出门,态度很客气:"没关系,举手之劳。"

江潜还是拿着快递纸盒送他走下楼梯:"孟总,听说这房子要涨租金?"

"江先生终于修成正果了?"孟峰反问。

两年前恒中和 ME 在海外谈过一笔合同,饭局上江潜问孟峰有没有多余的房子出租。孟峰就当送个人情,让江潜开价,同时也好奇,江家什么时候拿不出房子给人住了,还要租?

后来孟峰才知道,是江潜不好直接租出去,所以费尽心思做得不着痕迹,朋友、熟人都没找,只找上他这个没什么交情的生意伙伴。

于是他这黄金地段一室一厅的精装公寓,就让席桐 3000 元一个月介绍给了新闻公司的本校学妹,再顺理成章地租给了学妹的室友——当时正在苦苦找房子的余小鱼。

江潜谦虚地说道:"刚有进展。"

孟峰比他更谦虚,然而说的是大实话:"你回国才两个月,比我以前水平高多了。"

不等江潜开口,孟峰便继续道:"房子都是我爱人在管。她在房东直租群里,因为附近相同条件的房子租金都在6000元以上,比她名下的几个公寓的租金高一倍,别人在群里说她压价扰乱市场秩序,所以她从下月开始涨500元。据我所知,余小姐的工资完全可以支付房租。"

江潜点头:"之前小鱼家里发生变故,花了一大笔钱,所以我想给她省点儿生活开支,现在倒没什么要省的地方,涨幅也不大,只是帮她弄明白原因。这两年多谢席记者照顾了。"

孟峰打开车门,笑道:"我还听说你在追查一个灰色网站,正好我爱人做过这个杂志专题,如果有需要帮忙的地方,你可以联系她。"

房东这时候也抱着孩子下来了,挥手:"江总,小鱼说你休年假,好好享受二人时光啊。我们先走了。"

江潜目送他们发动车子离开。这年头儿,好像总能看到幸福的人。

他心情愉悦地上楼,还没跨进门槛,余小鱼就使劲地把他往外推:"你不许进来,不给你进!你买那么多干什么呀,还给人看到了!好烦好烦好烦……"

江潜一把将她举起来,用背抵上门。

"啊啊啊!你干什么?"

"你说呢?"

他抱着她在沙发上坐下,右手拨弄着她脑后垂下的乌发,低声问:"膝盖还疼吗?"

"其实……"

"还能跑,那就是不疼了。"他细细地描摹着她的眉眼,把嘴唇印在她的耳郭上。

余小鱼被他吻得晕头转向,他的声音一直缠绕在耳边,随着身体的变化,呼吸也越来越重,心跳相闻。

余小鱼白皙的颈侧染上红晕,分不清是窗外夕阳的彤光,还是身体里燃烧的烈焰。他凝视着她,把每一个细微的表情刻入眼底,她纯黑的瞳孔里映出他情难自禁的模样,也只有他。

太阳从高楼间沉了下去,漫天的晚霞渐渐褪色,深蓝色的夜幕托着新月降临城市。

江潜搂着她,熄灭了余火,一种极致的宁静充满了身躯。

良久,黑暗中传来一声呓语。

"还想着明天上班,"他颇为无奈,"这么怕抓考勤?"

"江老师……"

余小鱼在睡梦中叫他。

江潜应了一声,指尖绕着她顺滑的头发,忽地失笑,轻弹了一下她的额角:"好吧,怪我把你教成这样。"

若是他以前知道有现在这么一天,根本舍不得让她加班,为他做那些芝麻大的小事。

他是不是还跟她说过"不论刮台风下暴雨、丢钱包丢手机,班不能不上"这样的话?

江潜叹了口气:"睡吧,不动你了。"

挂钟的指针在深夜里"嘀嘀嗒嗒"地走。

余小鱼是被渴醒的,嗓子要冒烟,咽口水都疼。鼻尖传来淡淡的薰衣草洗衣液的香味,床单已经换过了。

她睁着眼躺了会儿,费力地撑起身,骨头好像是散装拼起来的,每个地方都酸痛。她听到枕边安恬的呼吸声,没好气地把被子一拽,推他:"醒醒,我要喝水。"

江潜向来睡得浅,被她一碰就醒了,赶忙坐起来,把台灯打开,在她的腰后塞了个枕头靠着:"你稍等。"

余小鱼把被子拉到下巴底下,只露出一张小圆脸,黑葡萄似的眼睛瞅着他,抿嘴甜丝丝地笑。

"笑什么?"

"好像我是甲方,你要给我交报告。"

江潜刮了一下她的鼻尖,出去倒了杯温蜂蜜水回来,看着她"咕嘟咕嘟"灌下去,问:"饿不饿?我去弄点儿东西吃。"

她瞪了他一眼:"你还知道我饿啊。"

七哄八骗让她配合的时候怎么不知道呢?

江潜把空调的温度调高一度,去厨房泡了一小碗速食燕麦,拿了片维生素 C 喂她吃下。

"先垫一下,吃多了睡不着,早上我出门买点儿。"

"早上我要上班呀,没时间。"

"你确定可以上班?"

余小鱼打了他的胸口一下:"都是你,非要周一开什么会,我老板肯定要带我去恒中。"

说到这儿,她突然想起来:"你不是休假吗?没通知会议取消啊……江老师，你骗我的吧？你昨天肯定是为了和我多待一会儿才这么说，所以我拿纸给你看，你就接过去了！"

江潜从容不迫地说道："你检查一下邮箱。"

余小鱼在手机上打开邮箱，果然收到一条晚上7点钟发送的新邮件，会议改到周四了。

他微笑："我怎么会骗你？我确实休年假。"

"好吧，我错怪你了。"

余小鱼吐吐舌头，立即编辑了一条微信，说自己感冒不舒服，要请假一天，准备早晨发给老板。

反正一年十天病假，不用白不用。

编辑完后，她有点儿心虚，又打了他一下，还是那句话："都是你！"

睡了七个小时，她不太想继续躺着了，就从抽屉里拿了本书来看，看着看着就又困了。

江潜揉揉她的脑袋："再睡几个钟头，嗯？"

她推开他，爬下床去浴室里刷牙，艰难地上了趟洗手间。

好吧，她就不跟他生气了。

她躺回柔软的被窝里，江潜却睡不着了，把台灯折了个角度，只照亮书本。

那是本博尔赫斯的诗集，中西双语，有很多鲜艳漂亮的插图，是关于阿根廷的大街小巷。他不禁回忆起在那里待过的三年，时间过得那么快，他马上就要30岁了。

"你一点儿也没变，倒显得我老了。"

他"喃喃"自语，有节奏地拍着她身上的被子，翻了几页书，窗外草虫低鸣，月光洒满屋檐。

余小鱼扯了扯他的指尖。

"江老师，你会不会再走呀？"

"走到哪儿去？"

"嗯……阿根廷、美国、欧洲、澳大利亚，反正就是我看不见你的地方。"

"不走，小鱼在哪里我就在哪里。"

她翻了个身，趴在枕头上，双手托着腮："真的呀？"

"嗯，真的。"

她有点儿想哭，脸颊蹭着他的手掌："你走了之后我好想你。你不给我打电话发消息,我也不敢给你打电话发消息。我以为你一点儿也不喜欢我,还嫌我烦,早就不想带我实习了。"

江潜心疼得要命,把书一丢,抱着她哄:"怎么会呢?小鱼比我勇敢许多,我很胆小,也很不负责,我那时候应该跟你说明白,我是不想伤害到你,才刻意离你远远的。你知道的话,就不会发生那样的意外事件了。"

"我其实没有醉得那么厉害,是故意装认错人亲你的。"她把脸埋在被子里说。

"我知道。我听见你和你弟弟打电话了。"

余小鱼抬起头,刚要说话,他又说:"其实你亲完我之后,我亲回去了。"

她呆呆地睁大眼睛。

江潜补了句:"隔着手。"

他还是做不出亲吻实习生这种出格的事。

"我怎么一点儿也不记得?"

"你喝得太多了,又闭着眼。"

万幸她不记得,那些照片已经够他后悔了。

"江老师,你有没有想过,你如果当时跟我坦白,可能就不止被人偷拍一次了。"余小鱼严肃地道,"我要是知道你也喜欢我,就会经常亲你的!上班亲一次,中午亲一次,下班亲一次,你开会回来我也要亲你一次,喝醉了更要抱着亲,不出三天,整个集团的人都会知道我最喜欢江老师了,很喜欢很喜欢!"

江潜被她逗笑了,捏着她的嘴巴:"我看你还是适合做承揽拉项目,这么会说话。"

"还有啊,"余小鱼抱着被子滚来滚去,闷闷地道,"你昨天夸我变成熟了,今天怎么又说我一点儿也没变?都三年了,我应该有变成熟一点点吧!我很努力的!"

江潜的魂都被她勾走了,压上来,捧着她的脸亲。她被他亲得耳朵发烫,钻到被子里。他拉开被子,从背后紧紧地揽着她,嗅着她身上粉融融的香气。

欲罢不能。

橘色的灯光笼着床角,她侧着身子紧贴在他的怀里,肌肤滑得像丝缎,尽往他的胸口蹭。

江潜微微喘气:"早上要几点请假?"

"这个随便吧。"

"那就好。"

"嗯？喂，你怎么……？"

他扳过她的脸，极尽所能吻得缠绵。

"江老师，你……你有没有别的……？"

江潜在她的唇上狠狠地咬了一口："别的什么？都说了没有，以前、以后都没有。"

"我就是看到新闻了嘛，那个演员那么漂亮，你还当着他们的面凶我。"

他好半天才回忆起来，她说的是两个月前线上会议那次，她问他恒中是不是要投资博雅传媒，他回答说网上的绯闻不实，相信各位的判断能力。

"我哪里凶你了？"江潜很不理解，这句话简直太正常了。

"你心里肯定在想，这个人好傻，什么八卦消息都信。我还被老板骂了！你看你看，你现在就好凶……"

江潜实在拿她没办法，放轻动作："好了，我不凶了。我和颜悦只是合作关系，要怎么说你才信？"

余小鱼委屈："你还提别的女人！"

"不是你先提的吗？"

"你又凶我。"

江潜气笑了："以前带你实习的时候，怎么不说我凶？看我现在好欺负是不是？"

"谁敢欺负你呀！"

月亮从中天移到东边，屋里动静未歇。

凌晨三四点，灯终于灭了。

第七章
邮件风波

余小鱼连请了两天病假。

就江潜那架势,她请两天都算爱岗敬业了,第二天根本下不了床,吹空调后头晕鼻塞,意料之外弄假成真。

江潜没去恒中,端茶送水地守着她照顾。这两天他只出了一趟门,是去公墓。余小鱼见他对爸爸的墓碑很上心,就没再责怪他把她搞成这副恹恹的模样了。

"修墓碑要多少钱?我转给你。"她说。

江潜迟疑了一下,若是告诉她费用,就算她不给,她母亲也一定要给他,毕竟他不是余家的人。但若是给钱,就太生分了,他心里不舒服。

"这个师傅每年都会给我家打理墓地,今年清明节已经给过他报酬了。"

余小鱼"哦"了一声,发微信跟妈妈说情况。他凑过来,看她敲完字又删除,忍不住建议:"你可以跟她说,你找男朋友了,是男朋友……"

"哎呀,你转过去,不要看我打字!"她把手机一捂,脸红红地哼了一声,"我才不跟她说这个,买东西还有七天退货期呢,我过几天再说。"

发完微信,她又威胁道:"你一定要好好表现,不许再那个什么。"

江潜把她抱在怀里摇啊摇,低笑:"我知道,病人需要休息。抱歉,累坏你了。"

她咬着嘴唇掐他的手,嘟囔:"你快点儿回你自己家去,这周都不要碰我。"

可到了周三，她早上正常上班，江潜还没走。

"江老师，你休假休到什么时候啊？"

"明天就去上班。"他瞎扯。

余小鱼叉着腰："你不要以为我不知道，你就是在骗人，你跟秘书说由于一些不可抗力的情况，只能远程办公。你在偷懒！"

"张律师打你电话了？"

她把凉鞋的带子系上，睨着他："他发微信问我你什么时候去恒中，他手头的案子做完了，想休假。"

江潜淡淡地说道："要休假就回律所找人批，我又不是他的上司。"

"你这个人好双标啊，只管自己休！"她感叹，"恒中是律所的大客户，你直接跟他的老板提一句他最近很辛苦不就行了？"

江潜还记着张津乐嘲讽他性格沉闷胆小不敢表白、要求换外卖的事，微笑："既然你帮他说话，那我就跟他的上司打个招呼。"

才怪。

他心想。

他都给张津乐放多少水了？张津乐上班时间跟甲方的秘书谈恋爱，他都没多嘴，也就是他脾气好。

余小鱼挎上包出门："我走啦，拜拜。"

门关上三秒钟，又打开了，她走到楼梯口，听见江潜在后面急急地说道："你稍等。"

她以为有什么东西忘带了，往包里伸手一摸，手机在夹层里没落下，抬头一瞧，他披上外套拿着车钥匙追出来，用力地抱住她。

"干吗呀？"她戳戳他的手背。

江潜闷闷地说道："没事就不能抱你了？"

余小鱼摸不着头脑，这弄得跟她要出远门似的："江老师，你怎么回事？"

他模糊地应了一声，有点儿赌气地说："我送你去公司。"

"可是坐地铁四站就到了啊。"

"我想跟你再待一会儿，不行吗？"

开车10分钟，坐地铁20分钟，不如他陪她坐地铁。余小鱼很无语。

"我又不会飞走，下班还回来的呀。"

"可是你赶我走。"江潜说，"你让我回自己家去。"

余小鱼没办法："好吧，那你把我送到我们公司楼下，然后快去上班。

你最爱上班了，怎么能旷工呢？江老师，你以前不是这么教我的。"

他双手推着她往楼下走："是你今天要上班，别迟到了。"

谁爱上班谁去上，反正他现在不爱这个。

9点出头，车停在环球经贸大厦的落车平台。

江潜走下来，给她拉开副驾驶位的车门，这一幕被来来往往的上班族收入眼底。年轻的员工和实习生悄悄议论起来："他好像是那个谁……"

余小鱼在江潜的脸上亲了一下，背着书包刷卡过关。他站在玻璃门外面，一直目送她走进电梯里。

"你哥哥？"同事看到她对一名男士挥手告别，好奇地问。

"不是呀，是我男朋友。"她笑眯眯地说道。

江潜透过玻璃，见她对人仰着脸甜甜地笑，两个小梨涡都露出来，着实可爱极了，直到电梯门合上，他还盯着那里。

江潜的胳膊冷不防被人拍了一下。

"潜总，您逃班不好吧？"

他回头，张津乐抱着大纸盒，颇有怨念地站在面前。

"你怎么在这儿？"

"我们律所前几天搬到这幢楼里来了，我正搬东西呢。"

江潜开门见山："你想休假？"

张津乐眼珠一转，拍马屁："看你这样，准是告白成功了吧。小妹妹好像很满意你呢。也是，我们潜总万里挑一，只要胆子大豁出去，怎么可能……哎，你干吗？"

江潜拨通了他上司的电话，简洁明了地讲了两句，疏离又客气。

"奖金可以多给，加不加班你老板决定。"

张津乐直言："你这人不地道。"

"不过夏秘书的假我批了。"

"我的人情，你算小花头上？"

江潜不客气："要谈人情，跟你女朋友去谈，我和你是雇佣关系。让你查的人，有没有查到？"

江潜托关系找专家给张津乐的爷爷做手术，还把乱七八糟的健身卡、会员卡、贵宾卡都一股脑儿丢给他，就是看中他灵活机变、人不坏，愿意帮自己做事。

"只查了个大概，那两个犯人好像躲到他们老大那儿了。我现在要上楼开会，中午电话联系吧。"

打两份工可真累。

银城市经济开发区。

这片新建的园区位于东五环外，占地约280平方公里，南部四分之一是中外合作区，除了制造业外企，还有十几家互联网企业，聚集在毗邻的数座小楼里。

入夜，一辆无牌新车停在楼后的监控死角里。司机搀着乘客下车，熟门熟路地穿过侧门，一个戴口罩的男人站在树下等他们，不远处"探骊网"的标识在黑暗里散发着荧荧的蓝光。

司机弯腰递了根烟过去，另一个人则用缠满纱布的手给他递打火机。"嚓"的一声，火光照亮了他青紫红肿的脸。

"五哥，阿宾都被揍成这样了，老三还躺在家里，你可不能不管啊！"

男人夹着烟摘下口罩，露出左颊的刀疤。他睨司机一眼，嘴里吐出个烟圈，扳正那人的脸，带着浓重的口音调笑："一般般啦，不是还能动吗？"

叫阿宾的小混混儿急了："五哥，你不知道那个死丫头养的小白脸下手多狠，老三半条命都没了，又不敢去医院。他说让我们从玻璃碴儿上爬过去，就放我们走……"

刀疤男用烟屁股一下一下地戳着他脸上的肿包："不怕他跟到这里？想要我死是不是啊？"

阿宾痛得"哑"了一声，露出恳求的神情："我看他的身手，十有八九也是混道上的，不想把事闹到警察那儿去。而且我们过来很小心，绝对没人跟踪，您放心！五哥，听说B姐最近经常来园区……"

刀疤男啼笑皆非："你们有多大脸，还想见B姐？她是讲义气，可你们不要以为三年前嘴严没招供，就可以大摇大摆地找她要帮手。"

阿宾急忙改口："不不不，我当然知道B姐是大忙人，怎么敢直接找她？五哥，你是她的左右手，她在哪儿你就在哪儿，这不求你来了嘛。大事小事只要你发话，就没有办不利索的，我和老三就是想出口气，整整让我们吃亏的那小子！"

刀疤男很受用这套马屁，语气放缓："老三到底怎么样？"

"一胳膊肘下去，他在车里都吐血了，把我吓得哟！"

"好了，我叫个大夫过去。你们怎么惹上人的？车牌号记得吗？"

阿宾支支吾吾地描述了一通。

"号子白蹲了，不长记性的东西！"刀疤男用皮鞋踩灭烟头，"那是一般人吗？混道上的还能开豪车追着你们揍？弄死完事了，你们当初不就这么对付那个倒霉鬼吗？"

"五哥，你要帮我们啊！我和老三可是咬死了那件事背后没人指使，不然蹲号子的可不止我们俩。"

刀疤男重重地拍他的头："知道，知道！B姐都交代过，不能亏待你们。这不是让你们回归社会了吗？可你们非要作死，捡女人被她男友逮到，为了这点儿小事烦B姐，我都害臊！公司的事，现在都是赵总在管，我替你们跟他说说。"

"哪个赵总？"阿宾摸不着头脑。

司机插嘴："就是给你们照片的那个，你以前见过的，忘啦？"

"哦！太久了，瞧我这记性。"阿宾犹犹豫豫地问，"那……B姐……"

"她昨天出国了！"刀疤男瞥了他一眼，"贼心不死，也不撒泡尿照照自己几斤几两，惹毛了她，有你们好下场。最近先去我那儿避避风头吧。"

想起那个风情万种的美艳女人，阿宾和司机忍不住咽了口唾沫，头皮又不自觉地泛起一股寒意。

"谢谢五哥。"

江潜把他的东西搬回自己的公寓里，照常去恒中上班。周五早上，余小鱼在地铁里收到他的微信："几点下班？我来接你。"

是去吃大餐，还是逛街？

休养三天，她总觉得他的目的不单纯，很像要把她骗去他家这样又那样。

余小鱼想了想，抿着嘴角敲字。

"还不知道几点结束，你不加班啊？"

"周末回家加，晚上有要事。"

"哇，什么事这么重要？"

"见面就知道了。"

她左右瞅瞅，大家都在低头看手机，没人发现她脸红了。她用手背挡着嘴，凑近收音孔，小声道："江老师，你是不是想我啦？"

那边显示正在输入文字，输一输，删一删。

过了两分钟，一个语音对话框发送过来，然后秒撤回。

江潜最终只发了一个字："嗯。"

余小鱼抱着手机傻笑，连地铁报站都没听见，还是身边的乘客提醒她到终点了。她拎着保温餐包，就差没一蹦一跳地上电梯，到了公司后还喜笑颜开的。邻座的同事一见她就问："小鱼啊，什么事这么开心？"

"我男朋友下班来接我。"

"就这……？"同事不解地摇摇头，"你可太给他面子了。"

余小鱼一上午干劲儿十足，三个小时内给老板交了路演幻灯片，做了标杆分析，更新了境外债券信息表，午休去茶水间里热饭，排在几个实习生后面。

微波炉"叮"的一响，前面的女孩儿把饭盒拿出来，转身时看到她，愣了一下，然后露出略尴尬的笑。

余小鱼跟她并不熟，礼貌地点点头。另一个实习生使了个眼色，两个人把原本和余小鱼挨着的餐具端起，远远地坐到窗边的长桌去了。

吃饭时，她感到有几道视线偷偷望着自己，疑惑地抬头，那些人很快收回目光，装作若无其事地聊天儿、吃饭。

怎么回事？余小鱼心中犯起了嘀咕。

难道他们知道江潜的身份了？

但金融圈里的人，大牛见得多了，用不着为一个集团总经理大惊小怪吧。

她吃完饭，洗完碗，像往常一样走出茶水间，身后冷不防有人叫，是刚才排在她前面的实习生。

小姑娘才上大二，是人力部门的，平时话不多，这会儿嗓音也很紧张："那个……你是余……吗？我想找你一下，你方不方便……？"

她同伴跑过来："你说什么呢！老板叫你回去干活儿。"

"哎呀，你别扒拉我。"

实习生朝身后望了一眼，偷偷摸摸地把余小鱼拉到楼梯间，还是结结巴巴的："我不知道怎么跟你说，就是……就是一个小时前，有人把你的照片发到公司邮箱里了，就官网上贴的那个公邮，行政、人力和技术部的人都能看到。"

"什么照片？"余小鱼忽然生出不好的预感。

实习生面露难色："我直接说了，就是那种私密照，不穿衣服的，不知道是怎么泄露出来的。现在他们都在说……"

她小心翼翼地看了眼余小鱼的脸色，一鼓作气说出来："我听见好几个男的在说,你靠那种手段攀上了恒中的总经理,所以恒中才让我们盛海做发债项目,还让你在路演上讲幻灯片!"

余小鱼大脑空白了几秒,天旋地转的感觉时隔三年再次袭来。

但这次她扶着墙,站住了脚。

"我完全不知道你说的是什么照片,可以给我看一眼吗?"她努力深呼吸,舔舔干燥的嘴唇。

实习生打开工作邮箱:"你别激动啊。"

余小鱼点开邮件,上面的人躺在深色背景里,而那张脸赫然就是她天天在镜子里看见的脸!

手指往下滑,这样的照片有十张,拍摄时开了闪光灯,明暗对比度极高。

这组图片后附了一行字:"盛海国际财色交易吃大单,余姓女员工私德不检。"

接着又来了几张模糊的小图,是她和江潜同场合出现的照片,最后一张就是周三在办公楼下拍的,她从江潜的豪车里出来。

余小鱼咬牙扫完一遍,实习生正要拿回手机,她飞快地把邮件转发到自己的私人邮箱里,删除发件记录,才把手机还回去。

"我不知道技术部会不会查到记录,但我作为虚假照片的受害人必须留存证据。"她竭力稳定声线,不让自己听上去慌张,可已经被气得脸色煞白,"我确定没有拍过这种照片,是人工智能换头,全是假的,我会报警。"

实习生看她这副惊诧气愤的模样,已经信了:"那个……我是说可能,只是猜测,有没有可能是你前男友在你睡觉的时候拍照片,发到什么论坛、聊天儿群里,为了报复你?你现在不是找了新男朋友嘛,还位高权重。"

她怕余小鱼不信,在搜索引擎里输入几个关键词:"你看你看,这些都是男朋友或者前男友为了报复女生,把她们的私密照传到网上……不瞒你说,我部门的前辈第一眼看到照片都是这么想的,说你惹了人。"

可她并没有前男友。

余小鱼心里一暖,也不多说:"谢谢你告诉我这件事,你先回去吧,我要想想怎么走法律程序。"

实习生点点头,一溜烟儿跑没了影儿。

实习生走后,余小鱼再也支撑不住,身体靠着墙壁慢慢滑下来。

她打开私人邮箱,十张照片像尖锐的锥子,狠狠地扎着她的眼珠。

她逼着自己仔仔细细地看,其中一张正是墓园那两个男人手里的。

视线突然停在一点上。

余小鱼看见照片中的人右腿内侧，膝弯往上几寸有一块淡红色的皮肤。

胎记？

她心脏骤停，艰难地喘着气，目光下移，只见左脚的五个脚趾中大脚趾的指甲明显比其他四个的长。

她小时候得过甲沟炎，很疼很疼，长大了剪指甲也心有余悸，尽量不剪那个脚趾的趾甲。

手指划过另一张裸照，再一张，直到翻无可翻。

余小鱼试图扶着栏杆站起来，可努力几次，腿都打战，胃里的恶心一阵阵上涌。她推开楼梯间的门，冲进洗手间里，拨开排队的员工，对着马桶"哇"的一下吐了出来。

那个人怎么可能是她……？

怎么可能是她？！

她是在什么情况下、什么时间、什么地点，被人拍了这种照片？

为什么她完全不知道？！

快点儿想起来……

余小鱼把刚才吃的东西吐了个干净，痛苦地捂着肚子，到最后只吐出酸水，喉管被刺激得生疼，胡乱抓了一把纸巾捂在嘴上。

外面的同事听到呕吐的声音，重重地敲门："怎么了？你没事吧？不舒服我们送你去医院啊，开开门！"

她耳朵里"嗡嗡"的，后面她们说什么已经听不清了，用尽全力从嗓子里挤出嘶哑的声音："没事……我痛经，吃过药了……"

过了20分钟，外面静下来，洗手间里的人走光了。

余小鱼坐在马桶盖上，摇摇晃晃地站起身，眼前一阵眩晕。她尝试放缓呼吸，打开隔间门，走到洗手池旁，在镜中看见自己苍白憔悴的面容。

她洗了把脸，水珠从额头上滑落，没用纸擦，这样眼泪就不会被认出来。她快步走向洗手间对面的员工储物柜，和几个抱着文件的同事打了个照面，像往常一样点头打招呼。

余小鱼从柜子里拿出牙刷和漱口水，还有几袋全麦饼干，一刻钟后再从洗手间里出来时，神色平静，只是嘴唇略微失血。

2点钟午休结束，员工们坐回工位上。

余小鱼毫不意外地等到了领导约谈。上司并没有当面把她叫去办公室，而是发邮件让她下班后留下，没说理由，抄送了人事、合规部门的领导，还有盛海国际的几个大董事。

她关掉邮件,先做自己的任务,画幻灯片。4 点 30 分做完上传到公共云盘后,她给江潜发了个微信:"5 点 30 分来接我。"

然后她给领导回邮件过去:"李总,不好意思,我这周的工作都结束了,今天下班有约,您可以在下周任何工作时间找我。我没做过任何有损公司利益和违背法律道德的事,如果您很急,先内部讨论一下维护公司名誉的方案,我自己也会联系律师维权。祝周末愉快。"

整个下午,余小鱼陷在一种极度焦虑的情绪中,比三年前被人跟踪偷拍更恐慌。她脑子里一会儿是实习时的事,一会儿是今天爆出的丑闻,越想越觉得是当年那个匿名举报者故技重施。

但在这种被偷窥议论的环境里,她根本没法儿静下心思考,好容易挨到 5 点 30 分,关上电脑拎包就走,出大门时被拦住。

顶头上司神情严肃:"你来一趟吧。"

上司说完就立刻转身回去,好像很不想和她站在一起被人看见。

余小鱼深吸一口气,把拎包往肩上一提,小跑着追上去,偏就紧跟在他后面。

她一眼也没看那些神色好奇的员工,进了会议室里,长桌后一共坐着三个领导,两男一女,皆面色严肃。

女领导是人事部的,一贯和颜悦色:"抱歉耽误你时间了,你应该知道发生了什么,我们想向你了解一下情况。"

余小鱼没有给她继续说的机会,开口:"我确实知道了。经理,我有两个疑问。第一,在公邮收到照片的第一时间,为什么没有人正式通知我这个当事人?是不是默认我破坏了规则?以至于我到午休时间才从同事嘴里知道发生了什么。第二,在收到照片的一个小时内,所有能登上公邮的同事都没收到指示,把那封邮件删除,照片保存到本地作为证据,这对我的个人权利造成了非常大的侵害。"

女领导有些尴尬:"事情的来龙去脉还没弄清楚,怎么会默认你违规呢?我们也需要时间处理,下午已经把邮件删除了,你要是提起诉讼,照片会作为证据呈交给律师。我完全理解你的心情,你把你知道的事如实向我们说明,也是在帮你洗脱嫌疑啊。"

"我没有做过,有什么嫌疑?"

余小鱼有些激动,声音不自觉拔高了:"几位领导,我从公司的角度出发,公司关注的重点,是这封邮件上虚构的违规操作,大众一旦知道,就会说盛海国际是一家靠不正当手段赚取项目收益的券商。但从年初恒中集团和我们签订协议，一直到7月项目结束，我们的所有程序都是合法合规的，严格按照合同进行。我们的定价和承销份额在十二家券商里只能算中等，上报的材料也如实、完备，如果证监会要查，根本查不出违规的地方。李总，这个项目是您承揽的，您最清楚是不是？"

直属上司被她点名，喝了口茶，点点头："这当然，项目是我联系的。"

他转头对另一个男领导说："所有资料都有存档，要查起来，自然不怕。就算我们想那么做，人家恒中还瞧不上呢，哈哈。"

其他人没有笑，上司反应过来，自己这玩笑开得着实不恰当，好像他要手底下的女员工行贿似的，赶忙闭了嘴。

"瞧不上还让咱们盛海的员工上台讲路演？那么重要的场合，不从他们集团内部挑人，找个刚毕业没几年的女生？"男领导是合规部的，也是公司的大董事，颇有资历，说话一向不客气。

上司迟疑地望向余小鱼，只听合规部的男领导说出了他的心里话："听说恒中集团的新任总经理找了你做女朋友，前天还开车送你来上班，不少人都看见了。"

他从桌上拈起一张纸："我看过你的简历，你在校期间曾经在恒中实习过，这上面只写了投行部，说通过考评拿到了留用名额。你能告诉我具体是在哪位领导手下实习吗？"

空气沉闷，余小鱼觉得透不过气来，手指交握放在腿上。

过了几秒钟，她抬头直言："在投行部。我先跟江潜，再跟沈颐宁，他们两个都是非常好的老师。恒中的美元债上市以后，我找了江潜，也就是恒中新任的总经理做男朋友，我们的关系是几天前才确定的，之前一直没有私人联系。"

余小鱼顿了一下，又说："其实我不该和您说我的私事，您也不该这样问。您打心眼儿里认为，以我的相貌、能力、地位，找到江潜这样的男人实属高攀，是用了不正当手段，或者是凭一些女性特有的却上不了台面的优势，以此来推断那封邮件的真实性。"

"你这叫什么话！我根本没有这么想。"男领导皱眉道。

余小鱼做了个无所谓的姿势："您都把我的简历调出来了，就等着我说意料之中的话。我可以告诉您，我在微信上和江潜有三年多没联系，上次对话是在本周一。不过我不可能把它给律师和警察之外的任何人看，这是个人隐私。"

男领导保持着严肃的态度:"我没有要看你隐私的意思,只是口头询问。"

她轻轻地叹了口气,转过脸,问上司:"李总,您还记得 HENZ 项目路演那天,恒中的人来找您,是怎么跟您说的吗?"

上司摇摇头:"这我哪记得,都快两个月了……"

余小鱼对几个人说:"那天路演,麦克风出了问题,主持人被送到医院,替补的人也恰好不在。我是在洗手间里接到李总电话的,他说恒中这边在找人上台接替主持人,看幻灯片大部分是我写的,叫我立刻过去。"

"对,这是个好机会。"上司顺着她的话想起来了。

"是谁来找您的?"

"江总身边的夏秘书。"

"夏秘书有报我的名字吗?"

"这倒没有。"上司很肯定,"因为幻灯片是你做的,我就让你来。他们用的是英文和繁体字版本,要是找别人念,念不顺。"

余小鱼舒了口气:"那就行了。现在只有一个问题——到底是我幻灯片做得好,才让恒中挑中作为路演的主体材料,还是我和江潜有私人关系,恒中要捧一个为其他券商工作的普通研究员?我的工资没有增加,我也没有提出要跳槽去恒中,到目前为止都没有收获实际利益;对恒中来说,我也只是临时救场,化解了一个小危机。"

她打开保温杯,喝了口水润嗓:"几位领导,对盛海而言,这事有不合规且损害名誉和收益吗?难道不是别人要我做,我才做的吗?"

上司眼看审得差不多了,打圆场:"没有,我一直觉得你材料写得好,所以才让你专门负责承做的,你上台发挥得也很不错,简直一鸣惊人。那邮件里的照片是假的吧?现在人工智能换脸很简单,用软件就能做。还是说你得罪过……"

他看了一眼女领导。

这事还是得她来说,她言辞温和:"要不我和小余单独谈谈?"

"不用了,我等下还有事,要早点儿走。"余小鱼没和他们多透露信息,"我会找到举报人,要他付出法律代价。"

上司忽然惊呼一声。

余小鱼看到他把手机拿给两个人看。

她立刻解锁屏幕,打开微博,一条同城热搜高居榜单前列,阅读量飙升。

思维停滞了一瞬，她握着手机，低着头，最终还是没有勇气点开词条。

女领导站起来，轻声道："我送你出去吧。"

她拍拍余小鱼的肩，感到对方身体僵硬。

"我一开始说话没注意，邮件也确实处理得迟了，向你道歉，希望你不要介意。有人来接你吗？"

余小鱼低低地"嗯"了一声："我男朋友来接我。"

女领导欲言又止。

两个人走出会议室，周五下班早，公司里的人差不多走光了。女领导刷卡出门，按下电梯键，无奈地说道："他们那些人就是这样的，我也被带得思路有点儿偏。要是你男朋友……"

余小鱼知道她要说什么，把眼泪憋了回去，电梯门一开，就拎着保温餐包抬脚跨入，一头撞上坚硬的东西。

玫瑰花浓烈的香气扑鼻而来。

女领导识趣地走了。

"终于下班了？我等了好久。"

手里被好大一束花塞满，余小鱼都看不见他的脸了，努力仰起下巴，两行眼泪顷刻间涌了出来。

江潜靠在电梯壁上，没有穿西装，而是换了件米色的长风衣，双臂一张就把她紧紧地抱在怀里，柔声问："怎么了？谁欺负你了？跟我说。"

余小鱼趴在他的胸前，哭得肩膀一抖一抖的，眼泪浸湿了他的白衬衫。

"江老师，你有没有看微博啊？……"

"我不看那种东西，看小鱼就够了。"

"有人……有人把……"

"张律师跟我说了，已经报了警。就算他不说，其他人也会告诉我。"

江潜摸摸她的脑袋："眼泪擦一擦，这个时间哭，买的股票要跌。喜不喜欢我的花？"

"嗯，喜欢死了。"

"那我天天买。"

她破涕为笑，睫毛上还挂着泪珠。江潜把她抱起来，从电梯走到车里。车停在地下车库的出口处，他临时换了最贵的一辆车从家里开过来。

"你要带我去哪儿？"

"去吃饭。"

车开出地下车库，西天的晚霞退了下去，换上苍茫的暮色。商业区的路灯依次亮起，光束打在车窗上。他左手轻轻搭着方向盘，铂金戒指随着明灭的霓虹灯一闪一闪。

一刻钟后，车驶进历史文化街区，在一栋闹中取静的私人别墅前停下。一个戴厨师帽的男人走下台阶迎接，举止仅算得上礼貌得体，没有服务行业的热情。

余小鱼用后视镜照照脸，眼圈还有点儿红："我觉得他说不定是个'老财'，在自己家开饭馆。啊，这个样子去富豪家里吃饭好丢脸。"

江潜抚摩着她的后颈，凑过来在唇边啄了一下，是小梨涡的位置："笑一笑。"

她把脸撇开，抹了两下眼睛，唇角弯了一弯。

余小鱼猜得没错，这里就是地主老财招待朋友吃饭的地方，自己有兴致就做一顿，营业看心情。

"虽然服务不怎么样，但菜做得很精细，我看你口味还是偏本地，就挑他家了。"

别墅客厅里，菜很快就端了上来。余小鱼今天心力交瘁，生理上的疲惫反映在食欲上，纵然一桌两人份的菜肴色香味俱全，余小鱼就是没动几次筷子，都是江潜给她送到嘴边。

叫她张嘴，她就吃，不叫她张嘴，她那嘴角就耷拉着，像一只从树上掉下来摔疼了的小苹果。

一顿饭江潜自己没怎么吃，全喂"鱼"了，又说些国外的见闻哄她开心。快8点的时候，厨师把餐后甜品送上来，好像很见不得男客人这样殷勤，把食盒往女客人面前一放，撒手就走了。

江潜说："他单身。"

余小鱼瞟着江潜："江老师，你惹人不高兴了。"

"我高兴。"

食盒是一个乌木做的妆奁，嵌着螺钿，沉甸甸的。打开是九宫格，放着各色中式甜点，有桂花糕、条头糕、马蹄糕之类，做得清甜不腻，滋味甚妙。她吃完最后一个，盒子"吧嗒"一响，原来内部重量减轻，设置好的机栝从中央的小方格里弹了出来。

余小鱼拨了一下，九宫格缓缓升起，露出下层的墨蓝色天鹅绒底座。

头顶的吊灯忽然变暗了。

柔和的冷光打在天鹅绒上，那枚小小的戒指显得格外纯净耀眼，散发着夏日繁星般璀璨的光芒。

江潜把它取出来，放在掌心上。

余小鱼睁大眼睛，张口结舌："那个……"

现在就要戴戒指吗？是不是有点儿快……

可是它太漂亮了，上面的碎钻和复古花纹让她移不开眼，手就和接红包似的自动拿过来，在内侧触摸到凹凸的刻字。

她把它放到桌面上看，里面有着一串细密的字母，特别小，不知道是怎么刻上去的。余光瞟到盒子，刚才注意力全被戒指夺走了，她都没看到底座上还有一个放大镜。

对着灯光，利用工具，她成功地一个词一个词念出来。

"Thanks for your participation.（谢谢你的参与。）"

余小鱼愣了几秒，蓦然捂住嘴，眼泪"噼里啪啦"掉下来了。

江潜把戒指套在她的左手中指上。

"嗯？"

她带着鼻音抬头问他，突然反应过来又不是结婚，哭什么！确定关系也可以送戒指的嘛！她刚才在想什么呀！他自己就是戴在中指上的。

江潜看着她的脸一点儿一点儿地变红，眉眼含笑："你怎么总是害羞？"

余小鱼一下子捂住脸，脑袋往他的肩上蹭。

他拉起她的手指，低头在戒指上轻轻吻了一下。

"余同学，谢谢你参与面试。"

见到你，是我毕生的荣幸。

余小鱼一整晚都特别开心，什么忧愁都暂时飞走了，蹦蹦跳跳地举着左手看，从餐馆一路看到小区里。

江潜见她这样，暗自松了口气，开车时掐了两个电话，陪她说说笑笑。

"这么轻易就被我骗到家了。"他拔下钥匙，弯着嘴角把她和玫瑰花一起抱下车。

余小鱼左顾右盼："看起来这栋楼里住的都是特别有钱的人！"

车库里停了几十辆大小不一的车，造型都很炫，里面还有驾驶位在右侧的车，她认识的牌子寥寥无几。

江潜把她的脸扳正，在电梯外抱着吻她："这里是我家，没有其他人。"

"啊？"

他抵住她的额头，有点儿好笑："是我和我爸住的地方。"

"啊？！"

余小鱼彻底震惊了，一是这么多车居然只属于一户，二是他居然带她回家了……她以为是回他自己的公寓！

然后她的震惊就变成了心里打鼓："你跟你爸爸说了没有？"

"他出差了。"

余小鱼长舒一口气，家长不在，那就好。

"不过他迟早要见你，我先带你和我弟弟还有管家熟悉一下。"

"你还有弟弟？！"

她从来没听说过啊！

"嗯，不过没有血缘关系。"

有钱人的家庭关系都这么复杂吗？

出了电梯，压力特别大的余小鱼就在一楼大厅里见到了管家。管家是个40多岁的菲佣，像外国电视剧里那样穿着西装，端着果盘，脸上挂着职业化的亲切的微笑。

江潜脱下外套交给他，用英语让他把睡着的弟弟抱过来。

原来他弟弟还那么小吗？！

余小鱼心里已经上演了好一出"高门老爷觅新欢，长子失宠争家产"的狗血大戏，然而导致长子失宠的罪魁祸首一抱过来，她就哑巴了。

"你弟弟是花多少钱买的？"半晌，她迟疑地问。

江潜等管家走了，把猫咪给她抱着："我爸要是问你，你就说5300块钱。"

这品相，哪里值得了那么多？

余小鱼抽了抽嘴角："知道了。那要是我问你呢？"

江潜说："街上捡的。"

"因为我爸觉得5000多块钱很贵，就把它当人养。"他叹了口气，"养我都没这么仔细。"

她安慰他："江老师，你绝对值5300块钱，你看你弟弟，长得一点儿都没你好看，它又矮又胖，只会花钱，你又瘦又高，还特别会赚钱。"

长毛大橘好像听懂了，在她怀里挣扎，"喵"了几声，特别娇。

"不过它做了绝育，就不能算弟弟了吧……"余小鱼打了个哈欠，把猫放下，猫咪绕着她的脚脖子悄悄地走了一圈，蹿回了自己屋里。

"我以前听人说过，你爸爸年轻时节俭惯了，后来进了恒中，和其他高管也是两个画风。"她对恒中现任的董事长产生了好奇,"车库里停着那么多车,里面有他的吗?"

"他平时用公司的车,那些都是我的。"

"那他会说你乱花钱吗?"余小鱼很想知道这个。

江潜笑着揉揉她的脑袋:"不会,他很少管我。只要我回家,他就开心。"

"你们关系真好。"余小鱼眼圈一下子就红了。

"也说不上那么好,就是互相尊重吧。我只要在国内,每个月都会回来住几天。"

他知道她想爸爸了,走在前面带路,转移话题:"我带你去挑个房间,缺什么跟我说,这几天就住在这里好不好?"

他的腰身忽然被抱住。

玫瑰花束"啪"地掉在木地板上。

隔着衬衫,她温热的脸贴住他的脊背,激出微微的汗,声音小小的:"江老师,我晚上可不可以跟你睡?"

江潜的身子僵了一瞬,火苗被理智压下去,他回身把她揽进怀里,抚着她柔顺的头发轻声道:"那我带你去我的房间。你先睡可以吗?我还有事,处理完就来陪你。"

"我没有想那个,就是想跟你一起睡。"她的声音更小了,"你抱着我睡。"

"嗯,我知道。小鱼不怕,我把灯开着。"

就算她不说,他这几天也不会碰她,那些涉及隐私的照片对她的打击太大了。

江潜的房间在二楼朝南,是个套间,外间是书房和琴房,里间是卧室、浴室和阳台。屋内陈设极其简洁,柜子全是内嵌的,桌面没有一件多余的装饰品,连绿植也没有,当然也找不到半点儿杂物。地面铺着一尘不染的大理石,没有地毯,天花板的灯就是一个圆形的白罩子,其他灯都嵌在冷白色的墙壁上。

余小鱼看呆了,这屋子真的不是备用客房吗?未免也太空荡了吧。

江潜催促她去洗澡,前脚她刚进浴室里,后脚他就把床头一家三口的合影收到抽屉里,换上玫瑰花,然后爬上床,利索地把墙上的全家福拆下来,拿绸布一裹塞到床底,从收藏室里随便找了一幅古董字画挂上去。

管家已经给客人准备好了盥洗用品,江潜在隔壁快速地冲了个澡,披上睡袍走进书房里，坐到长桌后点了支雪茄，回拨电话。

壁灯被调到最暗，烟雾一点儿一点儿地升了起来，缭绕在敞开的胸膛间，遮住了他的脸。

背景还算安静，候机厅的广播报着航班号，对方马上要登机了。

"你们公司热搜撤得还挺快，给了不少钱吧？"那边传来清脆的女声，语气颇为感慨，"什么时候博雅传媒也这么大方，我做梦都能笑醒。"

其实这点儿花销并不能入江潜的眼，他甚至不知道价格，只是下了个指令，所有带马赛克照片的词条就在两个小时内从微博上消失了。

他跳过这个问题，问颜悦："晚上你打我两个电话，有什么事？"

颜悦让小助理去买水，把手遮在嘴边，别人看过来时，俏脸上挂着一副甜蜜娇羞的神情，好像正在和老板温言软语。

"能有什么事呀……"

她娇嗔着站起来，绕到贵宾厅的充电柱后，在这个位置能看见大厅里所有的人，而后压低嗓音："我按你说的，在他家找到点儿东西，已经寄给你了。我马上要出国找我老板，得补班，这几天先别联系了。"

"什么样的东西？"

"我趁他喝高了，拿针孔照相机拍了几张，拍得急，挺模糊的。"颜悦把发丝捋到耳后，满腹都是吐槽，但助理已经拿着矿泉水回来了。

"那老家伙巨变态，收藏了一柜子照片，看得我眼睛都要瞎了！不过我就看到三四张，不知道有没有她的，但照片都爆出来了，肯定就是拍了没错吧……人来了，我先挂了啊，哥哥。"

"悦悦姐，男朋友？"

颜悦摇了摇手机，明眸弯成两道月牙儿："是我一个哥哥呢，又温柔又大方嘴还很甜哟。"

助理早就猜她和恒中集团的姚正阳分手了，看这光景肯定又攀上哪个老板。

想到恒中，助理兴致勃勃地问她："悦悦姐，下午的微博你刷了吗？微博上说有家公司给恒中的总经理塞女员工，搞内幕交易，照片很劲爆呢！那女生长得可清纯了，看不出来那么豁得出去……"

就跟颜悦刚出道时一个款。

颜悦喝了口水，脸色说变就变，把瓶子往她怀里一丢："上次不是让你买水就买柠檬苏打水吗？这个谁喝啊，去扔了！"

"啊？不是说要矿泉水吗？……"

"你聋啦？我什么时候说要矿泉水？还不快去买！都多少次了，下次跟黎总说别让你出来给我添乱。"

助理低着头，心里憋着团火，面上唯唯诺诺："是，悦悦姐，你别生气，我这就去买苏打水。"

走出十多米远，助理才敢抱怨："不就一个三流艺人吗，还敢这么耍大牌？！就这么了不起吗？！"

颜悦坐在真皮沙发上，伸了个懒腰，睨着助理瘦小的身影，打开手机编辑短信："你女朋友情况不妙啊，我那个贱人助理都知道她出事了。"

敲完字她又删了，关了手机屏，觉得有点儿好笑——她用得着担心别人吗？好人家的姑娘，自有人心疼，她还是多心疼心疼自个儿吧。

别墅里，江潜挂了电话，挂钟指向晚上 10 点 30 分。

房间里很暗，外头黑黢黢的，只有一丝极淡的星光从纱帘外透进来。他灭了雪茄，关上窗，屋里的水声停了。

余小鱼洗好了。

江潜以为她会在浴室里待很久，不过她的状态超出了他的预期，看上去小小的一个人，其实超乎寻常地勇敢和坚强。

下午 5 点左右，她把在公司收到的邮件转发给他，说自己不知道什么时候被人偷拍了。江潜能想象出她今天的窘境，她一定被这封用心险恶的邮件弄得精疲力竭，纠结了很久，觉得自己实在解决不了，才决定要他帮忙。

他从包里拿出一个透明的物料袋，里面装着一张手掌大小的照片，正是被小混混儿粘在墓碑上的，与邮件中的一张裸照相符。

当江潜第二次看到这张照片时，就知道事情远比她想的严重。

他起初和她一样认为这是拼出来的假图，毕竟她表现得一点儿也不像被侵犯隐私权，而是单纯地气愤那两个小混混儿用这种下作手段挑衅。再说她那性格，有事就憋不住，要是真受了这么大伤害，能不打官司讨回公道吗？

等与她的关系更进一步，看到她腿上的胎记，还有左脚的趾甲，他反应过来对比照片一瞧，简直心惊肉跳。凭他这些年的所知所闻，根本无法往好处想。这两天他就没睡过几个小时的安稳觉，表面上瞒着她风平浪静，暗地里一直想办法催人查证。

但还是迟了，照片被当成报复和威慑爆料出来，闹得尽人皆知。

有洗出来的照片，就一定有电子版，找那两个小混混儿是没用的。江潜从一开始就知道他们背后是谁，可这么多年的隐忍筹谋谈何容易？

余小鱼直到今天才发现自己遭遇过这种事，但他是有心理准备的。

正因为有准备，所以当事情突然发生，他却来不及阻止时，抑郁再一次发作，把他拉入深渊。

这种感觉，和母亲去世前很像。

他太害怕身边人因为这种阴暗的恶毒陷入痛苦中，时隔多年，一股冰冷深重的恨意还是止不住从心底爬了上来，占据了全身。

江潜又点了一根烟，手指捏着照片，有些抖。

轻轻的敲门声忽然响起。

他深吸一口气，自己现在的状态并不好，会吓到她。

"江老师，你什么时候好呀？"

过了大约30秒，江潜把照片收起来，冷静地开口："还要一会儿。小鱼，你先睡吧，别等我。"

她在门外乖乖地"嗯"了一声，走开了。

江潜按了按眉心，试图慢慢地理清思路。他给几个人分别致电，又批了三份明天要的合同，时针不知不觉走过了两圈。

手机收到一条短信，有个同城闪送到了。

江潜准备下楼去拿快递，刚一推开门，一个温热的身体就扑进怀里。

他以为她早睡了，心疼地抚着她还没消肿的眼睛："怎么还不上床？都12点多了。"

"江老师，你要去哪儿啊？"

余小鱼看他披上薄风衣，以为他要出门，两只手攥着他的胳膊，仰起脸，圆嘟嘟的嘴耷拉着。

"我不走，只是下去拿快递。"他怕她不信，微笑，"那你跟我一起好不好？"

"嗯！"她跳到他身上，手脚并用把他缠得紧紧的，拖鞋都甩掉了。

江潜托着她的背，从二楼走到一楼，快递员在门口等着。

"这是什么东西，大晚上送过来？"

"合同。"江潜把快递盒放在桌上，"好了，我现在陪你去睡觉。"

她有点儿不好意思地把脸贴在他的胸口上，还没说话，他就吻了吻她的额头："小黏人精。"

"你说过的嘛，我已经很努力闭眼睛了，但还是睡不着。"

"我刚抽了烟，要刷牙，你先下来。"

她从善如流地下来，又从后面搂住他的脖子，挂在他的背上，翘起小腿一晃一晃的。

江潜被磨得一点儿办法也没有,只得背着她刷了个牙,擦擦手,把她往床上一放:"快睡。"

不用他下命令,余小鱼一骨碌滚到他的怀里,把手伸进凉凉滑滑的睡袍里,抱住他的腰,两眼一闭,嘴角抿着一丝笑。

"还能笑得出来……"他叹气,对着她的耳朵说,"不用担心,有问题我们一起解决,我会一直在,没什么好怕的。"

他腰上的小手缠得更紧了。

江潜有节奏地拍着她的背,她的呼吸逐渐变得匀长,10分钟后,叫她名字都听不见了。

她睡得真香。

他却在这个夜晚又失眠了。

余小鱼睡得很沉,大脑却在一刻不停地运转。

她以前上学经常有这样的经历,考完试心慌,不知道答案是对是错,半梦半醒间就开始自动回忆课本,早晨起床前往往能成功地想起某个标注在角落里的知识点,然后发现那道题做错了。

她总是后悔得吃不下饭,这时爸爸就会安慰她,只是一次月考而已,每个月都要考,着什么急?

长大后她才知道,考试和生活比起来简直微不足道,因为生活是无法重来的。

她睡着了也觉得委屈难过,想找爸爸,又意识到爸爸已经不在了,眼泪就一颗一颗流了出来。时光在脑内倒流,她掉进了巨幕3D电影中,一个个场景如走马灯重现,纷乱的光影在记忆的旋涡中沉浮,把她拉进黑暗寂静的海底。

她无法呼吸。

她被一双手提溜起来,听到:"擤一下,用力。"

余小鱼眯着惺忪睡眼,面前递来一张面巾纸。

她就着他的手,用力地擤了一下鼻涕。

呼吸通畅了。

"还睡吗?"江潜低声问,把纸丢进垃圾桶里。

她摇摇头。

"哗"的一声,窗帘被拉开,明媚的阳光射进屋子里。

余小鱼揉揉眼睛，抬起头，她正靠在他的怀里，他的丝绸睡袍滑落到腰际，露出大片光洁白皙的胸肌，散发着宜人的热度，还有一丝幽淡好闻的香味。

她的手就不听使唤地摸上去了。

江潜轻拍一下那只爪子，咬她的耳垂："乱摸什么？"

她在他怀里像猫咪一样蹭，蹭完了还拿凉丝丝的鼻尖贴两下："江老师，你的黑眼圈出来了。"

江潜被她蹭得火都要上来了，本来抱着她睡一整晚就是个极其艰巨的任务，结果她伤心完就开始没心没肺地撩了。

他盘起腿，把人箍在身前，拿被子一裹，不让她动："梦见什么了？又哭。"

"梦见我爸爸了。"

下巴搁在她的颈侧，身体是坚固的盾牌，心刹那间软成一摊水，他静静地听她说话。

"我每次去酒吧，或者和同学玩到超过12点，都是他去接我的，一次也没有落下。"

余小鱼说得很慢，很清晰："到底是什么时候让人有机会偷拍我呢？我从小到大虽然常跟朋友出去玩，但除了旅游、出差，每天晚上都回家或回宿舍，每天早上起来都好好地躺在床上。我和我身边所有人都不知道我被拍过，所以一开始在公墓看到照片，我只以为他们在用技术换头侵犯肖像权，昨天仔细看，才发现是真的，是一次性摆姿势拍了十张，要是我给人拍这种，至少需要15分钟。"

"嗯，小鱼很棒，很多人在这种情况下都无法思考。"

"然后我就开始回想每次旅游、出差的经历，我都是跟女生住一间房，睡得都很正常，没有去过按摩店、美容店这些需要脱衣服的地方，跟我一起住的女生都很好，绝对不会做这种事。只有一次我和男生拼帐篷，可那次我们爬山，我把趾甲剪得很干净，他也是有女朋友且很正常的人。"

余小鱼继续说："一个很大的问题是，为什么拍摄者像摆玩具一样摆弄我，我却一点儿也不知道？我睡觉没有那么死，就只有被下药和喝断片儿两种可能。我可以肯定，我在清醒状态下只被人迷晕过一次，就是上周在公墓里。"

江潜把保温杯打开，她喝了两口温水，细细的眉皱起来："而喝醉酒，这些年只有两次，这两次都是别人送我回家的。最近一次就是上周六，我跟我室友程尧金在大排档喝啤酒，最后她把我送到舅舅家，我舅妈在家门口把我捡到，打电话给我妈，衣服是我妈给我脱的。上一次是2019年，那一天……"

余小鱼眼神变得笃定："那天晚上恒中请客，是个大项目。沈老师在车上接了个电话，临时走了，酒桌上只有我一个实习生。我被人灌了很多酒，散场的时候还留着点儿意识，一个人走到了巷子里，碰见了你。"

她抿了抿嘴唇，继续说："我一亲完你就跑，中途听见有人喊我上车。我那个时候只想逃，也没看是谁的车，上去就倒了。据我爸妈说，9点钟车把我送到小区门口，有个戴墨镜的司机扶我下车，我当时穿着裙子，抱着包，没有意识，我爸正好从工地下班回来，把我背回家了。第二天上午我醒来，完全不记得是谁送我回来的。"

江潜往后仰了一下，让她靠得更舒服点儿，摩挲着她的手掌："梳理这么多已经很厉害了。"

"但是我记得赵柏盛说要送我回家！"余小鱼突然回头，杏眼瞪得圆圆的，"我不想让他送，才一个人走的！"

她拿过手机，打开相册，把照片曝光度调到最高，背景由黑色变成了浅棕，露出模糊的纹路。

"你看这个宽度，会不会是车后座的皮椅子？不然我的胳膊不会垂下来，还有这张，脚是架在前座上吧……"

她气得脸都红了，一张张调高亮度，试图从背景中找到什么线索。江潜的目光停在一处，几乎同时，余小鱼指着那张照片的左下角叫了出来："这是赵柏盛的皮包！"

带子只露了一丁点儿，搭在地上，可以辨认出两个经典的印花字母，像是皮包的零件。

声音因为激动而颤抖，她咳嗽了几下："那天赵柏盛就拿着这个包，他的包和沈老师的很像。我记得这个是因为我觉得沈老师在防备他，不想跟他挨着坐在一起，就用包隔开了，两个皮包放在一起，我当时还想这包得要20多万吧，等我入职拿到年终奖说不定就能买了。"

"你为什么会觉得沈颐宁在防备他？"江潜问。

"就是……我不知道怎么跟你形容……比如我自己吧，不得不和讨厌的人并排坐，即使没有挨到，也会找个东西在中间隔一下，尤其是跟不顺眼的男生一起坐着。反正沈老师看上去就不想跟他在一起，打电话也避着他。"余小鱼摸摸脑袋，"沈老师长得太好看了，她一出现我的目光就停在她的身上。"

江潜无奈:"你的感觉是对的,她很讨厌赵家的人。至于赵柏盛……"

他神情凝重起来,继续说道:"其实不用推测,我都知道是他做的。小鱼,我需要告诉你一件事——为了扳倒赵柏盛和他的后台,我、我父亲、沈颐宁,还有其他一些人,做了非常多的努力,也冒了很大的险。从几年前开始,我们一直在筹划,但是很难,即使我父亲有现在这个地位,也很难。"

她"咕嘟咕嘟"喝了半杯水:"因为你和你爸爸没有背景吧。"

江潜把她的发丝别到耳后:"自从我母亲去世后,我们在银城就没有任何亲戚了,也不擅长打点关系,赵柏盛这样的人,犯了很多事,却一直找不到证据把他绳之以法,很不公平,是不是?对我们来说,不只是不公平,更是长年累月的痛苦。我父亲当年差点儿拿把刀杀到赵家去,可他冷静下来,忍了很久。"

余小鱼听呆了,她想象不出恒中集团的董事长拿刀跟人拼命的画面。

赵柏盛到底做了什么?

江潜郑重地望着她,阳光在他的脸上投下睫毛的阴影:"小鱼,恒中昨天就虚假举报一事报了案,发邮件的人是逃不掉的。如果你坚持要走法律程序,去告所有伤害你的人,我会给你请最好的律师,你不用担心费用,也不用担心名誉,我们至少能让你以后正常生活。但有两个事实你需要了解。第一,你是接触过律师的,知道证据的重要性,我们最缺的就是这个,很难证明三年前你在意识不清的情况下遭遇过什么;第二,就算你能恢复原来的生活,这场官司的结果也不一定会尽如人意。"

他顿了顿,温言道:"我说这些不是想阻碍你,一个敢于以下告上的人具有极大的勇气,我既然不能当那个站在法庭上的原告,帮助一个勇敢的人,会让我觉得我还能在这个世界上坚持一些东西。"

余小鱼把手贴在他的胸口上,感受到他的心脏有力而平稳地跳动着。

她只想了半分钟,就对他说:"江老师,我现在不告他,不是因为我不勇敢,而是因为我想让他去监狱里踩缝纫机。"

江潜沉默地抚摸着她的脸。

"我们要对付他,得先对付他的靠山,然后让他丢钱,再丢社会地位,这样才能让他进去,对不对?"余小鱼认真地思考着,"证据总会有的,我这个案子不能雪中送炭,那到最后起码能锦上添花,对不对?"

江潜真的不想听她把这件事说得那么轻松,他心疼得要死。

"江老师，你要加油，早点儿把他送进去，我很相信你的！"余小鱼信心满满地道。

话只说了一半，有些事，是需要她自己必须弄清楚的。

他深深地呼出一口气，抱紧她："小鱼，如果有任何不舒服的地方，感觉心里难受，恶心想吐，不想跟人打交道，或者特别想爸爸，要及时跟我说好吗？我不会再让你出事。"

"嗯。"她闷闷地说，"江老师，我很厉害的，没有那么脆弱。当然啦，我肯定没你那么能忍，但绝对不会亏待自己，我不舒服的时候就会想办法让自己舒服一点儿，非常不舒服的时候就会要你抱抱，再不舒服我就去找妈妈和心理医生。"

江潜坐在床上抱了她很久，不愿放手。

"号码给我一下。"他说。

余小鱼乖乖地把医生的手机号码发到他的微信上，他一看，有些惊讶："你妈妈找的？"

"嗯，她说这个医生很牛，她以前给医生的小舅子家里当过一段时间保姆，才攀上关系的。"

江潜笑道："看来你妈妈见多识广，那我上门压力挺大的。"

"你都想着上门啦？"

"不行吗？"

余小鱼说："我还没告诉她我找男朋友了呢！"

江潜："今天能说吗？今天不能明天能吗？要不明天我陪你回家？你看有什么东西要买？"

这场景……简直是重现当年面试时的夺命连环问。

"啊啊啊！"她捂住脸晃脑袋，"我压力好大，压力好大，我带你上门她肯定就知道我当初骗她了！"

"你骗她什么？"

余小鱼眨巴着眼睛："我跟她说我不喜欢在恒中实习就辞职了。其实是因为我强吻了带我实习的老师又被人发现，于心有愧，在公司里干不下去了！"

他昧着良心夸她："那还真是很勇猛呢。"

"江老师教得好！"

江潜心想：这可谬赞了，他下辈子也教不出来这样的。

闷葫芦只能教出小葫芦，她不是小葫芦，是个大喇叭，一天到晚叭叭，真要了他的命了。

他看她的情绪恢复得差不多，暗自舒了口气："起床吧。早餐想吃什么？"

提到上门，余小鱼就想吃妈妈做的饭了，转一转眼珠，双手扒着他的肩，柔软的身子贴上去，凑近他的脖子吹气："我不挑食的，你给什么我就吃什么。江老师，你周末事情多不多呀，不多的话明天你就跟我一起回家吧！我妈妈会做好多好吃的，你也不用洗碗，我们家有洗碗机，你把碗放到里面就可以了。"

江潜啼笑皆非，喉结冷不防被她咬了一口。她还说："叫你刚才咬我耳朵！"

余小鱼笑得正欢，一下子被推倒在枕头上，愣愣地看着天花板，下一秒他就压过来，吻落在她的唇上。

江潜吻得克制，额头都渗出了汗，直到那两片唇瓣晶莹欲滴，下巴也被吮出红印，才稍稍放开。江潜的嘴唇在她滚烫的耳垂上碰了碰："我给什么，就吃什么？"

她的脸腾的一下红了，她用尽全力推搡他："啊啊啊，我饿了，快去给我做早餐！是面包、鸡蛋、牛奶那种早餐，我从来不吃人！"

余小鱼慢腾腾地从枕头上爬起来，忽然"扑哧"一声笑了，跳下床来到浴室的镜子前，左右照了照，捧着脸自言自语："我还是很厉害的嘛，还是很有魅力的嘛……"

他以前装得可真行！

早餐不是人，是面包、鸡蛋、牛奶。

江潜烤了四片吐司，煎了两个溏心蛋，又倒了两杯脱脂奶，喂饱了"鱼"就去书房办公。

余小鱼注意到他把晚上送到的快递拿进去了，她一个人在卧室里有点儿无聊，用一个小时把这栋别墅逛了个遍，又和管家聊了半个小时，最终得出一个结论——在装修方面，他跟他爸都是极简主义者。

除了他母亲上锁的房间和猫弟弟的房间，其他屋子都干净得近乎荒凉，唯一热闹的地方就是摆着一列靠枕的客厅沙发。管家工作省力，只需要在雇主回家前把冰箱装满、衣服熨好、快递收好、草坪修好，极少接待客人。

这钱真好赚。

第八章
老师见家长

第二天在去码头的路上，余小鱼就这个结论对江潜感叹："我上幼儿园那会儿，就是九几年到零几年，我妈给有钱人干活儿，工资在当时很高了，但她说那些有钱人特别难伺候，不尊重保姆阿姨，表面上逢年过节叫阿姨一起坐下来吃饭不要拘束，实际上阿姨多夹了一筷子菜，他们都要翻白眼。我妈干得时间最长的一家也就两年，要是都像你家这样好打理，估计她现在连餐馆都不用开了！"

鸿运来的牌子出现在风挡玻璃前，江潜特地洗了车，豪车从码头开进小路，停在公共院子里，十分惹眼。

他拎着水果和礼盒走到餐馆门前，只见门外放着一块黑板：

"今日暂停营业，明天恢复。

宝贝女儿带男朋友上门，

老板娘要做家里的饭。

张女士：139×××× 2782。"

字迹不太工整，一行一个颜色，五彩缤纷的，看得出老板娘心情很好。

老板娘应该还不知道金融圈里流传的事件。

江潜按门铃，一个戴红领巾的小男孩儿跑来开门，上来就接他手中的盒子："您好！放下给我，您去喝茶。"

"你好。"

江潜哪能把这么重的东西给他拎，没想到这孩子挺虎的，小手抠着提绳硬要抓过来,"啪嚓"一下,一筐橙子砸在脚上了。

"哎哟,疼疼疼……"

余小鱼从江潜身后探出头:"张嘉信,作业写完了吗,就来干活儿?你爸妈呢?"

"他们去超市了,等会儿就来。姑姑在厨房里烧菜。"

"这就是你弟弟?"江潜控制好表情,对小男孩儿温和地笑了笑,把他牵到大堂的椅子上坐着。

余小鱼无语:"是啊。大周末戴什么红领巾?"

"我妈要我穿得正式一点儿。"

小表弟把她拉到一旁,悄悄说:"你男朋友是不是不喜欢我?怎么笑得跟班主任一样?"

"呃……"她想了想,"怎么会呢,第一次见,他见到陌生人都是这么笑的。"

江潜揽住她的腰,朝厨房走:"虽然是第一次见,但久闻大名。"

小表弟在后头傻乐。

余小鱼一头黑线,不想继续回忆"光荣"事迹,扯着嗓门儿喊:"妈!我带人回来啦!"

这气势……好像土匪绑了压寨夫人回寨子。

话音刚落,厨房的帘布一掀,一个身材微胖的中年妇女举着筷子出来了:"宝宝饿了吧,先吃个圆子。"

余小鱼嘴里被塞了好大一个炸糯米圆子,说不了话,就看她妈笑眯眯地打量身边的男人,从头看到脚,从车钥匙看到袖扣,飞快地打完了印象分。

江潜的目光在对方脸上停了片刻,他礼貌地开口:"伯母好,今天辛苦您了,我带了点儿水果。"

他把水果和保健品放在地上。余妈妈热络地招呼:"小江啊,不用带不用带,怪我没和小鱼说,你们留着自己吃。你先去包间里坐,我们这儿空间小,但灶台好用,今天人多就在店里吃午饭了,下午小鱼她舅舅舅妈还要上班,咱们吃完回家慢慢聊。"

余小鱼要说话,又是一筷子伸过来,往她嘴里塞了一大块酿豆腐。她妈说:"尝尝看要不要加盐。"

然后她妈问江潜:"开车过来的吧?那中午就不喝酒了?"

余小鱼默默瞧着她妈和她男朋友各怀心思互相套话。

她吃着酿豆腐,竖起耳朵听了一会儿,走到灶台边:"妈,我加点儿盐啊。"

余小鱼背对着厨房门,佯装倒盐,拿起她妈放在调料罐上的手机,三两下解锁,极快地滑了几页屏幕。

没有下载微博。

也没有抖音、小红书、今日头条……

很好。

她打开微信,手指往下滑,没看到有人向她妈提起照片的事。

余小鱼的心放下了,她不由得笑话自己提心吊胆,像做贼一样。她妈平时管店都忙不过来,微信里都是供货商、亲戚、长辈,哪有空刷手机!她妈也就每天开电视听听新闻,追追电视剧。

她妈一个搞餐饮的劳动妇女,知道什么金融圈里的八卦消息呀!

余小鱼洗了手,从吸油纸上拿了两个金灿灿的糯米圆子,踮脚举起一个递到江潜的嘴边:"这个好吃。"

"小鱼啊,你们去坐,顺便把碗筷端过去,这个咖喱猪排马上就好。"

"给你机会,快表现。"余小鱼拍拍他的胳膊,筷子也不拿,抓着炸圆子乐呵呵地溜出去等开饭了。

"这孩子。"余妈妈无奈地摇头。

江潜把糯米圆子咽下去,脱了西装外套搭在椅背上,笑道:"伯母,我来吧,我在家也做这些。"

"听小鱼说,你们恒中的食堂食物品种很丰富,你中午在那儿吃,回家自己烧吗?工作那么忙哪有时间呀?"

江潜不知道余小鱼是否把他们的相识经历跟她妈和盘托出了,依旧维持着从容的神态,卷起袖口洗手摆碗筷。

"平时没时间,过年过节总要回家,我爸手艺不错,就是年纪大了,做得少了,他只要做饭,都是我摆桌子洗碗。"

余妈妈点点头,垫着抹布打开砂锅盖,往里撒了把葱花儿,感慨:"真难得。小鱼她爸在的时候,连白米饭都煮不好……唉,真快啊。"

江潜没接话。

咖喱猪排浓郁的香味扑鼻而来,他的视线落在砂锅上,眼中忽然闪过一丝了悟。

余妈妈的声音打断了他的思考:"小鱼实习的时候肯定给你添了不少麻烦,我们家就她一个宝贝,从小衣来伸手饭来张口,她脾气上来的时候就任性,还爱哭。我当初其实担心她能不能适应那么高强度的工作,后来她果然说不喜欢,那就算了,不在恒中干。不过我记得,她那时候经常跟我们夸第一个带她的老师,说他专业、耐心,也不会因为她是女生就区别对待,今天总算见到真人了。"

她饶有兴趣地呵呵笑,江潜有些尴尬,拿着餐具跟她走出厨房。

"小鱼是我唯一带过的实习生,我那时带教没经验,别人都说严厉,她也这么觉得。但她确实没给我添过麻烦,她聪明,也勤快。"他补了一句,"我们的关系是最近才发展的。"

余妈妈笑道:"严点儿好,严师出高徒嘛。但我的女儿我了解,她真的没惹过麻烦?"

江潜犹豫半晌:"只有一次,她过马路不看车,差点儿被撞,被我骂哭了。我到现在看她过马路还是悬着心,只要绿灯一亮,她就往前冲。"

"骂得对!"

两个人把饭菜陆续端到包间里,菜刚上齐,舅舅和舅妈就拎着塑料袋到了,一看这一米九的大小伙子,模样俊朗,还有眼力见儿,瞟一眼啤酒瓶他就知道拿开瓶器,瞅一眼凳子他就知道要挪位置,心里立刻喜欢上了。

余小鱼打开塑料袋,眉开眼笑:"好多零食啊!哇,这么多饼干!"

"你小时候最喜欢吃这个,还有这牌子,现在便利店都不好买了,你舅跑了三家超市才找到。他说你工作忙,上班后见你的机会越来越少,买点儿零食给你加班的时候填肚子。"

"谢谢舅舅舅妈……"余小鱼美滋滋地抱着零食,特别有满足感,把几袋饼干往小表弟的书包里塞,"买得太多了,我一个人吃不掉。"

舅妈把饼干都掏出来:"你弟有蛀牙,吃不了。这能有多少,你都拿着,就放在办公桌上。"

小表弟眼巴巴地看着到手的饼干飞了。

江潜看着好笑,给他盛了碗猪肚鸡汤,里面放了一个大鸡腿。

小表弟觉得江潜此刻特别亲切,不像班主任了,往他那儿挪了挪,好奇地问道:"你们单位的叔叔阿姨、哥哥姐姐都吃什么零食呀?贵不贵?"

余小鱼知道恒中员工的桌子上是不会出现廉价食品的。她实习的时候全靠江潜给的下午茶券,别人则是天天奶茶、咖啡、酸奶换着喝,一杯就要三十几块,再加上甜品——比如那么一小块四寸蛋糕,便利店卖18块,小品牌要28块,大品牌就要98块,他们的选择一贯是最贵最好的。

直到现在上班两年,她一次奶茶、一次甜品都没在公司附近买过,遇到同事请客,她从来都找借口不吃,以免下次回请,只有心情好的时候会一个人悄悄地买。

江潜微笑道:"我不吃零食,所以不太了解。不过应该是你爸妈买的这些更好吃,因为别人都没你姐姐吃得香。你要是想吃,下次我带些给你妈妈收着。"

这话说得一桌子人都舒服了。

余小鱼脸上很有光,得意扬扬:"他这个人蛮会来事的。"

江潜第一次在别人嘴里听到这种评价,简直哭笑不得。他平常能不动嘴就不动,能不跑腿就不跑,在圈子里已经出名了,他爸还说过他好几回,骂他太清高,端着身份弯不下腰。

他侧过头,给她夹了块咖喱猪排,低声道:"那是对你而已。"

一顿饭有说有笑,菜都扫光了,2点舅舅和舅妈要回五金店进货,把小表弟丢在餐馆里,让他走去附近的教育机构上兴趣班。

小表弟眼尖,看到院子里那么漂亮的豪车就走不动路了,央着江潜送他去。

"张嘉信,你妈让你走路,又不远,中午吃得那么多,得消化消化。"余小鱼怕助长他攀比的毛病。

"哎呀,姐,你们把我放到小区对面就行了,我就是想看这个车里面长什么样,开起来跟我家的车有啥区别。"

余小鱼摊手:"好吧,那你乖乖地坐着。要是路上看见同学,千万别开窗子喊。"

小表弟一个劲儿地点头。

江潜让他稍等,去厨房跟余妈妈打了个招呼,顺便把剩下的几个盘子放进洗碗机里。

余妈妈解下围裙:"我直接回家了,给你发个定位。你们俩在外面兜兜风再回来也行,反正下午没什么事。"

她又把女儿叫过来叮嘱了两句。

江潜打开车门,小表弟欢呼一声钻进去,兴奋地扭着头前看后看:"这车要多少钱?"

江潜说了个实在数。

小表弟在看到车的第一眼,就计划好了未来30年:"我以后赚了钱,自己买辆黑的,给我妈买辆白的,给姑姑买辆蓝的,给我姐买辆红的,我爸的话……就让他骑共享单车锻炼身体。"

余小鱼忍俊不禁："张嘉信，你先把鸡兔同笼的题做明白，数学不好怎么赚钱？"

"谁说数学不好就赚不到钱了，我爸说三百六十行，行行出状元，干好了都能赚钱，只要不怕吃苦。"

江潜开着车，余小鱼在后视镜里看到他弯了一下嘴角。

她抱着驾驶座的头靠，指尖若有似无地擦过他的耳后。

"别闹。"江潜脖子一颤，耳朵立刻红了。

"你笑什么呀？"她问。

"没笑。"

"我看见你笑了。"

江潜没办法，揶揄："原来你的气势属于家族遗传。"

余小鱼摸摸脑袋，和小表弟对视一眼："有吗？"

"长辈教得好。"江潜说，"就得告诉小孩子，他干什么都行。"

十字路口红灯亮起，他把手搭在方向盘上，出了一会儿神。

余小鱼狐疑地凑过来："江老师，你不会在想很远很远的事吧……"

他拉过她的左手，在戒指上吻了一下，没说话。

余小鱼抽手，坐回去靠着垫子，脸颊有点儿发烫，嘴里蹦出一句不着调的："我妈也夸你的车好看。"

小表弟眼里只有赚钱，自然不把这个氛围当回事，车门自动弹开，他就背着书包高高兴兴地在人行道边下车了："谢谢您，过年再来吃饭啊！"

余小鱼还沉浸在自己的遐想里，连车上少了个人都没注意："我舅还说你长得好看。"

她突然捂住嘴，笑得前仰后合，江潜都听不清她在说什么。

他把车停到路边，座椅旋转半圈，一把将她捞过来放在自己腿上，声音危险："再说一遍？"

余小鱼搂着他的脖子，大眼睛很无辜："他说你看上去好生养，一看就是生女儿的面相……哈哈哈，不是我说的！喂——"

两侧的遮光板升了起来，她在江潜怀里不安分地扭着身子，他一只手就把人摁住了，另一手扯开领口的扣子，气势汹汹地堵住她的嘴。

"乱摸乱蹭，还乱说话。"他捏住她的下巴，眼神晦暗，又抑制不住吻上去，双臂把她紧紧地箍在怀里，衬衫绷出肌肉的线条。

余小鱼要被他亲得喘不过气了："不就一句话嘛，开玩笑……嗯……"

余小鱼被他看得有点儿怕，她明天还要去公司，还有一堆事计划做，手掌抵住他的胸口，不让他压下来，温言软语道："我妈还在家等着呢。"

良久，后座传来小声的抱怨："江老师，我发现你好小气，只许你撩我，不许我撩你，一撩你就要发狂。"

"我什么时候撩你了？"江潜反问。

余小鱼理直气壮："你站在那里，穿个西装就是撩。裹得里三层外三层，就是欲擒故纵勾引人！"

江潜不跟她掰扯，拉开副驾驶位的大号手套箱，变魔术般掏出一束百合花，头也不回地丢给她："拿着，等下放在家里。"

余小鱼抱着花，嗅了一下，很香："你昨天送过了呀。"

绿灯亮了，江潜打方向盘，说道："我说过，天天都送。"

她愣了片刻，在后视镜里看到他微红的耳朵。

江潜开了一段路，忽然说："那下次，我一回家就脱了。"

余小鱼反应了一瞬，叫起来："你……你好不要脸哪！他们说金融圈里的大佬道德水平还没 A 股高，果然是真的！"

"谢谢夸奖。"

余家住在城北，三环内 90 年代的标准老破小，小区里都是银城本地的老人，还有外地赚血汗钱买二手房的打工人。

这种小区当然没有车库，江潜的豪车开进去，挤在一堆普通车中间，车屁股对着一溜儿小摩托，路过的大爷大妈不由得谈论起来。

"小鱼啊，这后生是你的对象吗？"

"是本地的不啦？"

"听你妈的，一定要找本地的哟！"

余小鱼不确定地看向身边的男人："你应该是银城的吧？"

她又赶紧补了句："不是也没关系，我妈肯定不会歧视你的。"

"我母亲是省城人，我父亲籍贯西北，生产总值在全国排名倒数。"江潜说，"我一直不明白，银城老一辈的这种户籍优越感是从哪儿来的？"

身边的客户也是，叫家里小孩儿找本地对象，首都来的都看不上。

余小鱼忽略他这个问题，笑呵呵地说："我妈觉得西北菜挺好吃的，你爸老家是哪里的？"

"说了你也不知道。"

"你别小看人，我文科生，地理好得很。"

江潜说了一个县。

余小鱼哑口无言，她果然没听说过。

他们到家的时候，余妈妈沏好了茶，一看小伙子又提着购物袋，无奈地笑道："我们家平时就我一个人，怎么吃得完哟！"

余小鱼抱着花束踢掉鞋子，笑道："我说我们家没花瓶装，他就去商场买了一个，顺手拿了点儿麦片和饼干，你早晨起得那么早，就当饭吃，保质期长着呢。"

"小江想得怪周到的。"余妈妈夸赞，给他拿了双拖鞋。

刚落座，江潜的手机就响了，是夏秘书，说有份文件要他手签，签完今天就寄给客户。

公司还有事？余小鱼对他做了个口型询问。

江潜把她揽到怀里，揉揉她的脑袋，略一思索便和夏秘书报了地址："麻烦你现在送过来。"

"江老师，你怎么周日还让人加班？"余小鱼替秘书抱不平。

"我是资本家，又凶又坏。"他笑道。

余妈妈把百合花插到新买的花瓶里，转头一看两个人抱在一起甜蜜得很，望向玻璃橱柜里的旧结婚照，眼角有点儿湿。

余小鱼悄悄地对江潜说："我爸肯定也很喜欢你。"

接下来的时间，她就啥也不管只顾吃水果玩手机了，留江潜一个人应付家长问话。

江潜把他过去十年和客户谈项目的所有经验都用上了，但这种家常性质的聊天儿实在不是他的强项，而对方游刃有余、点到为止，三言两语间需要的信息全问出来了，显然过去她能被那么多富贵人家选去做家政，是有原因的。

好在没过多久，门铃就响了，江潜松了口气。

余小鱼刷了几条娱乐圈微博，听到门口传来她妈惊讶的声音："小花？你怎么来了？"

只见夏秘书抱着文件，优雅地站在门外，也十分诧异地冲她招招手。

她跑过去："哎？妈，你怎么认识夏秘书？"

余妈妈叉着腰："这是你夏花姐姐呀，她妈是钟潭福利院院长周阿姨。你小时候她还抱过你呢！你上幼儿园那阵我去当保姆，没空接你，小花接过你一个学期，忘啦？"

余小鱼"哦"了好大一声。

她妈是钟潭镇人，中专毕业后分配到福利院当会计，周阿姨是她妈的同事，以前两家经常来往。后来她妈改做家政赚了点儿钱，把家搬到银城市区，这层关系就慢慢淡了，再熟络起来是外婆得了阿尔茨海默病以后，福利院旁边就是养老院，她妈探望外婆的时候会找周阿姨叙叙旧。

"我当然记得，就是后来没联系了嘛。小花姐，你快进来。"她热情地接过夏秘书手里的文件，回头对江潜道："真巧啊，江老师，你看你跟我们家好有缘分。"

江潜笑笑不语。

"阿姨，小鱼，我就不进去了，潜总签完字我要把合同寄出去。下次带小鱼上我家吃饭啊，我妈也好久没见过小鱼了。"夏秘书的语气中多了几分亲切。

她拿的是年薪总包，每周单休，上班时间自然不会给老板当电灯泡。

"你们这一代孩子，小时候玩得好，长大各奔东西就没联系了，平常只有我们老一辈来往。"余妈妈感慨道。

江潜抽出随身携带的钢笔，"唰唰"两下签完字，递给夏秘书："辛苦了。"

"应该的。潜总，明天上午的会，董事长也参加，他刚落地。"

江潜点点头。

他昨天挂了他爸的电话，看样子他爸是忍不住要当面问他那件事了。

夏秘书走后，他对余小鱼低声道："今晚是回去住，还是去我的公寓？"

余小鱼怎么看他都觉得危险，跑到厨房里，抱住妈妈的腰撒娇："妈妈，我今天想跟你睡。"

"我这里离你公司远啊。"余妈妈瞟了眼一脸郁闷的男人，目光含笑。

余小鱼用脸蛋儿蹭她的肩，一双大眼睛瞥着他。

"25岁啦，大孩子了，这么撒娇人家要笑话你的。"

"哼，他可喜欢我这样了。"余小鱼故意问他："江老师，是不是呀？"

这小丫头是蜜罐子里泡大的，娇得要命，偏偏他就吃这一套。

江潜正了正袖箍，淡淡地说道："喜欢，怎么样都喜欢。"

"哎呀，好可怕，眼神要吃人了。"

她还说！

江潜瞪了她一眼，可惜没什么威力。

似乎他在她面前早已失去这种能力了。

晚饭很清淡，余妈妈做了四菜一汤，分量不多，正好吃完。

江潜许多年都没舒舒服服地跟陌生人吃过饭，今天两顿下去，他心情都放松了，看起来长辈们挺满意他这个人。

他在余家待到8点，他爸打了微信电话过来，他依旧没接，跟余妈妈打了声招呼，说家里有点儿事要回去处理。

"开车路上小心，下次再过来吃饭啊。"

江潜抱了抱余小鱼，没多言，往她口袋里塞了个皮夹，走时把垃圾带下去。

楼道里的脚步声听不见了，余小鱼跪在房间的书桌上，扒着窗户玻璃看他走上车，车灯亮起来，引擎的轰鸣声在夜色中飘远。

才过了一小会儿，她就开始想他了。

她低头掂了掂皮夹，"丁零当啷"的，打开一看，竟装着满满当当的钥匙，还有一张折起来的纸，打印着密密麻麻的英文地址和备注，油墨很新，每行右边跟着一串数字。第一个地址是银城的，她认识，标注着"每日"。

这些是……他房子的钥匙和密码？

余小鱼抽了口气，怀着激动的心情洗澡刷牙，用妈妈的平板电脑在网上查来查去。

"哇，国外房子这么便宜吗？

"我要是把这房子卖了，说不定能买银城二环内一个客厅呢！

"他在银城只有两个别墅，在桃浦啊，那边好荒凉，人家都说'宁要西湾一张床，不要桃浦一栋房'，没有投资价值，不会有冤大头买吧。"

余妈妈也洗完澡了，抹着保湿霜坐到床上："嘀咕什么呢？"

余小鱼把皮夹给她看。

余妈妈只扫了一眼，说："你结婚前，妈妈就是倾家荡产也给你买套内环的房子，一个人住三四十平方米就够了，再大我们家也买不起。你以后挣钱再脱手换新房，这套一定得有。"

余小鱼知道爸妈一直在存钱给她买房，本来存了好大一笔，三年前打官司请律师全花掉了，妈妈又从头开始存，她自己也在存。作为银城本地人，母女俩的日常开销可谓少得出奇。

"最近工作上有什么麻烦吗？"余妈妈关灯躺下来，忽然问女儿。

余小鱼想起刚刚收到的领导的微信，心中一紧："没有啊，一直就那样，老板使唤人，搞得我有点儿累。"

"现在工作好找不？我看你干了两年，也不是很喜欢这个工作。"

余小鱼含糊地"嗯"了一声："还好吧。妈妈我困了，明天还得上班。"
"宝宝快睡吧。"

第二天早上，余妈妈已经去店里了，锅里留了几个煎饺给余小鱼当早饭。

余小鱼刷着朋友圈，什么也吃不下去，恹恹地背着包走出门，附近历史街区的教堂传来 10 点的钟声。

一辆出租车停在路边，她没去公司，而是报了个地址。

领导昨晚发消息，叫她先别来上班，等过一阵确定事件没有激起水花再回来，还把她入职两年没用完的年假、病假给拉上了。

昨天江潜陪她回家，她很开心，顾不上为这事生气，然而今早一起床，那种人人都在背后议论她的不适感又出现了。

她讨厌这种久违的感觉。

心理咨询师的工作室在白沙湾一栋高级公寓楼里，黄金地段的新楼盘，住户非富即贵。

余小鱼让车子停在小区侧门，保安认识她，笑呵呵地放她进来了，还用方言打招呼："小姑娘，妈妈没和你一起来呀？"

"嗯，她在店里。"

她爸去世后，母女俩会定期来见心理医生，现在半年一次，频率比以前低。这个医生的水平在银城首屈一指，别的她们也不了解，就觉得跟他说说话，负面情绪会释放不少。

余小鱼走进楼里，绕过大厅的人工水池，冷不防瞥见一个人背朝电梯，正低头看手机。

听到脚步声，那女孩儿迅速地把手机收进包里，一抬头，目光中的警觉立刻变作礼貌的微笑："学姐。"

余小鱼没想到能在这里碰见谢曼迪。距离程尧金大闹婚宴、当场捅破谢曼迪和戴昱秋的暧昧关系才过去一周，她竟然能和颜悦色地叫"帮凶"一声学姐，着实不是一般人。

既然她开口了，余小鱼也客气地点点头："谢同学，你也在这儿啊，真巧。"

然后余小鱼就目不斜视地走进电梯里，按下 22 层。

电梯门合上的前一秒，谢曼迪挎着包走进来，按 23 层，左手把长发撩到耳后，笑道："先声明，我对学姐没有什么意见，也希望你别把我当成敌人。你那位姓程的朋友已经回了美国,我在家还是像以前一样,婚礼上的事就算过去了。今天我来这里上钢琴课,正好遇到你了。学姐,你看能不能加个微信,方便传授一下实习经验?"

余小鱼想起程尧金告诫过要离她远点儿,不觉得有加她微信的必要,不过望着这张俏脸上诚恳的神情,倒觉得这姑娘能屈能伸,心理素质过硬,不由得生出几分佩服来。

她想了片刻,把手机打开:"你扫……哎哟!"

电梯突然猛烈地震动了一下,她身子一倾,急忙握住栏杆才没跌倒。谢曼迪的包也没拿稳,里面的香水瓶、纸巾、零食掉了一地。

俩人都吓了一跳,手忙脚乱地把能按的电梯键全按了,电梯继续上行,在 20 层停住。

余小鱼紧贴电梯壁不敢动弹,头顶的灯忽明忽暗,眼前有什么东西在闪光。她定睛看去,原来是谢曼迪颊边的银色耳坠,造型是条细长蜿蜒的小蛇,衬得她肤色如玉,贵气逼人。

"怎么了?"谢曼迪疑惑地问道。

趁机看美女的余小鱼被逮住,不得不收回视线,一股清爽浓烈的柑橘类气味让她打了个喷嚏:"你的香水瓶碎了。"

话音刚落,电梯门就开了,广播里随之传来物业工作人员的声音:"实在对不起,两位小姐受惊了,请赶紧出去,我们这就维修。损坏的物件会赔偿的,麻烦您在前台接待处留一下联系方式。"

谢曼迪弯腰拾起地上的包,只听余小鱼道:"你小心啊,有碎玻璃,饼干什么的就别捡了吧。"

她动作僵了一瞬,不管掉出来的杂物了,迅速地走出电梯。两个人一前一后进了楼梯间,没有再说话,只是沉默地一级一级往上爬。

快到 22 层,楼上隐约飘来钢琴声。

余小鱼开口打破尴尬的气氛:"这是你钢琴老师弹的?真好听。"

"不知道是他还是学生弹的。"

"是雅尼的《费丽萨》,这个钢琴家大学主修的是心理学,很有个性呢。"

"你还懂钢琴?"谢曼迪语气有点儿惊讶。

余小鱼摆手:"不是呀,我什么乐器都没学过,就是偶尔听听。"

谢曼迪回头冲余小鱼笑了一下,楼道里的灯光照在她的脸上,那笑容和她包上印的简笔画图案有点儿像。

"你这个包上的猫猫头好可爱哟。"

"不是猫,是狐狸。"谢曼迪指着印花认真地说,"这个是巴卫。"

见她一脸不可思议,谢曼迪又把包的另一面给她看:"这个是瑞希。"

"我还以为你会一直背面试那天背的那种名牌包。"

"啊……怎么会呢?"谢曼迪抱着包,"学姐,你到了。"

余小鱼挥挥手,拉开楼梯间的门,忽然举起手机问:"你不是要加我的微信?问实习经验我当然可以告诉你,别的我不知道,帮不了你。"

谢曼迪站在那儿,面上依旧挂着笑容,目光很复杂。

"还有什么事吗?"余小鱼又问。

谢曼迪摇摇头,叹了口气:"就是觉得学姐性格很好。"

她走下来,很快扫完二维码:"再见。"

余小鱼看着她娉娉袅袅的身影消失在楼梯上,暗自琢磨她刚才的神情,试图从中找出点儿蛛丝马迹,回过神儿时发现自己已经站在心理咨询室门口了。

以往要提前两周约时间,今天碰巧人少,医生大叔上午只有一个客户,就让她直接过来,知道她早上没吃东西,还给她端来一套英式早午餐,边吃边聊。

一个小时很快过去,医生觉得这小姑娘没什么问题,自己把情绪管理得不错,胃口也好得很,离开的时候手上还抓着两包黄油饼干。

要是所有问诊对象都像她这样,那他也不用赚钱了。

余小鱼下楼时是真饿了,又到了饭点,几根小熏肠远远不能满足她的生理需求,又不好意思跟大叔再要一份,只能"咔嚓咔嚓"地嚼着饼干填肚子。黄油饼干的味道又香又浓,甜而不腻,她觉得非常好吃,打开购物平台找货,一看价格就变成尿包。

她叹了口气,拨江潜的电话。

江潜今天没去公司,在家和他爸商量事情,到11点多,正事都谈完了,爷儿俩在厨房里准备午饭,下锅裤带面加点儿青菜再浇上油泼辣子、切点儿卤牛肉就是一顿。

手机一响,江潜立刻脱了料理手套,接听起来:"小鱼?"

他要出去通话,江铄抱着猫往门口一站,半眼也不看他,就慢条斯理地摸猫。

江潜捂住手机,压低声音:"你烦不烦,让一下。"

江铄也压低声音:"你打你的电话,我摸我的猫,互不干扰。"

江潜被堵着，只能在厨房里硬着头皮接："小鱼，什么事？"

江铄把猫放在料理台上，心不在焉地从消毒柜里拿出几个碗，竖起耳朵，听见电话里传来甜得跟棉花糖似的一声："江老师，我还没吃午饭呢，好饿。你在哪里呀？我今天不上班，能不能过去找你？"

江潜耳朵刹那间全红了，瞥一眼正忙活的他爸："那我等下出……"

他被踹了一脚。

"那你想去……"

他爸戳戳他的背，他回头，对上一柄菜刀。

"我在家，你愿意过来吃午饭吗？我爸……"

江铄端起自己那碗面，做了个回楼上的手势。

"我爸出去了。厨师做什么菜式都行，我没有忌口，你想吃什么？"

"我随便呀，那你等我，我现在就过去。嗯……你家在哪个小区？我忘了问。"

"我叫司机……"

江铄用菜刀"咚"地剁了一下案板。

"我开车去接你。你在哪儿？"

余小鱼报了个地址。

"10分钟，你稍等一下。"江潜挂了电话，对他爸怒目而视，"你干什么？"

"我不干什么。"江铄把盛着三文鱼和牛肝鱼油的碟子放到猫的面前，笑吟吟地抚着猫头，"小乖乖，快吃快吃，吃好带你上楼玩。"

江潜拿这一人一猫根本没办法，哼了一声，把自己的碗端出去。他不想在这里待了，反正别处也有厨房。

走到一半，他气冲冲地折回去："你往我碗里放什么猫粮？！"

"对不起，刚才没注意，弄混了。"

手机10分钟倒计时结束，"叮"的一声响，面前突然出现一束洋甘菊。

余小鱼越过花，张开双臂扑过去，给了他好大一个拥抱。路上的行人纷纷注目。

一双眼睛在花朵间露出来，含着笑："上午去哪儿了？"

"去医生那里，他说快被我吃穷了。好像每次我都会吃他很多东西……"

江潜把她送进副驾驶位，扫了眼她手上的黄油饼干："还吃零食，当心一会儿吃不下饭。"

余小鱼把最后一包饼干塞回兜里，忽然笑了。

"怎么了？"

手肘撑在车窗沿上，她托着腮若有所思："我在心理咨询室楼下碰见谢曼迪了，她跟我一起坐电梯来着，说去钢琴老师家上课。"

"就在公寓楼里？"

"嗯。"

"她还跟你说什么了吗？"

余小鱼摇摇头，望着饼干："她心思蛮多的，我觉得她有话跟我说，又藏着掖着。不过她真好看啊，前两次还没觉得，这回一瞧，发现她有点儿像……"

像谁呢？

她把脸转向窗外，车水马龙很快把那点儿疑惑冲散了。

江潜没接话，半晌问："公司是不是让你休假？"

"休一周多。要是敢不带薪，我就去劳动局告他们。"余小鱼哼了一声，"现在他们都知道我被人偷拍啦，我跟老板说，正在找律师，也没空上班。主要是没心情，看见他们就烦。"

江潜把车开进小路："不想去就不去，工资要拿到手，少一分钱都不行，又不是你的责任。"

"嗯！"她嘟起嘴，"江老师，你怎么也没去恒中？你爸爸跟你说什么了？"

江潜没瞒她："就是问照片的事情，他也没当回事。"

"我以为他至少会生气一下。"

红灯亮了，他左手握着方向盘，右手揉了揉她的头发："是挺生气的，教育我要把女朋友保护好，不要让她一个人在洗手间里哭。"

"我没哭！"余小鱼争辩，"我才不会为那种阴险小人哭呢，太给他面子了！"

他笑了一下，捏捏她的小圆脸。

她的声音弱了下来："好吧，其实刚开始的时候我是很难过……"

"以后不会再有这种事了。"江潜说，"你知道那天我抱着花，电梯门一开，你就哭着跑过来，我是什么感受吗？这个世界上没有任何坏事情值得我的小鱼这样哭。"

他抚摸着她的后颈,袖口传来好闻的香味:"你皱皱眉,我都会心疼的。"

余小鱼睁大眼睛,使劲地皱了几下眉毛,还往他跟前凑,温热的鼻尖碰到他的下巴。

她还说:"江老师,你疼一个给我看看嘛。"

绿灯亮了,车子冲出待转区,在路上飞驰。

"看看嘛,看看嘛!"她来劲了,不停地对着他的耳朵"叽叽喳喳"。

"坐回去,安全带松了。"

"我都很努力地皱眉毛了,你不是骗我的吧?"

这个小坏蛋。

江潜吸了口气,连按几次喇叭,"嘟嘟"的声音盖过了话语。

车子不一会儿开到了别墅区,两个人进屋的时候,厨师们已经把菜肴准备得差不多,等了一刻钟就上桌。

余小鱼大快朵颐,吃得心满意足。饭后洗漱完,她又提要求:"我想睡一会儿,4点钟约了朋友喝茶。"

"床头抽屉里有眼罩。我下午要出门,到点叫司机送你去。"

她嘴角耷拉下来,抱着他的腰仰头:"那就不能陪我睡觉啦。"

"怎么这么黏人?"江潜低头,吻了吻她的脸,"我可没有假休啊。"

余小鱼眼珠一转,就不让他进行这个高难度任务了,捧着那束洋甘菊蹦蹦跳跳地上楼。

江潜去书房审项目材料。

一个小时后,他披上风衣,抬头看了看窗外,天色暗下来,隐隐有一场夏末的骤雨。

他走到楼下又折回去,轻手轻脚地打开卧室的门,想看看她睡得怎么样,结果一进去就愣住了。

床头柜重新摆上一家三口的合影,旁边放着他买的两束花。

她开抽屉没拿眼罩,倒把它拿出来了。

江潜轻轻拿起相框,凝视许久,目光柔和。

欢快的歌曲闹铃突然响起,他飞快地关掉,扭头看向床上睡得正香的人,拿不准是叫她还是不叫她。

他刚放下手机,屏幕上方就弹出一条微信:"我3点多家里有事,明天吧,我请你。"

发送人他正好认识。

江潜给手机插上电源,把被子往下拉了拉,以防她把自己闷坏,然后俯身亲了一下她的额头。

"小丫头想法还挺多。"他低声说。

"嗯?"

余小鱼迷迷糊糊地睁开眼,雾蒙蒙的眸子里有点儿委屈:"你烦人,吵我睡觉。"

江潜没想到她耳朵这么灵,连忙隔着被子有节奏地拍了几下:"睡吧,你约的人有事,改到明天了。"

余小鱼含混地"嗯"了一声,翻个身继续睡了,两条光溜溜的腿露在外面,被子全裹在上半身。

江潜一摸她的脚,都是凉的,这哪行!脚好不容易被塞回被子里,她又哼哼唧唧地埋怨起来,嫌他烦,哪儿都不让他碰,最后被他压着咬了几口才不闹腾了。

她白天睡这么多,晚上应该有精神吧?

他思索着,一边走一边理被抓乱的领带,出别墅的时候,已然穿得一丝不苟了。

余小鱼一觉睡到5点多,脚麻了,坐起来一瞧,12斤重的猫压在被子上,正在打呼噜。

她去浴室上了个洗手间,内窗虚掩,窗台上有带土的爪印,走廊里摆着几盆绿植。

新买的?

中午她还没看见这房子里有任何盆栽。

她回卧室里找猫,猫要睡觉,不跟她玩,懒洋洋地叫了几声,大脑袋犹如一个秤砣压在尾巴上。

余小鱼费了九牛二虎之力才把它抱起来,扛大米似的扛在肩上:"走,咱们去找你爸。"

猫瞟了一眼她,好像在问:你怎么知道我爸在家?

余小鱼在楼梯上遇到管家。看她探头探脑的,管家说:"先生晚上可能不回来了。您在这里住吗?"

"我不找他。董事长在家吧?"

管家惊讶了一瞬,巧妙地道:"董事长说他不在。"

"那我随便逛逛呀。"

管家给她指了个房间:"可以去那儿逛。"

然后管家尽职尽责地给新买的盆栽添肥料去了。

余小鱼快要抱不动猫了，跑去那个房间门口，礼貌地敲了三下，里面没人应。

"江叔叔，我要回家啦，猫要放在哪里呀？"

过了一会儿，房里响起两声咳嗽，门终于开了。

"哎哟！怎么抱着啊，来福很重的，给我，给我。"江铄穿着白汗衫大短裤，有点儿尴尬地对她说，"不好意思，我刚才在补觉，怎么？要走了吗？不留下来吃个晚饭？"

"我妈妈在家烧好了，等我回去吃，江潜不在，我过来跟您说一声。谢谢叔叔招待，中午的菜特别棒，您继续休息吧！打扰了。"

江铄也不提自己一直都在家这件事，殷切地点头："没有，没有，我送你下去。"

余小鱼就让他送了，走到门口他都抱着猫没说话。

她穿好鞋，站起来笑道："江叔叔，以前我在恒中实习的时候见过您一次，是在董事长办公室外面，您应该没留意。"

"我记得你。"江铄说，"我儿子喜欢的人就这么一个，他嘴硬不说，我看得出来，就是当时不知道你看不看得上他。还没有女孩子追求过他，这孩子从小不爱说话，有点儿孤僻。"

"那是在长辈面前啦。"余小鱼吐了吐舌头，"现在年轻人在家里和在外面很不一样的，他这么好的性格，绝对有女生追过他，就是他没跟您说。"

江铄拍拍脑袋："也是，我们有代沟。"

余小鱼走出门："您别送了，下次我带点儿家里种的水果来，不是什么金贵的东西，但是很甜的。"

"好的，常来啊！"江铄招招手。

门一关，他揪着汗衫领子扇了扇风，呼出一大口气。

小姑娘挺可爱的，怪不得他儿子喜欢。

与此同时，江潜收到两条微信。

"你爸让我常来耶。"

"你这小子！不是说以前没人追过你吗？"

他坐在车里，熟练地删掉后一条，飞快地敲字："他出来找你了？"

"怎么可能！是我要走了，去跟他打个招呼。"

余小鱼看着"对方正在输入中"持续了一会儿，最后只收到一个"嗯"字。

这个人为什么总是心里装一大堆事情，但什么都不表露？

"要问我怎么知道你爸在家的是吧？

"拜托，你什么时候打电话语气那么奇怪过，一听就是家长在旁边踊跃鞭策……

"而且鞋架上比前天多了双老人鞋哦。"

江潜："你跟他说有女生追过我？"

"我就是夸你性格受欢迎嘛，用脚指头想也知道有吧。"

跟他爸说他性格受欢迎，就跟对客户说恒中的董事长穿老人鞋一样离谱儿。

他不想继续这个话题了，问她："明晚有空吗？"

隔了几分钟，余小鱼才回他："没空，我要回租的房子里做简历。"

江潜每敲几个字就删一下，编辑了好几分钟，最后发出两个字："好的。"

然后他郁闷地把手机丢到后座，看都不想看。

窗玻璃突然被人叩响。

他降下车窗，张津乐抱着案卷对他说："律师找好了。潜总，您是要发邮件的人公开道歉呢，还是要从那伙人里抽取几名幸运选手进局子呢？"

江潜回忆名单片刻，报了个名字给张津乐："这个人，最好能送进去。"

随即他发动引擎，车子在细雨中绝尘而去。

8月末的阳光照着大街，蝉鸣比半个月前稀疏了不少，隔着一扇落地窗，外面什么声音也听不见。

虽说是对方请客，但余小鱼在窗边坐了10分钟，才看到巷口开来一辆红色跑车。

司机不紧不慢地熄火，不紧不慢地撩着大波浪走进咖啡馆里，不紧不慢地和服务员说了两句，然后朝余小鱼走过来。余小鱼淡淡地打招呼："我刚要了两份海盐芝士、两杯美式，你还要点儿什么？"

三年时间丝毫没有抹平她身上的棱角，反而使之锋芒毕现。

"不用了，谢谢啊。"

余小鱼握着柠檬水杯，等她入座，开门见山道："我昨天在朋友圈里看到你回国了，就想约你打听一下，三年前你有没有查过是谁传的谣言，说你跟踪我们拍照片？"

乔梦星靠在沙发上，皱了皱眉头。

余小鱼接着说:"我不知道你有没有刷微博,最近我又碰上类似的事,简言之,就是有人偷拍了我的裸照,发到我公司的邮箱里,说我勾引恒中高管搞内幕交易,还上了热搜。我实习那会儿不懂事,又理亏,后来事情也没发酵,自己就没追究过,但现在我不能让这种事再发生了。"

服务员端来餐品,听到几个词,忍不住悄悄打量了她们一眼。

"那热搜我看到了。"乔梦星喝了口咖啡,"我也觉得挺奇怪的,你一个普普通通的金融民工,也不像我这么说话做事不给人留面子,能惹了谁?你前男友?"

这已经是第二个怀疑前男友作案的人了。

余小鱼讪笑:"我没前男友,就最近才谈上。"

"跟江潜是吧,我听我舅爷说了。他动作还挺快的,两个小时撤热搜。不过他没有帮你查是谁干的吗?"

余小鱼说:"我们知道这次是谁干的,照片是谁拍的,但一时半会儿不能拿他怎么样,得从长计议。我关心的点是,三年前偷拍我和江潜的人,和这次的人并不是一伙的,上周发生的事让我意识到有必要加强防范,万一那个人手上还有别的东西,藏在暗处挑个好时机曝光出来,给我们造成麻烦呢?"

乔梦星问:"你怎么判断这两次的人不是一伙的?"

"上周五我看到照片,最开始也以为他们是一伙人,但想了一下,应该并不是。因为这次的照片是三年前拍的,恰巧和上次的照片拍摄在同一天,但并没有同时被曝光。2019 年是匿名举报给赵柏盛,举报的目的很明显,是要攻击江潜和他父亲一派,他们在集团里和赵柏盛针锋相对,举报的结果是江潜被迫调去南美三年。第二次是举报到我公司,对我造成的影响比对江潜造成的影响要大得多,显然是一种报复出气的行为。当然,也一举两得,因为在他看来,我一个女生脸皮薄,肯定不会承认照片上的人是我,等于吃哑巴亏,同时也能破坏我和江潜之间的信任。"

余小鱼挖了一勺海盐芝士,笃定地道:"从目的、结果、时间来分析,我推测他们不是同伙。反过来思考,如果我手上有两份照片,一份很暧昧,另一份是限制级,我为什么不把它们一起曝出来,或者直接用限制级的那份来产生效果?又为什么要时隔三年才进行第二次行动?"

"这次的主使者是江潜告诉你的?"

"对。"

"这次他查得到,但 2019 年那次没查到,你不觉得奇怪吗?"乔梦星拨弄了一下鬓发，高级香水味飘过来。

余小鱼愣了一下："你这是什么意思？"

乔梦星直言："我同意你的推论。至于江潜为什么被几张照片整得去阿根廷开荒，却没有还手，还得是因为利益关系。"

余小鱼眨了眨眼睛，看着她。

"你不是想问我，三年前是谁传的谣言吗？我舅爷是董事长，公司里都敢这么传。"乔梦星嗤笑了一声，"我告诉你，是沈颐宁，她当着我舅爷的面，指着我的简历，说我不久前买了个新相机，找专业人士一鉴定，相机夜拍效果加上微调，可以达到照片那种程度。"

她把咖啡一口气喝完："我舅爷虽然年纪大了，但绝不好糊弄，他是不信我会做出这种事来的，然后第二天事情就传出去了。他让我别跟人提这事，越提越乱，我也嫌烦，辞职回英国继续上学。你今天既然来问我，我就明明白白地跟你说了，沈颐宁可不是什么人美心善的大好人。"

余小鱼蹙起眉："沈老师不是坏人，她肯定只是根据线索猜测。"

乔梦星无语："好人坏人能写在脸上吗？她要是没点儿手段，能有今天在行业里这个地位？"

"至少不会是造谣污蔑的那种阴险狡诈的小人，她和江潜关系很好。"

"我只是跟你客观地描述事实。"乔梦星站起身，"我家不远，你跟我回去，我把那相机找出来送你，反正早用不上了。"

她看余小鱼仍然在沙发上犹豫，继续说道："你不是要调查吗？我也只知道这么多，别的就帮不了你了。"

余小鱼拎起包："行吧，谢谢。"

两个人推开咖啡厅的门，热浪扑面，树上的蝉鸣响了起来。

走了两步，乔梦星忽然回头道："你心理素质还挺好的，以前实习看你娇娇弱弱的，说话都嗲得要命。怎么？江潜原来喜欢这款吗？"

余小鱼反驳："我哪有说话都嗲得要命呀！"

乔梦星鸡皮疙瘩都快出来了："上车，你坐副驾驶位。"

从乔家出来已经6点钟，大街上来来往往都是人。

余小鱼免费得了一个相机，美滋滋地对着粉紫色的天空"咔嚓咔嚓"拍照。晚霞很好看，火红的太阳正落在两座摩天大楼之间，笔直而缓慢地往下沉。

她一拍，人行道上的上班族都举着手机拍起来，享受这忙碌一天中难得的美好时刻。

"真好看啊,贵的东西就是好。"余小鱼自言自语。

这块地皮是银城最繁华的商业街,好几个穿着时髦的模特在奢侈品店门口工作,摄影师忙得满头大汗。

脚步不由自主地往店里移,她乖乖地排在队伍末尾,进店的时候,门外换了个男模。

男人穿的是即将上线的秋冬新款套装,白色俱乐部衬衫搭配灰色亲王格纹西裤,披着法兰绒长外套,踏着黑色牛津鞋,背带把裤腰提得平平整整的,领带在晚风中飘荡,他摆了几个造型,牢牢地吸引住全场顾客的视线。

"好帅啊!"有客人感叹。

"哼。"

没她家的好看。

不过身材和打扮有点儿像呢。

这时摄影助理给男模递上一只纯黑的手提包,余小鱼的目光这才挪不开了。这包中等大小,四角镶银,真皮纹路自然而优雅。

余小鱼看人家都在拍模特,也快速地拍了一张,进店后浏览了上下两层楼,还是觉得模特拎的包最漂亮。

导购见她盯着那包,笑道:"这是最新款,我拿来给您仔细地瞧瞧?"

这种店货架的灯光是有讲究的,把手提包照得璀璨生辉,像一大块雕刻精致的黑曜石。

导购擦擦柜台,把包放在台面上,又找出一条方格小丝巾缠绕住把手,给她试拎着:"这包平时看上去低调,灯光一照才会特别显眼,能用的场合很多。"

余小鱼不禁笑了,加了导购的微信,看看天色,转了一圈就离开了。

她有点儿饿了,去路边的便利店买了份炸猪排饭,就在店里吃,正想打开微信,抬头看见不远处的男模收工下班了。

余小鱼想起这附近有栋她去过的公寓,江潜也经常去那儿住,但是那张纸她没带在身上,不知道门锁密码。然后她想起他说过,张律师去公寓帮他取过鞋。

直接打江潜的电话有点儿不好意思,她拨通张津乐的号码,说买了点儿生活用品,走到了公寓楼下发现没密码,打江潜的电话又打不通。

"970502。"张津乐说,"他上次给我这个密码,现在可能换了。"

余小鱼"嘿嘿"笑:"不会换的。"

"嗯？"

她飞快地挂了电话，随便在店里搜刮了点儿日用品，兴高采烈地提着塑料袋走进小区里，乘电梯到16层，不假思索地输入密码，"嘀"的一声，门开了。

屋里黑洞洞的。

余小鱼打开客厅的灯，环视一圈，仍然是极简主义的装修风格，半点儿装饰也没有。这样的环境里，电视旁那个蓝色玻璃水缸就显得格外突兀了。

一群火红的狮子鱼在水草间游动，见到有人趴在水缸边也不怕生，仍旧欢快地挥舞着美丽的胸鳍。

"还背着我养别的鱼。"余小鱼嘀咕。

手机弹出一条微信，张津乐说他联系上江潜了，密码没换。

当然不会换！

余小鱼开心起来，哼着小曲把袋子里的东西一样样拿出来，然后又收到一条微信，是导购，很热情地把包的官网图片发了过来，六位数的价格让她咋舌。

不看，不看。

她关了手机去洗澡。

江潜晚上有饭局，酒才喝了半杯，接了个电话，就匆匆地往回赶。

代驾从后视镜里看到他坐在后座上，手指压住领带，脸转向窗外，问："先生，要开窗透气吗？"

"把空调的温度调低一点儿。"

代驾把空调的温度调到最低。

汗珠从脸上滑落，车里的呼吸声清晰可闻。

20分钟后，车停在公寓地下车库里。江潜拎着包，拿着花，大步走向电梯，按键、上楼、输密码。

门一开，他把那束白色的弗洛林卡放在玄关，卧室里的人闻声出来，一股熟悉的柠檬香随风钻进鼻子里。

是他用的沐浴香氛。

江潜把包一丢，黑皮鞋踏上木地板，盯着她走过去，喉结滚动。

余小鱼靠在墙和水缸的夹角，双手背在身后，宽大的格子衬衫堪堪遮到大腿："柜子里没有女生穿的，我就拿你的衬衫当睡衣啦。"

她一边看着他一步步走过来，一边屈起右膝，脚尖在拖鞋上点了点，拈起一缕湿漉漉的黑发:"也没找到吹风机。你这里怎么什么都没有?"

江潜抬手扔了西装外套,五粒马甲扣绷得微紧。他边走边解扣子,又取下铂金领针,最后来不及扯开领带,就掐住她的腰一把将她托起来。

葡萄酒的气味在角落里散开。

窗外夜风温存。

余小鱼吃一堑长一智,下次绝对不在他喝了点儿酒的情况下撩他了,太可怕了。

好在她不上班,第二天中午窝在床上恹恹地玩手机,刷一会儿就打哈欠,精神不济。

江潜把电饭煲里保温的午饭端过来:"起来吃一点儿,早上就没吃,胃会不舒服。"

余小鱼确实饿,但和爬起来吃饭相比,她还是更想睡觉。

江潜看她懒得搭话,把她从床上扶起来,塞了两个软枕给她靠着,柔声道:"吃完再睡。"

食物的香气钻进她的鼻子里,她的肚子响亮地叫了一声。

今天钟点工休假,江潜焖了一锅红葱头卤肉饭,放了点儿切碎的小青菜,一勺一勺地喂她。本来他想从冰箱里拿两块牛排煎了,再做一份意式烩饭,但想想她可能没力气嚼,就临时上网搜了一道软糯且有营养的菜学着做。

她爱吃甜的,他多放了几块冰糖,看她这样,做得还挺成功。

他刚想开口询问意见,余小鱼咽下嘴里的饭,严肃地对他说:"你这周别想再那个什么了。"

又就着他手里的勺子香喷喷地吃了几口,她惊觉不对:"不不不,下周也不行。"

江潜给她喂完了饭,她手一抬,意思是要他抱她去浴室。

"腿酸?"

"腿不酸,腰酸。"她气鼓鼓地瞪着他。

江潜用湿纸巾擦拭她嘴角上的酱汁,叹了口气:"有求于我,还要我伺候洗澡,你这是生怕我不答应,给我制造机会啊。"

余小鱼把胳膊抬得更高了,嗓音脆生生的:"你抱不抱呀?"

江潜无奈地把她抱起来,她顺势靠在他的肩上,闷闷地说:"我不是单纯为了找你帮忙才来你家的。问沈老师要她的简历对你来说只是举手之劳,小事一桩，我犯不着为这个讨好你，我从来不会讨好别人。"

他捋着她的头发，低低地"嗯"了一声。

"我来你家是因为我想和你在一起，出了事你想办法让我开心，我现在能管理好情绪了，也想让你开心，不要把什么事都憋在心里，我感觉你其实压力很大。我找你帮忙真的只是顺带，江老师，你不要这么说，我会生气的。"

她咬了一口他结实的肌肉，留下一排牙印："叫你晚上咬我，哼。"

江潜静静地听她说完，沉默了一会儿，接着把花洒打开，抱着她坐进浴缸里。

"对不起，刚才是我说得不对。以后如果我犯错了，要像这样及时纠正，好吗？"他有些欣慰地笑了笑，"小鱼比我想得要成熟多了，比起担心你，我更担心自己不能处理好这段关系，因为以前没有经验。"

余小鱼坐在他怀里，竖起一根指头："我也是第一次呢，但是我可以教你！喜欢一个人第一就是要克制！"

最终余小鱼还是平平安安地洗了澡。

江潜答应过她的事，都会做到，比如弄到沈颐宁的简历。

当晚她就拿到了打印出来的一张纸和一份电子文档。

江潜没有问她为什么要这个。她靠在床上一边看简历，一边对他说："我想换个新工作，行业头部的中后台现在招人的岗位特别少，动不动就要硕士研究生学历，还是前台招人多。我学习一下沈老师的简历是怎么写的，她一直做前台嘛。"

江潜听她胡诌，在电脑上浏览最新出台的国家政策，十指在键盘上快速地敲击，专心地做着笔记。

余小鱼瞟他一眼，发现他好像没兴趣挖掘她的小心思，便闭了嘴，在自己的文档里修来改去。

她在恒中实习的时候见过一次沈颐宁的简历，是她们出去见客户，参加一个重要会议需要的材料，沈颐宁做好之后让她调格式。当时她看得很认真，因为履历实在太漂亮了，她还大致记得每个时间段里沈颐宁做出了哪些成就。

虽然她很喜欢沈老师让人如沐春风的性格，但乔梦星的那番话点醒了她，她确实是一个容易看脸下定论的人。

这种材料不好要。简历这个东西对行业金字塔尖的人来说可有可无，用得上的场合少之又少，他们根本用不着自己找工作，是受委托的猎头来毕恭毕敬地请他们，做出来的简历更不是工作几年的年轻人可以参考的。

她直接通过微信要,沈颐宁会问她要来干什么,她找不出理由蒙混过去。

但通过江潜的关系就可以,他就是昏君一个,她要什么有什么。

现在他果然给她要来了,说明他和沈颐宁的关系还是像以前一样好。

简历和她以前看的那版相同,余小鱼的记忆没有出错。

她看江潜戴上耳机,就截了个图,发到他的微信上:"跟我以前看过的版本不一样,2000年到2002年这段为啥给删了?"

江潜打字:"原来就没有,你记错了。"

余小鱼不甘心。

"那两年她是当秘书去了吗?"

"你从哪儿听说的?"

"乔梦星说她曾经借调到省里,20年前这方面的规矩还不严嘛,不过她也不太清楚。"

会议还差两分钟开始,江潜摘下耳麦,椅子转了半圈,面对她:"她给赵竞业当秘书去了,你知道就行。"

言外之意是让她不要传出去。

余小鱼点点头:"你开会吧。"

其实她实习的时候就听过传闻,沈颐宁是从省里回来后才调到前台部门。她回到PDF页面,上面清清楚楚地写着:"1999.7—2000.7:恒中集团董事会秘书……"

这是沈颐宁从A大新闻学院毕业后的第一份工作。

余小鱼思考一阵,关掉文档,三下五除二把自己的简历糊弄完,打开某个社招官网,页面上有一长串空白要填写。

等她一项项填完,江潜的视频会议也开完了,他脱掉西装换上运动衫。

余小鱼目瞪口呆:"你还能去健身啊?"

"嗯?"

"没事。"她摸摸鼻子。

江潜走过来吻了她一下:"不健身怎么办?下班回家满足不了你。"

余小鱼用枕头砸他。

他笑着躲开,朝她的平板电脑的屏幕看了一眼,蹙眉:"我什么时候让你单独见客户了?"

她写的都是什么玩意儿?!

"呃……就是我实习的时候有一天你不在,客户来办公室找你,我接待的。"

江潜问:"那叫'在上级出差的情况下单独与客户洽谈项目'?我要是知道,第二天你就不用在我这里干了。"

余小鱼被他说得有点儿脸红:"简历就是这么写的呀。我只有一份工作和一份实习经历,不美化怎么办?"

江潜继续往下翻,越看眉头皱得越厉害:"余同学,我好像是第一天认识你,怎么你做的工作,我这个当导师的都不清楚?这研报是你出的?要是写论文,你这是混淆一二作了。还有,我什么时候当众称赞你路演幻灯片做得漂亮了?你路演做得不错,不代表幻灯片做得好看。"

余小鱼推他:"哎呀,你快去健身!"

江潜把毛巾搭在椅背上,坐下来逐字逐句地看她写的这堆"过度美化"的经历活动,还有"经过润色"的简历,最后指着一个格子说:"余同学,你是真敢填。背调联系人填我的英文名和手机号,就不怕我全给你抖出来?"

余小鱼无地自容:"那你晚上给我改改嘛!快去快去,好烦。谁要找你背调啊,关于实习经历,人力都只是问一句而已,要做背调也是找我现在的上司啊。"

江潜觉得她的脾气比她实习的时候大多了,都是被他惯出来的。

提醒健身的闹铃响了,他叹气:"你发一版给我。"

余小鱼趁机得寸进尺:"江老师,那你再帮我翻译一版英文的吧。"

江潜说:"自己写,写完了我改,不许你交粗制滥造的东西。"

她往被子里一躺,把T恤从肩头拽下去,露出红印子:"你把我弄得下不了地,还要我在床上写作业!"

江潜深吸一口气:"穿好。"

"你看你看,都是你弄的。"

他逼迫自己移开眼,扯过毛巾:"累了就睡觉。我出去了。"

"你帮我翻译。"她水汪汪的大眼睛执着地望着他。

江潜咬牙给她把衣服穿好,头也不回地走掉了。

余小鱼把电脑一关,舒舒服服地闭了眼。

这男朋友可真有用啊!

第九章
暗流汹涌

公寓有两层，江潜上楼去健身房里先跑了 10 公里，跑完 5 点 30 分，手机响了。是沈颐宁："秘书把简历发给你了吗？我一天都在开会，忘了这事。"

江潜知道她不可能忘，打电话就是想找他亲自问问，果然，那边好奇地问："你要这个干什么？"

"小鱼想看，她要跳槽，不好意思直接找你要。"

沈颐宁笑道："我的简历对小鱼没有参考意义，如果有能帮上忙的地方，你让她直接来问我吧。她要是真想做前台，我给她内推试试。"

江潜听到电话那头的背景音："你在家？"

"嗯，准备吃晚饭了，月咏刚从检察院回来。"

"谢曼迪也在吧。"

电话好像中断了几秒，沈颐宁自然从容地接上："不好意思，我这边信号不太好，你是问曼迪在不在？她和她哥哥看电影去了，有什么事需要我告诉她吗？"

江潜想了想，直言："我听说她去过邓丰家里。我建议她不要高估自己的能力。"

沈颐宁微不可闻地叹了口气。

"这个年纪想得这么多，挺累的，她比小鱼还小几岁。"江潜想到那个小女孩儿，有些头痛，"她是不是见过心理咨询师？就是上次我跟你说的那个。"

"我知道了。"沈颐宁没有答他的话,苦笑,"但我有什么资格管她?月咏也管不了,这孩子太精明,太有自己的主意了。"

大概是基因如此吧。

江潜说:"没什么事我就挂了,在健身房里。"

"嗯。感觉你最近变了很多,"沈颐宁打趣,"像刚从英国回来那会儿。"

时间过得真快,一转眼就四年了。

她放下手机,抬眸看向楼梯上站着的女孩儿:"吃饭了,去洗手吧。"

谢曼迪和她的目光碰上,两个人不动声色地僵持了许久。沈颐宁仍然面带微笑,神色温和,而谢曼迪的脸色越来越差。

谢曼迪踩着拖鞋"咚咚"地走下来,经过沈颐宁身旁时,抛下一句:"继母就是继母,别想占我便宜,还有……我讨厌你这么笑,你恨不得让我消失吧?"

说罢她走进洗手间里,把门"砰"地一关。

"哗哗"的水声响起来。

沈颐宁走到沙发边,撑着扶手缓缓坐下,那惯有的优雅的笑容生了根似的镶在嘴角,让脸庞微微发酸。

戴月咏正好从厨房里端菜出来,看到她独自一人坐在沙发上,垂眸盯着茶几上放反的报纸。戴月咏连忙放下砂锅小跑过去:"肯定是曼曼说什么话气你了。唉,这孩子!你别放在心上,又不是你的错。"

沈颐宁回神,笑道:"她才多大年纪,能把我怎么着?她要是喜欢我,才是太阳打西边出来,天底下有几个小姑娘愿意跟继母好?"

戴月咏点点头:"也是。你就别管她,不管她,她才最自在。"

他揽着妻子到桌边,轻声细语:"尝尝看,我学会做豇豆烧排骨了,你喜欢吃的……"

谢曼迪在洗手间里听到厨房里的油烟机的声音停了,接着是摆碗筷的声音。

他们吃饭不会等她,因为她在家吃饭也从来不会等沈颐宁。

戴月咏是个好父亲,在单位一心扑在工作上,回家就有点儿傻,到现在都不知道戴昱秋和她的那码事。他还以为她怕爸爸被人抢走,所以制造了很多机会让她和沈颐宁相处,结果适得其反。

谢曼迪觉得他傻,却无法当面对他大声说话。她是这个家庭领养来的孩子。

她洗了把脸，擦得干干净净的，确保脸上没有留下一滴水珠，然后开门出去，径直走向餐桌，敷衍地夹了几样菜到自己的饭碗里。

"我回房间里吃。"

戴月咏多给她一个空碗夹菜："这个是爸爸烧的。"

谢曼迪看到碗里的豇豆排骨，有点儿反胃，但还是当他的面咬了一口，把脆骨嚼得"嘎吱"作响："好吃。"

然后她端着两个碗一言不发地上楼了。

她心事重重，想着沈颐宁接到的电话，她知道电话那头的人是江潜。

他发现了什么？

是她去过邓丰家里拿东西？

谢曼迪经过戴昱秋的房间，门开着，他和朋友看电影去了。

她冷笑一声，他这样的人，从小就没有可担心的事，长辈们都说他心宽。

谢曼迪吃不下饭，锁了门，把碗远远地搁在角橱上，输入二十位密码解锁电脑，屏幕上是新拷贝的文件列表。

她一个个打开看，里面有签证、担保函、资产证明，最后一个文件是十几页的签约合同，用英葡双语写的，翻译过来是酒庄收购，地点在巴西萨尔瓦多。

签字人叫乐茗，20多岁，连身份证照都美得让人眼前一亮，十分有艺术气质，后面跟着她的毕业证书扫描件。

谢曼迪看得很慢，看完后将内容也记得差不多了，把文件夹导入硬盘，再从电脑中删除。

做完这些，饭菜已经凉透了。

她陷在软椅里盯着虚空，然后打开手机，叫了外卖，点了一堆油炸食品，还有九分甜的大杯奶茶。

敲门声响起，是她爸："曼曼，你吃完了吗？保姆在厨房里洗碗，一会儿记得把碗拿下去。爸爸跟沈姨出去散散步。"

"嗯，吃完了，我等下就送下去。"

余小鱼没等到江潜健完身回来就睡着了，醒来时已经是凌晨2点，仍然很困，屋里没开灯，一丝光从门缝儿外透进来。

她打着哈欠下床开门，手挡在眼皮上，迷迷糊糊地问："你怎么还在加班啊？"

江潜坐在餐桌边，整整齐齐地穿着西装，屏幕支架立得很高，他的身子坐得笔直，手边放着一杯黑咖啡和两片法式吐司。

他一转头，余小鱼大脑条件反射调成实习模式，一个激灵站直了："我还没检查好，明天交行吗？"

余小鱼因为动作幅度太大，睡皱了的短袖衫从肩膀滑落。

江潜喉结微动，拿起吐司，盯着她慢慢咬了一口，糖浆在舌尖上融化。

"不用交了，我正在做。"他把目光挪回电脑屏。

余小鱼偏偏就凑过来，身子贴着他的胳膊，温热的香气直往他的鼻子里钻。余小鱼惊讶地"啊"了一声："江老师，我以为你明天才会看的。"

江潜现在什么都不想看了。

"我晚上把英文版简历开了个头，你真要帮我翻译呀？……哇，都快弄好了？还有求职信？江老师，你怎么这么快，好棒好棒，超级厉害！嘿嘿……喂——"

江潜一把将她拽到腿上，气息急促地吻着她的脸，低声道："不说谢谢吗？"

她搂住他的脖子，后腰在他的手掌中颤了一下："嗯，谢谢。"

江潜吮着她的唇："要说谢谢老师。"

"谢谢老师。"她舔了一口他的唇角，"枫糖浆好甜噢。"

他被她舔得魂魄出窍，垂下密密的睫毛，压低嗓音引诱："再说，老师可以……"

余小鱼听清了，一下子扑腾起来，脸都烫熟了，挣开他愤愤地拍了两下桌子，还不解气，使劲地跺了几下脚："坏人！"

然后她羞得一溜烟儿蹿回卧室里，"咔嗒"一声锁上门。

江潜端起咖啡抿了一口。

糖浆又不那么甜了。

他用几分钟把这份英文简历填完，发到她的邮箱里，这才脱了外套马甲。即使在家工作，他也习惯穿得和去公司一样。

公寓只有一个卧室，他洗漱完，敲敲门："睡了？"

里面传来她在床上翻来覆去的声音，没回答。

"我也累了，需要休息，不会动你。"

半响，门开了一条缝儿，缝儿里露出余小鱼满是怀疑的脸："要不你写个保证书吧？"

江潜用一根指头把门顶得越来越开。她站在柔柔的橘色灯光里，歪着脑袋,双手抱在胸前看他。

余小鱼嘴唇被他吻过,是水润的玫瑰红。

"嗯。"他走进去,"砰"的一声反手带上门,步步进逼,"写保证书、发誓,什么都可以。"

余小鱼还没反应过来哪里不对劲,就被压在了床上。

"我要早起的!"

"我不动你。"

"你现在就……"

"乖,让我亲亲。"

江潜含混地问:"要去哪儿?我送你。"

余小鱼被他弄得说不出话,用手抓着他的头发。

等那阵酥麻劲儿过了,她才用被子蒙着脸说:"跟我妈去福利院发盒饭……嗯……江老师,睡觉吧,好不好……"

他舔了舔嘴唇,把灯关了,屋里陷入黑暗中,只有一缕淡白的月光照在床单上。

他把她拢在怀里,看着那缕微弱的光线:"小鱼,其实什么事都可以和我说,不用自己憋在心里。"

"江老师,我也想跟你说这个。"

江潜沉默。

"要几点出门?"

"地方比较远,9点吧……"她的声音低下去,变成安恬的呼吸声。

说是9点,江潜伺候小丫头穿衣服吃早餐,拖拖拉拉搞到10点才出门,把她送到鸿运来后就去恒中了。

自从余国海去世之后,餐馆会定期给福利院、养老院送免费预制菜,改善孩子和老人的伙食。今天阳光晴好,风和日丽,车开了一个多小时到市东郊的钟潭镇,熟门熟路地停在福利院大门口,院长早就在楼下等了。

"这是小鱼啊,好多年没见,长得这么漂亮啦!"

胖胖的院长阿姨拉着几个老师热络地介绍:"这是小张家的宝宝,学习好,现在做金融,可赚钱了。"

余小鱼"呵呵"两声,回道:"金融民工,金融民工。"年薪只够买内环一个洗手间。

"听小花说你以前在她公司实习过,上次去你家才认出来。你们这些孩子，长大了都各奔东西，有时间聚聚呗。"

"嗯嗯，您说得是。"

一个阿姨说："现在的年轻人哪有时间聚啊，他们工作比我们忙多了！我儿子搞互联网的，哦哟，天天加班到11点……小鱼啊，找男朋友了吗？"

余小鱼："找了呢。"

阿姨有点儿失望："是本地人吗？要找本地的啊。"

"不是，但条件还过得去。"

说话间，盒饭已经一箱箱被搬到厨房，中午老师们在镇上的土菜馆里订了一个包间，离开饭还有一会儿，余小鱼在院里闲逛。

以往她妈送饭都是一个人来，这次正好碰上休假，她跟妈妈说想一起见见小时候认识的叔叔阿姨们。长大后她还是第一次来这儿，眼前的福利院与记忆中那个破旧阴湿的地方大相径庭，成功举办大型体育赛事后银城经济高速发展，带动周边几个县镇大办特色旅游，公共场所修得十分体面。

福利院有两栋小楼，是十年前翻修的，装了空调，添了操场，教室和宿舍布置得干干净净。余小鱼一问院长，这么个小地方居然有100多个孩子，数量比20年前翻了一倍，不是被热心群众捡到抱来的，就是被父母大半夜遗弃在附近的。

"我们福利院除了政府拨的资金外，也有社会人士捐助，很多有钱人生意做得大，家里人经常搞慈善积德。"

院长办公室的墙上挂着锦旗，玻璃柜里摆放着与捐助人的合影，有商人、本市官员、来参观的外国友人，余小鱼一张张浏览过去，目光不经意停在一个相框上。

她拉开柜子，把那张照片从相框里抽出来。几个五六岁的小朋友捧着书本站在镜头前，穿着不合身的羽绒服，表情拘谨，他们身后是一位优雅的女士，烫着鬓发，戴着素色围巾，温柔宁静的目光穿越时空，落在余小鱼的脸上。

背面写有一行钢笔字："赵柏霖女士于2005年12月11日捐赠图书150册。"

"这位女士家境非常好，经常来给小朋友送书，我们都认识她。"

院长阿姨叹了口气："不过拍完这张照片没多久，她就去世了，据说是跳楼死的。真是可惜了，这么漂亮和气的一个人。"

余小鱼皱了皱眉，轻轻地说道："那她家里得多难过啊！"

院长知道她爸爸也去世了，就没再提这事，牵着她来到书橱前："这儿还有照片，你慢慢看，阿姨跟你妈下去给小朋友发午餐，等下微信叫你吃饭啊。"

"这些是被领养的小朋友名册吗？"余小鱼指着柜子最下面一层问。

"对，是存档的纸质材料，因为我们国家领养政策很严，这些年只有二十几个孩子被领走，2010年以前的材料都在这儿，现在都用电子版了。"

院长走后，她坐下略一思索，抽了几本相册出来。

等差不多翻完，她掏出手机看看时间，发现漏接了妈妈的电话，这会儿已经快1点了。

余小鱼把材料塞回原位，挎着小包跑下楼，食堂里热腾腾的饭菜香味飘过来，她恨不得立刻长出翅膀飞到土菜馆里。

老师们都在院子里等，余妈妈叉着腰数落："你这孩子，在楼上磨磨蹭蹭的干什么呀！"

她吐吐舌头："我上洗手间去了。妈妈，我们快走吧，我饿死了……"

土菜馆离福利院只有10分钟的路程，在养老院后面，她以前和家人探望养老院里的外婆后，常常在这里吃一顿。

包间里，凉菜热菜已经上桌了，圆桌中间摆着一个大花篮，蓝紫色的鸢尾花十分鲜艳，枝叶上带着露水。

余小鱼不由得抿起嘴角，摸了摸柔嫩的花瓣。

早上她睁开眼睛，床头也放着一束美丽的鸢尾，插着"赠小鱼"的手写小卡片。

每天都有。

"阿姨，我们好久不来，你们店每张桌子上都摆花啦？"

老板娘正在给客人们一个个盛杀猪汤，笑吟吟地抬头道："是啊，现在政府搞扶贫助农，我们家和花农有协议。还真别说，送来的花都新鲜得很，客人拍照发小红书也好看。"

"原来是扶贫助农的花呀。"她的手在花篮里搜寻着。

"你找什么呢？"余妈妈奇怪。

余小鱼果然在花篮里找到了一张同款卡片，不过是空白的，印着花店的联系方式。

"没什么。"

她摇摇头坐回去，拿小勺子喝着杀猪汤，忽然"扑哧"一声笑了，又喝了两口，把里面的葱、姜挑出来，颊边的梨涡越来越深，眼睛也弯成月牙儿，乐呵呵地舀炒米吃，嚼得"嘎吱嘎吱"响。

旁边的阿姨捏捏她的圆脸蛋儿，喜欢得不得了："哎哟，这小囡囡，喝汤还笑呢。阿姨给你夹个鸡腿啊，中午多吃点儿。"

一顿饭大家谈天说地，3点钟餐馆要午休了，余小鱼装了一肚子好吃的，开车载着妈妈回市区。

她心里想着事情，随口问："妈妈，世界上扔宝宝的人真有那么多吗？"

"多得很哪。"

余妈妈想起多年前在福利院里工作那阵，感慨道："但是有些家长，你叫他留着小孩儿，真没比扔了好多少。像院里有几个被好人家领养的孩子，现在过得肯定比在亲生父母家好。人啊，还是得有运。"

"领养怎么领啊？小朋友站成一排给人挑吗？"

"分人，有人会挑聪明的，有人就专捡残疾的，有人完全看眼缘。"

"那小朋友要是想去富裕的家庭，也会竞争吧？"

"什么地方没竞争啊，哪里都有竞争。"余妈妈叹了口气，把座椅角度调到最大，闭上眼，"我睡一会儿，你慢慢开。"

从福利院回来，余小鱼打开邮箱，认认真真地研究改好的简历。

简历一页纸，附的求职信也是一页纸，江潜是不可能给她把什么东西都做完的，求职信得按照招聘岗位要求自己改。

她想抄几句沈颐宁的简历，最后还是放弃了，自言自语："果然没有参考意义，我哪有脸抄这种级别的……？"

不过她收获了额外信息，主要目的是达到了。

一个陌生的本市座机号忽然打进来。

余小鱼接起："盛海债券资本市场部。您好！"

"小鱼，发举报邮件的人在派出所，恒中的律师和盛海的管理层已经到了，你愿意和我一起过去吗？你不想去的话也没关系，我这边可以处理。"

余小鱼坐在大沙发上，脚尖在空中一晃一晃："当然要去呀，你不要担心嘛。这是你办公室的号码？"

"嗯，刚开完会。我让司机现在过去接你。"

挂了电话，她在通讯录上备注"英伦真皮作坊"，然后把他的手机号改成"私人订制皮包"，满意地呼出一口气。

余小鱼换了身通勤装，往包里丢了几块新买的黄油饼干，在镜子前端详一阵，觉得自己比几天前淡定多了。

要是事发第二天叫她去派出所见那个变态,她可能会忍不住用她上司的电脑把他的脑壳砸开花。

6点多,司机送她来到白沙湾派出所。

余小鱼一进门就看到一个中年秃顶男正在走廊里和江潜说话。这人正是盛海国际的法人,是最大的领导,平时很少在公司露面,她们这种基层员工除了年会根本见不到。

身后传来上司干巴巴的声音:"我和王总刚下飞机,准备去吃饭拿单子,就被江总叫来了。"

她转身,对他客气地点了一下头:"李总。"

上司的表情隐有不满,还在等余小鱼说下一句,她心知肚明地笑笑:"您今天下飞机就今天来,明天下飞机就明天来,一样的。"

上司有些吃惊她敢这么硬气,脸色十分难看,径直走到领导身边,见领导对江潜连声抱歉,脸上立刻挂起赔笑,拿出打火机帮他们点烟。

江潜拒绝了。

余小鱼看上司在两个人面前连个屁都不敢放,心中鄙夷,盘算着什么时候辞职好。

她正想着,手里一轻,江潜走过来拎着她的包,顺势在她的脸上吻了一下:"吃过了吗?"

民警抬头望了他们一眼,抿住嘴角。

"中午吃得太多了,晚上不想吃。"余小鱼让他俯下身,在他耳边悄悄说,"我跟你讲个八卦噢,刚才跟你说话的那个'地中海'领导,他上次跟一家券商首席去俱乐部,两个人叫了28瓶拉菲酒,看不出来吧?"

江潜看着她。

余小鱼瞅瞅那边,觉得这个八卦不够刺激,又说:"你知道我上司的绝招儿是什么吗?他超级抠门儿,我又每次找借口不帮他填报销,所以他请客吃饭都按最低规格来。有一次领导叫他上六瓶香槟,他舍不得花现金买,给饭店经理300块红包,说其中两瓶不喝,借来摆在桌上看,后面给他退回去。"

江潜依然看着她。

余小鱼撇撇嘴:"你怎么不笑啊?好严肃!"

他这才笑了一下,单手环住她:"现在心情好多了,是不是?"

"嗯!"

"那边的两位,麻烦注意一下影响。"民警咳了一声。

余小鱼脸红了,拉着江潜:"走走走,让我看看是谁发邮件坑我。"

派出所的审讯半个小时前结束了,嫌疑人对造谣之事供认不讳。之前报案的是恒中的律师,除依法判刑外,要求造谣者书面声明,对恒中和盛海员工的诋毁做出道歉。

余小鱼走进屋里,一个民警和她打招呼,揉揉太阳穴,声音沙哑:"余小姐,你坐在这儿吧。"

"警官,您辛苦了。"

她拉开椅子,坐在那个男人对面。

嫌疑人姓孙,20岁出头,染着一头焦枯的黄毛,穿着短袖衫和脏兮兮的牛仔裤,两条腿吊儿郎当地抖。

见她坐下来,黄毛男挑眉瞧了她一眼,又挑衅似的斜眼瞪着西装革履的江潜:"你这身衣服多少钱?"

江潜没理他,拧开矿泉水瓶喝了一口水,对余小鱼说:"你随便问。"

她开门见山:"邮件里的照片,你是从哪儿得到的?"

黄毛仿若未闻:"她是你女朋友,还是情人?身材也没料啊,有钱人居然喜欢玩这种妞。"

民警呵斥:"你态度放尊重点儿!"

江潜一眼也没看黄毛男,打开电脑敲起字来。

余小鱼扫了一眼,他竟然在给盛海拟公司内部的道歉声明。

那是她领导不会做的事。

清幽的古龙香水香味从他的衣袖上飘过来,像一根柔软清凉的丝带,轻轻缠绕住她的心脏,抚平了最后一丝火气。

她转过脸,直视嫌疑人:"照片是你拍的,还是你同伙拍的?"

"老子挺纳闷儿,你一个月能挣多少钱?真不公平啊,你们这种人,生下来就踩在别人头上,要什么有什么!"

余小鱼打开保温杯,慢慢喝了口热水。

民警对她道:"他就是这个态度,很不配合,喊着要我们送他进去吃牢饭。他进过四次拘留所,前几天还偷了辆电瓶车。"

她"嗯"了一声,静下心听黄毛男对江潜进行各种人身攻击。

好像这个案件中根本没有她的份,他干这事纯粹就是忌妒有钱人。

黄毛男见江潜始终盯着电脑,语气越来越激烈,词儿越来越脏,连警察都听不下去了,怎么制止都没用。20分钟过去,他口干舌燥,总算缓下来,瞥了眼余小鱼。

余小鱼笑了笑："你很穷吧？做这种事他们也没给你多少钱。我知道照片不是你拍的，你没资格坐那么好的车。"

黄毛男眼睛瞬间喷出火，怒吼："还就是老子拍的，老子一人做事一人当。租车不行吗？你们这些穷女人不也租酒店租豪车拍照傍大款吗？"

民警一拍桌子吼道："嘴这么脏，有个人样没有？！"

江潜手腕一顿，指尖停在键盘上。

余小鱼继续说："他们一年赚的钱，比你这辈子赚的钱都多，你还想着帮他们打掩护。像你这种人，又穷，又蠢，又丑，怕上面的人怕得要死，怪不得只能靠吃牢饭活，你就是个随手可以丢出去的靶子。邮件是谁让你发的？"

"你这个死女人！"黄毛男一下子站起来，江潜合上电脑，也站起来，面无波澜地俯视着他。

余小鱼补了一句："你还很矮哟。"

黄毛男重新坐下："没人让，是老子自己发的！"

"骗谁？你有钱搞投资吗？你怎么知道我们公司官网？"

"我一兄弟有钱，我帮他看不行吗？"

"既然是帮他看，怎么会想到要拿照片举报这个公司？"

"老子路见不平，最恨女的傍大款。"

"照片是你兄弟给的？"

黄毛男不说话了。

江潜这时开口："有人给了你钱，让你拿照片给盛海发邮件，并在网上造谣，邮件里的文字也是他们发给你的。只要你说出雇你的人是谁，他会和你一起进去，不会过得比你好。"

黄毛男沉默片刻，又怪笑起来："你要真有本事把他弄进去，又怎么会来找我？我和你们没话可说。"

民警被他折磨得身心俱疲，拈起一张纸："让你造谣的同伙也逃不掉。没话说是吧，把这个写了。"

"写什么？"

"向你污蔑的两个公司还有余小姐道歉！"

"不写。要关我赶紧关，别这么多废话。"

民警冷着脸把纸推到黄毛男面前，在他手里塞了支笔，他戴着手铐，手指一张，笔骨碌碌滚在桌上。

"警官同志，能否让我们单独和他谈一谈？"江潜声音平和。

民警迟疑一瞬，觉得这位先生稳重得体，应该不会做出过激行为，于是答应："我出去抽根烟，马上回来，这里有监控。"

门一关，江潜挽起袖口，绕过桌子大步走到黄毛男面前，黄毛男刚要跳起来，肩上猛地一沉。

江潜牢牢地按住他，右手捏着他的手，拿起签字笔，弯腰低声道："孙晓伟，24岁，银城本地人，父亲欠债失踪，母亲跟人再婚，有个弟弟。19岁你就带着弟弟给人当打手，弟弟刚做半年被人打断一条腿，终身残疾。你们跟着的人姓陈，挂名在园区一家企业当司机，你们喊他五哥，你的钱和邮件内容都是他给的。"

这声音冰冷至极，字字清晰，黄毛男努力装出一个满不在乎的神情，还在挣扎："那又怎么样？你知道他上头是谁吗？他要是能蹲大狱，我可谢谢你。"

江潜手上略一用力。他仍梗着脖子，五指死命地张着，硬是不去握笔，耳畔又传来一道更轻的话音："你知道你那两个朋友是为什么被抓到的吧？你们怎么对那个男孩儿的，我就怎么对你弟弟。你也说过我有钱，能摆平的事，我还从来没有摆不平过。"

黄毛男拇指蓦地一弯，疼得脸都扭曲了，却愣是没叫出声来，两只眼睛盯着江潜的脸，渐渐露出恐惧之色。

"我念，你写。"江潜仍是平静的语调。

民警抽完烟回来时，桌上摆着一张写完的声明，短短几句道歉，嫌疑人签上了名字。

"江先生，你还真有一手啊。"他不由得佩服。

余小鱼心想：他那一手可重了。

江潜给她提着包，走出审讯室，盛海的两位领导等在外面。

"王总，我刚才把邮件发给你了，希望明天在盛海的官网上看到带公章的声明。"

"应该的，应该的。我看过了，江总的措辞很体谅我们，这件事是我们没处理好，幸亏影响有限。余小姐，我代表公司向你道歉，对于你受到的精神损失，月底给你补发一个月工资，你看行不行？"

余小鱼点点头："那就这样。李总，我是把假休完，还是来上班？"

上司赶紧说："随便你，最近不忙，你要是想休息，多休几天也没问题。"

"那就多休几天吧,我正好家里有点儿事。"

"好的,好的。"

江潜与两个人道别,带她走出派出所,司机把车开到了门口。

天已经黑下来,市中心华灯初上,夜风从江面吹来一丝凉气,让人心旷神怡。

余小鱼深吸一口气,背着手一级一级地跳台阶,江潜都怕她把腿跌折了,在后面拉着她:"这么开心?"

"江老师,你好厉害!"

"小鱼也很厉害。"

"你怎么这么棒呀!"

"小鱼也很棒。"

"我好喜欢你!"

江潜心都化了,拉开车门,把她抱上去:"那要天天这么开心,好不好?"

月亮照着江滩,红树林掠过几只夜鹭,朝水中扎去,她的心跟着那道弧线,"扑通"一声落在他手里。

"江老师,你也是。"

"嗯,和小鱼在一起,我每天都很开心。"

回家的路上,余小鱼窝在他的怀里,问他:"你说的那个姓陈的'五哥'是谁啊?"

"探骊网的看门狗,公司是赵柏盛在管,但他不是赵柏盛的人。"

"照片肯定是他从赵柏盛那里搞到的,这么说,看过照片的人还不少……"余小鱼蹙眉,"都上热搜了,我也不在乎几个人看过,就想快点儿把这个姓赵的抓起来。他手里肯定还有别人的照片,我算运气好的,他没对我做什么,还有你在身边帮忙……"

她突然想到一个问题:"这男的是不是不行,所以才只拍照不干别的?"

江潜说:"他没结婚,很多年前就开始想办法生儿子,到现在连根苞谷也没生出来。"

"玉米做错什么了要被他生。"余小鱼嘟囔。

"晚上真不用吃饭?"

"嗯,不饿。"

"我饿。"

他低头吻住她的唇。

余小鱼快缺氧了。

他每次亲得都好用力。

到了公寓,江潜给自己烤了几片香草黄油法棍,叠上西班牙火腿小番茄就是一顿。

余小鱼被香味吸引过来,站在旁边看他吃。他失笑:"也吃一点儿?"

她就着他手上的面包片咬了一口,橄榄油香味很浓。

"江老师,你怎么会做饭?"

"我出国念书早,很小就会做简餐了,英国食堂里的食物很难吃。"

"那你在阿根廷也自己做吗?"

"有时间就做,不过平时太忙,去餐厅比较多,那边的塔帕斯比西班牙的好吃。"

余小鱼哪里都没去过,也很少去高档餐厅消费,好奇地问:"塔帕斯是什么?"

"就是我现在吃的这一类小点心,有甜的和咸的,周末我可以给你做。"

余小鱼托着腮:"等我存够钱,就带我妈妈去国外旅游,先去阿根廷逛吃……"

"那要努力工作,去南美的机票有点儿贵。"江潜用没沾面包渣的左手揉揉她的脑袋,抿了口酒。

"江老师,你在国外有没有经常去酒吧?我看你冰箱里好多酒。"

"和客户谈事会去。"

"是清吧,还是成人的那种?"

江潜看她今天是要对他进行盘问,叹口气:"都会去。"

"成人酒吧是什么样的呀?我实习的时候你都没带我去过。"

"我怎么可能把你往那种地方带?"他摇摇头,"里面很乱,拉美地区的更乱。"

高脚杯在手中摇晃,葡萄酒在灯光下闪着红玛瑙般的光泽,江潜目光穿透酒液,忽然触动了记忆中的一幕。

这时,手机响了。

"喂?"

酒吧里的音乐放得震天响,舞池里人头攒动,颜悦用手捂在电话边:

"听不见，大点儿声。"

一只手摸上她搭在沙发靠背上的胳膊，流连忘返地揉捏，她"啪"地打了一下，声音瞬间变得甜美乖巧："啊，是黎总啊！不好意思，我和唐先生在酒吧里，这边声音太大了。嗯嗯，我知道呢，剧本我读过了，明天就去见导演。"

那头骂了几句，身边的男人听见了，摇着鸡尾酒轻佻地笑。

挂了电话，颜悦叹了口气："怎么办啊，弟弟？我老板抓得好严，我本来以为这几天能在国外散散心的。"

搂着她的是个相当年轻的华侨，梳着小油头，长得很俊，浑身上下的名牌，脚架在桌上百无聊赖地抖。

"黎总让你来阿根廷，不只是为了拍戏，也是要多认识几个朋友嘛。我带你出去玩，她知道也不会骂你的。"

男人吐了口烟圈。

他看过一眼她的古装剧，演技那叫一个垃圾，跟她老板黎珠对起戏来惨不忍睹，不过本人比电视上讨人喜欢得多。

不远处有华人嬉笑："唐顺鑫，你带姐姐上你的游艇兜风去啊，你爸不是刚给你买了一艘嘛。"

颜悦在他怀里抬头，眼睛亮了："你还有游艇？"

"嗯，等下带你去港口兜兜风。"他当即拨了个电话，讲的是西班牙语。

颜悦其实知道唐顺鑫不止有一条船，但男人都喜欢女人那副崇拜的蠢样。

她觉得自己虽然记不住台词，却是块演戏的料。

唐顺鑫跟员工讲完又接到一个电话，是公司里的事，换了一口 10 分顺溜的美式英语，颜悦一个词也听不懂。

在飞机上，黎珠跟她说过，这个富二代年纪小，却有两把刷子，让她好好陪着。她们要见的客户很多，之所以让她专门陪这位，是因为他身份特殊。

唐顺鑫是个掮客。

他在美国读了一年大学就肄业了，跑来拉丁美洲混，短短几年就在阿根廷和巴西的华人圈里混出了名堂。唐家做的是海运生意，总公司开在美国，造船厂设在中国，这几年成本上涨，转移到东南亚和拉丁美洲。他家在布宜诺斯艾利斯的新港区有一家大型货运公司，是给他练手用的，但他很少待在办公室里，成天往外跑，什么人都见，什么事都掺一脚，最喜给人牵线搭桥。

黎珠找不到的人，唐顺鑫可以找到。

颜悦剥了一颗巧克力，大厅里的音乐变了。

酒吧里的灯光变成暗蓝色，主持人放了一首探戈舞曲，两个跳探戈的青年男女上场，激情澎湃地伸展肢体。

唐顺鑫在阿根廷待久了，对这类表演提不起兴趣，告诉她十分钟后出发去马德罗港，然后去了趟洗手间。

他一走，几个拉美青年就凑上来，勾肩搭背地用西班牙语跟她调笑。

他们肤色有深有浅，头发有直有曲，说起话来跟机关枪似的，活像舌头上装了枚弹簧。颜悦觉得好玩极了，当着他们的面露了一手，把酒瓶子耍得如行云流水，眨眼间就调好了一杯五光十色的鸡尾酒。

"太棒了！"

青年们围了一圈夸她专业，还有人牵起她的手。探戈的鼓点震得太阳穴一跳一跳的，她笑着拍了拍那人的脸，目光越过舞池中央那对舞者，蓦地一顿。

一个穿休闲西装的亚洲男人挽着女人，正通过走廊走向酒吧大门。

男人拄着一根装饰性的黑色手杖，之所以说它装饰性，是因为女人半个身子都妖妖娆娆地倚在他身上，他还走得腰直背挺。

灯光打在两个人的侧面，他们虽然保养得宜，但都不年轻了。

"哦，那就是你老板想见的人。"唐顺鑫从洗手间回来，见颜悦的视线定在那一对身上，"他叫李明，是化名，人低调，很少露面。这人只要出手就是一大笔款，HENZ别墅度假村项目你知道吧？2019年他少说投了有2亿美元，一口气买了巴西五个酒庄。他也是我家公司的股东，今天我空着手，就不上去打招呼了，下周给你老板约个饭局，一起见见。"

颜悦似懂非懂地点头，她记得HENZ这个项目，7月份和姚正阳一起出席恒中的路演，被黎珠逮到没去片场拍戏，事后被大骂一顿。

黎珠这次带她出国有三个目的，其一就是有求于这个叫李明的神秘人物，其二是替人物色值得购买的别墅酒庄，其三才是让她这个女主角进剧组。博雅传媒买了本热门小说制作电视剧，导演是中葡混血，拍摄地点在阿根廷和巴西，宣发投入了大笔资金，公司和投资人签了对赌协议，这剧不能赔。

颜悦知道自己的老板不止在演艺界有人脉。以黎珠的身份，能见到的人很多，但这次还需要其他人帮忙传话，甚至派了手下最机灵的女艺人来陪捎客。

想必此人地位极高。

"那位女士是李先生的夫人？"

唐顺鑫不屑："她就是露水情人之一吧。李先生要谈生意，她是绝不会上桌的。这女的原来跟一个西班牙老头儿在五月广场那儿开旅馆，后来老头儿死了，她没争到财产，就出来继续找靠山。你别说，她还挺厉害，一找就找到这么个大角色。"

颜悦望着那女人墨绿的长裙消失在大门外，收回视线，眼神有一瞬的茫然。

"走吧，晚上吃海鲜还是牛排？"

问了两遍她才回神，说了声随便，然后把桌上的红酒一口气喝干，揉了揉僵硬的脖子，娇笑："你呢？听说这里很开放，你有露水情人吗？"

唐顺鑫耸耸肩，摸着她的手背，意味深长地笑道："我都是找女朋友，一天还是一个月，由她们决定。"

"你见过的男人里，是不是压根儿找不出没情人的啊？"

唐顺鑫还真思考了一下，揽着她往外走："有啊，几年前我去巴西看美洲杯，在那儿认识了一个。还不到30岁，人活得没一点儿意思，你想给他找个火辣的美女玩玩吧，他跟你翻脸。"

"说不定人家不喜欢女的。"

"他喜不喜欢女的，我能看错吗？人家现在都找女朋友了，上微博热搜啦。"

"啊？"

"他今年回国，高升了恒中集团总经理。"

颜悦"哦"了好大一声。

快走到门口，她拍拍他："酒喝多了，我也想去下洗手间，稍等。"

经过刚才的座位，服务员还没过来收拾桌子，几粒巧克力散在碟子里。颜悦左右瞅瞅，见无人注意，手疾眼快地抓了一把塞到包里，这才心满意足地去了洗手间。

颜悦在电话线上等了半分钟，终于有人接了。

"我刚才看到那个姓李的大款了，过几天我老板要跟他吃饭……"

电话那头的人有些心不在焉，只说了几句，让她继续观察。

"男人都一个样！"挂了电话，她暗骂着小跑出去。

敞篷跑车已经开到门口，唐顺鑫指了指她的脖子："你这儿怎么了？"

颜悦意识到刚才揉脖子的时候隐形胶掉了。

"小时候弄的，疤痕体质。"

"我给你介绍一个日本整形医生？"

"用不着，留着还能炒几个绯闻呢。"她半开玩笑地说。

入夜后，五月大道依旧喧闹。

布宜诺斯艾利斯的空气清如秋水，缓缓流过周身。颜悦望向街角的高档牛排馆，酒吧里那对男女正坐在窗边有说有笑，霓虹灯照亮了那女人脖子上的祖母绿项链，也照亮了她化着浓妆的脸。

这座城市的西班牙语名字是"好空气"，可颜悦此刻头晕目眩，喘不过气来。

余小鱼有点儿喘不过气。

她也不知道怎么就变成了趴在江潜腿上的姿势，反正他两通电话接下来，手上就没闲着，等接了第三通，他就把她抱到沙发上去了。

第一个电话是沈颐宁的，第二个是颜悦的，声音她听得清楚。

第三个还是女声，余小鱼反应过来，这不是她的房东学姐吗？

她一开口，江潜就捂住了她的嘴。

"对，宋主任是市政协委员，连任三届了，说明年3月想在市'两会'期间就灰色平台的问题提案。我们杂志社写了跟踪报道。"

"早一点儿？我想想……"席桐思忖，"12月市里要召开经济法治工作会议，由中央来的领导主持，也许会收集意见。"

"麻烦席记者和宋主任了。"

"江总不说我们也会提的。上次我去采访我们那个A大学弟的家属，太可怜了，父母都是农村的，一个脑瘫，另一个聋哑，日子过得真的很难。不过，江总您为什么在意这个？"

江潜垂眸看着带牙印的手掌："因为一些私人利益关系。"

挂了电话，席桐感慨："不会吧，这年头儿总裁也借钱吗？"

"他女朋友家里被探骊网的人整了。找人提案只是走一个正当程序，其余的他自己会想办法解决。"

"孟峥，你从哪儿得到的消息？"

"对于下班时间第二次给我妻子打电话的男人，我有必要稍微了解一下情况。"

"我是下班了没错，但你这么肯定他也下班了？"

孟峰道:"他原来早10晚12,我有时候下楼送客户还能碰到他抽烟,现在他把女朋友追到手,上午都不去公司了,下班6点钟就走,就这种工作态度,能指望他回家干正事?"

"你怎么这么八卦啊!"

"恒中大楼就在 ME 对面,天天看他的车走得早,我也想早点儿回。"

席桐快笑死了:"人家居家办公不行吗?"

居家办公。

他就是这么办的?

余小鱼趴在靠枕上侧过脸,看江潜把手机放到一边,打开电脑,调整蓝牙耳麦。

她见他开了摄像头,连忙扭着身子要爬起来,他轻拍一下:"动什么,咬了我就想跑?"

"你开会啊。"

他把软件调成虚拟背景,从茶几下的储物柜里取了纸笔:"我开会都是开摄像头的。"

余小鱼"哦"了一声,小小地松了口气。

这样他就会收敛一点儿吧?

江潜低头看一眼伏在他的膝上玩手机的人,然后用镊子夹着酒精棉,慢条斯理地擦拭钢笔。

她闻到一股医院里的气味,疑惑地抬头。他解释:"太久不用,落灰了。"

会议成员一个个上线,人齐之后,江潜解除静音,开始发言。

他说得很少,主要是下属在总结 HENZ 项目第二阶段的成果和遇到的问题,几个人讨论得热火朝天。

江潜听着,端起咖啡喝了一口,右手揭开笔盖,把纸铺在她的背上,用手腕压住纸面,"沙沙"地写起来,细而硬的笔尖扫过背脊凹陷的弧度。

余小鱼把脸埋在枕头里。

"博雅传媒的黎总正在阿根廷,我昨天派人接待了,她要求看几个样品房。"拉美地区子公司的代表一板一眼地汇报,"她还带着几个做生意的朋友,都是中国人。"

江潜声音平静从容地说:"她是替这些人看投资标的,或许还要在当地结交新朋友。请大家记住一定要按规章制度办事,免生事端。"

有人道:"海外投资这块最近风向趋严,上次和相关部门的副总吃饭,听他的意思是上面比较关心 HENZ 度假别墅的用途,因为部分购买者是具有一定背景的华人。他们是承建商,所以有这方面的担心。"

"我们作为销售方,不必打听那么多,严格按照法律来,我从负责这个项目开始就一直在强调合规性,大家到目前为止做得很好,后面不管是哪方监管来查,都不要慌张。"

那支冷银色的钢笔在江潜的指间转了半圈,套上盖子,在余小鱼的脊背上慢慢地移动。

"别弄了……好痒。"余小鱼忍不住叫道。

江潜在她出声的那一刻及时按了消音键。

他握着钢笔,用身体固定住她的身躯,俯身吻了一下她的后颈,轻声问:"你还记得这支笔吗?"

"想知道你面试那天我用它记了什么吗?"

"要不要看?说话。"

余小鱼最怕痒了,把下巴搁在枕头上哼哼。江潜循循善诱:"说想看,我就告诉你。"

"不想看!谁要看那个!"

江潜不说话了,面部出现在摄像头范围内,看似认真地聆听下属汇报,重新打开麦克风:"我稍后会把建议发给各位,大家还有什么问题?"

言简意赅地回复了几个人后,江潜说了声散会,关了电脑,把她抱起来坐着,柔声哄她:"不看我就扔了。"

她含糊地说了两个字,水汪汪的大眼睛一眨一眨的。他拿起那张纸,上面写着几行飘逸的花体字母。

江潜吻她的鼻尖和睫毛,在她耳边低声道:"我第一次见你,就在想这个小姑娘好甜。"

她鼻子一酸,不知道为什么有点儿想哭,攥着他的胳膊:"真的呀?"

"虽然一点儿经验也没有,还紧张,但是有勇气,又灵活,我就愿意带着你。"他的吻逐渐失控,他咬上她的脖颈,"别人都不想看了,只要你。小鱼,我只要你。"

语言对神经的刺激是致命的。

"江老师……"

她的脑子里全部是他,仿佛整个世界只剩下他们两个人。

什么声音都消失了。

江潜给她洗完澡,她也没睡,等挨到床了,她才挠了一下他的掌心,小声地说:"我是不是有进步呀,都没睡着。"

他失笑:"嗯,怎么不睡呢?"

她连抬抬手指的力气都没了,睫毛垂下来,一副有些羞涩的模样:"因为……因为我今天太喜欢江老师了,没有舍得睡觉。"

江潜心里想着事,等她合上眼,才轻唤了她一声:"小鱼,你有……"

他想问她有没有结婚的打算,但又觉得现在,两个人可能脑子都不太清醒。

这种严肃的事是要好好商量的。

"江老师?"

江潜换了个问法儿:"我去做结扎好不好?"

"嗯?"

"我30岁了,要对以后的生活做一个规划。"

"嗯?"

江潜以为她没听明白,继续道:"你知道结扎是什么意思吗?"

余小鱼闭着眼"嗯"了一声。

两个人陷入沉默中。

余小鱼躺在他的臂弯里,没说话。

等了一会儿,他委婉地说道:"我想稳定下来。"

她费力地撑开眼皮,眼珠雾蒙蒙的,看得他心软。

"算了,你先睡吧。"江潜亲了下她的额头。

窗外的月亮升上来,电线杆上的乌鸦叫了两声。他盯着月亮,胸口被她塞得满满当当的。

过了很久,黑暗里传来小小的一声:"可是这样就不可以生小宝宝了呀。"

江潜深呼吸几下,笑意从眼角荡开,又皱了一下眉。

"生宝宝很疼的。"

"嗯……"

"以后再想吧,晚安。"

事发一周内,盛海国际的官网发布了关于虚假举报的公告,紧接着造谣者在派出所写的亲笔道歉信也曝光了。余小鱼嫌烦,没打开那几个社交媒体平台，从楚晏那里知道网上又掀起一股舆论热潮。

"虽然现在的风向朝着你这边，但招聘方很难做到客观，他们也看新闻，酒桌上会聊八卦消息，一帮中年油腻男能聊出什么好听的！你要跳槽还是得多投简历，还有你那个领导啊，你当着他的面顶撞他，当心他给你穿小鞋。"

余小鱼在债券资本市场部做了两年，对她上司的人品摸得门儿清——简而言之，就是你不惹他，他不针对你，但你要让他下不来台，那他有上百种方法整你。

不过现在她没力气想这事了，她只想休息。

事实证明，嘴上的隔一周、两周毫无用处，江潜概念中的"循序渐进"跟她想的不是一回事。余小鱼越发觉得自己来江潜家就是一个天大的错误，只要她不出门，他必然居家办公；只要居家办公，必然一心二用；只要一心二用，必然用在她身上。

书上怎么说来着，资本家会以各种手段榨取劳动工人的剩余价值。

休假十天，她"躺平"的时间都有五天了，到最后一天，她并不意外地收到了工作群里上司@她的消息："下半年市场有待回暖，王总给我们业务线安排的业绩任务较重，要求每个员工都参与销售。我记得你跟我说过，只想负责承做，我就和领导提了，经过商议决定让你去公共人才池，带刚进来的新人做行研。"

所谓公共人才池，就是没有带队的首席，里面一群被各部门踢出来的散兵，什么活儿都干，什么骂都挨。

领导体面地又补了一句："你的研究能力我很信任，觉得从性格和工作负担两方面来说，你过去之后会比现在轻松。"

余小鱼没有愤怒，反而如释重负地松了口气——终于可以出门了！

再打一阵工，找到下家她就跑路。

倒是江潜看她这么高兴，有些怀疑：上班能比在他家还清闲吗？

他只能郁闷地开车送她去公司。

当晚9点钟，江潜抱着花来接她下班，她那张小脸上轻松自在的表情已经变成了愁云惨淡。

"有人欺负你？"

余小鱼长长一叹："公司的环境很糟糕，我毕业进来之后，发现只要是个正常人都被排挤走了。我做得很痛苦，可人家就能生龙活虎，好像工作氛围很好，我才是那个格格不入的神经病。"

"怎么说？"

"我今天刚调过来，领导就给我下马威，说是让我带新人，和他们一起写研报嘛，但我们写出来的他不满意，又不具体说哪里不满意，就让重写。我一问他，他就发火，让我去看实习生写的东西，说实习生都比我能干。怎么可能，我的行研是你教的，哪里会差？！江老师，他这是指桑骂槐，他在骂你！"

江潜笑了，把车停在路边，用手指抚平她的眉心："想不想吃小蛋糕？我们上去买。"

余小鱼下了车，牵着他的手喋喋不休："江老师，我跟你说啊，上午听到他们怎么整实习生，我都惊呆了。"

商场快到歇业时间，里面的人散得差不多，甜品店柜台也清空了一半，江潜要了两个，拿手焐了焐，插上勺子递给她一份提拉米苏，自己拎着一份巧克力乳酪，带回家给她明天吃。

她吃着小蛋糕，情绪舒缓了些："内资投行实习，规模大的券商按天算工资；规模中等的券商没工资，一天发几十块钱餐补；像我们这种小规模券商呢，连餐补都没有，真就是纯免费劳动力。现在实习竞争可激烈了，在大学求职微信群里发招聘信息，不愁没好学校的学生打黑工，他们真的可以不要钱，只要工作经历。"

江潜道："现在市场确实供大于求。"

"我进公司就在资本市场部，工作量不算特别大，没招过实习生，但现在做行研，要写的东西多了很多，干得没有别人快，因为别人都是自己弄个实习团队，一个员工就能完成四五个人的工作量！"

提拉米苏很快就见底了，余小鱼摇摇头："他们每天早上10点，准时给实习生开会，会后还要写总结。我同事带的两个实习生，上个月刚进来的时候，一天之内写了30页的报告，我私下一问，这报告供领导讲了一个月。"

"这个领导能力很差。"江潜评价。

"今天他就拿这个来教训我，说 A 大毕业的，工作两年了，不要连实习生都比不上。人家免费打工，还没人知道他们。"她火气上来了，"不给钱还有脸说呢！"

"微信上教训？"

"嗯，还好不在一个办公室里，不然我又要跟他杠起来了。"

江潜知道她的脾气，生气了就不会忍，问："那你怎么回他的？"

余小鱼掏出手机给他看。

"王总，我要是您，磨破嘴皮都得求他们多干一年。菩萨都没这俩实习生管用，烧香还要给菩萨交香火费，您这赚的不比买股票赚的多？"

江潜没忍住，在人行道上笑出声。

"我现在可不是软柿子任人捏。"她把吃完的提拉米苏盒子一扔，语气中带了些阅尽世事的沧桑，"江老师，跟这些人一比，你简直是大慈善家，我当年跟着你，哪受过这种委屈啊！"

江潜当年只是做了正常导师应该做的，没想到别人带孩子和自己带孩子差距这么大。

"不喜欢就辞职，没有必要浪费情绪，这样的公司配不上我们小鱼。"

余小鱼气鼓鼓地说："我猜就是因为你逼着他们发公告，领导觉得以后和恒中的合作都没戏了，心里憋着火，没胆子跟你较劲，就授意下属来整我。出了影响公司形象的事，他们没理由炒掉我，就想让我受不了主动辞职，这样别人问起照片的事，公司好撇清关系。而且他们还认定你身居高位，跟我就是玩玩而已，就算欺负我，你也不会怎么样，之前报警只是因为损害到了恒中的名誉。"

"恒中不会再和盛海合作了。"江潜说，"让盛海做 HENZ 境外债承销，才是玩玩而已，市面上那么多中小券商都在抢单子，我为什么偏偏批给这家？还不是因为你在。"

"啊？"她瞪大眼睛。

江潜轻咳一声："准确地说，只要程序合规，我没有理由拒绝，选哪家都是一样的。盛海比较诚实，不像有些券商，沟通时说得天花乱坠，自夸能卖出多少债券，最后却做不到。"

他发动车子，结束了这个话题："小鱼，找工作我可以帮你，我不想让你这么累，加班到 9 点回家还要投简历准备面试。"

余小鱼指着车旁经过挂着员工牌的路人："我这哪算累，人家干审计的才叫累，预审就开始'007'了。"

路人听到了，生气地回头："你不要乱说，我一周只上六天班，10 点不到就下班了。"

"不好意思啊。"余小鱼同情地点点头，然后对身旁的人做了个"你看对吧"的手势。

她看着窗外的车流，双手枕着后脑勺儿："我先自己找工作，至少等到下个月,让公司把社保缴完我再跑。找不到我就让你帮忙。"

江潜揉了揉她的脑袋。

小姑娘一直挺要强。

三年前如果没出事,她现在应该悠悠闲闲地在外企工作吧?

"要是他们再欺负你,就跟我说。"

"哎呀,江老师,你不要担心,我既然干不长,就不会忍气吞声。谁叫他们看不起打工人!"

这几天过得甚是煎熬,每天上班,余小鱼都会遭到意料之外的训斥,比如问她为什么没有约电话会议,为什么没有总结日报,为什么没有监督组里实习生的进度……

她破罐破摔,把能做的做完,其余的就不管了,一到八点就拎包走人。连续五天之后,领导找她谈了次话,大意是认为她工作态度有问题,需要好好反省。

周日组里没人休息,余小鱼也加了一天班写报告,第二天中午吃饭前,她随手丢了张名片在桌上,旁边用笔压了张草稿纸,记着几行字。

这天领导就没有再找她的碴儿。

下班时同事们还在电脑前狂敲报告,她拈起桌上的名片,放回包里,走进无人的电梯里,嘴角露出苦笑。

领导消息灵通,以为她找到了下家很快就会走,实际上她是在唱空城计,到目前为止还没接到任何面试通知。

名片是上次去七森俱乐部吃饭,芳甸资本的宋总给她的。她当时在恒中的路演上讲了10分钟幻灯片,发挥得不错,引起了他的注意,不过那次饭局后两个人没再联系过。

回到公寓里,余小鱼打电话给楚晏。

"我们公司的岗位?我帮你问问啊。不过你得先有个心理准备,现在风险投资、私募社招,都要求研究生学历以上,另外你工作两年,经验说多不多,说少不少,涨薪幅度可能不大。要不你直接加宋总微信,微信号就是手机号。"

余小鱼用肩膀夹着电话,打开冰箱,眼睛一亮——里面除了几瓶酒,还整整齐齐地放着一列小甜品,有拿破仑蛋糕、海盐芝士、抹茶大福、杧果瑞士卷,五彩缤纷的。

她心情瞬间好了,拿出一个小蛋糕放到桌上,美滋滋地用勺子挖了一块:"那我就直接联系宋总了。你跟我讲单位福利不错,不是骗人的吧?"

"骗你干吗?我们工作强度比其他私募小多了,成立初期合伙人投的项目收益就够我们吃好几年。"

"你们有哪几位合伙人?"

楚晏也不清楚:"我也没见全过,大佬都很低调的。"

挂了电话,她边吃边开电脑修改简历,然后去芳甸资本的公众号看了一下投资项目,紧接着就加宋总的微信。宋总正好有时间,两个人寒暄几句进入正题,余小鱼问他公司招不招人。

"有个研究员几天前刚交辞职信,你要是感兴趣,我安排你去那个组面试?那个组是做奢侈品的。"

说实话,余小鱼对这个领域一窍不通,但找工作的要义就在于要底气十足,就当是积累经验。她谢过宋总,把简历发过去,就等通知了。

可能是老天爷看她这两周在公司里过得太不顺心,接下来的几天异常顺利。

奢侈品组的经理去过HENZ的路演,对她有印象,态度很客气,经过两天内三轮面试,几个高层都点了头,让人力来跟她谈薪资。

余小鱼这时才想起这个问题——她压根儿不会谈这个,楚晏也只跟她说了大致的范围。

她打开芳甸资本的官网,试图在招聘板块上搜寻薪酬信息,然而徒劳无功,昏昏欲睡地点进公司介绍的页面,余光扫到一个"江"字,下意识地停了半秒。

原来是《春江花月夜》里的诗句,"江流宛转绕芳甸",取后两字做公司名。

还整得挺文艺。

余小鱼打了个哈欠,继续往下浏览,结果瞬间清醒了。

她跑到浴室外,敲敲门。

江潜刚回家,正在里面洗澡,应了一声:"小鱼,什么事?"

"我面试芳甸资本,你知道吧?"

"知道。"

"那他们知不知道我是你女朋友?"

水声停了,江潜擦着头发,把门开了一点儿:"你说谁?"

"就是这家公司里的人。"

"我不清楚,没跟他们说过。"

余小鱼拍着脑门儿哀叹:"你怎么不跟我说你是合伙人啊?"

江潜哭笑不得:"你投简历的时候不查查这个公司吗?我以为你知道。"

"我当时看的是公众号嘛!那我不去了。"

"怎么不去了?我三四年都没管过芳甸的事,又不妨碍你工作。"

"我要是进去了,老板和同事知道我们谈恋爱结婚生宝宝,多尴尬呀。"

江潜手一伸,把她捞到自己胸前:"结婚生宝宝?"

余小鱼刚说完就咬了舌头,踮脚用力地晃着他的肩膀:"忘掉忘掉忘掉……"

他扣住她的腰,不让她溜,沉沉地笑:"小鱼,再说一遍。"

脸红红的像个苹果,她哼了一声,埋在他的怀里吸了口气。

"再说一遍。"江潜低声恳求。

余小鱼不说话,半晌,又深深地吸了一口,怀疑地举起自己刚碰过小蛋糕的手指,凑近闻闻。

"嗯?"

她抬起头,像发现了一桩天大的秘密,眼珠亮晶晶的:"江老师,你身上有股奶香味。"

"不是沐浴液的味道。"她戳了一下他近在咫尺的胸肌,鼻尖蹭过他的胸口,"淡淡的,好好闻……"

江潜再也忍不住,把人往里一拽。

"砰!"

门被踢上。

浴室里响起一声惊叫,而后"哗啦啦"的水声重新回荡起来。

第十章
揭破大秘密

内环大院里的房子是 20 世纪 80 年代建的，居民大多上了年纪，午夜过后，只有一栋别墅的二楼亮着灯。

迎着光，浴室的门开了，一股闷热的水汽冲出来。

谢曼迪走到穿衣镜前，给吹风机插上线，绾起一边半湿的头发。花园外有跑车呼啸而过，一束车灯的光照在镜中人脸上，映得眼眸漆黑，面容苍白，褪尽了热水泡出的一点儿血色。

这张脸……

她移开视线，盯着墙角的霉点。

这个家中只有一间卧室是这样的，其他地方都因新女主人的到来而翻新过，干净整洁。

谢曼迪讨厌别人进自己的屋子里，无论是粗俗的装修工、优雅的继母，还是朴实的父亲、让她继承大笔遗产的谢家外婆。

他们对她很好，但她没有那些情绪。

感恩、激动、知足的情绪。

她吹着头发，思考自己为什么会这样，想着想着，嘴角就扬起一抹嘲讽的笑，把吹风机开到最大挡。

长长的黑发在空中张牙舞爪。

"呼呼"的噪声穿透地板。

几分钟后，楼下果然响起了脚步声。

是戴月咏。

他走到门外，声音里带着愤怒："曼曼，我跟你说过尽量在12点前洗澡，你沈姨睡觉容易醒。吹头发小点儿声行不行？"

谢曼迪关掉吹风机，往床上一躺，心不在焉地道："爸，对不起。"

"早点儿睡，不要熬夜玩手机。"

脚步声消失在楼梯下。

谢曼迪关掉台灯，屋檐上的月光悄然滑进窗子里，染上干燥的发梢。

那个人还能睡得着吗？

反正自己睡不着。

她也别想睡。

谢曼迪靠在枕头上，望着尖尖的月钩，眼睛干涩，心底生出一种空洞的疲惫感。

褪黑素就放在床头，她不想吃，滴完眼药水，仰面直直地躺着。

片刻后，有人很轻地敲门。

"睡了吗？"

是个月光一样温柔的女声。

谢曼迪跳下床，拉开门的一刹那想起眼药水还没干，低头把门摔上，用手抹了两下眼角，脸转向窗子。

清凉的夜风从那里吹进来。

很久之后，门外的人打破了沉默："对不起。"

她似乎叹了口气："不要再做那些事了，不该由你来。"

谢曼迪凝视着镜子里冷漠的脸。

"我知道你讨厌我，不想跟我说话，但我说的你听得进去。赵家不是那么好对付的，不要以为你一个二十出头的小女孩儿，通过手段拿到一点儿资料，就能动摇他们的根基。"

谢曼迪挑了挑眉，那张脸的神情变得熟悉了。

"你跟我说对不起是什么意思？说完了再来教训我，很礼貌是吗？"

她走到门边，提高声音："是我开吹风机吵醒你了，对不起，阿姨。我再得罪你，你直接告诉我爸，他养了我13年，把我赶出家门我也没意见。"

"你爸爸对你不好吗？你怎么能这样说他？"

门外的嗓音有一丝颤抖。

"他很好。"谢曼迪冷冷地说，"戴家和谢家的人对我都掏心掏肺地好，可我从小就这样，可能是没妈教吧。"

她双手抱在胸前："我爸对你不好吗？你要骗他多久？"

"你在说什么？"

"你根本不喜欢他，你在利用他。他不是我亲爸，所以我懒得告诉他，告诉了他也不会信。"

"你误会了……"

谢曼迪狠狠地瞪着镜子，片刻后终于打开门："等你敢承认……"

走廊里空荡荡的。

人已经走了。

她心头火起，咬牙追下去，把楼梯踩得"咚咚"响，到了一楼，戴月咏正恼火地站在主卧门口。

"你这孩子到底怎么回事？"

"饿了，我拿点儿吃的。"

谢曼迪去厨房，胡乱地从冰箱里拿了袋黄油饼干，头也不回地跑上楼。

戴月咏打了个哈欠，关上门，房里传来隐约的抱怨："现在的小孩儿，早饭都不吃了，天天熬夜玩手机吃零食点外卖，这还了得……你吃不吃那个饼干？我下次多买点儿……"

别墅重归寂静，谢曼迪路过戴昱秋敞开门的房间，里面很空。他几天前搬出去住单位宿舍，因为不想再面对她。

最好永远别回来，她见了他就烦。

谢曼迪刚回到床上，手机屏就亮了一下。

"周六中午有空吗？我们俩一起吃个饭吧。"

谢曼迪久久地看着这条微信，莫名其妙地烦躁不安，把饼干扔到角橱，点开软件叫了整只炸鸡外卖。

等到天明时分她也没睡着，8点一过，终于回了个"好"的表情包。

他细致的亲吻落在她的肩背上，嘴唇温暖而柔软。

与他的外在完全相反呢。

余小鱼这么想着，稍稍动了下右胳膊，把微信发了出去，带着鼻音道："江老师，你压到我的头发了。"

江潜一边吻她，一边把她凉凉滑滑的头发拨到前面去，拿掉她的手机，扔到床脚。

"我还没发完呢！"

他不说话，只是贪恋地吻她的身体，把她圈在怀里。

夜很深了。

柠檬沐浴香氛的味道很好闻，可她还是觉得他身上的味道更好闻，于是翻了个身，把脸颊贴住他的胸膛，呼吸喷在他的皮肤上。

余小鱼发完微信就没力气了，软绵绵地瞪他："我明天还要上班，别人看到怎么办呀……你亲得我好痒。"

"那就不去上班了，这种班有什么好上的！"

"我要让公司给我交 11 月的社保啊。"余小鱼闭着眼道，"这样裸辞找工作的时间能长一点儿。"

他摩挲着她光滑温热的脊背："你可以不用这么累。"

"江老师，男朋友要用在工作之外的地方。"

"那你能不能告诉男朋友，刚才回信息给哪家公司？"江潜顺着她问。

"我又没毛病，这么晚给人力发什么消息。"余小鱼嘟囔，"我约人周末吃饭啦。"

"你室友？"

她抱住他的腰，睁开一只眼睛："是个很漂亮很有气质的学妹哟。"

江潜立刻明白过来："约她做什么？"

"我为什么要告诉男朋友啊？男朋友什么都不跟我说，嘴巴紧得像鳄鱼，一声都不吭，最会潜水。"

他无奈："我没有故意不跟你说，是我在工作之外做的事情太多太复杂了，一下子讲不清楚。你要是真的想知道，我是不会瞒你的。"

余小鱼"嗯"了一声，说："江老师，我没怪你，开玩笑而已。有些事我不问，是因为我觉得问了并不能改变已经发生的结果，反而会加重你的心理负担。我说一句话你就会习惯性想很多，还不会在我面前表露情绪，这样还不如我自己搞清楚，也不花什么力气嘛。"

话说到这份儿上，江潜就懂了。

那个秘密她知道了。

他沉吟片刻："周末我送你去吃饭。"

"你不要担心我，我有分寸，就是想做个了结。"

一周很快过去，余小鱼又收到了几个面试通知，都是券商和银行的中后台。周五下班前她递了辞呈，通知公司两周后离职，领导又找她简短地谈了一次话。

"按竞业协议，跳槽到其他投行需要赔 10 万块钱。"

"我进公司的时候没签这个，入职合同上也没有这个条款。"

"辞职的时候要签。"

余小鱼点点头："知道了,如果我裸辞呢?"

"退回上一年度的年终奖。"

余小鱼看看表,6点整了,她觉得没有必要再在这个地方多待一秒钟,连再见也没跟领导说,出了门进电梯里就按上行键,去汉原律师事务所。

"资本家还没当上,资本家精神倒学得一身是劲。"

她咕哝着找到张津乐的微信,发了条消息过去："我在你公司外面,请你喝咖啡,需要劳动法相关咨询。"

半个小时后江潜来捞"鱼"回家,那俩人正从大楼里出来,你一言我一语骂得热火朝天,恨不得合伙剥了老板的皮。

看到眼前比老板还大的资本家,张津乐顿时气焰全消："潜总,有事和您说。"

"上车说。"

关了车门,他被浓郁的花香熏得打了个喷嚏："不好意思。您不是想把那个叫陈五的人送进去吗?我们的律师在调查的过程中遇到困难,他的背景可硬了。"

江潜并不意外："只是试一试,探探口风,做不到就算了。"

余小鱼开了点儿窗,手上那束扎着蓝缎带的香水百合着实气味太浓,她也有点儿受不了。

"江老师,陈五就是上次你跟我说的那个人?"她好奇地问。

"对,探骊网的挂名司机。"

"他真的不是赵柏盛的手下?"

她上企查查看过,公司主要人员那栏写明了赵柏盛是探骊网的执行董事。

张津乐插嘴："不是,他老板是个女的,叫比阿特丽斯,人称B姐,是葡萄牙籍华人,平时很少露面,据说特别霸气。"

"外国人也搞这个?"

"谁知道呢,也许葡萄牙经济危机后赚不到钱了。"他耸耸肩。

江潜说："她名下还有一家做移民中介的网站,叫海珠网。"

"我在银城晚间新闻里看到过。她跟赵柏盛什么关系?"

"合作,但她有自己的想法。她是个胃口很大的商人,一心想往上爬。"

前方红灯亮了,江潜在后视镜里看见余小鱼满脸疑惑,微微一笑："你刚才和张律师聊什么了,这么激动?"

"我们公司业绩不佳,靠罚款创收,辞一个员工至少获赔10万块钱,我一生气,就想去告他们。"

"要是找我们律所的同事打官司,蛮贵的。"张津乐补了句,"我建议先劳动仲裁。"

余小鱼叹气:"我们公司以前离职的员工都赔了钱,而且金额没有商量的余地,也不知道他们有没有咨询过律师。"

江潜回身抽了张纸巾,擦去她唇边的咖啡渍:"我来解决,好吗?不要操心这种小问题,脸都皱了。"

等到把张津乐送到和女朋友约会的餐馆,车上只剩他们了,余小鱼才有点儿不好意思地说:"江老师,每次都让你处理,我挺……"

"不要这么想。"他蹙眉,语气很正式,"小鱼,你不要认为是在花我的钱、占用我的时间和精力。我们现在是一体的,帮你就是在帮我自己,我所有的行动都是为了让我们过得更好。如果我做不到,我在这段关系里就是失败的,明白吗?永远不要觉得你欠我什么,我这样做是因为我愿意,并且有能力,而不是为了获取报酬。"

过了半天,她才小声道:"人家说结了婚才是一体的呢。"

江潜没说话。

车开到公寓的地下车库里,余小鱼低头闻了闻百合花,香气十分提神醒脑。

"江老师,我要告诉你一件事。上周我妈给我买了个二手房,40平方米的内环老破小,她出首付,我付房贷,打算过年前装修好,所以12月之前我一定得找到工作。"

"嗯。"

脸有点儿发烫,她问:"你懂的吧?"

江潜嘴角弯了一下:"没懂,不妨说得具体些。"

小丫头瞒他瞒得还挺紧。

她轻哼了声,抱着花打开车门:"不懂就算了!"

周六早上,不出意料地,余小鱼又起晚了。

余小鱼赖床到10点多,江潜把她从被子里拎出来刷牙洗脸,又洗了些车厘子喂"鱼",到了11点30分,就开车送她去餐馆。

"就前面那个西班牙小酒馆,我团购了个双人塔帕斯套餐,要四百块,好贵啊。"她坐在副驾驶座上碎碎念。

"你请客?"

"这取决于对方的聚餐道德。"

余小鱼贴着车窗,在人山人海中搜寻着,并没看到期望的身影。

"哒……"

她把被安全带夹住的头发拽出来,对着镜子扒拉扒拉。江潜瞟了一眼,伸手揉揉她的后腰:"昨晚没压到吧?"

"啊?"

"头发。"

余小鱼用力地扯了一下他后脑勺儿的短发,抱着包跳下车,弯腰对车窗喊:"今晚你睡沙发!没得商量!"

江潜抬抬下巴,她回身,顿时尴尬得汗毛都竖起来了。

要等的人正站在几米开外,目光复杂地望着她。

余小鱼露出一个客气的笑:"学妹,来得这么早啊,正好一起进去。"

"学姐好。"谢曼迪往左挪了半步,对着她身后的人礼貌地打招呼:"江总。"

江潜稍稍点头,不做应答,把车开出路口。

谢曼迪收回视线,嫣然笑道:"我们走吧。"

正午的太阳光照在她的颈后,黑绸裙衬得皮肤宛如冰玉,好像多停留一秒都会晒伤。

还没走进餐馆大门,服务员就迎上来,几个露台上的顾客也投来视线。

余小鱼知道他们肯定不是在观赏自己,小跑两步到谢曼迪前面,对服务员说:"你好,我订了12点的位子。"

用木板盛的西班牙小食很快就端了上来,还有两杯桑格利亚酒,一红一白。

余小鱼要了白色的那杯,里面漂浮着玫瑰花、荔枝和青柠,香气沁人心脾。她抿了一口,拿起烤得脆脆的面包片,咬得"咔嚓咔嚓"响,唇边的小梨涡现了出来。

江老师烤的比这个好吃。

谢曼迪只是垂睫喝着红酒,没有动餐具,一桌赏心悦目的食物仿佛是无法下咽的塑料。

余小鱼咽下火腿片:"你真不要来一点儿?会饿的。"

谢曼迪用叉子把蔬果沙拉里的培根挑出去,斯文地吃了几口,听到对面的人说:"你平时吃的肯定特别绿色健康,难怪身材这么好。"

她语塞:"学姐今天叫我出来,到底是为了什么事?"

余小鱼语气轻松地说:"你主动加我的微信,我就当你是朋友了。最近我忙，倒忘了微信上跟你聊聊。之前见过你三次，一次是在恒中，一次是在你爸的婚宴上，还有一次是在你钢琴老师家楼下，挺有缘分的，但都没机会互相了解。你也是银城人？"

"是的，我爸很多年前从首都调过来工作，我一直在银城上学。"

"是 2007 年调来的？"

谢曼迪放下叉子，点点头。

余小鱼声音放轻："你爸婚礼那天，我朋友说你是戴家收养的。抱歉，我只是有点儿好奇。"

谢曼迪依旧保持着完美的微笑："我是 8 岁进戴家的。我爸的第一任妻子姓谢，2007 年她生病去世了，我爸很伤心，所以就离开首都，换个环境生活。2008 年年底我爸按外婆的意思在银城的福利院领养了我。"

"8 岁已经懂事了啊。"余小鱼感慨，"有爸爸就好过了，在福利院有没有人欺负你？"

谢曼迪似是觉得这个问题有点儿好笑，把酒杯往外推了推："没有。当然没有人敢欺负我。"

"也是，你很聪明，也有主见。"余小鱼托着腮，"沈总肯定也这么想。"

谢曼迪嘴角的笑容淡下来。

"学姐约我吃饭，不是为了说这个吧？"

余小鱼斟酌措辞："确实和这个有关。"

谢曼迪嘲讽："她找了江总，让你给我做心理疏导，好早点儿接纳你的实习导师？"

余小鱼摆摆手："你别激动，我没有恶意。我找你完全是为了自己的事，三年前那件事，你明白我指的是什么。你看，你完全知道江潜和沈老师关系好，还知道沈老师带过我实习。我当年的实习经验根本比不上你在恒中这小半年的收获，你对恒中的认知已经相当透彻了。"

余小鱼叼着蒜香面包，从包里拿出一沓照片，放在餐桌上。

一共有七张。

谢曼迪的脸上看不出任何表情，眼中有冷冷的警惕。

"这是什么？"

余小鱼把最后一枚番茄芝士挞放到她的盘子里："这是乔梦星给我的，她从姚董事长那里要来了。你应该知道乔梦星这个人，或许曾经看过她的简历，知道她会拍照，那一阵儿沈老师经常在你家嘛。"

"没有。"谢曼迪答道，"我不认识她。"

余小鱼用餐巾擦擦嘴角，注视着她："过去的事已经过去了，我不会再拿它来责备你，我本身也有错。你很聪明，但不要认为别人都是傻子，你以为江潜、沈老师和我都不知道吗？只是我们觉得你很……"

可怜。

她把这两个字吞回去："聪明人也会在情绪激动时做出傻事来。"

谢曼迪眼神变得更冷，唇角勾起："你想让我承认什么？我什么都不知道。"

余小鱼想了想："我和江潜就算了，事实上我们没有你的道歉也能过得很好，而且你对我们再也构不成威胁。但是乔梦星被人冤枉是她拍的照片，以致她提前离职，这不公平。"

谢曼迪直视着她，双手抱臂："哦，如果她需要我道歉，就来找我吧。你说的这个人，听上去心理素质很差。"

余小鱼无奈地喝酒："你说你什么都不知道，那你至少应该知道，沈老师是你的亲生母亲吧！"

那一瞬间，谢曼迪脸色剧变，"唰"地从座位上站了起来，捏着链条包挡在身前。

余小鱼也站起来，握住她冰凉的手。

"坐啊，我没有恶意。"余小鱼重复道。

谢曼迪仍然站着，大力甩开余小鱼的手，好像碰到了一块烧红的烙铁。

"我不会伤害你，不会告诉别人。"余小鱼重新坐下，用勺子盛了两碗海鲜汤。

气氛变得凝重。

过了大约1分钟，谢曼迪身侧握紧的拳头慢慢松开，看着余小鱼香喷喷地喝汤，僵直的腿变软，坐回椅子上。

"你长得有点儿像她，你们都很漂亮，人群中一眼就能被发现。你第一次见到她的时候，有过怀疑吗？"余小鱼猜测，"你从前大概非常恨她。"

谢曼迪木然地听着，缄口不语。

"你一出生就被丢在福利院那种地方，没有爸爸妈妈的照顾，吃穿都要和别的孩子争。到了8岁，你终于过上了好日子，但寄人篱下并不自由。一般的小朋友住在亲戚家都会如履薄冰，更别说是在没有血缘关系、规矩很多的大户人家了。你怎么能不恨导致这一切的父母呢？

"2019年你上高三，沈老师和你养父的关系越来越好，她经常去戴家大院。你这么聪明,当然会怀疑她对你的额外关注,世界上没有一个母亲在看着被自己抛弃的孩子时,眼里没有丝毫愧疚。所以你开始怀疑,想尽办法调查,根据福利院的档案记录,或者在福利院里的听闻,找到了当时把你抱来的保姆,确认了这件事。我不知道她有没有亲口承认,这件事应该做得非常隐秘,可能你是通过观察她和沈老师的反应确认的。

"你的高中就在大院旁边,每天都回家,当然有很多机会接触沈老师,顺理成章地听说了恒中集团的派系纷争。你知道沈老师和江潜在密切合作,是一条船上的人,想把赵柏盛拉下台,所以在2019年3月15日周五的晚上,你跟踪了江潜,拍下江潜和我的照片,作为举报材料寄给赵柏盛,试图用这种手段来破坏沈老师和江潜的计划。恒中向来重视集团名誉,你完全知道这种照片爆出来的后果。"

余小鱼把桑格利亚酒喝完,朝手掌呼了口气,有股很好闻的玫瑰香:"按姚董事长的推断,赵柏盛刚收到照片,就被乔梦星不小心拿走了,所以事情才没闹大。后续你有两个选择,一是到此为止,二是再次给赵柏盛提供照片。按你的性格,理应是第二个选择,但为什么没有呢?赵柏盛一旦拿到,就不可能不利用它。"

谢曼迪面色苍白,动了动嘴唇,仍然没有说话。

"我推测,是因为沈老师第一时间就发现是你干的,替你遮掩过去,紧接着你就知道了你的亲生父亲是谁。"

余小鱼极轻地道:"是赵竞业,名声在外的那个赵竞业。"

谢曼迪握着酒杯的手微微颤抖,青蓝色的血管浮在白得几乎透明的皮肤上。

"我不知道是沈老师告诉你的,还是你自己发现的。要求证很简单,你的养父是圈子里的人,他知道沈老师2000年到2002年给赵竞业当过秘书,赵竞业那时候去省城进修,他们一起消失了近两年。

"恒中的赵柏盛是赵竞业的亲侄子,二人同流合污,利益绑定。相比之下,你更恨你父亲,他知道你的存在,却抛弃了你们母女,让你孤零零地在福利院里过了8年,从来没有探望过你,而你妈妈至少给你留了一只银手镯。"

余小鱼叹了口气:"很戏剧性,对吧?报复了一个人,却发现因此受益的那个人才更加可恨。"

谢曼迪的呼吸变得急促,好像急于否认这一切,余小鱼没有给她机会,声音放大:"你明明还有机会报复沈老师,却没有这样做。你手上那么多证据,明明可以直接给沈老师安罪名,让她离开恒中,在金融圈里身败名裂,却选择让江潜当靶子。你宁愿伤害一个跟你妈妈合作的人,也不愿直接伤害她，你心里还是想靠近她的。"

"我没有！"

谢曼迪紧紧地揪住桌布，凶狠地盯着她，像一只发怒的豹子。

"你被自己的心态折磨得很累，所以去看心理医生，那天我在小区里碰见你，你并不是要去钢琴老师家，而是刚从心理医生那儿离开。电梯出故障，你包里的小饼干掉出来了，我那天在医生家吃了三包这样的黄油饼干。医生是不会透露客户隐私的，所以我咨询完，就上楼问了钢琴老师，她却说你那天并没来上课。"

余小鱼顿了一下，继续说："另外，你的香水和沈老师车上的都是柚子味，是你喜欢，还是她喜欢这个气味？"

谢曼迪咬着牙，半晌，端起酒杯一饮而尽，拎着包转身就走。

余小鱼甚至能看见她额上的汗珠。

"我只是随口问问，你没有义务回答我。我说的这些都是我猜的，沈老师和江潜没有透露任何关于你的信息，他们都很理解你。"

她提高嗓音，往嘴里塞了一只剥掉壳的大明虾，在餐巾上擦擦手，追上去，把那沓照片还给谢曼迪。

"物归原主。"

然后她又坐回餐桌旁吃饭了。

谢曼迪攥着照片，一眼也没看，只是面无血色地望着余小鱼。片刻后，她大步走到吧台，叫服务员结账。

余小鱼连忙放下海鲜汤跑过去："我约你出来，我买单吧，不然就分开买。"

她一跑过来，谢曼迪就移开目光，抿着唇掏出信用卡，"啪"地压在柜台上。

"你几乎什么都没吃……"

谢曼迪猛地扭头："你在这儿，我怎么吃得下去！以后不要再来找我！"

余小鱼耸耸肩："我今天胃口还挺好，可能是你长得太下饭了。谢谢你请我吃饭啊。"

谢曼迪胸口起伏，还想说点儿什么，又发现自己对着她什么也说不出来，只能恶狠狠地瞪着面前比自己低一个头的人，美丽的脸庞如同面具裂开了黑色缝隙。

"我和江潜都希望你能和沈老师好好相处。她是一个善良温柔的人，如果不是被迫，肯定不会丢下自己这么漂亮可爱的女儿。21年，她受的伤绝对不比你受的伤少。"

谢曼迪似乎充耳不闻，拿回卡，三步并做两步冲出了餐厅。

正午的阳光炽烈地烧灼着皮肤，谢曼迪的胸口也难受起来，周身散发着幽幽的冷气，她抬头看向辽阔的天空，这蓝天白云下竟好像没有她立足的地方。

她喉咙发干，肌肉僵硬，一边顶着烈日走，一边捶着锁骨和脖子的连接处，不让那阵酸涩蔓延到鼻尖。她漫无目的地穿过广场，穿过写字楼，穿过繁华的商业区，双手把包抱在身前，强压住心底一阵阵泛上来的刺痛。

步行街两侧逐渐热闹起来，把她淹没在人海里，谁也没有注意到这个失魂落魄的行人。她感觉好受了一些，脚步在一处店铺前停下。

"四对炸鸡翅、两大份鸡米花、大杯可乐。"

"终于追上你了，你走得好快！"

两个声音同时响起。

谢曼迪浑身一抖。

她回头，余小鱼喘着气，举起手里的塑料袋："我把你那份墨鱼面打包了，你带回去吃啊，会饿的！"

炸鸡店的店主在背后催促。

谢曼迪脑海纷乱，眼前走马灯似的闪过无数画面，一会儿是外婆笑眯眯地说她和那女人的眉眼简直是一个模子里刻出来的，一会儿是养父责怪她对继母冷言冷语，一会儿是保姆在厨房里热火朝天地做菜……

她恍惚接过一大包油炸食品，那只白色的塑料袋还在她眼前晃。

余小鱼把袋子牢牢地塞进谢曼迪的手里。

那一刹，谢曼迪所有的情绪都爆发了。

谢曼迪咬住唇，抬起头，瞳孔在阳光下蓦然放大。一点儿晶莹的光开始闪烁，而后颤动着越来越亮，像狂风吹过山巅，即将带来一场巨大的雪崩。

余小鱼张了张嘴："你……你别哭啊。"

"我讨厌你！你走，我不要看见你！我再也不要看见你了！"

谢曼迪眼泪一开闸，霎时间流了满脸，语无伦次地哭道："我讨厌……讨厌你们这些人！你把它拿走，我不要……"

余小鱼掏出纸巾给她擦了两下："小妹妹，哭解决不了任何问题。你吃完垃圾食品心情就好了。"

"走开！你别管我！！"谢曼迪脸涨得通红，往后退了一步，转过身擤鼻子，随后狼狈地跑开了。

余小鱼吐吐舌头，望着她的背影："喂！你回家不要跟你爸妈说是我把你搞哭了，他们还以为我欺负你。"

然后余小鱼不合时宜地打了个饱嗝儿。

今天天气很好，风和日丽，她在路边买了个巧克力慕斯，打电话让江潜来接她回家。

"事情就是这样的，我把她弄哭了。"

余小鱼坐在公寓的沙发上，跟江潜絮絮叨叨地描述。

江潜听到这儿时才笑出来，捏捏她的脸："你有这么凶吗，就能把人欺负哭？这个小女孩儿太要强，她被揭穿无法面对你，也说不出道歉的话，所以情绪失控了。"

"江老师，你和沈老师对她都好宽容啊！"

"你不也是吗？"

余小鱼仰起脸："我也不想，可是她叫我学姐！没人这么叫我，我回学校看老师，学弟学妹都以为我是大一新生，或者老师家的女儿，知道我毕业三年了也不会当面叫我学姐。"

"那叫什么？"

"亲爱的、鱼宝、我的英文名，或者鱼鱼。"

江潜笑道："你以后带实习生，他们还要管你叫余老师呢。"

余小鱼眼睛都亮了。

他转言道："沈颐宁是她的母亲，当然会容忍她犯错，我是不想跟小孩子计较。当年我自己也有错，又以为是赵柏盛那边的人干的，就没追究到底是谁。我回国后看破不说破，相当于卖给沈颐宁一个人情，合作会更顺利。"

余小鱼点点头，又狐疑地凑近他的脸："可是漂亮的小学妹很喜欢你哟。"

江潜弹了一下她的额头："你要是把她从儿童福利院里捞出来，她就喜欢你；夏秘书把她捞出来，她就喜欢夏秘书，懂了吗？她对我的那一丁点儿感情，根本比不上仇恨，真要喜欢一个人，怎么会忍心伤害他？她就是作业太少，闲着没事干。"

余小鱼笑得在沙发上打滚儿。

江潜又道："我母亲生前经常做公益，我放假从英国回来就跟着她做，银城的儿童福利院和养老院基本都去过，实在难以想起曾经帮过谁。但谢曼迪我有印象，她那时候在钟潭福利院，我让谢家老太太把这个小魔鬼收了。"

那天，谢曼迪离开他的办公室后，他看着母亲的照片想起来了。

那天也是他母亲赵柏霖去世三周年的忌日。

12月的寒风从窗外灌进屋,吹在身上冰冷刺骨。孩子们穿着别人捐献的冬衣,坐在长椅上,紧张地等待来领养的大人。

这批来福利院的人有好几个,里面有和母亲相熟的朋友,家境相当富裕。江潜搀扶着谢家老太太,随她慢慢地走,老人慈祥的目光最终停留在一个瘦小的女孩儿身上。

那孩子生着张眉清目秀的瓜子脸,梳着马尾辫,绿色大棉袄把她从头遮到脚。

她有一双锐利明亮的眼睛,就这么看着老太太,眸子里一点儿一点儿地聚起水光,而后视线慢慢下移,望着自己的裤脚,吸吸鼻子。

老太太对江潜说:"你去瞧瞧这孩子,是不是挨欺负了。"

当时的院长赶紧道:"没有,她就是性子倔,不爱说话。"

江潜走过去,蹲下身卷起她的裤腿,苍白的皮肤上印着一道伤痕。

院长吓了一跳:"你又打架了?"

窗外几个年龄稍大的孩子经过,冲屋里喊:"谁敢打她?每次有人来,她就装可怜!"

院长头痛欲裂,出去把那群孩子赶走,训斥的声音飘在冬风里。

江潜明白了,今天院长把这孩子叫来,就是希望这个刺儿头被人领走。

他把小女孩儿的裤脚放下,从背包里拿出一盒创可贴,塞进她的口袋里。

老太太皱着眉摇头:"这么小,就这么有心计,恐怕教不好。她叫什么?"

一个老师说:"她一出生就被抱来,不知道父母是谁,抱她来的人叫月梅,我们就喊她小梅。她母亲给她留了一只银镯子,还有张字条,上头写着生日,还拜托我们好好照顾她,可这里条件有限,能养大、不走歪路就不错了。"

"几岁了?"

"快8岁了。"

"上学了吗?"

"上了一年。"

江潜站起身。

"哥哥,我记得你。"小女孩儿突然开口,泪珠扑簌簌往下掉,"赵阿姨好久不来了,是不是我哪里表现得不好,惹她生气了?她捐的故事书我都看了,还会背。"

她拉住江潜的手:"我想赵阿姨了,我生下来就没有妈妈,我要是有个像她一样的妈妈就好了,我一定会很乖很听话的。"

江潜心里一阵刺痛。

小女孩儿一边哭一边说:"哥哥,赵阿姨说你在国外读书,你想不想她?"

想不想她?

江潜的手发颤。

16岁的少年立在原地,眼里全是悲伤。

很久之后,他转头对谢家老太太说:"这孩子很聪明,喜欢看书,应该能教好。您觉得呢?"

老太太沉吟半晌:"小丫头长得倒有几分灵气。"

小女孩儿紧紧地盯着她,目光中满是期盼。

江潜俯视着小女孩儿,声音很轻地说道:"你明知道我母亲去世了。以后,把你的聪明用在正道上。"

你想不想她?

脑海中一个声音不停地诘问。

谢曼迪抹抹眼角,把钥匙插进去转了半圈,门从里面开了。

戴月咏蹲在柜子旁给她拿拖鞋:"鞋子放在外面啊,爸爸在拖地。你不是和朋友吃饭吗?这么早就回来了?咦,怎么哭了……?"

谢曼迪趿拉着拖鞋,拎着两个塑料袋急忙跑上楼,差点儿撞到楼梯口的沈颐宁。

"曼迪!"

沈颐宁喊。

想不想她?

谢曼迪头也不回地飞奔过走廊,又回到了13年前的那一天,她在寒风中抬起脸,问那个哥哥想不想他的母亲。

她知道他很想。

因为他的母亲跳楼死了。

她从小就那么坏。

"咔嗒"一声,卧室的门锁上。谢曼迪抱着纸巾盒往床上一坐,拆开炸鸡纸袋,抹着眼泪大口大口地啃起鸡翅来。她力道很重,纸巾擦得半张脸都红了,镜子里映出一个哭哭啼啼、委屈又愤怒的人影,嘴唇辣得微肿,脸上粘着面包糠，陌生到她几乎认不出来。

为什么会这样？

那个女人为什么都不愿意叫她的名字？

因为她姓谢，从小被别人养大吗？

因为她叫她继母，说恨她，让她滚出戴家大门吗？

她不该恨沈颐宁吗？

那个偏僻的地方，她这辈子都不想再回去，童年的回忆像一把刀，把她扎得遍体鳞伤。

她懂事的时候，俨然已经成了别人口中的坏孩子，谁都不信，谁都不理，每当发放物资时，她总是抢得最凶的那一个。院里的孩子们惊人地早熟，拉帮结派对付她，后来她学会了示弱，在老师和来参观的客人面前装作乖巧文静，以便早早逃离这个地方，背后却成了同龄孩子们都畏惧的一匹小狼。

终于，没有人敢欺负她了。

这些年戴家让她吃饱穿暖，给了她足够的金钱与关爱，幼时的噩梦随着时光渐渐淡去，她本应再也不幻想亲生父母的样子。

可她读高三那年，沈颐宁突然出现了。

这个女人找上养父，最初是谈公事，之后越走越近，用无懈可击的手段获得了戴家长辈的承认。

世界上最亲密的血缘关系无须用语言揭露，她几乎可以读懂沈颐宁看向她的每一个眼神背后的深意，可以轻而易举地听到沈颐宁的心声，家里的每面镜子都在提醒她是沈颐宁的女儿，一生下来就被狠心抛弃的女儿。

18岁生日时她收到了沈颐宁的礼物，她属蛇，沈颐宁就挑了张印着小白蛇的贺卡，放在高定礼裙的袋子里。这么多年积压的愤怒在生日晚宴上爆发了，她当着沈颐宁的面把昂贵的礼裙扔进垃圾桶里，拿出18年前戴在手腕上的银镯子，和贺卡一起狠狠地摔在桌上。

她不要！

这个女人凭什么以为自己会得到她的原谅？

她现在日子过好了，上了重点高中，成绩名列前茅，又生了副漂亮的皮囊，看上去多体面啊。认了她这个继女，沈颐宁脸上很光彩是不是？

沈颐宁敢认儿童福利院里那个绝望的孩子吗？

她敢对戴月咏说，他收养的孩子就是她的亲生女儿吗？

记忆里那一周，她被怒火包裹纠缠，没睡过一个好觉。

她迫切地想报复。

于是她心血来潮跟踪了与沈颐宁合作的人，想知道他如此焦急究竟是要去哪儿，结果看到他去商场买了甜品，回了公寓，又按捺不住出门，在暗巷里和一个实习生接吻。

春夜的月光那么安静，安静到她的心忽然开始不甘起来。

谢曼迪记得这个男人。那年她8岁，他站在她面前，往她的口袋里塞了一盒创可贴。

他知道她在装可怜，哪怕别人戳穿她，却还是替她说了好话，此后她的痛苦因他而终结。

他与她见过的所有男人都不一样，冷若冰霜的外表下有一颗悲悯之心。

她应该感恩，可她并没有。在按下相机快门的瞬间，她动摇了一下。

但这并不能阻碍她的计划，她把照片寄给他的对手，导致他孤身一人远赴海外，沈颐宁和他的合作自然也中断了。三年后他回国高升，她觉得凭他的智慧，应该发现了当年的事，但他绝口不提，仿佛什么也没有发生过。

他还记得她吗？

他是不是也有一点儿在意她，所以才放过她？

她对江潜的感觉很微妙，与她跟戴昱秋完全不同，她只是享受戴昱秋的言听计从、无条件的宠爱，而江潜让她生出了探究欲。

谢曼迪从来不认为自己是赵家人，哪怕有血缘关系，在她眼中也构不成阻碍。看到他手上的戒指，她心里如猫抓般好奇。他还喜欢着那个实习生吗？但他们保持着正常的社交距离，一点儿也看不出有任何联系。

于是她用了点儿手段，从本院同学那里打听到了那个女生实习时的经历，买了条相同的黑裙子，在面试时做出相同的举动，在他不为所动后，又试了最后一招儿。

她知道他身上有弱点。

有一次外婆跟她提起，说他母亲赵柏霖有一种怪病，胸部被碰到就会陷入深度抑郁，所以生产后没喂过一次奶，家里的奶粉都是托交好的谢家从新西兰带来的。这毛病不幸遗传给了儿子，赵柏霖很无奈，和谢家奶奶说笑："也许以后他跟我一样，找到对象就好了。"

谢曼迪没有成功，他太警惕了，除了握手，根本不让人靠近。

几个月内，他和那个女生越走越近，破例给她机会做路演，接送她上下班、为她压热搜、报警找律师，还同居在一起。

直到今天中午那个女生请她吃饭，她才打消了最后一点儿念头。

遗憾吗？

并不。

伤心吗？

有一点儿。

谢曼迪觉得自己完成了一项任务，她努力过了。很早她就明白，很多事不是努力就能有结果的。

那忌妒吗？

她望着镜子里哭肿的眼睛。

很忌妒啊。

为什么余小鱼能活得那么阳光？好像她的世界里没有任何阴影，自己从小渴求的东西对她来说不过是家常便饭。她长相不如自己，成绩不如自己，家境也远远比不上自己，可为什么她就能那么自信，面对一个阴冷自私、满嘴谎话的人，坦然而真诚地承诺"我不会伤害你"，还担心她吃不饱饭？

怎么会有余小鱼这种人？

这不公平。

谢曼迪的灵魂被灼伤得很厉害，身体被抽干了最后一点儿力气，她跌坐在床上。

她一想到余小鱼的脸，心脏就开始疼，因为求而不得产生的各种负面情绪轮番占据胸口，让她哭得喘不过气来，肩膀一抽一抽的。

她想要那副健康美好的灵魂，填满这具幽暗的身躯。

他们是那样般配，善良得让她无法抬头，光是与余小鱼面对面坐一个小时，就耗光了她所有的傲慢与勇气。

他们都知道她做了什么，但不约而同地选择宽恕。

谢曼迪越难受，嘴就越停不住，快速地在桶里掏着炸鸡，满手都是油。

吃完就会好了。

她一心这么想着，敲门声忽然响起。

她以为是戴月咏上来问她为什么哭，没应，去卫生间里洗了把脸，又等了几分钟，眼睛看上去没那么红了，才换了睡衣出去。

门一开，谢曼迪猝不及防地愣在当场。

沈颐宁靠在走廊的墙上，一直静默地等待着，见她微微张嘴，似是诧异的模样，然后右手从身后拿出一个塑料袋。

沈颐宁什么也没说，把袋子挂在门把手上就走了。

袋子上贴着外卖单据，里面是热腾腾的整只炸鸡，是几天前点过的那家店，连配的蜂蜜芥末酱料包也是同样的数量。

谢曼迪不由自主地往前走了几步，喊了一声："喂！"

沈颐宁在楼梯口回头，长发垂在颊边，双眸静如湖泊，没有任何情绪波动，仿佛知道她下一秒又要开始冷嘲热讽。

谢曼迪说："你吃过了吗？"

沈颐宁一愣。

谢曼迪哼了声："我中午和余小鱼一起吃的饭，饱了。这个你拿回去。我又不是猪，能吃得下这么多垃圾食品？"

沈颐宁有点儿尴尬地笑了一下，走回来，从她手里拿过塑料袋。

楼梯下到一半，沈颐宁又听见女孩儿带着鼻音的声音："放在冰箱里，我当夜宵吃。"

门关上了。

沈颐宁拎着炸鸡在楼梯上站了好久，等到戴月咏拎着拖把上来，她才开口："这些事让保姆做，你歇一歇吧。"

"宁宁，你怎么哭了？我去教训她，这丫头，整天没事找事！"

"不是……"

油炸食品的力量是巨大的。

谢曼迪觉得血糖升了上来，好受多了，深吸口气，坐到书桌前打开电脑，找出文件夹拖到回收站里清空，再从包里取出照片，用打火机一张张烧掉。

眨眼的工夫，照片燃烧在火焰里，化为阵阵青烟，从别墅的窗口飘上天空。

她沉思着又打开另一个文件夹，是从恒中的首席执行官邓丰那儿新搜集到的材料，和赵竞业有关。

看着看着，一个问题就从她的脑海中浮现出来。

余小鱼是怎么确定赵竞业就是她的亲生父亲的？

仅仅知道沈颐宁当过两年他的秘书，并不能推断出两个人生了孩子。

这件事太隐秘了，知道的人极少，连江潜都不一定有证据。赵竞业出了名的洁身自好，他多年前结了婚，妻子从不露面，但性格非常彪悍。

一定还有其他信息，没有曝出来。

谢曼迪想了又想，伸手拿鸡米花吃，不慎碰倒了纸桶，洒了一地油汪汪的面包糠。

要死，她还得拖地。

如果洒在戴昱秋的房间里，就让保姆来打扫了。

她嚼着鸡米花，握着鼠标的手蓦地一顿。

炸鸡翅裹了脆面衣，咬下去"嘎巴嘎巴"响，再配上大杯可乐，真是要多爽有多爽。

炸鸡店里的音乐放得很大声，余小鱼拿着鸡翅，点开领导的微信对话框，耳朵凑近听语音："好消息，不用签竞业协议了。"

自从调去公共池半个月，她还从来没听领导说话这么客气过，鸡皮疙瘩都起来了。

余小鱼把油乎乎的手在纸上抹了两下，敲字："那年终奖呢？"

"我们协商了一下，公司目前业绩良好，年终奖你就拿着吧。"

天经地义的劳动成果，硬是搞得像皇帝的赏赐。

"是公司的新政策吗？"

那边显示正在输入中，输了几遍都没发出来。

余小鱼立刻懂了，怕是只有她能"享受"这样的贵宾待遇。

她抢先发了个憨厚微笑的表情，装傻："这么好啊！我告诉小伙伴去。感谢您的通知，要是您还有问题，我这边会再沟通一下的。"

她去找他们惹不起的那只大鳄鱼沟通。

几分钟后，领导终于回了："嗯。"

这下所有近期辞职的都不用赔钱了，公司利润急剧下滑，余小鱼觉得领导恨不得把她拉黑。

她一连给他发了三个小鳄鱼的表情包。

然后她又喝了一大口可乐，好开心。

难怪谢曼迪要吃垃圾食品，压力大就得拿这个舒缓心情。

余小鱼下午请假去面试，是家私募的投资经理岗，之前电话里聊得好好的，结果一见面，那副总就边看简历边瞅她，最后以一个貌似很委婉的理由拒绝了："余小姐，我们这个工作对形象有要求，可能是因为你才毕业三年，干练的气质略显不足。"

余小鱼没跟他废话就告辞了，出门时瞥到他还在看简历，跟身旁的人嘀嘀咕咕，大概是知道了金融圈当前的大八卦。

又一个录用离她远去,不过她也没那么沮丧,这种公司即使进去了,也干不舒服。

真的要找江潜帮忙吗?

她总觉得自己可以,但每次被刷掉,都会产生一种愤世嫉俗的情绪——是不是个子矮、娃娃脸就干不了专业的活儿啊?是不是本科生在目前的行业内真的没出路啊?

余小鱼啃着鸡翅,打开招行软件,她的存款只将将够买一张30万元的大额存单,年利率还下降了,不到3%。

"这年头儿,股市、基金跌得不像样,银行存款都得靠抢……"

一条微信弹出来,是她妈发的:"装修公司找好了,你姨奶奶家孙子在里面工作,给我们优惠。"

"多少钱?"

"18万。"

二手房装修的钱是余小鱼出,她哀叹着抱住脑袋,还买什么存单啊!可是妈妈已经给她付了100多万元首付,小金库都见底了。

实在不行她就回家里的餐馆帮工,学几道拿手好菜,邻居都说她长得讨老年人喜欢,顾客回头率应该比较高。

余小鱼这么想着,摸着圆鼓鼓的肚子走回公寓。

人还没到,花已经到了,今天江潜送来的是一束淡紫色的风铃草,放在门口的架子上。她把这几天的鲜花都抱进屋里,拆了精致的包装,又把小卡片一张张叠好收进抽屉里。

三个小时后,楼道里响起脚步声。

江潜一进家门,就闻到一股难以形容的气味,客厅黑洞洞的,厨房里的烤箱亮着灯,不知道在烤什么稀奇古怪的东西。

她在做饭?

他换了鞋进去,余小鱼并不在厨房里,而烤箱里正烤着……一枝枝花?

地上放着几个藤编的小花篮。

"小鱼?"

房间里应了一声。

江潜走到卧室门口,借着窗外的光看到个小人影儿站在凳子上,正高举着胳膊换灯泡。那凳子一晃,他的心就一揪,他大步走过去,单臂环住她的腰一抱,而后又抬手轻而易举地把灯泡拧了上去。

余小鱼身子腾空，扭头眨眨眼："江老师，你力气好大啊。"

"这种事我来就行了，再不济找一把带靠背的椅子，不要站在这种软凳子上。"他皱眉。

"我关灯闸了，很安全的。"

"我是说凳子。"

她避重就轻："我能换的嘛，我还会通下水道。"

江潜无语："你就是拿马桶搋子通浴室下水道的？里面都是头发，拿钩子钩出来就行了。"

余小鱼不服气："我那屋子的下水道一直是这么通的。"

江潜不说话了，把旧灯泡扔进垃圾桶里，抱着她走到客厅开电闸。

一瞬间，光线把屋子照得亮堂堂的，鱼缸边、玻璃柜里、茶几上新添了花篮，里头装着蓝紫色的矢车菊和各色满天星，餐桌上还有个亚力克画框，框住一只由粉黄两色玫瑰拼成的月亮船，分外娇艳动人。

余小鱼搂着他的脖子，在他的脸上亲了一下："我拿烤箱烤的花，漂不漂亮？这样可以保存很久哟。"

厨房里"叮——"一声响，最后一批干花出炉了。

"放我下来呀，我再去弄几个花篮挂在卧室和书房里。"

江潜把她放在沙发上，猛地压下来，嘴唇堵住她的声音。

他吻得很用力，双手捧着她的脸，身体一点儿一点儿地热起来，衬衫紧贴着脊背，微微渗出汗。

"很漂亮。

"我很喜欢这些花。

"也很喜欢小鱼。

"一直跟我在一起好不好？"

她被他吻得晕晕乎乎的，双颊泛起红晕，唇色艳如玫瑰，半眯的眸子里仿佛沾着清晨的露水。江潜越看越忍不住，握着她的手，顺着她的下巴一路吻下去。

"跟我在一起。"他重复了一遍，俯下身。

余小鱼恍惚中觉得这话耳熟，好像是自己说过的，胳膊软绵绵地搭在靠枕上，脚丫踩着他宽阔的肩膀，蹬了蹬："江老师，你抄我的台词。"

然后她垂眼一瞧，睡衣竟然已经被他剥掉了。

手快得跟出老千似的。

"你吃过了吗？不去热饭啊？"

"没。"江潜低头,嗓音低哑,"现在吃。"

她一个鲤鱼打挺坐起来,兴致勃勃地望着他:"你是德古拉伯爵吗?我今天来例假了。"

江潜僵住了。

余小鱼表情很无辜地说道:"江老师,你没问我呢。每次都跟饿了几百年一样,你好可怕。"

然后她飞快地在他的胸口上戳了一下,拽过睡衣,边跑边穿,笑嘻嘻地去开烤箱了。

又过了一周,余小鱼还是没找到合意的工作,好在11月她只上了三天班,还有时间可以继续物色。

从盛海国际裸辞,她得以收拾自己的小屋,把一部分东西搬到江潜的公寓里,另一部分打包收好。装修公司已经按设计的户型开始动工了,第一天是她盯着的,姨奶奶家的亲戚也来了,说收了她妈一条烟,知道母女俩都忙,自告奋勇来监工,于是她决定过一阵子再来看看。

到了这个月下旬,一家外资行给了余小鱼终试的机会,是家欧洲银行在中国的代表处,体量很小,岗位是信贷审核。这和她以前的工作内容差别挺大的,但职责并不难,面试时她做了案例分析,对方还算认可,就给了录取信,月薪和原来齐平。

但余小鱼已经很满意了。

对于这种福利好、不用拉客户全靠吃总行老本、每天10点上班5点下班的公司,在银城打着灯笼也难找到一家,最大的危险就是母公司不知道哪天把这个年年亏钱的代表处撤了,按劳动法发钱裁员。

说实在的,她觉得这家公司还是看中了她是本地人,而且背了房贷。

至于谈恋爱、结婚之类的私人问题,面试中一个也没涉及。

不得不说,公司还是挺人性化的。

和人力约定好12月第一周去上班,星期天余小鱼又去看了房子。不看不打紧,一看她就火了,亲戚并不在屋里监工,她一个外行都能看出工人们在糊弄,卫生间的水电线路大半截铺在地上,而且地砖压了墙砖。她一抗议,工人们倚老卖老,先说她不懂,后来提出要在装修合同外增项,费用比一开始多了好几万块。

18万元的装修费,余小鱼先付了六成,10万多块钱已经花出去了。她被气得够呛,然而还是没吵过一帮老油子,筋疲力尽地走了。

什么亲戚介绍的公司,明摆着就是杀熟!

地铁上她跟妈妈发微信吐槽了一路,又跟江潜骂了他们好几句,接着让准备结婚的楚晏避雷这家装修公司。回到家,她劝自己暂时忘了这事,取了报纸,打算先转移一下注意力。

江潜看报纸的习惯是在英国上学时养成的,回国订了《银城日报》和《日月》杂志,每天早上喝咖啡的时候浏览本地新闻。他这几天在首都出差,信箱里积了厚厚一沓。

她看着看着,目光被 B 版的一条新闻吸引。

"抓获孙某伟、王某宾、李某红等数名罪犯,根据作案史,判处五年至无期不等。经调查组审讯,其中二人供认曾致人落水死亡……"

她把这页纸"啪"地翻回去,只见头版头条写着粗体标题——《中央法治调研小组到我市开展法治考核工作调研式督察》。

余小鱼逐行阅读,没注意密码锁响了。

"这么黑不开灯,眼睛不要了?"

她趴在餐桌上"嗯"了一声。

江潜把行李箱拎进门,皱眉:"快点儿开灯,听到没有?"

"嗯……"余小鱼读着报纸,慢腾腾地反手在墙上摸开关。

他的血压都上来了,按下灯光总控,餐厅立刻亮了。

"眼睛看坏了怎么办?又不是停电,看书怎么不知道开灯呢?头离得太近了,至少保持30厘米的距离。别趴着,下次给你买个矫正姿势的背带,天天盯着你穿。你实习的时候看材料还行,怎么现在这么不注意……"

"好啰唆,好啰唆!"余小鱼捂住耳朵,埋怨地抬起头,"我很少看报纸的嘛,平时都是看电脑和手机。你怎么一回来就那么凶!"

"别整天看电脑和手机,多看看外面的绿化……"

江潜一说出口就意识到不对,耳朵红了。

"你还说我,你看电脑和手机的时间比我还多,也没见你下楼遛遛!"

他哑口无言,脱了风衣,走过去把她一抱,抵在墙上就亲。

"你每天至少看 10 个小时电子屏……嗯……"

"再说?"

"电脑桌面设成森林的图片有什么用啊?能护眼吗?喂喂……"

"再说?"

"还经常忘吃叶黄素……"余小鱼偏头躲他的吻,"要不要我从冰箱里掏出来一颗颗数给你看啊?"

江潜气喘吁吁地离开她的唇，摩挲着她柔软的后颈："什么新闻这么好看，叫你都听不见？一周没跟我视频，你想不想我？"

他脸皮越来越厚了。

余小鱼本来想嘴硬一下，可他抵着她的额头，垂着眼睛，神情有点儿沮丧："我每天都想你，所以提前回来了。"

心瞬间软成棉花，她抱着他的腰，回应："江老师，我也想你呀。"

然后她又指着桌上的报纸问："首都来人调查了，这个意思是不是要重审几年前的案子？"

江潜把她放在椅子上，手撑在旁边，指尖在纸上一行行滑过。

"戴月咏知道上面要来人，之前跟他们谈过灰色平台的问题了。"他指着另一则新闻，"这个月要召开法治工作会议，《日月》杂志的宋主任会提案。"

"那探骊网会完蛋吧？"

"公司可能会倒，但赵柏盛不一定。"江潜道，"这家公司处在赵家利益集团的边缘，要触及核心，不能只从探骊网入手，否则只削皮毛。"

"但是削了皮毛，赵竞业他们会更加警惕吧？"

"我这次去首都和企业高层开会，也是为了探探口风。赵竞业虽然在银城一手遮天，但他也要依靠比他更厉害的人，那个人最近非常谨慎，因为查到他了。"

江潜打开冰箱冷冻室拿预制菜，发现新增了番茄牛肉面套餐，不由得一笑，拿出来隔水加热："后面我会比较忙……"

"忙点儿好，忙点儿好！"余小鱼鼓掌。

"但该尽的义务还是必须尽。"他丢给她一个意味深长的眼神。

"怎么天天想这些东西，讨厌死了！"她把报纸揉成一团朝他身上扔去。

新工作开展得很顺利。

余小鱼觉得自己否极泰来，银行里都是一帮养老的员工，没人愿意内卷，虽然互相交流得不多，但都绝不加班。唯一的不好就是无聊，因为业务规模小，没几笔贷款需要审，客户都是总行已经批过的外企在华分支机构，行业分析能借鉴总行报告的地方不少。

每天到了4点，她就坐在工位上发呆，想这个想那个，昨天想的是要不要继续考证书，今天想的是怎么和装修工人吵架，并且已经计划好明天要想一想给楚晏的结婚礼物。

她酝酿好腹稿，在洗手间里正准备打电话给工头，亲戚的消息发过来："你们既然找了别的公司，我就叫他们停工了。哪有这样骑驴找马的？"

余小鱼愣了一下：别的装修公司？

气势不能输，她敲字："房子装成这样，你还反过来怪我？我没给你钱吗？我们当你是亲戚，你当我们钱多人傻，我看在你奶奶的面子上没去你公司闹。你等着，我对着合同一条条看，哪里不符合我就直接投诉！"

紧接着亲戚的电话就拨过来，那头闹哄哄的。

"人家付了钱，怎么不让我们进门？"

"这瓷砖咋铺的哟，以后不漏水就怪了！"

"好好好，你们来，你们来，我们滚蛋。喂，小王，该给的钱要给我们！"

亲戚对恼火的工人说了几句，声音放大："你听到了吧，他们都不干了。"

余小鱼脱了鞋，一脚踩在马桶盖上，叉着腰："你今天倒知道去现场监工，之前说得跟什么似的，拿了烟跑得连人影儿都不见。我已经找懂行的律师朋友了，别以为沾点儿亲带点儿故我就不好意思来找你！昨晚我特意去拍了现场，每个旮旯儿都没落下，这个工程质量，你们敢收钱，我就敢告你们！"

亲戚"哎哟"了几声："你不懂，现在天气不好，他们已经尽力赶工了，但自然因素没法儿控制啊……"

余小鱼懒得听他胡扯："行了，你不用再说了。"

"妹子，这些工人生活很苦，你就当体谅体谅他们……"

"我体谅他们，你吃回扣？就这样，我挂了。"

"哎！我跟领导沟通一下，你先别急……"

余小鱼淡淡地"嗯"了声，挂了电话。

然后她叹了口气。

下班后她就去新房子查探情况，原先装修公司的人走得一个也不剩，换了一队人马，见到她来，满面笑容地一字排开，工头挨个儿介绍谁负责哪一块。

这些人看起来十分专业，而且诚恳。

"江先生什么时候联系你们的？"

"上上周，公司生意好，排了个队。"

"麻烦把合同给我看一下。"

"因为合同是江先生签的，我们要遵守规定，您找他要吧。装修设计跟您之前定的一样，就是重装一遍。"

余小鱼没办法了，问："他付了多少钱？"

"全款 27 万。"

她"嗒"地抽了口气。

一点儿风声都没向她透露，他这是生怕她把钱还给他吗？拿捏准了这个价格，她还不起。

工头说："余小姐，我们会在 100 个工作日内装完，您放心，我们公司大众点评五颗星，要是存在刷好评行为，天打雷劈。"

余小鱼觉得江潜办事靠谱儿，也不想经常来这边吸甲醛，对工头说："大叔，不瞒你们，我们工作也忙，没时间天天过来盯着，就是周末会来看一下进度。"

然后她递给他一条刚买的烟："拜托你们了。"

虽然嘴上这么说，但隔了两天，她来了个突击检查，拎了一袋水果过去。工人们干活儿很麻利，态度也好，这下她就完全放心了。

房子两公里内就是高级商圈，时间还早，余小鱼去逛了逛。还有半个月就是新年了，商场各处装饰着花朵和金铃铛，楼外北风呼啸，温暖的室内却有一长串顾客在排队买手工冰激凌。

余小鱼背着书包逛了三层楼，空手进了家餐具店里，里面的顾客大多是情侣。她看中了一套餐具，一共六个盘子，边缘描着粉色的花草纹，盘底绘有婚礼主题的黑白画，十分雅致。虽然价格有点儿贵，但她还是不假思索地买了下来，叫店员寄到楚晏家。

这段时间领证的人可不多。

楚晏说家里请先生根据八字算好了日子，非得那天领证，命令她男朋友请假回国。梁斯宇 9 月休完年假回巴西又干了一阵，相关部门把他派到阿根廷做工程。他刚到当地就被蚊子咬了，感染了登革热，发烧、肌肉酸痛，在医院里躺了两周，心态都崩了。病好后，他打算明年辞职，一边当家庭主夫一边考公。干工程实在又累又无聊，还得隔着半个地球异地，他实在坚持不下去了。

"我们鱼什么时候啊？"

余小鱼语塞："你们俩都在一起五年了，我才谈几个月呢，太快了吧。"

"我看你婚前房都买好了。换了别人，肯定缠着江总结婚，这下可不是他求着你。那戒指我查了，订制的话得七位数，还天天送花，哪里像 30 岁的成熟男人？"

"他愿意送嘛，我从来没找他要过东西呀。"

"啧啧……我红眼病犯了。"

余小鱼回忆着楚晏咬牙切齿的表情,笑眯眯地下到二楼。奢侈品店里挤满了人,某家高档品牌店前立着宣传牌,担任形象大使的人全副武装,从耳环到提包都是新品。

她的目光聚焦在精修过的形象大使的脸上。颜悦最近资源很不错,微博上说她出国拍戏去了,还被狗仔队拍到上了某个男人的游艇。可能是气质原因,广告图倒显得这个品牌没那么贵,成功地把余小鱼骗进了店里。

导购不愧是金牌销售,记忆力好,一眼就认出她来过,热情地把她引到货架旁:"秋冬季的新品就是上次我给您展示过的,您当时很中意那款黑包,要不再拿给您看看?"

"不用啦,那个很漂亮,但是太贵了。"

导购一听这话,就知道顾客这次来可能要购物,老练地给她塞了瓶水:"那边都是去年的款,价格适中,很多刚上班的小姑娘买来日常通勤用,年底了,也犒劳犒劳自己。"

"有男士的吗?"余小鱼认真地问。

"给爸爸买?"

余小鱼摇摇头。

"冒昧地问一下,小美女,你上大学了吗?"

"毕业三年了。"

导购惊讶得抬了一下眉毛。

江潜二十几号又要出差,是去日本。

本来心理咨询安排在月底,这下得往前挪,咨询师的日程表排得很紧,让他上飞机前一天过来。

小区门口的保安认识他,笑呵呵地让车通行,用普通话打招呼:"江先生,您父亲没和您一起来呀?"

"嗯,他在公司。"

他母亲去世后,父子俩会定期来做心理咨询,已经坚持不少年了,现在频率比以前低。今天他来,是想聊聊人生大事,比如恋爱谈了两个月就想结婚是不是正常心态。

咨询师跟江潜很熟,江潜没什么顾虑,絮絮叨叨了一个多小时,到最后咨询师都饿了,一边吃黄油饼干一边给初次恋爱的成熟男人科普婚姻知识。

江潜走的时候太阳快落山了,他发了条微信,问她晚上要不要出来吃饭。

"啊,我有个报告要写,今天还是吃预制菜吧。你吃什么?我给你热。"

"不要米饭的就行。"

他有点儿郁闷,明天就要走了,本来想吃个烛光晚餐。

电梯门开了,他默默走到右边,和电梯里的两位女士拉开距离。

"乐老师,你什么时候再回来?"

那个女人二十几岁,留着一头长及腰间的黑发,穿着素色长裙,握着行李箱拉杆:"说不准,去了那边之后要适应一阵,反正我一个人住惯了。"

谢曼迪道:"一个人挺好的,就是要注意身体。你以前留学去的是德国,也会葡萄牙语吗?"

女人露出有些感动的微笑:"会一点儿。曼迪,你要好好练琴啊,学费可不便宜。谢谢你今天来送我,车在地下车库里,我就不和你一起了。"

"嗯,老师再见,一路平安。"

一楼到了,谢曼迪走出电梯,和她挥手告别。

门一关,她脸上的笑就消失了,抬头说道:"江总,你知道她吗?"

"不知道。"

"邓丰的情人,叫乐茗,平时深居简出,只教女学生钢琴。邓丰瞒着妻子给她在巴西萨尔瓦多买了个酒庄,办了移民,因为她怀孕了,打胎后自己想出国。酒庄原先是 HENZ 项目的,2019 年被别人买下。购买人姓李,两个月前以低于市场的价格转卖给了邓丰。"

江潜看着她,目光很平静。

谢曼迪咬咬牙,说道:"这个姓李的,我就不清楚了,邓丰搭上他,肯定是通过赵家。"

她挎着包要走,江潜叫了她一声:"我送你回去吧,正好跟你谈谈。"

"没空。"

走了几步,谢曼迪回头看了他一眼:"余小鱼跟我谈过了。"

"你母亲很不容易,不要再做一些让她担心的事了。"

谢曼迪脾气上来了:"你妈也不容易。"

江潜脸色一变。

她自知失言,三步并作两步跑出了单元楼,溜得比兔子还快。